LA CALA

INSPECTORA ERICA SANDS
LIBRO 1

GREGG DUNNETT

Traducido por
M. L. CHACON

Old Map Books

PRÓLOGO

FECHA: 5 de noviembre (noche de las hogueras)

Hora: 22:32 (¡Mamá cree que estoy dormido!)

Edad: ocho años, cinco meses, trece días (¡casi ocho años y medio!)

Papá ha hecho algo raro otra vez. Quiero decir, algo más raro de lo normal. Ni siquiera debería escribirlo por si encuentra este diario. Pero tengo que contárselo a alguien, y como no puedo, esto me tendrá que servir.

Creo que mató a otro perro.

Bueno, quiero decir, sé que lo hizo.

Sé de quién es el perro. Nunca he hablado con la dueña, pero los he visto paseando. Es un perro paticorto, de pelo castaño y lleva un collar rosa chillón, así que es imposible no verlo. En cuanto le quitan la correa se escapa. Tal vez por eso papá lo mató. O, mejor dicho, tal vez es por eso por lo que papá consiguió matarlo. Por qué los mata no lo sé. Tampoco sé qué saca con eso. Supongo que simplemente le gusta.

En fin, no sé cómo lo atrapó ni cómo lo mató. Solo sé lo que hizo con el cuerpo.

Vimos unos carteles anunciando la noche de las

hogueras y papá dijo que íbamos a ir. Estuvimos guardando leña en el garaje para añadirla a la hoguera. Era material que había sobrado de unas obras que hicieron en casa.

No sé por qué, pero quería ver la madera antes de que la quemaran. Se me hace raro pensar que está ahí un minuto y al instante ya no está. Tan solo... desaparece. ¿A dónde va? Es lo mismo que pasa con los perros: en un momento están vivos, juegan con pelotas, se rascan las orejas y mueven el rabo; luego papá les quita la parte viva, y siguen ahí, pero en realidad ya no están.

Así que me colé en el garaje, a pesar de que papá insista en que no entre allí. Y fue entonces cuando lo encontré. Primero noté un olor raro, como a perro muerto, supongo. Entonces vi una manta con un bulto en el interior y de inmediato supe lo que iba a encontrar. Estaba encajada debajo de la madera, en el fondo del remolque donde papá había guardado la leña. No podía sacar la manta sin mover la madera, pero podía desenvolverla un poco para echar un vistazo.

Tenía los ojos abiertos, como si estuviera despierto, pero no se movían. Y allí estaba el pequeño collar rosa, empapado de sangre. Cuando abrí la manta un poco más, había trozos de sangre, me refiero a trozos del interior, que salían por donde lo habían abierto. Era bastante asqueroso.

La verdad es que no sé qué hacer al respecto. Creo que debería decírselo a alguien, porque matar está mal, pero por otro lado, son solo perros, ¿es igual de malo? Y de todas formas no es que pueda decírselo a nadie. Solo tengo ocho años, así que nadie me creerá.

En cualquier caso, no tuve mucho tiempo para pensarlo porque papá dijo que iba a llevar la leña para ponerla en la hoguera antes de que la encendieran. Creo que había planeado ir solo, pero resultó que mamá tenía hora con el médico, así que tuve que ir con él. Enganchó el remolque y nos dirigimos al lugar donde iban a hacer la hoguera. Aún no había llegado nadie. Papá dio marcha atrás y me dijo que no saliera del coche porque era peligroso ya que la madera podía caerse de golpe; aunque yo sé que en realidad solo lo dijo para que no viera lo que estaba haciendo. Da igual, porque estuve mirando por la ventanilla trasera y lo vi todo.

Puso la mitad de la leña en la parte exterior de la hoguera; luego cogió al perro muerto, todavía envuelto en la manta, y lo puso justo en medio de la pila de leña. Después puso el resto de la leña por encima, para que no se viera nada. Cuando volvió al coche, estaba silbando. Era la melodía de Los Simpson.

Cuando volvimos más tarde, había mucha gente. Habían puesto música y un puesto para vender hamburguesas. Echaron gasolina a la hoguera y todos juntos hicimos la cuenta atrás. Luego le prendieron fuego. Enseguida se encendió una llama enorme, más grande que cualquier hoguera que había visto antes. Cuando se calmó un poco, lanzaron los fuegos artificiales. Normalmente, los fuegos artificiales me habrían emocionado, pero no fue así. Todo el tiempo estaba mirando la hoguera y pensando, supongo que en el perro, pero también en otra cosa.

Lo que estaba pensando era, ¿qué pasa si un día papá hace lo que hace con los perros, solo que en vez de a animales se lo hace a personas?

¿Y qué pasará si quiere hacerlo conmigo?

PARTE 1

ERICA SANDS

CAPÍTULO UNO

LA INSPECTORA ERICA Sands leía en su mesa mientras el Departamento de Investigación de Homicidios se vaciaba a su alrededor.

No era raro que los que trabajaban en el departamento, conocido como MID por las siglas en inglés de *Murder Investigation Department*, se quedaran hasta tarde, sobre todo si había un caso importante. Pero esa noche había poco que hacer. Se celebraban dos cumpleaños: el de uno de los inspectores subalternos y el del inspector Lindham, segundo al mando de la unidad y ayudante de Sands. Además, era viernes por la noche y la mayoría de los agentes estaban deseando tener la oportunidad de relajarse. Pero la alegre charla sobre a qué pub iban a ir (el George Inn de Poole era el favorito) se volvió extrañamente silenciosa cuando el equipo pasó por delante de la mesa de Sands.

A las ocho de la tarde estaba sola en el MID. Pero, por una vez, su atención no se centraba en la pila de casos sin resolver que tenía delante, ni en aquellos en los que las técnicas modernas de investigación podían mejorar el trabajo de quienes la habían precedido; tampoco en los casos en los que un trabajo policial chapucero había permitido que delincuentes violentos quedaran impunes. Su atención se centraba en el teléfono que tenía sobre la mesa y que aún no había sonado.

Tenía el móvil enchufado, cargando, y el fijo sobre la mesa. Miró ambos para asegurarse de que no había recibido ningún mensaje. No lo había hecho.

Se pasó una mano por el pelo oscuro, a media melena y liso, y luego tamborileó con los dedos sobre el escritorio. Llevaba las uñas sin pintar, cortas y cuidadas. Como de costumbre, no llevaba maquillaje. Llevaba tiempo aplicárselo y mantenerlo, y el tiempo era lo que Erica más valoraba.

De repente, el silencio de la oficina se rompió, sonó un teléfono, pero no era uno de los que estaban sobre su mesa. Frunció el ceño y pulsó un botón de su teléfono para aceptar la llamada. No era nada, una petición de un depósito de cadáveres cercano que debería haber atendido uno de sus colegas. Aunque no era un caso en el que ella estuviera trabajando, la respuesta que necesitaba el patólogo le vino inmediatamente a la cabeza, y él aún se lo estaba agradeciendo mientras ella colgó. De nuevo, tamborileó con los dedos.

Volvió al archivo de casos sin resolver. El primero era el asesinato de un niño de doce años que apareció desnudo y ahogado en un lago hace más de treinta y cinco años. El caso nunca se había resuelto y nadie había echado un vistazo a aquellos documentos en quince años. Pero mientras la mayoría de los agentes suponía que quien lo hubiera hecho probablemente estaba muerto o en la cárcel por otro crimen, Sands tendía a ver la otra posibilidad. Quizá siguieran ahí fuera, matando o planeando hacerlo. La idea la perturbaba y se obligó a concentrarse.

Veinte minutos más tarde sonó otro teléfono, esta vez su móvil. En lugar de cogerlo como antes, se quedó mirando el número, sintiéndose vacía por dentro. Por fin lo cogió y aceptó la llamada.

—Inspectora Sands, soy el doctor Hannigan.

—Sí.

—El inspector jefe Yorke me pidió que la mantuviera informada. —El hombre al otro lado de la línea vaciló—. Me temo que no son buenas noticias.

—De acuerdo —dijo Sands. Sintió lo seca que tenía la boca.

—Tengo entendido que le han explicado la situación de su padre. Lamento decirle que su estado ha empeorado mucho y lo han trasladado a la sala de cuidados intensivos. —El médico volvió a hacer una pausa, como si estuviera eligiendo con sumo cuidado sus próximas palabras—. Esperábamos que eso produjera una mejora razonablemente rápida de su estado, pero me temo que no ha sido así. De hecho, hemos visto un continuo empeoramiento. —Esta vez la vacilación fue acompañada de un suspiro—. Creo que hemos entrado en la fase en la que solo hay un resultado. Lo siento.

—¿Qué resultado?

El médico volvió a dudar.

—Lo que quiero decir es que su cuerpo se está apagando. Su padre se está muriendo.

Se hizo el silencio, pero justo cuando el médico iba a romperlo, Sands lo interrumpió.

—¿Cuánto tiempo?

El médico volvió a dudar.

—Yo diría que nos enfrentamos a un número de horas más que de días. —Dio otro suspiro—. Se mantenía en buena forma para su edad, pero con este virus estamos viendo un declive muy rápido. Debo advertirle que si quiere despedirse en persona debería venir ahora, de inmediato.

Si el médico dijo algo más después, Sands no lo supo. La oficina a su alrededor empezó a nublarse.

—Gracias, doctor Hannigan —dijo Sands, interrumpiéndole unos instantes después, cuando se dio cuenta de que seguía hablando. Colgó el teléfono y se quedó mirándolo unos instantes antes de volver a dejarlo sobre el escritorio.

Contempló el despacho, que le resultaba familiar, sin ver los bancos de ordenadores, las paredes de archivadores ni los tabiques que servían de tablón de anuncios para fotografías y recortes de periódico. Luego se volvió y miró de nuevo la carpeta abierta delante de ella, un diagrama del cuerpo del chico asesinado, las heridas que le habían infligido subrayadas y ordenadas como si fuera una lista de la compra. De repente, sintió un fuerte deseo de salir de allí, de aquel lugar donde pasaba la mayor parte de su vida. Con la respiración entrecortada, recogió los papeles y los devolvió al archivador; luego metió ese y otros dos casos en el bolso: una lectura ligera para el fin de semana. Echó un último vistazo a su escritorio, apagó el ordenador y se alejó con rapidez.

Bajó por las escaleras. El equipo de limpieza, dos señoras de Venezuela, se miraron. Estaban sorprendidas y a la vez agradecidas de que, por una vez, se marchara temprano. Hacía tiempo que habían aprendido a adaptar las zonas donde aspirar según el horario de Sands, para no interferir con ella. Pasó por delante de la recepción sin decir una palabra, por una vez ni saludó con la cabeza al guardia que estaría allí toda la noche.

Salió al aparcamiento; abrió su coche, un Alfa Romeo rojo brillante, y se subió. Pero no arrancó el motor. Se quedó sentada. Mirando de nuevo con ojos que no veían.

Aunque Sands sabía, como casi todo el mundo, que algún día se enfrentaría a la muerte de sus padres, se había visto sorprendida por el repentino declive de su padre.

Hacía solo tres días que se habían puesto en contacto con ella para informarla de su enfermedad, y solo hoy los médicos le habían sugerido que quizá su vida corría peligro. Era demasiado rápido, no sabía cómo sentirse. Durante toda su vida adulta había vivido con dos certezas sobre su familia: solo quedaba su padre y estaba encerrado de por vida. Pero ahora, sin el tiempo que necesitaba para adaptarse, todo cambiaba a medida que pasaban los minutos.

Se llevó la mano al pecho y automáticamente encontró el medallón que colgaba de él, la única joya que llevaba. Sus dedos acariciaron el metal, trazando un patrón tan familiar que había desgastado el oro blanco. Intentó pensar.

Estaba segura de que habría gente que celebraría la muerte de su padre. Incluso tanto tiempo después de su condena merecería una mención en la prensa y estarían encantados de despedirse de él. Pero otros estarían de luto. Tenía sus seguidores a pesar de lo que había hecho. Y ahora que había llegado a este punto, ¿cómo se sentía ella? No estaba segura. Hiciera lo que hiciera, era el último miembro de su familia que quedaba con vida. Cuando él se hubiera ido, se quedaría sola por completo.

De repente, soltó el medallón y se inclinó hacia delante. Tecleó la dirección del hospital en el GPS del coche y tamborileó con los dedos, irritada, mientras el aparato calculaba la mejor ruta. La pantalla cambió y le dijo que en una hora y diecisiete minutos llegaría al hospital donde su padre exhalaba su último suspiro. Hannigan había hecho los arreglos necesarios para que se le permitiera el acceso. Se llevó la mano a la llave de contacto, a punto de girarla. Pero se detuvo. Era como si su cuerpo y su mente se estuvieran separando, impulsados tanto a ir como a no ir.

Volvió a tocar el medallón y sus dedos trazaron el mismo patrón. Le gustaría poder hablar con alguien, pero no tenía a nadie. Sus colegas tenían en muy alta estima su trabajo policial, ella se aseguraba de ello, pero no había nadie cercano. Su padre se había encargado de eso.

Entonces, sin pensarlo en absoluto, sacó la llave y abrió la puerta de un empujón. Cogió su bolso, cerró el Alfa y echó a andar. No tenía ni idea de adónde se dirigía.

Se limitó a caminar. Al principio fue sin rumbo fijo, pero al rato comenzó a dirigirse hacia el centro de la ciudad y luego hacia el muelle, donde vivía en un apartamento con vistas al puerto. En un momento dado se dio cuenta de que era la primera noche en cinco años de trabajo en el MID que volvía a casa andando. Era un destino al que aferrarse.

Parecía que se estaba celebrando algún tipo de festival, un evento de iluminación invernal destinado a rejuvenecer el centro de la ciudad. Pasó junto a una iglesia iluminada con diferentes colores y la pequeña fuente del centro de la ciudad subía y bajaba al ritmo de la música y las luces. Encima de ella vio por un momento un rayo de luna, que luego se ocultó tras las nubes. Pequeñas muchedumbres admiraban el espectáculo mientras puestos ambulantes vendían juguetes de plástico luminosos a niños impacientes. Ella lo atravesó todo, sin ser vista. Su mente, si es que estaba en algún sitio, estaba en otra niña, hace muchos años, que nunca volvería a jugar porque unas manos fuertes le apretaron el cuello y le habían quitado la vida.

Llegó a un portal abierto, un edificio utilizado como espacio artístico. Nunca había estado dentro, ni siquiera había reparado en él, pero esta noche la luz y los sonidos la atrajeron. En la planta baja, fotografías en blanco y negro de la ciudad y el muelle habían sido ampliadas y colgadas en la pared. Un puñado de personas se arremolinaba alrededor, agradecidas de salir del frío. Se paró frente a las fotografías y no vio nada de la vida que representaban. Subió las escaleras hasta una sala más concurrida y se detuvo frente a un lienzo donde vio una papilla negra y azul de lo que a ella le pareció un primer plano de moratones y pelo enmarañado típico de una fotografía de la escena de un crimen. Pero en realidad no veía nada. Aquella noche solo necesitaba estar en otro lugar que no fuera su vida.

—Son las pinceladas, ¿verdad? —Una voz la interrumpió desde su izquierda. Giró bruscamente la cabeza para ver a un hombre que le sonreía. Era unos años más joven que ella e, incluso en su aturdido estado mental, se dio cuenta de que era guapo—. Realmente captan el espíritu de... —Se inclinó para leer la leyenda bajo la obra de arte con voz cargada de sarcasmo—: El viento en las hojas. Tan original y... —Sacudió la cabeza, fingiendo que se había quedado mudo ante la habilidad del artista—. Simplemente brillante.

Sands no dijo nada que demostrara que se había dado cuenta de la broma y se volvió hacia el cuadro. Pero el joven no se dio por vencido.

—Debes de ser una auténtica entendida. ¿Vas a comprar algo? —preguntó de repente, como si acabara de ocurrírsele la idea—. Todas las obras de arte de la exposición están a la venta y tengo una lista de precios orientativos por si te interesa... Te invito a una copa y hablamos…

—No.

—No te culpo —continuó de inmediato, sonaba como si estuviera de acuerdo con su elección—. A mí me parecen más espaguetis que hojas. O quizá algas. Veo algas ahí, ¿qué te parece? —Giró la cabeza hacia un lado, como si estuviera estudiando la obra, y luego se volvió hacia ella con una sincera sonrisa. Parecía seguro de que esto la convencería—. ¿Sabes que la artista pide doce mil libras por esto? Me parece un robo a mano armada. Y lo digo como su hermano, su muy querido hermano. Dime, no serás de la policía, ¿verdad? ¿No trabajarás de incógnito?

Esta pregunta hizo que Sands se diera la vuelta para mirarle, sobresaltada.

—Es que pensé que estarías aquí para investigar un robo a plena luz del día, aunque ahora no es de día, ¿no? —Miró hacia la ventana, luego se volvió y lo intentó de nuevo—. O delitos contra las artes. ¿Eso existe? —La miró interrogante, pero ella desvió la mirada. Él continuó, impertérrito—. En serio, deberían arrestarla por lo que cobra por estas chapuzas. Peor aún, por la comisión que me llevo. —Hizo una pausa, de repente pareció darse cuenta de que no estaba consiguiendo nada con su planteamiento—. Oye, ¿quieres tomar algo? Debo confesar que hemos encargado demasiada comida, estábamos anticipando que llegara una gran multitud…

—No. —Sands empezó a alejarse, quería estar sola, cuando en un instante vio lo que eso significaba aquella noche: un solitario camino a casa, su piso vacío, nadie a quien llamar. Todo el fin de semana sola, con sus pensamientos, sus expedientes de casos de personas que habían muerto hacía mucho tiempo, la prueba indeleble de que hombres fríos y depredadores seguían ahí fuera, en algún lugar. Por primera vez en muchos años no quiso enfrentarse a ello. Necesitaba pasar un poco más de tiempo en el lado luminoso de la vida.

—No estoy aquí por el arte —oyó decir a su voz, lo cual incitó al hombre a continuar. No pudo evitar ver cómo su acompañante le echaba una gran sonrisa.

—Nadie está aquí por el arte. Lo único que quieren son las copas gratis y los canapés...

—Mi padre se está muriendo.

No lo dijo para detenerlo. Lo dijo porque era verdad y porque necesitaba decírselo a alguien en lugar de repetir las palabras una y otra vez dentro de su cabeza. Aún así lo detuvo. Lo dejó clavado.

—Ay joder. —Frunció el ceño pero no se dio la vuelta—. Vaya, lo siento. ¿Qué le pasa? ¿Cáncer o algo así?

Sands negó con la cabeza.

—No saben lo qué es exactamente. Un tipo de virus. Tan solo me han dicho que morirá esta noche. Mañana por la mañana estará muerto.

En ese momento pasó una camarera con una bandeja de bebidas, copas de lo que parecía champán, pero casi seguro que no lo era. El hombre cogió dos y dio las gracias con una sonrisa a la chica, que lo miró con ojos brillantes, apreciando claramente su aspecto tal y como había hecho Sands. El joven ignoró a la camarera y se volvió hacia ella.

—Vamos. Parece que necesitas esto.

Sands no solía beber, pero aceptó la copa y tomó un trago del líquido espumoso. Antes de darse cuenta, se había bebido casi la mitad del contenido.

—¿Quieres hablar de ello?

Sands consideró la pregunta. Pensó en las veces que había hablado de ello en el pasado. Durante interrogatorios policiales, con psicólogos infantiles, trabajadores sociales, hombres de alto rango en el trabajo, siempre hombres, que sabían lo de su padre. Ahora miraba a aquel joven, aquel amable desconocido, y sabía que no quería decir nada. Sacudió la cabeza y bebió otro sorbo de su copa.

—No tienes que hacerlo si no quieres. Yo puedo hablar y tú solo escuchar. Puedo explicar la inspiración detrás de cada una de las obras de mi hermana. Esa de ahí es ella. —Señaló a una mujer morena con un vestido verde esmeralda demasiado elegante para la ocasión. La chica se enderezó al ver que su hermano la señalaba, fingiendo que no se había dado cuenta—. Puedes limitarte a escuchar y reírte de lo ridículamente pretenciosa que es. —Hizo una pausa y la observó un momento—. Quizá eso te distraiga.

Sands lo sopesó y se encontró asintiendo—: De acuerdo.

El hombre la condujo por la sala. Delante de cada una de las obras expuestas leyó en voz alta las etiquetas que había debajo de los cuadros y luego, en voz baja, le contó a Sands que su hermana era una artista terrible, sin apenas talento ni compromiso, que solo estaba ahí porque la mantenían sus adinerados padres. No dijo nada de sí mismo ni de cómo él se habría beneficiado de forma similar. Pero habló con humor. Le contó cómo su hermana pasaba mucho más tiempo preparando imágenes para Instagram que pintando. Un par de veces, Sands incluso esbozó una sonrisa. Cada vez que su copa estaba vacía, él encontraba la manera de ofrecerle otra nueva. Al final, cuando llegaron al rincón más tranquilo de la sala, volvió al tema que tan obviamente le rondaba por la cabeza.

—Esto no es de mi incumbencia, pero no puedo evitar notar que estás emborrachándote en una terrible exposición de pintura y no en el hospital despidiéndote. ¿Estás segura de que esto es lo que quieres hacer?

Sands se puso rígida. Quería explicárselo a aquel joven, a aquel desconocido al que no volvería a ver, pero sabía que no podía.

—¿Quieres hablar de ello?

Sacudió la cabeza.

—No conmigo, con amigos quiero decir. ¿Algún familiar o alguien del trabajo? Puedo llevarte a algún sitio. —Él la miró, la preocupación aparente en su rostro.

—No. —Cerró los ojos—. No tengo familia. No tengo amigos. Y nadie en el trabajo puede saber de mi padre. Nunca.

Él no respondió, se quedó callado y ella supo que había dicho demasiado.

—Quiero irme a casa —continuó Sands.

—Claro. Echó un vistazo a la sala y volvió a mirarla. —¿Vives cerca? ¿Has venido en coche? ¿A pie?

—Vine andando —respondió Sands, casi como si se lo estuviera recordando a sí misma.

—Deja que llame un taxi, aunque —se detuvo, parecía haberse topado con un obstáculo— con esto del festival, estarán ocupados... Oye, mira, deja que te lleve a casa.

—No...

—Vamos. He estado encerrado aquí toda la noche contra mi voluntad. Recibo una comisión si vendo algo, pero tampoco me lo perdonaría nunca. Venga. Dame una excusa para escaparme, por favor. Me harías un gran favor.

Sands asintió, agradecida, y el joven se fue enseguida a informar a su hermana. Sands vio que la mujer fruncía el ceño, decepcionada. Luego volvió.

—Me he librado. —Volvió a esbozar esa sonrisa—. Me llamo Luke, por cierto. Luke Golding.

—Erica —respondió Sands.

—Hola Erica. Bueno, ven conmigo. He aparcado en la puerta.

Salieron de nuevo a la noche. Ya era tarde y las calles estaban más tranquilas, el aire bruscamente frío. Abrió el cerrojo de un viejo Vauxhall y ambos subieron. Ella le dio su dirección y él le dijo que sabía dónde estaba. El motor era silencioso, en otras circunstancias Sands lo habría descrito sin agallas, pero esta noche lo único que le importaba era que el habitáculo estaba lleno de un aire cálido que le daba sueño. Pero antes de lo que le hubiera gustado, estaban frente a la puerta de su bloque de apartamentos.

—Bueno. Aquí estamos. —Parecía un poco ansioso ahora, como si no estuviera seguro de qué hacer a continuación—. Dime, ¿tienes un compañero de piso o algo así? ¿Hay alguien a quien puedas llamar? ¿Una amiga? ¿Para que no estés sola? —Él le dedicó una sonrisa que ella comprendió más tarde que probablemente se suponía que era compasiva. Pero era guapo, su sonrisa era atractiva, y con el extraño remolino de emociones que fluía por su cerebro lo malinterpretó.

—No —respondió ella. Y, como antes, tomó una decisión sin pensar—. Pero puedes subir si quieres.

Se puso rígido y, aunque Sands estaba acostumbrada a su mal juicio en estas cuestiones, su reacción la pilló por sorpresa. Por un segundo pensó que no lo había entendido. Así que empeoró la situación intentando aclararla.

—No me refiero a cuidarme. Quiero decir... ya sabes, si quieres subir a tener sexo. —Se oyó decir las palabras y apartó la mirada, con una expresión de dolor en el rostro. Cuando volvió la vista, sus ojos y su boca estaban ligeramente abiertos. De algún modo, una sonrisa se abrió paso hasta sus labios mientras se recuperaba.

—¡Hala! Eso sí que no lo había visto venir —exclamó Luke.

Sands sintió una repentina vergüenza por haber interpretado tan mal la situación. Este chico solo estaba siendo amable con ella, no tenía ningún interés en meterse en su cama. Se giró hacia la puerta, escuchando solo parcialmente sus palabras.

—Me siento halagado de verdad, pero no creo que sea una buena idea dadas las circunstancias.

—No pasa nada. —Empezó a tantear el pomo de la puerta, maldiciendo su estupidez por haber bebido tanto champán, o lo que fuera que le habían dado.

El joven intentó calmarla.

—Oye, Erica... Está bien, no pasa nada. —Pero ya se había ido. Marchó hacia la puerta y pulsó rápidamente el código para entrar en el vestíbulo. Cuando se dio la vuelta, vio su rostro a través del cristal de la ventanilla del coche y del vestíbulo, todavía apuesto, pero blanco de preocupación.

CAPÍTULO DOS

DURMIÓ DE UN TIRÓN, soñando varias veces que recibía la llamada; cuando se despertó, en un principio pensó que su padre ya estaba muerto. Pero no había mensajes en el móvil ni llamadas perdidas. Preparó café, esperó y, por fin, poco antes de las nueve, sonó el teléfono.

—Erica, soy el inspector jefe Yorke. —Reconoció la voz incluso antes de que se presentara.

—Yorke, el hospital me llamó anoche. ¿Ya ha muerto?

Se hizo un breve silencio.

—De hecho, no.

A Sands se le hizo un nudo en el estómago.

—¿Qué quieres decir?

—Al parecer respondió extremadamente bien al tratamiento. Lo están describiendo como una recuperación milagrosa.

Sands se frotó la cara.

—No es posible. Me dijeron que era seguro, que se estaba muriendo.

Esta vez Yorke se quedó callado y Sands suspiró.

—Una recuperación milagrosa… ¿Estaba fingiendo?

—No sé cómo lo consiguió, pero supongo que sí.

—¿Por qué? —preguntó Sands al tiempo que renegaba con la cabeza—. ¿Qué conseguiría con ello? ¿Estás seguro?

—Absolutamente. Pero no hay necesidad de preocuparse por eso. Él está físicamente restringido y hay un agente de guardia en su puerta. Lo trasladarán a su celda esta mañana. Puedo avisarte cuando esté allí.

Sands no contestó.

Yorke continuó—: Erica, debo disculparme por haberte involucrado en esto. Deberíamos haber esperado hasta que fuera absolutamente seguro, pero pensé que tenías derecho a saberlo.

—No es culpa tuya. Te pedí que actuaras como mi intermediario.

—Bueno, en cualquier caso, ahora las cosas volverán a la normalidad. No tendrás que volver a saber de él.

Sands se puso rígida, pero no dijo nada.

—En realidad hay otra razón por la que te llamo. Sé que no estás de servicio este fin de semana, pero también sé que eso rara vez tiene importancia para ti. Así que quería ofrecerte algo. Una distracción, quizá.

—¿Qué me vas a ofrecer, jefe?

—Han encontrado el cuerpo de una pequeña esta mañana, en una playa.

—¿Cómo de pequeña?

—Aún no lo sabemos, parece que tendrá siete u ocho años.

—¿Cómo que no lo sabemos? ¿No hemos encontrado a los padres?

—Todavía no.

Sands miró su reloj, frunció el ceño—: ¿Cuándo la mataron?

—No lo sabemos. No hay mucho que sepamos todavía, pero me imaginé que agradecerías la distracción de un gran caso. Esto parece grande y es tuyo si lo quieres.

Sands no dudó en responder.

—Lo quiero.

—Imaginé que así sería. Es en la cala de Lulworth. ¿Cuánto tardarás en llegar?

Sands reflexionó. Había unos cuarenta minutos desde Poole donde ella vivía hasta Lulworth.

—Treinta y cinco minutos, jefe.

—Vale. Te veré cuando llegues. Yo también estoy de camino. —Hizo una pausa—. Ah, Erica, otra cosa.

—¿Sí, jefe?

—No importa. Mejor te lo cuento en persona. El sargento Sinclair está a cargo de la escena del crimen. Ponte en contacto con control mientras conduces para que te pongan al día de lo que sabemos hasta ahora.

Yorke colgó y, al instante, la niebla empezó a disiparse de la mente de Sands. Su padre pasó casi al olvido. El fin de semana vacío y a la deriva se había transformado en algo activo. Sands se movía con rapidez, fue a la cocina a comer algo y preparar café mientras se vestía. Pero justo cuando pensaba que estaba lista, recordó que la noche anterior se había dejado el Alfa en la oficina. Maldijo en voz alta.

No fue un gran problema. Momentos después, un taxi venía de camino para llevarla de vuelta a la comisaría, pero los minutos que pasó esperándolo fueron un fastidio. Aprovechó el tiempo para revisar su bolsa del trabajo que llevaba con lo básico: ropa de protección forense, mapas, linterna y radio de la policía con las pilas cargadas. También llevaba lo necesario para pasar la noche y una muda de ropa. Todo estaba en orden. Por fin llegó el taxi y se apresuró a bajar.

Reunida con su coche, esperó a que se conectara el Bluetooth de su teléfono y pulsó el botón para acceder a la Sala de Control, identificándose ante el operador. Primero pidió la localización exacta y la introdujo en el GPS del coche. Mientras conducía, ordenó al operador que leyera en voz alta toda la información registrada sobre el caso hasta el momento. Cuando terminó, le dijo que volviera a leerla. Cuando finalizó, exigió lo mismo una tercera vez.

* * *

Treinta minutos más tarde, aminoró la marcha al descender la colina que bajaba hacia Lulworth. A ambos lados aparecían pintorescas casitas de piedra, la mayoría con gruesos tejados de paja. Un poco más abajo, el gran aparcamiento, construido para acoger a las multitudes en verano, se extendía casi vacío a su derecha. Justo después, una pequeña rotonda estaba bloqueada por un coche de policía, con su luz azul girando lentamente pero la sirena apagada. Maniobró como para adelantar y bajó la ventanilla, mientras el agente del otro coche hacía lo mismo.

—Soy la inspectora Erica Sands. —Mostró su identificación.

—Buenos días, jefa. Es ahí abajo. —El agente arrancó el motor y retrocedió para dejarla pasar. Siguió por la carretera otros cincuenta metros hasta que el camino quedó bloqueado por una fila de vehículos, tanto coches de policía señalizados como furgonetas blancas. Dejó el Alfa al final de la fila y siguió a pie.

El pequeño camino terminaba donde se unía con la bahía. Allí había una corta y escarpada playa de guijarros y rocas, que servía de lecho a un arroyo, y luego el agua azul plateada del mar. Unas empinadas colinas se alzaban a ambos lados y las crestas serpenteaban frente a ella, casi cerrando un círculo completo de aguas tranquilas de medio kilómetro de ancho en su parte más ancha. Delante de ella estaba la entrada al mar. Un par de pequeñas barcas de pesca tiraban de sus anclas; muchas más boyas de amarre rojas y naranjas sugerían que la cala estaría mucho más concurrida en verano. Sin embargo, no reinaba la calma: el arroyo, crecido por las lluvias recientes, rugía al descender los últimos metros antes de encontrarse con el mar.

Miró a su alrededor y en un principio no divisó la tienda azul de la científica donde yacía el cadáver. Por fin la encontró en el otro extremo de la bahía que tenía forma de herradura, a unos 800 metros de distancia. Mucho más cerca había una cinta atravesando la playa, restringiendo el acceso.

—¡Erica! —Una voz gritó detrás de ella y se volvió para ver a Yorke, vestido de golfista. Otro hombre estaba a su lado, con uniforme de sargento.

—Sargento Sinclair, esta es la inspectora Erica Sands. Es una de las mejores del MID. —Le sonrió y le tocó la parte baja de la espalda—. Erica, este es el encargado de la escena del crimen. —El sargento se puso rígido cuando le tendió una mano, que ella estrechó brevemente.

Yorke se volvió hacia Sands.

—¿Te las arreglaste para hablar con Control?

—Sí, jefe.

—Entonces sabes tanto como nosotros. Parece algo desagradable. No es el tipo de suceso que uno pensaría que podría ocurrir en un lugar como este. —Al unísono echaron un vistazo a la cala, de una belleza casi sobrenatural incluso bajo la fría luz de febrero—. De hecho, Erica, había otra cosa que quería comentarte. ¿Podríamos hablar un momento, en privado?

—Claro, jefe.

Sands lo siguió hasta donde había dos pequeñas barcas de remos tiradas sobre los guijarros. En una de ellas había un par de guantes de goma amarillos desechados o abandonados, manchados de sangre y escamas de pescado.

—¿Qué pasa?

La observó, pero no contestó de inmediato.

—Dicen que ha estado guardándose la medicación y

anoche se la tomó de golpe. Eso podría explicar cómo engañó a los médicos.

Sands no respondió.

—De cualquier manera, está de vuelta en su celda, encerrado.

—Cualquier cosa con tal de liarnos. —Sands se apartó un mechón de pelo que se le había soltado detrás de la oreja.

Sus miradas se cruzaron un instante.

—¿Eso era todo, jefe? Debería empezar.

—En realidad, no. —Yorke esbozó una media sonrisa y luego vaciló. Sands esperó.

—¿Sí?

—Dado mi elegante atuendo sabrás que se suponía que iba a jugar al golf esta mañana. Había quedado con el comisario de Dorchester. —Se abrió una esquina del abrigo para mostrar un jersey rojo de golf—. Me ha pedido un pequeño favor, que tengo que pasarte a ti.

—Claro. —Sands asintió sin preocupación—. ¿De qué se trata?

Yorke vaciló y le dirigió una mirada de disculpa.

—Un sobrino suyo también trabaja allí. Acaba de aprobar el examen de inspector y me ha preguntado si podría trabajar contigo en este caso. Sé que es un coñazo...

—Prefiero trabajar sola —interrumpió Sands mientras negaba con la cabeza.

—Ya lo sé —suspiró Yorke—, y te entiendo. Es nepotismo descarado, y normalmente se lo reprocharía, pero... —Hizo una mueca y bajó aún más la voz—. En este caso no creo que sea mala idea. —La miró a los ojos.

—¿Por qué?

—Mira, Erica... —Yorke se detuvo y Sands lo miró con el ceño fruncido—. Eres la inspectora más dedicada, más entregada y probablemente con más talento que he conocido. Pero seamos sinceros, puedes ser un poco brusca.

—¿Brusca?

—Abrasiva incluso. Y conozco a este chico: es de aquí, un agente prometedor y también una persona muy agradable. Creo que te será útil tenerlo cerca.

—Lo dudo mucho, jefe.

—Aun así, no tienes elección. —La voz de Yorke se tensó de repente y Sands se dio cuenta de que aquello no iba a ser negociable. Se quedó quieta y apretó los labios—. Te ayude o no, me lo han pedido, y el comisario se encarga del presupuesto de mi departamento. Este parece ser el precio de un aumento muy necesario. Siento que seas tú quien lo tenga que pagar.

Sands asentó la idea en su mente y luego asintió al inspector jefe. No era para tanto.

—Muy bien, jefe.

—Vale. Y ¿sabes una cosa? Puede que no sea tan malo. Todos necesitamos un poco de ayuda de vez en cuando. Incluso tú, Erica.

Sands asintió.

—¿Cómo se llama?

Yorke no contestó, pues en ese momento un joven trajeado entró en la playa, cerca de donde les esperaba el sargento Sinclair.

—Aquí viene. Lo llevé abajo y le hice mover el coche. No quería quedarme atrapado en el caos de tráfico de aquí.

Sands se quedó boquiabierta y se le encogió el corazón al reconocerlo. Él la reconoció casi al mismo tiempo.

—Su nombre es Golding. El subinspector Luke Golding.

CAPÍTULO TRES

GOLDING SE DETUVO en seco a pocos pasos de Sinclair. Cuando Yorke se acercó para presentarlos, Sands también se detuvo y maldijo en voz baja. No había tiempo para mucho más.

—Subinspector Golding, esta es la inspectora Erica Sands. Ha accedido a que trabajes con ella en este caso.

Golding vaciló, pero luego consiguió responder—: Gracias, jefe. —Dio un paso al frente para acercarse lo suficiente a Sands como para tenderle la mano y estrechársela. Sus miradas se cruzaron, los ojos de él muy abiertos, con las pupilas dilatadas—. Gracias, jefa.

—Subinspector Golding. —Sands oyó lo rígida que era su voz.

—Tienes suerte de tener esta oportunidad, Golding —prosiguió Yorke, ajeno a la tensión que reinaba entre ambos—. La inspectora Sands es una de las mejores de su generación. Será mejor que te asegures de hacer lo que ella dice.

—Por supuesto, jefe. —Ahora miraba hacia otro lado, incapaz de mirarla a los ojos, que le devolvían la mirada.

Hubo un momento de silencio, en el que Yorke parecía

un poco confuso por cómo había ido la presentación, pero no fue suficiente para que siguiera preguntando.

—Bueno, os dejo que os pongáis manos a la obra. —Yorke le tendió la mano y, al cabo de un segundo, Golding se dio cuenta de que quería que le devolviera las llaves del coche. Las cogió, le dedicó una última sonrisa y se marchó.

Sands vaciló, pero no había más remedio que empezar. Se volvió hacia Sinclair.

—Dame tu número, tendrás que coordinarte con el subinspector John Lindham del MID. Está preparando una sala de incidentes en la comisaría más cercana, que tengo entendido que es Dorchester.

—Sí, jefa, así es. —Levantó el teléfono y mostró el número. Sands lo copió en sus contactos.

—En la sala de control dijeron que aún no se había denunciado la desaparición de ninguna niña, ¿sigue siendo así?

—Correcto. Ninguna todavía.

Sands miró a Golding y volvió a apartar la mirada.

—Eso probablemente indica que se trata de una niña sin hogar o de algún centro de acogida. Pero necesitaré saber en qué momento se denuncia la desaparición, sobre todo a nivel local. —Trató de pensar—. La mujer que encontró el cuerpo, era nadadora, ¿correcto? ¿Una de esas que se mete al agua todo el año?

—Sí. Es una locura lo que a cierta gente se le ocurre…

—Me gustaría hablar con ella primero.

El sargento parecía incómodo.

—Me temo que se la han llevado al hospital. Sé que usted pidió verla, pero los paramédicos insistieron. Sufría de hipotermia y shock...

Sands interrumpió la excusa para maldecir de nuevo en voz baja.

—¿Tienes su declaración?

—Sí.

—¿Vio a alguien? ¿Oyó a alguien? ¿Aparte de la víctima?

—No.

—¿Vio algo inusual?

—Nada, jefa. —Revisó su cuaderno—. Ella nada aquí casi todas las mañanas, a lo largo de la costa. Cuando iba hacia el promontorio vio algo en la playa, salió del agua para echar un vistazo y descubrió el cuerpo.

Sands no respondió, pero miró hacia la playa, donde destacaba la tienda azul, un punto de color antinatural entre los marrones y los verdes. —¿El patólogo ya está en el lugar?

—Así es.

Sands se detuvo y pensó.

—Bien. Eso es todo por ahora... En realidad, no. Hay un par de guantes ensangrentados en aquella barca de allí. —Señaló la barca de remos junto a la que había hablado con Yorke—. Probablemente sea sangre de pescado, pero quiero que lo comprueben por si acaso.

—De acuerdo, jefa.

Ya no había forma de evitar dirigirse a él. Se volvió hacia Golding y exhaló con lentitud.

—Subinspector Golding. —Fijó sus ojos en los de él y se negó a apartar la mirada—. Voy a ver el cuerpo. Si me vas a seguir, tendrás que ponerte el mono. Nos vemos aquí dentro de diez minutos. —Se dio la vuelta, consciente de las miradas de Sinclair y Golding a su espalda, y sintiéndose bastante mal.

Se puso su mono en el coche, sentada en el umbral del maletero y sin poder evitar que su mente repasara lo que había ocurrido con Golding la noche anterior. Estaba tan distraída que, al ponerse el traje forense blanco, se enganchó en una esquina del coche y se hizo un agujero en la pernera. Maldijo en voz alta antes de quitárselo, lanzarlo con disgusto al maletero y abrir un traje nuevo. Esta vez lo alineó cuidadosamente con sus piernas antes de meterse en él, se levantó y se lo subió por encima de las caderas. Cuando terminó, se recogió el pelo en una redecilla, se colocó la capucha sobre la cabeza y apretó los cordones. A continuación, se ató un par de fundas sobre los zapatos y las ajustó sobre la parte inferior del mono. Por último, se puso un par de guantes azules de látex en las manos. Después cerró el maletero, volvió a maldecir y cerró el coche.

De vuelta en la playa se encontró con el subinspector Golding esperándola, vestido con un traje similar, aunque de alguna manera todavía se las arreglaba para verse casi bien en él. La saludó con una sonrisa cautelosa.

—Date la vuelta, por favor —le ordenó con voz fría. Comprobó su traje—. Y otra vez.

Él volvió a girarse y ella comprobó si había algún fallo, sintiéndose casi molesta cuando no lo hubo.

—Muy bien. Vamos.

Caminaron juntos en silencio y pronto llegaron al punto en el que la playa había sido acordonada por orden de Sinclair. La vigilante del lugar, una agente de policía, permanecía fría junto a la línea de cinta azul y blanca.

—Buenos días, Sarah —saludó Golding al llegar.

—Hola, Luke —respondió la mujer, levantando la cinta. Parecía incapaz de apartar los ojos de él. Sands la miró bruscamente cuando se agachó.

—Jefa —dijo la chica con respeto. Sands consultó su reloj.

—Son las 10:21, asegúrate de anotarlo en el registro de la escena —dijo Sands.

Todavía quedaba un trecho desde la cinta hasta el lugar donde habían encontrado el cadáver. Caminaban uno al lado del otro, con el roce de sus uniformes como único sonido, hasta que Golding por fin abrió la boca.

—Escucha... sobre lo de anoche...

—¿Trabajas en Dorchester? —Sands le cortó, con voz mucho más aguda. Golding dudó antes de responder.

—Sí.

—Sí, jefa —le corrigió ella. Él se disculpó con un movimiento de cabeza.

—¿Y hace tiempo que vives aquí? ¿Conoces la zona?

—Sí, jefa. He vivido aquí toda mi vida. Pero la comisaría de Dorchester es bastante pequeña y no hay un equipo especializado en asesinatos, por eso pedí trabajar con alguien del MID. Con tu reputación, tú eras la elección obvia.

Sands asintió y guardó silencio. Unos pasos más tarde, Golding volvió a intentarlo.

—Escucha, jefa, solo quería...

—¿Qué? —Esta vez Sands se detuvo y se volvió hacia él —. ¿Solo querías qué?

Se detuvo y tragó saliva.

—Solo quería decir, sobre anoche, no hay necesidad de sentirse... No sé. Entiendo que estuvieras disgustada, con lo de tu padre... —Durante la mayor parte del tiempo estuvo mirando a cualquier parte menos a su cara, pero en ese instante consiguió sostenerle la mirada un momento—. Por cierto, ¿cómo está? ¿Falleció...?

—No —respondió Sands. Se dio la vuelta con brusquedad cuando su sensación de control amenazó con disolverse. Miró hacia atrás—. Se ha recuperado. Creen que sobrevivirá después de todo.

—¡Ah, bueno, eso es genial! —De repente sonaba mucho más feliz—. Eso es fantástico, estoy muy contento de escuchar...

—No es genial.

Golding parecía confuso, pero al cabo de un rato ella simplemente echó a andar de nuevo. Se esforzó por alcanzarla.

—La verdad es que no lo entiendo.

—No hace falta que lo entiendas. No es relevante para tu trabajo, que es este caso. Y no es relevante para tu vida.

Golding guardó silencio un momento y luego asintió.

—Vale. Lo entiendo. Es asunto tuyo, es privado. No preguntaré más.

—Bien.

Caminaron en silencio durante un rato hasta que Golding volvió a hablar.

—Pero hay algo más —insistió. En lugar de detenerse, Sands aceleró el paso, casi obligándolo a correr para seguirla—. Solo quería decirte que no deberías... debería ser yo quien se sintiera avergonzado por... no sé. —Se detuvo y volvió a intentarlo—. Lo que pasó. Lo que no pasó.

Sands se detuvo y lo miró. Él aprovechó para volver a mirarla.

—Tenías problemas familiares, que no son asunto mío, y quizá te afectaron. Pero por lo que a mí respecta no fue nada. Ya está olvidado.

Mientras él hablaba, ella podía verse a sí misma haciéndole proposiciones, oír sus propias palabras resonando en su cabeza.

Se dio la vuelta y siguió caminando.

* * *

Se acercaron a la tienda azul de la científica, cuya entrada les daba la espalda. Sands se acercó sin vacilar para ver qué ocultaba.

Era un espectáculo espantoso. El cuerpo de una niña estaba tendido sobre las grandes piedras que formaban este extremo de la playa. Estaba desnuda, salvo por unas bragas, y su cuerpo desnudo estaba maltratado y retorcido. Le habían abierto el pecho a hachazos, de modo que sus entrañas estaban desparramadas. Sands pudo reconocer los intestinos, el estómago y los riñones. No le vino a la mente ningún otro pensamiento.

El patólogo se arrodilló junto al cadáver y casi parecía estar rezando en algún tipo de ritual depravado. Sands miró un momento a su espalda para evitar asimilar la imagen de la chica. Pero luego volvió a mirar, más de cerca. El pelo era rubio pero estaba oscurecido casi por completo por la sangre: debía de tener una herida en la cabeza que ella no podía ver. En algunas partes estaba enmarañado con sangre medio coagulada, pero en otras se extendía detrás de ella. Se acercó para ver las piernas y los brazos de la chica, la forma de su vientre.

—Jesús. —Sands se dio la vuelta y vio que Golding también miraba fijamente, con cara de disgusto. Sands lo observó el tiempo suficiente para ver si iba a vomitar, pero parecía bajo control, así que se dio la vuelta.

La inspectora miró a su alrededor. Otros agentes trabajaban en silencio, fotografiando y grabando, buscando o midiendo cuidadosamente las distancias. Aparte del cadáver, nada parecía fuera de lugar.

Dio un paso adelante, mirando dónde ponía los pies.

—Doctor Bhatt —murmuró cuando llegó al cadáver y se agachó junto al patólogo. Había olor a carne en el aire, como en una carnicería.

—Inspectora Sands —respondió, volviéndose brevemente hacia ella y enarcando las cejas por encima de la montura plateada de sus gafas. Se percató de la presencia de Golding, pero no le preguntó su nombre—. Diría que me alegro de verte, pero... —El Doctor Bhatt era de ascendencia india y su voz aún conservaba el acento.

Sands no respondió.

—Hemos terminado con las fotografías, así que estoy empezando mi examen físico. ¿Quieres que te cuente lo que hay hasta ahora?

—Sí —respondió al tiempo que buscaba en su bolsillo

una grabadora de voz digital—. OK. Adelante.

El doctor Bhatt volvió a su tarea, con los dedos enguantados tocando la cara de la niña, palpando la suave piel, manipulando los músculos, como si identificara y comprobara cada uno de ellos con pericia. Al hacerlo, la expresión del rostro de la niña pareció cambiar. Por un segundo, Sands tuvo un destello de cómo habría sido la chica en vida, sonriendo o frunciendo el ceño. Pero la expresión nunca parecía completa: faltaba algo, algo de luz en los ojos.

Bhatt dejó de hacer lo que estaba haciendo y se balanceó sobre los talones. Respiró hondo.

—Hay tres elementos principales en las lesiones —comenzó su voz melódica—. Ha sido estrangulada. Y tenemos heridas significativas en la parte posterior de la cabeza, aquí. —Tiró ligeramente de la cabeza hacia delante para mostrárselas—. Y ahí, en el estómago y el pecho. —Señaló de nuevo, la punta de su dedo enguantado brillaba con fluido—. Lo que en realidad es una herida, o una serie de heridas son a la vez punzantes, cortantes, y profundas. —Señaló fragmentos de hueso blanco roto—. Varias de sus costillas están rotas y hay daños significativos en todos los órganos principales. —Hizo una pausa, luego continuó—: Y luego está esto. —Señaló algo rosado, que no era parte natural del interior de la niña.

—¿Qué es eso? —Sands se inclinó hacia delante.

—No voy a sacarlo aquí, pero se parece mucho a una muñeca.

—¿Una muñeca?

—Así es. Si miras aquí puedes ver un brazo. Eso es una pierna. La cabeza parece haber sido forzada dentro de la cavidad torácica.

Ahora que la había visto, Sands no podía dejar de verla. Era grotesco, pero también casi cómico, como si la muñeca se estuviera metiendo de cabeza en el cuerpo de la niña.

—Es de las que se puede calentar —interrumpió Golding de repente y Sands lo miró sorprendida—. Ese tipo de muñecas tienen una especie de copos de avena dentro. Las metes en el microondas y se mantienen calientes.

—Gracias —apuntó Sands y se volvió—. ¿Cómo habrá llegado ahí? —preguntó al patólogo.

—Difícil de decir. Parece intacta, así que probablemente la empujaron dentro del cuerpo después de las puñaladas.

Sands estudió la escena durante unos segundos. A pesar del horror de esta, le ayudó a descomponer lo que estaba viendo en sus partes constituyentes. Un cuerpo. Una muñeca infantil. Un rompecabezas sobre cómo se unieron.

—¿Podría haber sido presionado contra la herida y luego forzarla a entrar?

El patólogo se volvió hacia ella, sin entender la pregunta.

—¿Como si fuera una gasa? ¿Un intento de detener la hemorragia? ¿Por la chica o por alguien más?

El doctor Bhatt vaciló.

—Supongo que es posible. Pero no por ella, no con esas heridas. Y ya habría sido demasiado tarde para salvarla.

—¿Y no hay forma de que lo haya hecho ella misma? —insistió Sands, presionando—. ¿Pudo abrazar con fuerza la muñeca después de ser apuñalada?

Esta vez el patólogo negó con rotundidad.

—No con este nivel de daño tisular.

Sands se inclinó aún más para examinar el oscuro agujero en el pequeño pecho de la niña, con la muñeca medio enterrada dentro. Sus fosas nasales se llenaron de su aroma y se apartó un poco.

—Estas heridas, ¿ocurrieron aquí? ¿O fue trasladada?

—Por la cantidad de sangre derramada en la escena, supongo que murió aquí.

Sands no cuestionó esto y siguió adelante.

—¿Y su edad?

El patólogo tomó aire antes de responder.

—Yo diría que... —empezó, pero luego se inclinó hacia ella y empujó la mandíbula inferior de la chica hacia abajo, usando el pulgar para presionar la lengua y apartarla. Así pudo introducir suavemente los otros dedos.

—Tiene ambos incisivos de leche en la mandíbula superior. —Hizo una pausa y se movió hacia abajo para poder mirar más fácilmente en su boca—. Pero ha perdido los inferiores. Basándome en eso y en su tamaño, estimo que tiene entre siete y nueve años.

—¿Hora de la muerte?

El patólogo retiró las manos pero no respondió. Parecía incómodo.

—Va a ser un rango más grande de lo que te gustaría.

—¿Por qué?

—Por el agujero en su abdomen. Todavía está por encima de la temperatura ambiente, lo que significa que murió hace menos de veinticuatro horas, pero estrecharlo mucho más... —Se detuvo y pensó—. Con el pecho abierto se habrá enfriado más rápido de lo normal, pero ¿cuánto? Es difícil saberlo. Además es pequeña, así que su temperatura original es menos segura. —Se encogió de hombros.

—¿Qué hay de la lividez?

—Está avanzada, tanto en la cara como en las extremidades, pero de nuevo estamos buscando un amplio rango, por razones similares.

—¿Qué tipo de alcance?

El patólogo puso un gesto incómodo. Se quedó pensativo un rato y luego suspiró.

—Lo mejor que puedo decir es que lleva muerta entre diez y diecisiete horas.

Sands echó un vistazo a su reloj.

—¿Eso nos daría una hora de la muerte entre las seis de la tarde de ayer y la medianoche?

Bhatt dudó.

—Si tú lo dices; tus matemáticas son mejores que las mías.

Sands ignoró el comentario y miró a su alrededor. Seis de la tarde, en febrero. La playa debía de estar casi completamente a oscuras para entonces, tal vez solo quedara un poco de luz cuando el sol se pusiera en el mar. ¿Había luz de luna? Pensó en su regreso a casa la noche anterior; estaba nublado con luna nueva. Miró a Golding, sin querer decir nada, pero él la sorprendió al parecer leer sus pensamientos.

—Desde el pueblo llega un poco de luz a la playa, pero no tan lejos.

Asintió con la cabeza y pareció a punto de darse la vuelta antes de cambiar de opinión.

—¿Este es un lugar muy popular?

Una vez más, Golding parecía saber a qué se refería.

—De día está muy concurrido. Pero por la noche... la única opción para llegar hasta aquí es caminando por la playa como lo hemos hecho nosotros, o bajar desde las colinas que hay detrás. Supongo que quien la trajera tuvo el lugar para sí solo.

Sands asintió pensativa y se volvió hacia el patólogo.

—¿Con qué fue apuñalada?

Bhatt se encogió de hombros.

—Una sola hoja de algún tipo. Supongo que un tipo de cuchillo. Las heridas parecen relativamente limpias, sin restos evidentes empujados dentro. Excepto por la muñeca. Pero sabremos más cuando la lleve al laboratorio.

—¿Hay alguna señal de abuso sexual?

—Sí.

Sands apenas reaccionó.

—¿Antes o después de que muriera?

—Ambos.

—¿Semen?

El patólogo negó con la cabeza.

—No. Lo siento. Tampoco creo que encontremos nada. Es pronto, pero diría que quien hizo esto era muy cuidadoso.

Sands suspiró.

—Vale —dijo al fin. Le ardían las piernas de estar en cuclillas—. ¿Hay algo más?

—Todavía no. Pero te avisaré —Bhatt suspiró—. Ah, sí, se me olvidaba una cosa. Tiene una marca de nacimiento. —Se inclinó de nuevo, esta vez mostrándoles una pequeña mancha en la mejilla de la niña—. Ayudará a identificarla.

Sands la estudió en silencio, luego sacó su teléfono y tomó una fotografía en primer plano de la marca antes de dar las gracias al médico y levantarse. Se alejó del cadáver y Golding la siguió.

Durante unos instantes, contempló la hermosa curva de la cala. Las pocas casas de piedra visibles desde donde el pueblo se unía a la bahía estaban ahora al otro lado del agua, lejos de ellos.

—¿En qué estás pensando? —La voz de Golding la interrumpió.

—¿Perdón?

—¿En qué estás pensando? —repitió. Su voz seguía siendo seria y su rostro blanco. Recordó que se suponía que iban a trabajar juntos y, aunque la interrupción la irritó, contestó de todos modos.

—Me pregunto por qué no hemos tenido noticias de los padres. No parece una vagabunda. Tiene el pelo limpio y, aparte de las heridas, parece bien cuidada. Me pregunto por qué no sabemos nada de ellos. ¿Qué clase de padres no se dan cuenta de que su hija ha desaparecido?

El teléfono de Sands impidió a Golding contestar. Era el sargento Sinclair.

—Sí.

—Acabamos de recibir un informe, jefa. Una chica desaparecida.

Sands miró a Golding significativamente.

—¿Edad y descripción?

—Ocho años. —Hubo una pausa—. Complexión delgada, pelo rubio.

—¿Algún rasgo identificativo?

—Sí, tiene una marca de nacimiento en la mejilla izquierda.

Sands sintió que una extraña frialdad se apoderaba de su cuerpo. Miró a la chica, aún lo bastante cerca como para ver la mirada vacía de sus ojos.

—¿Cómo se llama? —preguntó, con voz apagada.

—Slaughter. Emily Slaughter.

«Hola Emily —pensó Sands—. Siento que te haya pasado esto». Se quedó callada unos segundos.

—Vale. ¿Quién ha llamado?

—Han sido los padres, jefa. Dicen que se despertaron esta mañana y la niña no estaba en su cama.

—¿Por qué tardaron tanto en avisar? —preguntó Sands, pero rápidamente decidió que no era una pregunta que mereciera la pena. Al menos, todavía no—. No importa. ¿Hay alguien con ellos?

—No, jefa. Usted dijo que debía decírselo enseguida. ¿Debo enviar a alguien?

—¿Están cerca? Preferiría ver su reacción de primera mano.

—En realidad, sí. Si mira hacia atrás, hacia el extremo oeste de la playa... —Sands casi le gritó a Sinclair que le diera la dirección.

—¿Sí?

—¿Ve el pequeño acantilado que se eleva, a la izquierda de donde nos conocimos esta mañana?

—Sí.

—¿Ve que hay unas casas ahí arriba?

—Ya lo veo.

—Es una de esas. La última, jefa. El cubo de hormigón.

Sands se quedó mirándola, lo bastante lejos como para que tuviera el tamaño de una caja de cerillas, pero a la vista de donde yacía el cuerpo. Se preguntó si estarían observando ahora, aterrorizados por lo que significaba el azul de la tienda de la científica.

—Ha llamado la madre —continuó Sinclair—. Se llama Janet Slaughter. Está allí con su marido, Rodney. Al parecer, está muy alterada. ¿Debo enviar a alguien?

—No. —Sands indicó al patólogo que se iban y le hizo señas a Golding para que la siguiera—. No hace falta, estamos en camino.

Sands terminó la llamada y estaba a punto de contarle a Golding lo que habían dicho cuando este se antepuso—: ¿Ha dicho Rodney Slaughter?

Sands se giró para mirarlo.

—¿Lo conoces?

—He oído hablar de él. —Golding se volvió para mirar las lejanas casas de la cima del acantilado.

A pesar de la distancia, estaba claro que la casa era diferente de sus vecinas. Era un edificio moderno. Parecía fuera de lugar.

—Aquí todo el mundo lo conoce —continuó Golding—. Hay todo tipo de normas contra la construcción de edificios nuevos en la costa, pero este tipo consiguió permiso para construir esa enorme casa. Los rumores dicen que hubo dinero que cambió de manos. Mucho dinero.

Cuando Sands no dijo nada, Golding continuó.

—Los lugareños tienen un nombre para la casa. Porque es tan fea que no deja ver nada. Bueno, algo así. Tendrá más que ver con el apellido de la familia, supongo. Slaughter significa matanza... —Hizo una pausa y, aunque Sands sabía lo que iba a ocurrir, sintió un escalofrío en la nuca—. La gente llama a la casa el Matadero.

CAPÍTULO CUATRO

SE QUITARON juntos el mono mientras se sentaban en el maletero abierto del Alfa.

—¿Cuántas visitas a familiares como esta has hecho? —preguntó Sands, rompiendo el silencio que duraba desde que habían abandonado el lugar donde se hallaba el cadáver.

—Bastantes —asintió—. No diría que lo disfruto, pero tengo un lado sensible. —Le mostró una sonrisa torcida, pero ella reaccionó de manera brusca.

—Mira, eres agente de policía, no psicólogo. Cuando aparecen menores de diez años asesinados, el cincuenta y ocho por ciento de las veces los culpables son los padres, casi siempre el padre. Aumenta al sesenta y seis por ciento si solo se tienen en cuenta las víctimas femeninas. Tendrás que observar con mucha atención lo que pase ahí porque es posible que estemos a punto de conocer al asesino. Tu lado sensible me interesa menos. —Se quitó el mono de los pies y se agachó para recogerlo y hacerlo una bola antes de echarlo en el maletero.

—Claro. —Asintió rápidamente—. Lo siento, jefa.

El joven subinspector se pasó los dedos por el pelo para

peinarse un poco tras quitarse la red. Sands ignoró su cabello y subió al coche. Cuando Golding hizo lo mismo, ella esperó, observándole, dispuesta a arrancar el motor.

—¿Qué?

—Ponte el cinturón de seguridad.

—La casa está al final de este camino. No hay ni cuatrocientos metros.

Ella no respondió, tan solo exhaló con lentitud. Al final Golding se abrochó el cinturón.

Sands condujo despacio y aparcó el coche con cuidado dentro de un recinto cerrado frente a la gran casa; luego esperaron un momento mientras contemplaban el impresionante edificio. La mayoría de las casas del pueblo y de la zona eran de estilo tradicional. Si no eran tan antiguas como las colinas que las rodeaban, al menos parecían llevar allí un siglo o más. Pero la casa de los Slaughter era distinta. Era completamente moderna, un simple bloque rectangular, pero que imponía por su tamaño. Era tan sencilla que casi parecía un cubo que emergía del suelo. Se notaba que era de muy reciente construcción, de hecho ni siquiera parecía estar terminada. El aparcamiento estaba lleno de materiales de construcción, había un palé de ladrillos y una miniexcavadora aparcada. Antes de que tuvieran tiempo de asimilar nada más, la gran puerta gris se abrió de golpe. Una mujer de mediana edad vino corriendo hacia ellos, con un absurdo par de zapatillas con mucho pelo en los pies. Antes de salir del coche, Sands dijo—: Recuerda, todo lo que vamos a ver podría ser una actuación. —Se bajó y alzó la voz—: ¿Señora Slaughter?

La mujer llegó hasta ellos, ahora con los brazos alrededor del cuerpo y el rostro bañado en lágrimas.

—¿La han encontrado? Por favor, díganme que la han encontrado. No me dijeron nada por teléfono. —Hablaba rápido. Llevaba una bata cuyo cinturón había apretado con fuerza.

—Soy la inspectora Erica Sands, este es mi colega el subinspector Luke Golding. —Guio a la mujer hacia un camino provisional de gravilla que cortaba el camino de entrada inacabado—. Será mejor que entremos.

Su tono fue suficiente para que la mujer se callara y se tapara la boca con la mano. Unos instantes después empezó a emitir pequeños sollozos. Sands la observaba impasible.

—¿Señora Slaughter? —Sands indicó la puerta principal, aún abierta. La mujer levantó la vista.

—¿Qué ha...? —empezó, pero Sands la cortó.

—Por favor, tenemos que entrar.

A Janet Slaughter le temblaron los labios y empezó a llorar de nuevo, pero asintió con la cabeza y los condujo a un vestíbulo fresco y pintado de blanco donde se revelaba de manera muy dramática el secreto de la casa. Por dentro no era cuadrada, sino que estaba formada por dos alas distintas que formaban una U, con un patio entre ellas. Más allá de los dos brazos del edificio, la parcela caía hasta el borde del acantilado, con el océano a sus pies. Janet Slaughter los guio hacia la parte izquierda de la casa, que se abría a un espectacular espacio diáfano de salón-cocina. Sus paredes frontales de cristal ofrecían unas vistas tan impresionantes del mar que era casi imposible que Sands no se detuviera a mirar. Tardó un momento en darse cuenta de que la sala no estaba vacía. Había un hombre, vestido con vaqueros y camisa negros, a juego con su pelo.

—¿Señor Slaughter? —Sands se acercó a él. Mientras la madre parecía al borde del pánico, él parecía tranquilo y reservado. De forma poco natural, pensó Sands. Lanzó una mirada a Golding. Comenzó a presentarse a sí misma y a Golding, pero fue interrumpida por las súplicas de Janet Slaughter.

—¿La han encontrado? Por favor, dime que la tenéis. —

El pánico creciente en su voz hizo que Sands se volviera hacia ella. La mujer parecía a punto de derrumbarse.

—Creo que lo mejor será que nos sentemos —dijo Sands, mirando a su alrededor y acercándose a una mesa de comedor. Su tablero de cristal verde, con pequeñas imperfecciones y burbujas atrapadas en el material, le daba el aspecto de la superficie de un mar en calma. Sands tomó la iniciativa y sacó una pesada silla, sintiendo cómo se deslizaba por el suelo de mármol sobre gruesas almohadillas de fieltro. Janet Slaughter se sentó en la silla y Sands sacó otra para el padre. Mientras Rodney Slaughter se sentaba, se fijó en otros detalles de él. El anillo de sello en el dedo meñique, de oro grueso y pesado, el Rolex en la muñeca. Aún no había dicho nada.

Antes de continuar, Sands respiró hondo. Sabía que ese momento acompañaría a la pareja el resto de sus vidas. Pero también sabía que la acompañaría a ella. Se sentó e hizo su trabajo.

—Debo informarles que se ha hecho un descubrimiento esta mañana —comenzó—. Y se ha iniciado una investigación por asesinato.

Un horrible gemido se escapó de los labios de Janet Slaughter. Rodney Slaughter se quedó completamente rígido, aunque los músculos de su cuello empezaron a temblar.

—La víctima es una niña, estimamos su edad entre siete y nueve...

La detuvo el quejido de Janet Slaughter subiendo de tono y volumen, como si intentara ahogar la voz de Sands, como si eso pudiera hacer que lo que tenía que decirles no fuera real.

Pero Sands siguió adelante. No había ninguna ventaja en retrasarlo.

—¿Tienen una fotografía reciente de su hija, una que muestre claramente el lado izquierdo de su cara...? —Dejó que sus ojos se posaran en la madre. Vio, por el gesto de dolor que puso, el momento en el que Janet entendió la importancia de la pregunta. Habría sido mejor preguntar al padre. Janet cerró los ojos—. ¿Señora Slaughter?

De manera muy lenta y con bastante torpeza, la mujer rebuscó en el bolsillo de su bata y sacó un iPhone. Le temblaban tanto las manos que tardó un rato en encontrar una imagen y, cuando por fin lo consiguió, parecía reacia a entregar el teléfono. Sands le tendió la mano para acelerar las cosas.

En la fotografía, la chica estaba de pie en la playa de debajo de la casa. Iba abrigada con un abrigo de invierno y sonreía al sol. Parecía feliz. Bien alimentada y llena de la vida que aún le quedaba por vivir. Sands puso la mente en blanco y amplió la imagen para que el rostro ocupara toda la pantalla. Intentó ignorar la expresión del rostro de la chica y, en su lugar, se centró en el lado izquierdo, en la leve mancha de nacimiento. Volvió a sentir una extraña sensación de frío, como un dolor de muelas. Intentó separarse de lo que iba a decir para poder estudiar mejor la respuesta de Janet y Rodney Slaughter.

—Necesitaré que uno de ustedes venga para hacer una identificación formal. Pero la víctima que encontramos esta mañana tiene una marca de nacimiento que coincide exactamente con la que muestra la fotografía que me acaba de enseñar. Me temo que es su hija.

El gemido, que nunca había dejado de salir de Janet Slaughter, estalló ahora en un grito de horror en toda regla. Segundos después jadeaba, pero parecía incapaz de respirar. Se volvió hacia su marido y, por un segundo, Sands pensó que estaba a punto de abrazarlo, pero en lugar de eso empezó a golpearle el pecho con los puños, hasta que él finalmente le cogió los brazos y se los agarró con fuerza, tirando de ella para estrecharla en un fuerte abrazo. Él también estaba sin aliento, pero logró librarse del pánico con bastante más pericia de lo que Sands esperaba. Entonces, al darse cuenta de que Sands lo miraba, aflojó el agarre. Janet seguía gimiendo con fuerza, pero al menos estaba quieta.

—Debe haber algún error —-Rodney habló por primera vez. Su voz era grave—. No es posible...

Sands esperó a ver si terminaba la frase y solo contestó cuando quedó claro que no iba a hacerlo.

—Me temo que no hay duda. La reconocí por la fotografía.

Los lamentos de Janet Slaughter se elevaron de nuevo, silenciando a Sands. Parecían dirigidos a ella, y como no respondió, Janet se volvió hacia Golding, que seguía de pie. Sus ojos parecían suplicarle, hasta que él negó muy levemente con la cabeza.

—Lo siento mucho, señora Slaughter —dijo Golding que luego se volvió hacia el marido y asintió.

Sands lo observó, frunciendo ligeramente el ceño. Luego volvió a mirar a Janet Slaughter y a su marido. Los ojos de la mujer estaban desenfocados, pero Rodney devolvió la mirada a Sands, como si esperara poder observarla sin ser notado. No tardó en apartar la mirada, pero no antes de que ella se diera cuenta de que sus ojos eran de un negro casi puro.

Durante unos instantes el único sonido fueron los gemidos de dolor que provenían de Janet Slaughter. A pesar de su tamaño, sus gritos llenaban la habitación, y a Sands no le quedó ninguna duda de que su agonía era genuina. Pero eso no significaba que no hubiera matado a su hija, solo que la realidad de la muerte de la niña la perturbaba.

Sands esperó a que estuvieran listos para continuar y aprovechó el tiempo para echar otro vistazo a la habitación. Se fijó en la decoración, o en la falta de ella. Estaba pintada de blanco, los muebles eran de estilo minimalista y claramente caros. No había fotografías familiares en las paredes ni juguetes en el suelo. No parecía que allí viviera ninguna niña.

—Señor Slaughter, señora Slaughter —dijo Sands, cuando los gemidos de la madre se habían calmado un poco —. Sé que esto es difícil, pero necesito hacer algunas preguntas y tengo que hacerlas ahora. Quienquiera que haya hecho daño a su hija, cuanto antes empecemos a buscarlo, más posibilidades tendremos de encontrarlo. — Sacó un cuaderno y preparó su bolígrafo, señal de que no tenían elección.

Janet volvió a gemir, pero también asintió con la cabeza, pareciendo aferrarse a las palabras como a algo en lo que concentrarse. El rostro de Rodney era inexpresivo, sus negros ojos imposibles de leer.

—Me confunde que hayamos encontrado a su hija antes de que denunciaran su desaparición. ¿Podrían explicarme cuándo la vieron por última vez?

Fue la madre quien respondió.

—Anoche. —Su voz era diminuta y se quebraba con cada palabra—. Se encontraba mal y teníamos invitados, así que la acosté temprano. Esta mañana... pensé que estaba levantada, viendo la tele en su habitación, pero... no estaba. Y luego supuse que estaba jugando fuera, pero no la encontraba... entonces yo... —Volvió a sollozar—. Fue entonces cuando llamé. —Unas gruesas lágrimas corrieron por sus mejillas y Janet no hizo nada para quitárselas.

Sands anotó su respuesta completa antes de levantarse y dirigirse a la ventana que daba al patio entre las dos alas de la casa.

—La casa está al revés, ¿correcto? ¿La sala de estar está en el primer piso y los dormitorios debajo?

—Así es —respondió Rodney Slaughter.

—¿Así que el dormitorio de Emily está en la planta baja?

—Sí.

Sands volvió a sentarse.

—¿Tenían invitados? —Mantuvo la mirada fija en Janet pero esta tardó un rato en darse cuenta. Por fin asintió.

—De acuerdo, llegaremos a eso en un momento —Sands habló de manera lenta y concisa—. Dijo que acostó a Emily temprano, ¿a qué hora fue?

De nuevo, tuvo que esperar una respuesta.

—Los invitados venían a las siete y media —respondió por fin Janet—. Tenía que cocinar. Emy quería ayudar, pero... bueno, ya sabes cómo son los niños... —Levantó la vista y se le nublaron los ojos. Por un segundo pareció que iba a hiperventilar de nuevo, pero hizo un esfuerzo por controlarse—. La bañé y... la acosté.

—¿A qué hora fue, señora Slaughter?

—No lo sé. Sobre las siete, creo.

—¿Podría ser más precisa? Esto es importante.

La madre dudó.

—Sí, fue sobre las siete. Tal vez unos minutos después.

Sands se volvió hacia el marido.

—Señor Slaughter, ¿cuándo la vio por última vez? —Pero él negó con la cabeza, casi como si desestimara la pregunta.

—Yo... no lo hice. Estuve... trabajando toda la tarde. —Cuando miró a su mujer, ella estaba demasiado sumida en su miseria para darse cuenta, pero Sands no.

—¿Dónde estaba trabajando?

— En Dorchester. Tengo una oficina allí.

—No le he preguntado qué tiene, le he preguntado dónde estaba.

La cara de Rodney Slaughter se sonrojó, como si fuera a desafiar su tono, pero se echó atrás.

—En mi despacho. En Dorchester.

—¿Y volvió aquí justo después del trabajo?

—Sí.

—¿Qué hora era?

Sacudió la cabeza.

—Sobre las siete y media. Emily ya se había ido a la cama.

—De nuevo, será de mucha ayuda si pudiera ser más preciso. ¿A qué hora llegó aquí exactamente?

Rodney Slaughter respiró hondo y luego soltó el aire.

—No lo sé, exactamente. Eran más o menos las siete y media. No veo por qué es importante.

—Puede que no lo sea. Pero podemos comprobarlo con los datos de su móvil de todas formas, para estar seguros. —Tomó nota y levantó la vista—. ¿Y no entró a ver a su hija cuando llegó a casa? ¿Eso es normal para usted?

Rodney Slaughter volvió a ponerse rígido y apretó la mandíbula.

—Ya estaba dormida cuando volví. Y teníamos invitados. Tenía que prepararme. —Levantó una mano para alisarse el pelo engominado hacia atrás, pero Sands notó cómo la mano le temblaba casi imperceptiblemente, y cuánto se esforzaba por ocultarlo. Lo miró a los ojos, intentando averiguar la razón. Rodney Slaughter la sorprendió mirándola fijamente.

—Muy bien. —Sands fue la primera en retirar la mirada. Se volvió hacia Janet pero tuvo que mirar su cuaderno para recordar la siguiente pregunta—. Una vez que la acostó, ¿escuchó o vio algo de ella después? —Su voz volvió a salir enérgica, la respuesta de Janet sonó forzada y débil.

—No.

—¿Vio u oyó algo inusual? ¿Ruidos? ¿Luces en el exterior que normalmente no vería?

—No.

—¿Usted tampoco? —Se volvió de nuevo hacia el padre.

—No. Nada que yo recuerde.

Sands golpeó con los dedos el cristal de la mesa, sintiendo su lustrosa suavidad.

—Han dicho que estaban ocupados, ¿quiénes eran sus

invitados? —No dirigió la pregunta a ninguno de los dos, pero Rodney Slaughter contestó.

—Stephen Wade y su esposa Dorothy. —Pareció reconocer que los nombres por sí solos no significaban nada para la inspectora—. Es el alcalde Wade. Nos hemos hecho amigos desde que nos mudamos aquí. Estaban interesados en ver la casa, ahora que ya nos hemos instalado.

—Necesitaré su número.

Rodney sacó un móvil del bolsillo de sus vaqueros. Lo consultó y luego acercó la pantalla a Sands.

—¿A qué hora llegaron los Wade?

—Justo antes de las ocho. Llamaron para decir que llegarían tarde.

—¿Y a qué hora se fueron?

Rodney se lo pensó un momento.

—Tarde, pero no demasiado. Un poco antes de medianoche.

—¿Los Wades vieron a Emily?

—No. Estaba en la cama.

—¿Qué hicieron mientras estaban aquí?

Rodney se quedó mirándola como si fuese una pregunta estúpida.

—Cenamos. Hablamos.

—¿Sobre qué?

—Lo de siempre —dijo al cabo de un rato—. Lo que la gente suele hablar en las cenas.

—Normalmente no voy a cenas y desde luego no estuve en esta. Dígame, ¿de qué hablaron?

Rodney la fulminó con la mirada y luego suspiró.

—Hablamos de la casa. Y sobre... política. El alcalde Wade es un miembro destacado del Partido Conservador. Hablamos de la posibilidad de que mi empresa hiciera una donación a los fondos del partido.

Sands recordó lo que le había dicho Golding y pensó en preguntar si la donación estaba relacionada con el permiso de obras. Pero también recordó que Yorke le había dicho que podía ser demasiado brusca así que decidió no hacerlo. Se conformó con mirar significativamente alrededor de la gigantesca sala.

—¿Enseñó los alrededores a los Wades?

—¿Perdón?

—Dijo que estaban interesados en ver la casa, ahora que se han mudado. Sin embargo, vinieron por la noche. ¿Se la enseñó?

—Bueno, no. Una vez que empezamos a hablar se nos pasó el tiempo.

—¿Bajaron al piso de abajo?

—No, solo estuvieron... aquí.

—¿Usaron el baño?

—¿Perdón?

—Estuvieron aquí casi cuatro horas. ¿No necesitaron orinar?

—Imagino que sí, no lo recuerdo. Pero tenemos un baño arriba, en el pasillo.

—¿Y usaron ese? —Sands parecía satisfecha—. ¿Qué bebieron?

Rodney frunció el ceño pero contestó de igual manera.

—Teníamos un par de botellas de tinto, pero últimamente no bebo mucho. Las chicas tomaron chardonnay.

Sands señaló hacia la zona de la cocina, donde estaban apiladas las botellas vacías, como si estuvieran listas para sacarlas y reciclarlas.

—¿Esos son los restos de anoche?

—Sí. ¿Pasa algo?

Sands ignoró la pregunta. Se levantó y se acercó para mirar más de cerca, luego volvió a la mesa y se sentó de nuevo.

—¿Qué hicieron después de que los Wade se fueran?

La pregunta iba dirigida a Janet, pero ella no estaba en

condiciones de contestar, así que Rodney respondió en su lugar.

—Mi mujer se fue a la cama enseguida. Yo recogí el salón y puse el lavavajillas. Luego también me fui a la cama.

—¿No comprobó cómo estaba su hija? —insistió Sands a Janet.

La mujer pareció sondear nuevas profundidades en su interior para responder. Cuando levantó la cabeza, su rostro era la pura imagen de tristeza.

—Normalmente lo hago... pero... —Parecía incapaz de continuar.

—¿Pero qué? —insistió Sands, casi impaciente.

—No lo sé. Estaba... cansada. Normalmente echo un vistazo pero era tarde...

Janet rompió a llorar de nuevo y Rodney se quedó mirando, con la cara blanca y la respiración agitada. Sands se volvió hacia él.

—¿Cuánto tiempo estuvo recogiendo?

—No lo sé. ¿Cuarenta minutos?

—¿Y después se fue a la cama? ¿Sin entrar a ver a Emily tampoco?

—Así es.

Sands reflexionó.

—Cuando llegó a la cama, ¿su esposa estaba dormida?

—Sí. —Rodney dudó un segundo—. En realidad, no. Se despertó brevemente. Recuerdo que miró su teléfono, creo que para ver la hora.

Sands miró a Janet, que no parecía haberlo oído.

—¿Se despertó? Cuando su marido llegó a la cama, ¿recuerda haberse despertado?

Parecía desinteresada por la pregunta, totalmente inundada por el dolor, pero al final se encogió de hombros y medio asintió.

—¿Qué hora era?

—Creo que era más de la una —respondió con voz débil.

Sands repasó lo que había escrito hasta entonces, se levantó de la mesa y se dirigió a la ventana de la parte delantera del salón, lo bastante lejos como para que la pareja no pudiera oírla. Sacó su teléfono móvil y marcó, hablando en voz baja durante un minuto antes de apartar el teléfono y mirar hacia atrás. Janet volvía a sollozar en voz baja. Rodney permanecía inmóvil, con cara de máscara. Golding permanecía casi igual de rígido junto a la mesa. Sands los observó a todos por un momento y luego regresó.

—Me gustaría echar un vistazo a la habitación de Emily —anunció.

Ninguno de los Slaughter se movió, así que Sands volvió a hablar.

—Me gustaría que fuéramos todos, por favor —insistió, y esperó a que la pareja se pusiera en pie—. Aunque es de suma importancia que ninguno de ustedes toque nada. Nada de nada. Por favor, muéstrenme dónde está la habitación.

Rodney se adelantó y salió al pasillo, donde había una gran escalera que descendía. Sands le siguió por los anchos peldaños de hormigón pulido y se dio cuenta de lo corpulento que era: su ancha y poderosa espalda casi ocupaba todo el espacio. Janet siguió a Sands y Golding se puso a la cola. En la planta baja, la casa era menos dramática, solo un pasillo que corría a lo largo de la pared del fondo con varias habitaciones que salían de él, y una puerta al final que parecía llevar al exterior. Rodney Slaughter avanzó por el pasillo y se detuvo en una de las habitaciones. Extendió la mano.

—Esta es la de Emy...

El brazo de Sands salió disparado para sujetarle.

—Es mejor que no toque nada. —Dejó que su mano permaneciera en su brazo el tiempo suficiente para guiarlo lejos del picaporte de la puerta, pero también para hacerse una idea de lo sólidos que eran sus músculos. La respuesta la sorprendió. Retiró la mano y buscó otro par de guantes en el bolsillo—. Esperen aquí, por favor. —Sands se colocó los guantes en las manos y aun así utilizó el bolígrafo para empujar la puerta.

El dormitorio de Emily Slaughter no tenía un aspecto inusual para la habitación de una niña de ocho años. Era de tamaño generoso, pero no excepcionalmente grande. La cama, la cómoda y el armario parecían nuevos, de buena calidad, pero tampoco eran nada fuera de lo común. Aquí, las paredes eran de un tono rosa claro y había algunos juguetes esparcidos por el suelo, pero la mayoría estaban en orden en estanterías. No había señales de forcejeo y mucho menos de un asesinato. Sands se acercó a la cama y observó que el edredón estaba echado hacia atrás, como si la niña acabara de levantarse. O como si alguien lo hubiera retirado para levantarla. Sintió que Golding estaba a su lado y lo miró, cruzando sus miradas. Luego ambos se acercaron a la ventana.

En realidad no era una ventana, sino una puerta corredera de cristal que daba acceso al patio exterior. Sin tocarla, inspeccionó la cerradura, que parecía de buena calidad. Observó la llave colgada de un gancho junto a la puerta. A continuación, Sands se agachó, estudió la alfombra, sacó una linterna del bolsillo, la encendió y la apuntó hacia el suelo. Encontró unas marcas, pequeñas manchas de barro, pero era imposible saber de cuándo eran. Se levantó y miró hacia el patio. Al otro lado de la puerta había una pasarela; más allá, el patio era solo barro, aunque era de suponer que con el tiempo se convertiría en un jardín. Dominando el espacio, la otra ala de la propiedad estaba inacabada y vacía. El edificio no llegaba hasta el borde del acantilado, de modo que quedaba abierto a la izquierda, por donde subían unos escalones que se perdían de vista.

—¿Adónde va eso? —preguntó, volviéndose hacia la pareja, que seguían esperando en la puerta del dormitorio.

—A ninguna parte —respondió Rodney—. Es tan solo el sendero del acantilado. Estará tapiado cuando la casa esté terminada.

Sands asintió y se volvió hacia la puerta. La empujó con el borde del bolígrafo y descubrió que podía deslizarla para abrirla sin ejercer mucha presión. Se movía casi en silencio.

—¿Estaba cerrada la puerta anoche?

—Por supuesto que sí —respondió Rodney, pero Sands reaccionó como si no lo hubiera oído. Volvió a hacer la pregunta, esta vez a Janet. Ella sollozó una respuesta.

—Sí.

—¿Está segura?

—Sí. Estoy segura.

—Mi mujer está muy concienciada con la seguridad —afirmó Rodney—. Ambos lo estamos.

—¿Y esta mañana? ¿Estaba la puerta cerrada entonces?

—Creo que sí. —Janet aspiró sonoramente con la nariz—. Debí de abrirla para comprobar el patio. Pero no estaba allí.

Sands se volvió de nuevo hacia Golding, frunció el ceño y salió. De nuevo inspeccionó el suelo con cuidado, pero no vio nada. Luego se agachó e inspeccionó el exterior de la cerradura. La iluminó con la luz de su móvil y observó un leve arañazo en el marco de metal blanco de la cerradura. Podía ser algo o podía no ser nada.

Sands reflexionó durante un minuto, luego volvió a entrar y cerró la puerta. Se volvió hacia Janet.

—¿Falta ropa? ¿O zapatos? ¿Abrigos? ¿Algo por el estilo?

Al cabo de un rato, la mujer negó con la cabeza.

Sands sopesó la respuesta.

—¿Y una muñeca? ¿Ha notado que falte alguna muñeca?

¿Específicamente del tipo que se pone en el microondas para calentar?

Janet Slaughter levantó la cabeza y asintió con la cabeza.

—Buddy. No sé si está aquí...

—¿Era esa muñeca especial para ella de alguna manera?

—Es su favorita. Suele guardarla bajo la almohada. —la madre estuvo a punto de entrar en la habitación pero Golding la detuvo.

—Gracias señora Slaughter pero es mejor que no toque nada.

Sands se volvió para mirar la cama. Incluso con los guantes puestos, no quería apartar la almohada. Después de todo, ya sabía que la muñeca no estaría allí. Echó un último vistazo a su alrededor y decidió que ya había visto suficiente. Cualquier prueba que quedara en esta habitación sería mejor que la descubrieran los investigadores de la científica. Volvió al pasillo.

—¿Podrían seguirme arriba, por favor?

Esta vez, ella los guio hasta la sala principal. Cuando llegaron allí, sonó el timbre. Sands le indicó a Golding con la cabeza que contestara.

* * *

Unos instantes después Golding volvió a entrar en el salón, seguido de otra mujer, a la que Sands presentó de inmediato.

—Esta es la agente Carol Bookman, es una especialista en apoyo a familias.

El matrimonio observó en silencio a la recién llegada. La velocidad a la que estaban perdiendo el control de sus vidas significaba que perder el control de su casa era el siguiente paso.

—Siento mucho su pérdida —dijo la recién llegada, con voz tan suave como su expresión.

—La agente Bookman actuará como punto de contacto entre ustedes y nosotros durante las próximas horas y días.

Sands vio cómo Bookman se acercaba a Janet, le cogía la mano y la cubría con la suya.

—Me gustaría que acompañaran a la agente Bookman a comisaría, donde podremos hacerles más preguntas —prosiguió Sands y solo esperó un momento antes de continuar—. También he solicitado, y me han concedido, una orden para registrar esta casa con el fin de preservar y recuperar pruebas. Empezaremos de inmediato. —Mientras hablaba, no apartó la vista de Rodney Slaughter y percibió en sus ojos una expresión de alarma y conmoción—. Es completamente normal dadas las circunstancias, pero tengo que advertirles que es probable que lleve varios días. La agente Bookman puede reservar un hotel para ustedes, aunque si lo prefieren pueden organizar algo ustedes mismos. Si es así, asegúrense de que esté cerca. —Se detuvo, con el rostro inexpresivo.

—¿Un hotel? —replicó Rodney. Sands entrecerró los ojos, observando con atención.

—Sí. Si quieren.

—Yo no... —Se detuvo antes de terminar la palabra. Cuando volvió a hablar, eligió otra—. No lo entiendo. ¿Una orden judicial? ¿Estás sugiriendo... estás sugiriendo que Janet o yo tenemos algo...? Eso es...

Sands no respondió de inmediato, sino que lo observó con atención. Al final dijo—: No voy a sugerir nada por el momento. Aparte de lo que ya he dicho de registrar la casa a fondo para recuperar todas las pruebas posibles que nos puedan ayudar a atrapar a quien mató a su hija. Confío en que no tenga ningún problema con esto.

CAPÍTULO CINCO

SANDS PERMITIÓ que Janet Slaughter se vistiera, aunque insistió en que lo hiciera con la discreta pero vigilante compañía de la agente Bookman, antes de que los llevaran a la comisaría de Dorchester. A continuación, ambos inspectores esperaron en el Alfa la llegada de un par de agentes uniformados. Su trabajo consistiría en vigilar la casa hasta que llegaran los equipos de la científica.

—¿Qué te ha parecido? —preguntó Golding cuando llevaban un rato sentados en el coche. Sands siguió mirando en silencio con la vista perdida por lo que Golding continuó —: A mí ella me pareció auténtica. ¿Él? No estoy tan seguro.

Sands siguió sin contestar. En su lugar, sacó el móvil y marcó el número que Rodney le había dado para los Wade. Cuando contestó la voz de un hombre, se identificó y obtuvo su dirección, mientras gesticulaba a Golding para preguntar cuánto tardarían.

—¿Veinte minutos? —respondió Golding en voz baja. Mientras hablaba, un coche de policía se detuvo en la entrada y un agente uniformado se acercó a ellos.

—No se vaya a ninguna parte por favor, estaremos con usted en quince minutos. —Sands terminó la llamada.

Luego bajó la ventanilla, dio sus órdenes al agente y arrancó el motor.

—¿Y bien? —Golding lo intentó de nuevo, una vez que estaban en camino—. ¿Qué te ha parecido?

Consideró la posibilidad de seguir ignorándolo, pero recordó la promesa que había hecho, que se había visto obligada a hacer, a su jefe.

—¿Qué te ha parecido a ti? —preguntó al final Sands. Golding pareció animado y comenzó a explicarse.

—La reacción de ella me pareció legítima, pero la del marido fue rara.

Ya estaban saliendo del pueblo y Sands aceleró a fondo, agarrando las curvas del sinuoso carril que llevaba de vuelta a la carretera principal. Estaba claro que no pensaba añadir nada más.

—No entiendo cómo una niña de ocho años pudo llegar hasta allí —continuó Golding—. Me refiero a la playa, al anochecer en una noche de invierno.

Sands desvió la mirada hacia la izquierda, pero no dijo nada.

—La última vez que vieron a su hija con vida fue anoche a las siete. La casa está cerrada, no hay signos evidentes de robo. Entonces, ¿cómo acaba muerta en el extremo más alejado de la playa a la mañana siguiente? —Sacudió la cabeza con frustración.

—Está claro que hay una lista limitada de posibles escenarios. ¿Por qué no empiezas por enumerarlos?

—Vale. De acuerdo. —Se reclinó en el asiento del coche —. En mi opinión hay tres posibilidades principales. La primera: ella sale sola de casa. Va a la playa y alguien la ataca allí... —Se detuvo y Sands esperó—. Pero estamos en pleno invierno. Es difícil imaginar que una niña de ocho años se alejase tanto de su casa, sola, al anochecer.

—De acuerdo —dijo Sands—. ¿Qué te resulta más fácil imaginar?

—Podría haber salido de casa. Podría haber dejado un juguete o algo fuera, haber salido solo para cogerlo y alguien la agarró allí.

—Pero sería una coincidencia ¿no? Que alguien la estuviera esperando.

—¿Tal vez fue atraída por algo? ¿Por alguien?

Sands se encogió de hombros.

Golding torció el gesto y apartó la mirada.

—¿Qué otra opción es posible?

—Vale. Segunda posibilidad: no salió de la casa sino que alguien entró y se la llevó.

—¿Cómo entraron? Todas las puertas estaban cerradas.

—Entraron por la fuerza. Me mostraste ese arañazo en la cerradura...

—Te mostré algo que podría ser un arañazo. Haremos que lo revisen, pero era una cerradura de buena calidad. Y seguro que hay una explicación más fácil, que no requiera un forzamiento.

Golding pensó un momento.

—Ellos lo hicieron. Él lo hizo.

—¿Por qué Rodney y no Janet? ¿Por qué no podría ser cosa de ambos?

—Ella me parecía demasiado alterada.

Sands tomó rápido una curva y chocó con una zarza que golpeó el lateral del coche.

—Podría haber sido una actuación. —Sands cambió de tema entonces—: Hay un cruce más adelante, ¿por dónde voy?

Los ojos de Golding se desviaron hacia el borde de la carretera.

—A la izquierda. —Volvió a mirarla—. Tuvo tiempo. Podría haberse colado en su habitación mientras Janet cocinaba, después de que ella hubiera acostado a la niña. Podría haberla matado entonces y luego esperar hasta después de la cena para llevarla a la cala.

—Es arriesgado, ¿y si la mujer fuera a ver a la niña antes de irse a la cama?

—Pero no lo hizo. ¿Tal vez es lo normal para ellos?

—O tal vez no. Y seguramente hubo más oportunidades. La madre podría haber estado mintiendo sobre llevarla a la cama, y matarla entonces en su lugar.

—¿Y charlar durante toda una cena? ¿Sabiendo que acababa de matar a su hija?

Sands se encogió de hombros.

—¿Por qué no? De todas formas, quien lo haya hecho es casi seguro que es un psicópata. Hemos visto de lo que son capaces.

—¿Así que crees que fue ella, no él?

—No tengo ni idea. Pero te dije que hicieras una lista de los posibles escenarios. No has terminado.

Golding se reclinó en el asiento, pensando una vez más.

—Vale. ¿Los Wade? Podrían haberlo hecho ellos…

—Tal vez —respondió Sands, dando un rodeo rápido. Luego aminoró la marcha cuando llegaron a las afueras del pequeño pueblo de Wareham. Miró el reloj, habían tardado diecisiete minutos—. A lo mejor estamos a punto de averiguarlo.

CAPÍTULO SEIS

EL ALFA se detuvo frente a la blanca casa de Steven y Dorothy Wade. Desde el interior, una mujer se asomó detrás de unas cortinas de flores y se escondió cuando se dio cuenta de que la habían visto. Sands se quedó mirando hasta que la mujer se arriesgó a asomarse por segunda vez y esta vez desapareció para siempre. Entonces abrió la puerta del coche.

El jardín delantero de la casa de los Wade estaba custodiado por una puerta de hierro fundido, en la que había un cartel que advertía que la casa no aceptaba correo no solicitado ni menús de comida para llevar. Las bisagras chirriaron cuando Sands empujó la puerta.

Sands avanzó por el camino, bordeado a un lado por un césped bien cortado y al otro por una zona asfaltada donde se encontraba aparcado un gran Jaguar rojo burdeos inmaculado.

No hubo necesidad de llamar al timbre, ya que al llegar abrió la puerta un hombre bajito de unos cincuenta años, vestido con el atuendo de fin de semana de los que se pasan la vida en traje y nunca llegan a dominar la ropa informal: unos vaqueros mal ajustados y una camiseta de rugby.

—¿Agente Sands?

—Inspectora Sands —corrigió—. Este es mi colega el subinspector Golding. ¿Usted debe ser Steven Wade?

El alcalde vaciló, como si fuera a insistir en que lo llamaran por su título oficial, pero algo en Sands lo detuvo.

—Así es.

—Deberíamos hacer esto dentro.

Volvió a dudar, pero luego se apartó para dejar pasar a ambos a un pasillo con una gruesa moqueta. Las paredes tenían estampados florales. El aire también olía a flores, pero con el aroma químico de un difusor de enchufe.

—Podríamos pasar a mi despacho... —empezó el alcalde, antes de que Sands lo interrumpiera.

—No. Necesitamos hablar con su esposa también. Vi que estaba en casa.

—Ah sí, por supuesto. Está... está en la sala.

Los condujo a través de una pequeña sala de estar atestada de figuras de animales de porcelana y diminutos dedales de porcelana. De la pared colgaban acuarelas sosas, junto a fotos de Steven Wade vestido de alcalde.

Dorothy Wade, la mujer que había estado en la ventana, fingía leer el dominical. Dejó el periódico cuando entraron, queriendo mostrar sorpresa. Cuando se puso en pie, se hizo evidente que era aún más baja que su marido y los inspectores sobresalían por encima de ella. Tal vez sensible a ello, el alcalde se apresuró a hacerles señas para que se sentaran en unos sofás con estampados florales.

—¿A qué se debe su visita? —preguntó.

—Son malas noticias —dijo Sands centrándose en Wade—. Esta mañana se ha encontrado el cadáver de una niña en la playa de la cala de Lulworth.

El hombre abrió mucho los ojos y enarcó las cejas. Dorothy Wade inspiró con sorpresa y se llevó la mano a la boca.

—La identidad no está confirmada en este momento —

continuó Sands—, pero creemos que la víctima es Emily Slaughter, la hija de Rodney y Janet Slaughter.

A Dorothy Wade se le escapó un chillido horrorizado. Su marido se volvió para mirarla, pero no dijo nada, solo parpadeó varias veces.

—Tengo entendido que anoche estuvieron en casa de los Slaughter —continuó Sands manteniendo su atención en Steven Wade.

—Yo... nosotros... fuimos allí para cenar pero...

—¿Pero qué? —preguntó Sands.

Cuando por fin contestó, Steven Wade negó con la cabeza.

—Pero nada. No... no sé qué decir, es imposible. Es horrible. Verdaderamente horrible.

Sands dejó que un momento de silencio se instalara en la sala antes de continuar.

—Sí. —Se inclinó hacia delante, más cerca del alcalde. —¿Conoce bien a los Slaughter?

—Sí... no... bueno... —Sonaba asustado—. En realidad, no. En absoluto. Solo desde que compraron la parcela encima de la cala. Pero Rodney, él es... Bueno, ambos parecen... el tipo de gente que uno querría atraer a la zona. Si entiende a lo que me refiero.

Sands guardó silencio, mientras recordaba los rumores de pagos dudosos a cambio de licencias urbanísticas. Al parecer, Steven Wade interpretó el silencio como que ella no había entendido.

—Hay mucha gente de fuera que compra propiedades pero luego no vive aquí. Casas de vacaciones. Al menos los Slaughter tienen intención de vivir aquí a tiempo completo.

—Ya veo. ¿Habían estado en la casa antes?

—No. Bueno, la visité cuando la estaban construyendo, por supuesto, en mi capacidad de alcalde, ya que estoy en el comité de planificación, pero anoche fue ...

—¿Fue qué?

—Fue nuestra primera vez como invitados.

—Muy bien. —Sands hizo una pausa y se tomó un momento para observar a Dorothy Wade. Se había quedado congelada desde que escuchó la noticia.

—¿Qué ha pasado? —preguntó el alcalde—. ¿Fue un accidente?

—No. Hemos abierto una investigación por asesinato.

—Dios mío —exclamó, su respiración ahora agitada—. ¿Asesinato? Pero... ¿cómo? ....

—No tenemos ninguna información que podamos compartir en este momento.

Dorothy Wade volvió a taparse la boca con la mano. Su marido la miró antes de volverse hacia Sands.

—¡Pero si estuvimos con ellos anoche mismo!

—Exacto. Por eso comprenderán que necesitemos hacerles unas preguntas.

El alcalde pareció desconcertado cuando Sands sacó su cuaderno.

—¿A qué hora llegaron?

—Erm... —El color se había desvanecido de la cara de Wade, excepto de su nariz, que seguía roja—. ¿Anoche? No lo sé. Creo que sobre las ocho. —Se volvió hacia su mujer, pero ella se limitó a mirarle fijamente, con las manos tapándose la boca—. Sí, fue poco antes de las ocho. Teníamos que haber llegado a las siete y media, pero se nos hizo tarde.

—¿Y a qué hora se fueron?

—Alrededor de medianoche, creo. No estoy muy seguro... Sí, sí, eran poco más de las doce cuando volvimos. Me fijé en el reloj de la cocina. Así que habría sido justo antes de...

—¿Vieron a la niña mientras estuvieron allí?

—No. Supongo que estaría en la cama. Quiero decir, supuse. —Steven Wade se volvió hacia su mujer—. Ni siquiera conocimos a la pequeña ¿verdad, querida? —

Dorothy Wade negó rígidamente con la cabeza. Su marido continuó—. Esto es una tragedia, una terrible tragedia.

—Así es. ¿Los Slaughter mencionaron a su hija anoche?

—No. —Wade miró a su mujer, que negó con la cabeza, pero luego esta habló, con voz trémula.

—Janet me dijo que se sentía mal. Que le pasaba algo.

—¿Solo eso? ¿Nada más?

—Habló de los colegios de la zona.

—¿Podemos saber al menos qué le ha pasado? —interrumpió Steven de repente—. Tenemos derecho...

—Daremos información en cuanto podamos —le cortó Sands con firmeza. Se tomó su tiempo antes de dirigir la siguiente pregunta al alcalde—. ¿Notó algo inusual durante la velada?

—No. Nada de nada. —Sacudió la cabeza.

—¿De qué hablaron?

—Yo... bueno... ya sabe. Hablamos de la casa. De cómo va a tener terminada la segunda ala para la primavera. También tratamos asuntos que afectan a la zona y a nivel nacional. Una conversación normal para una cena.

—¿Habló principalmente con Rodney Slaughter?

—Bueno... sí, supongo que sí.

—¿Cómo se le veía? ¿Parecía relajado? ¿Ansioso? ¿Distraído?

—No. Él estaba... relajado. Estaba bien. Estaba contándome acerca de sus negocios en Japón. Al parecer vivieron allí varios años.

—¿Hubo algo de la noche que le pareciera inusual?

—¿Como qué?

—No lo sé. Yo no estaba allí.

El hombre parecía confuso y Golding intervino para aclararlo—: ¿Ruidos fuera, luces quizás? ¿Algo que pueda recordar?

—No. Nada de eso. —Wade miró de un inspector a otro. Parecía aturdido de verdad.

—¿Le enseñaron la casa?

—No. Queríamos pero era de noche y nos sugirieron que volviéramos en otro momento.

—¿Bajaron al piso de abajo?

—No.

Sands volvió a leer todo lo que había escrito. No había mucho.

—¿Tienen algo más que añadir?

—¿Perdón?

—¿Algo más que añadir, a lo que ya han dicho?

El alcalde miró a su mujer y luego de nuevo a Sands.

—No creo que hayamos dicho nada todavía. No pasó nada...

—Algo sí ocurrió —corrigió Sands—. En algún momento de la noche pasada Emily Slaughter fue asesinada, ya sea mientras ustedes estaban allí o alrededor de esa hora. —Los miró fijamente a ambos, haciendo gemir a Dorothy Wade—. ¿Están seguros de que no vieron ni oyeron nada fuera de lo normal? Piénsenlo bien, podría ser importante. —Volvió a mirar al alcalde, esperando a que negara con la cabeza. Entonces se volvió hacia la esposa, que volvió a gemir, con la cabeza temblando en lugar de negando.

Sands suspiró. Miró a Golding, inclinó la cabeza y se puso en pie.

—Haré que venga alguien para tomarles la declaración completa. Por favor, no salgan de casa ni hablen con nadie mientras tanto.

—¿Una declaración? —preguntó el alcalde.

—Sí.

—¿Es...

Sands anticipó la pregunta.

—Sí, es muy necesario. Y si se recuerda algo inusual mientras tanto, no espere. —Le entregó su tarjeta—. Por favor, póngase en contacto conmigo de inmediato. ¿Entendido?

El alcalde asintió, con la cara aún blanca.

—Por supuesto. Los acompaño.

—Gracias.

Volvieron a atravesar el salón y entraron en el vestíbulo. De algún modo, la decoración de la casa parecía ayudar al alcalde a recuperar parte de su confianza en sí mismo.

—Está claro por dónde deben empezar —dijo cuando llegaron a la puerta principal.

—¿Ah sí? —Sands lo miró sorprendida.

—Sí. En ese maldito St Austells. Siempre dije que pasaría algo así. —Sacudió la cabeza como si el tema fuera algo de lo que ambos se quejaran con frecuencia. Sands le devolvió la mirada, claramente confusa.

—¿Qué es St Austells?

—¿No lo sabe? —Wade estaba incrédulo—. Es el refugio para indigentes, justo en la carretera de Lulworth... —Sacudió la cabeza—. Llevo años advirtiendo sobre ese lugar. Es una amenaza para toda la zona, lleno de gente violenta y peligrosa. —Miró a Sands de manera animada—. Llevo años haciendo campaña para que lo cierren, ¿verdad, querida? —Miró a su mujer, que se había unido a ellos en el pasillo—. Seguro que lo cerrarán después de esto. —El color volvió a sus mejillas y asintió con entusiasmo.

Tras un momento de silencio, Sands dijo—: De acuerdo —y asintió también, pero solo una vez—. Gracias por su tiempo, Sr. Wade, Sra. Wade. Lo investigaremos.

* * *

De vuelta en el Alfa, permanecieron sentados un rato, ambos sin dejar de observar la casa de los Wade. Golding miraba de vez en cuando a Sands.

—¿Qué estamos esperando? —preguntó al cabo de un rato.

—Nada —respondió ella, sin moverse.

Golding volvió a intentarlo—: Entonces, ¿qué piensas? ¿Están involucrados?

—Dímelo tú. —Se volvió hacia él.

—No lo creo —dijo con cuidado—. No parecían tener ni idea de nada. Parecían sorprendidos de verdad.

—Eso es lo que yo pienso también.

De repente, Sands sacó el teléfono, llamó a Lindham y le dijo que enviara a un par de agentes a tomar declaración a los Wade lo antes posible. Cuando colgó, se quedó un rato mirando por el parabrisas, antes de volverse hacia Golding.

—Háblame del refugio ese para indigentes de St Austells. ¿Lo conoces?

Golding pareció sorprendido, pero asintió.

—Sí. Aquí todo el mundo lo conoce.

—¿Por qué?

Una sombra de ceño fruncido apareció en el rostro de Golding.

—Es algo notorio.

—¿En qué sentido?

Golding no contestó de inmediato, parecía estar meditando cómo responder.

—A ver. —Respiró hondo—. Es una especie de hospital de la caridad que ayuda a personas sin hogar, alcohólicos en recuperación, drogadictos... ese tipo de cosas. La idea es esconderlos en un lugar rural donde puedan quitarse de sus adicciones sin tentaciones.

—¿Funciona?

—Supongo que sí, a veces... —vaciló Golding.

—¿Así que eso es un «no»?

La miró.

—No tanto. Según mi experiencia... —Pareció reflexionar —. A los residentes no se les permite meter nada dentro del refugio, ni bebida ni drogas, quiero decir. Eso significa que van a los pueblos cercanos a hacerlo. También hay mucha mendicidad y robos en las tiendas locales. Son cosas insignificantes, pero cuando yo patrullaba de uniforme tenía que lidiar con ello todo el tiempo.

Sands escuchó pensativa.

—¿Has visto alguna vez algo violento?

Golding negó con la cabeza.

—Algunas peleas. Entre los residentes, cuando habían bebido demasiado, o con algunos adolescentes de los pueblos que les llevaban la contraria. Pero nada más. Nunca nada como esto.

Sands tamborileó con los dedos sobre el volante.

—¿Dónde está?

—A unos kilómetros más allá por la carretera. Hay una zona boscosa y está medio escondido allí.

—¿Por esta carretera?

—Sí.

—¿Así que no está lejos de dónde encontramos el cadáver?

—No.

Sands se quedó sentada un rato más, pensando.

—De acuerdo —dijo al final—. Deberíamos ir a comprobarlo. —Giró la llave y encendió el motor.

CAPÍTULO SIETE

ESTA VEZ SANDS hizo llamadas durante todo el trayecto, siguiendo el dedo índice de Golding cuando llegaban a los cruces. La operación estaba aumentando rápidamente en tamaño y complejidad, atrayendo a agentes y personal del MID y de otros departamentos, y ella, como inspectora, era la responsable de dirigirla. Apenas había terminado otra llamada cuando llegaron al refugio, un edificio alto de ladrillo rojo rodeado de árboles maduros. Guio el coche a través de una estrecha entrada entre dos altos muros de ladrillo y aparcó junto a un maltrecho minibús con las palabras «St Austells» pintadas en el lateral. Sands salió y miró a su alrededor, Golding la siguió sin demora. Solo había unos pocos coches más, uno apoyado sobre ladrillos con las ruedas desmontadas. Un portabicicletas adosado a la pared trasera albergaba unas cuantas viejas bicicletas.

—¿Por qué será que espero ver gallinas correteando? —preguntó Golding con sorna mientras Sands se dirigía a la puerta.

Golpeó fuerte con los nudillos mientras buscaba el timbre. Como nadie respondía, intentó girar el picaporte, descubrió que la puerta no estaba cerrada, la abrió de un empujón y entró. Había un olor institucional, como a comida agria. Encontraron otra bicicleta apoyada en la pared del pasillo, con la rueda trasera deshinchada. El sitio necesitaba una mano de pintura. No había recepción, pero una mujer salió corriendo a su encuentro, con cara de ansiedad.

—¿Diga? ¿Puedo ayudarles? —Parecía aún más preocupada cuando Sands contestó.

—Soy la inspectora Sands, del Departamento de Investigación de Homicidios. Este es mi colega, el subinspector Golding. Estamos investigando un grave incidente que tuvo lugar esta mañana en la cala de Lulworth. ¿Quién es usted, por favor?

La mujer se puso blanca.

—Será mejor que vean a Julian —dijo—. Está en su despacho.

—Muy bien.

La mujer permaneció un momento retorciéndose las manos antes de que la mirada expectante de Sands la impulsara a moverse. Los condujo rápidamente por un pasillo. Sands echó un vistazo a las habitaciones por las que pasaron. Había una cocina, donde el olor nauseabundo era más intenso, y una zona común en la que un televisor emitía a todo volumen un partido de fútbol. Una figura en silla de ruedas estaba sentada viendo la tele, mientras dos jóvenes jugaban tranquilamente al billar en una mesa pequeña. Los inspectores llegaron a una puerta de madera cerrada, a la que la mujer llamó con suavidad. Cuando no ocurrió nada, sus ojos se desviaron hacia Sands, y volvió a llamar de nuevo.

—¿Qué pasa? —sonó una voz desde dentro, irritada. Entonces Sands tomó el relevo, abriendo la puerta de par en par antes de que la mujer tuviera la oportunidad de llamar de nuevo. Dentro, un hombre de pelo largo y grasiento levantó la vista de su escritorio, sorprendido.

—Inspectora Sands, subinspector Golding, departamento de investigación de homicidios. —Sands mostró su placa—. ¿Es usted el encargado aquí, señor..?

El hombre se levantó. Tenía unos cuarenta años, era alto y vestía vaqueros y una camisa hawaiana. Llevaba el pelo largo recogido en una coleta. Había estado viendo un pequeño televisor en su escritorio. No lo apagó, pero silenció el volumen.

—Pink. Julian Pink. Soy el gerente. Y la mayoría de la gente pide cita en lugar de irrumpir.

—No le quitaremos mucho tiempo, señor Pink. Solo tenemos que hacer unas preguntas. —Sands entró en el despacho, buscó una silla, la acercó al escritorio y se sentó.

Pink forzó una sonrisa y señaló la silla.

—Bien. Siéntese. Lo que sea por ayudar a la policía. —Se quedó sentado, esperando. No había más sillas, así que Golding permaneció de pie justo al lado de la puerta.

—Estamos investigando el asesinato de una niña cuyo cadáver fue descubierto esta mañana a menos de cinco kilómetros de aquí —empezó Sands, pero no tuvo oportunidad de terminar.

—Vaya, sí que han tardado poco.

Sorprendida por la interrupción, frunció el ceño.

—¿Qué significa eso? ¿Sabe algo al respecto?

Suspiró.

—Es solo que las malas noticias viajan rápido. Y normalmente en una dirección.

Sands siguió frunciendo el ceño y miró a Golding, que puso los ojos en blanco. Ella lo intentó de nuevo.

—¿Puede explicar ese comentario, señor Pink? Me temo que no lo entiendo.

Pink sonrió con disimulo.

—Siempre que hay algún problema somos el primer punto de llamada para los chicos de azul. O las chicas de azul, en su caso. —Esbozó una sonrisa cargada de sarcasmo.

Sands sintió que sus ojos se entrecerraban pero, tratando de ignorar su actitud, continuó.

—Nos han sugerido que un residente de su institución puede estar involucrado.

Pink casi se echó a reír.

—No lo dudo, inspectora. No lo dudo en absoluto. Pero eso no significa que sea cierto, ¿no? —Sus ojos se desviaron hacia el televisor, que mostraba un canal de noticias, algo sobre una infección en China, gente vestida con trajes anaranjados para materiales peligrosos y enormes capuchas, con aspecto de exploradores en la superficie de Marte. Sin dejar de sonreír, Pink volvió a mirar a Sands.

—Creo que no me entiende, señor Pink —dijo Sands—. Una chica ha sido asesinada. Esta conversación va a tener lugar; usted decide si lo hacemos aquí o en la comisaría.

La sonrisa de satisfacción desapareció.

—Lo siento, inspectora. Uno se cansa de la constante persecución.

Sands lo miró a los ojos.

—¿Le importaría apagar eso?

Pink cogió el mando a distancia con un suspiro audible y apagó el televisor.

—Tiene toda la razón. ¿Qué puedo hacer para ayudar?

—Voy a necesitar una lista completa de todos los que se hospedan o trabajan aquí. Pero ahorraría tiempo si me dijera si hay alguien a quien debamos investigar primero. Alguien con historial de violencia, específicamente violencia hacia niños, alguien en el registro de delincuentes sexuales.

Pink palideció un poco ante esto. Cuando respondió, estaba claro que elegía sus palabras con cuidado.

—Bueno... No tengo esa información a mano, pero me imagino que varios de nuestros residentes tienen antecedentes de esa naturaleza. Es inevitable con el tipo de gente a la que intentamos ayudar.

—Sin duda. Pero ¿hay alguien que le venga específicamente a la mente?

Sands vio en los ojos del hombre cómo repasaba varios nombres uno a uno.

—No —confirmó un momento después.

—¿Cuántos residentes tienen en el centro en este momento?

Pink no contestó de inmediato, pero esta vez estaba claro que lo sabía sin pensárselo mucho.

—Quince.

Estaba a punto de seguir adelante cuando Golding la sorprendió haciéndole una pregunta.

—¿Quince? ¿Así que tiene una habitación vacía?

Sands se volvió para mirar a Golding, con las cejas enarcadas.

—Aquí había dieciséis camas —explicó—. Al menos las había cuando yo era agente y los traía de vuelta para que durmieran la mona.

Julian frunció un poco el ceño al responder.

—Tenemos espacio para dieciséis residentes. Un hombre decidió marcharse esta mañana.

—¿Eso es normal? —Sands se volvió hacia él, interesada —. ¿Que la gente se vaya? ¿No ofrecen alojamiento gratuito? ¿A personas que de otro modo no tendrían hogar? ¿Por qué elegiría alguien volver a la calle?

El hombre sonrió de nuevo, de vuelta a un terreno más familiar.

—Inspectora, por mucho que intentemos ayudar a la gente de aquí, puede ser un lugar difícil para hacerlo. La población de la zona, —sonrió y miró a Golding— la policía local también, pueden ser bastante carentes de compasión y tolerancia.

—¿Por qué se fue este hombre? —Sands ignoró el sermón para insistir.

Pink pareció irritado por el desvío, pero abrió las manos y explicó.

—Esto es un refugio. Nadie está obligado a quedarse.

Sands se volvió hacia Golding para ver si lo entendía mejor que ella. Luego se volvió hacia Pink.

—¿Eso significa que no lo sabe?

Pink volvió a sonreír. Justo cuando parecía que no iba a contestar, continuó.

—La gente se marcha de vez en cuando. A veces deciden volver para estar más cerca de su lugar de origen, para vivir con sus familias. A veces simplemente deciden marcharse. Las personas a las que ayudamos aquí sufren una serie de problemas complicados. Pueden ser algo impredecibles.

Sands se echó hacia atrás mientras observaba el ordenador del escritorio del hombre. Se encogió de hombros.

—De acuerdo. En ese caso, será mejor que me dé esa lista. —Esperó, pero el hombre no se movió. Eso la irritó—. Señor Pink, ¿es que no comprende la gravedad de esta situación? Necesito una lista de todos sus residentes actuales y de los que se han ido recientemente, además de los nombres y direcciones de todo su personal. Y la necesito ahora.

Julian Pink tragó saliva con cuidado. Luego cogió un teléfono móvil de su mesa y marcó, pidiendo que alguien llamado Wendy acudiera a su despacho. Unos instantes después llamaron a la puerta y abrió la mujer que habían conocido antes. Pink repitió la petición de Sands y le dijo que trajera la lista de inmediato. Esta se marchó, mirando dubitativa a ambos inspectores.

Se hizo otro largo silencio. Parecía un enfrentamiento, como si Pink desafiara a Sands a permanecer callada más tiempo. Era infantil, pero Sands no estaba por encima de eso y, desde luego, no iba a ser ella quien se echase atrás. Se limitó a sentarse sin apartar la mirada de sus ojos mientras él acomodaba la pila de papeles que tenía sobre el escritorio. Luego cogió el bolígrafo y volvió a dejarlo. Se sintió decepcionada cuando sonó su móvil, rompiendo el reto. Caminó hasta el fondo de la oficina antes de contestar y escuchó, apretando el teléfono contra la oreja para evitar que el sonido se filtrara por el auricular. Una vez terminada la llamada, terminó con un lacónico «Llámame si encuentras algo más». Volvió a la mesa y se sentó, ya sin ganas de juegos.

—¿Cómo se enteró del asesinato esta mañana? No parecía sorprendido por la noticia.

Pink levantó la vista, sorprendido por su cambio de táctica.

—Ya se lo dije, las malas noticias vuelan.

—Sí, lo ha dicho, pero eso no responde a mi pregunta. ¿Qué ha oído? ¿Cómo? Sea concreto.

Pink se retorció un poco.

—No estamos lejos de la carretera principal. Debieron de pasar cien coches de policía. Oímos las sirenas.

—Las sirenas no le dijeron lo que pasó. Sabía que habían encontrado a una niña. ¿Quién se lo dijo?

Pink apartó la mirada durante unos segundos, como pensando en cómo salir de esta sin contestarle, pero al final se encogió de hombros.

—Hubo una pelea en el centro esta mañana.

—¿Una pelea?

—Sí, entre un par de residentes. Nada serio, pero estaban hablando de ello.

Sands suspiró con impaciencia.

—¿Qué residentes?

De nuevo, Pink dudó. Sacudió la cabeza, como si aquello no fuera más que una distracción, una pérdida de tiempo suya y de los inspectores.

—Un par de residentes estaban discutiendo en el comedor. Se amenazaron el uno al otro. Ocurre de vez en cuando. Fui a separarlos y estaban hablando de que habían matado a una chica. Uno de ellos culpaba al otro. Me llamaron para separarlos. No fue nada.

—¿Cómo? —Sands ni siquiera se molestó en ocultar el asombro en su voz—. ¿Uno de ellos acusó al otro?

—No se emocione. Estos tipos, son... No hay que creerlos cuando dicen cosas así. Se habrán enterado por alguien de la ciudad. O vieron los coches de policía y sumaron dos más dos. Quiero decir, ¿qué otra cosa podría haber sido? ¿Con tantos coches?

Sands hizo caso omiso.

—¿Quiénes son los residentes? ¿Quién culpó a quién?

Pink dudó de nuevo, no quería revelar los nombres pero pronto se dio cuenta de que no tenía elección.

—Los dos hombres que discutieron eran Michael Sopley y Arthur Josephs. Arthur empezó la discusión. Acusaba a Michael. Pero Arthur es un alborotador. Un mentiroso. Le aseguro que no hay nada en ello.

Sands hizo caso omiso.

—¿Siguen aquí?

—Arthur sí. Michael se fue. Ya se lo dije.

Por un segundo, Sands no le siguió, luego cobró sentido.

—¿Está diciendo que Michael Sopley fue el hombre que dejó su alojamiento aquí esta mañana?

—Sí.

Sands se quedó mirando al hombre con incredulidad, intentando decidir si debía arrestarlo ahora mismo, simplemente por cabrearla.

—¿Dónde está Arthur Josephs? ¿Puede llevarnos hasta él?

Pink miró a ambos inspectores, como si esperara que Golding pudiera reconducir la conversación, calmar a la mujer. Pero Golding se limitó a mirar.

—Está aquí. Pero no va a sacar mucho de él... —Sands ya

estaba de pie, casi en la puerta—. Acaba de tomarse su medicación.

—Déjenos que nosotros decidamos. Muéstrenos dónde está. Ahora mismo, por favor. —Sands mantuvo la puerta abierta.

Una vez lejos de su escritorio, Sands se dio cuenta de que Pink llevaba un par de chanclas amarillas, que chirriaban a cada paso que daba. Los condujo fuera de la oficina y de vuelta a las zonas comunes del centro. Por alguna razón, Pink se puso en la piel de un anfitrión orgulloso de mostrar el centro a sus invitados.

—La mayoría de la gente de aquí es como usted o como yo, normal y corriente, pero con mala suerte. Por eso es importante que existan lugares como este —dijo, como si Sands no hubiera estado a punto de abofetearle—. Aunque la policía local no lo entienda.

—Guárdese el sermón para otra ocasión, señor Pink —espetó Sands. Volvieron a pasar por la sala común; parecía vacía, pero entonces Pink los llevó al interior y vieron que el hombre de la silla de ruedas seguía allí, desplomado en su silla, con aspecto de estar casi inconsciente. Alguien había bajado el volumen de la televisión. Probablemente no fue él.

—Arthur Josephs —anunció Pink, haciendo un gesto hacia él.

El hombre olía, no solo al rancio olor de sudor y mugre, sino a algo peor; ni siquiera el olor institucional que los rodeaba podía disimularlo. El motivo de la silla se hizo evidente de inmediato: solo tenía una pierna, la otra se la habían amputado a mitad del muslo. Los restos de sus pantalones estaban cortados y rasgados justo debajo de la amputación, dejando a la vista partes del muñón, la herida abultada y de color púrpura intenso. Tenía tan mal aspecto que incluso Sands dudó brevemente antes de acercarse a él, pero luego se agachó frente a él.

—¿Señor Josephs? —preguntó, y luego se identificó.

Josephs apenas se movió, uno de sus ojos se abrió y examinó brevemente a las tres personas agrupadas a su alrededor. Luego volvió a cerrarse.

Sands volvió a intentarlo, pero esta vez la única respuesta fue un gruñido irritado.

—Arthur suele dormir casi toda la tarde —explica Pink—. Se le saca un poco más por las mañanas, antes de que le haga efecto la medicación. Será por eso que hoy estaba discutiendo. No será nada grave.

—Señor Josephs, tengo entendido que ha hablado con un hombre llamado Michael Sopley esta mañana. Lo acusó de tener algo que ver con una niña que encontraron muerta esta mañana. ¿Puede hablarme de ello? —perseveró Sands.

—Que te jodan —respondió Arthur.

Pink no intentó ocultar su satisfacción. Sands lo miró, molesta por su reacción, y luego se colocó en una posición más cómoda. Se dio cuenta de que no eran solo sus músculos los que protestaban por estar agachada en una posición tan incómoda, sino también el asqueroso olor.

—Arthur tiene opiniones fuertes —Pink comenzó de nuevo—. Y ese olor, como a carne podrida, es gangrena. Viene de su pierna. De la que le queda, quiero decir. Si no se la amputan, morirá, pero no deja que los médicos la toquen. Todavía los culpa por cortarle la otra.

Nadie preguntó por qué se la habían cortado, pero Pink continuó como si tal cosa.

—Se había quedado sin venas en los brazos. Así que se inyectaba en los pies, en los muslos, en cualquier sitio donde pudiera meter una aguja. El problema era que usaba agujas sucias. Así que su primera pierna se infectó y se gangrenó, y tuvieron que cortársela para salvarle la vida. Pero eso no lo detuvo. Siguió inyectándose. —Pink sacudió la cabeza—. Ahora tiene gangrena otra vez, en la otra pierna, y si no se la cortan morirá en un mes. Pero si lo hacen, Arthur dice que de todos modos es como si estuviera muerto. ¿No es cierto, Arthur?

Esta vez ambos ojos se abrieron y el hombre miró fijamente a Pink con claro odio. Sands siguió ignorando al encargado.

—Señor Josephs, ¿qué puede decirnos del hombre con el que discutió esta mañana? ¿Sabe algo? —volvió a preguntar Sands, pero Arthur seguía sin decir nada—. ¿Michael Sopley? Después de discutir, abandonó el centro. ¿Por qué se fue? ¿Sabe a dónde fue?

—Sopley es un cabrón —dijo Arthur de repente.

Pink sonrió en señal de disculpa.

—Bueno, bueno, no hay que insultar... —empezó, pero Sands lo cortó.

—Señor Pink, si no se calla haré que lo arresten ahora mismo. —Se acercó a la silla del hombre, obligándose a ignorar el olor nauseabundo—. ¿Por qué es un cabrón? —Mientras repetía la palabra mantuvo su voz suave y neutra. Arthur Josephs mantuvo los ojos abiertos esta vez, estudiándola.

—Es un cabrón y un maricón.

—Vale. ¿Algo más?

—¿Y un... un cómo-se-llame?

—No lo sé, Arthur. ¿Un qué?

—Un... un pedófilo, eso es. Un puto pedófilo.

—¿Por qué dice eso, Arthur? ¿Le dijo algo? ¿Vio algo? ¿Algo que deberíamos saber?

—¿Por qué iba a contártelo a ti? —El hombre torció la cara y se rascó el muñón de la pierna izquierda. Sus pantalones se levantaron, revelando una piel manchada y morada. Cuando vio que lo miraban, Jacobs siguió rascándose.

—Porque puedo meterlo en un buen lío —respondió Sands, con los ojos de nuevo en la cara del hombre—. Y eso le gustaría, ¿a que sí?

Josephs se lo pensó un momento y luego se encogió de hombros.

—Se comportaba de forma extraña. Asustado, raro.

—¿Estaba raro sobre qué, Arthur?

—Lo que encontrasteis. Abajo en la cala. Encontrasteis un cuerpo. El cuerpo de una niña.

—¿Cómo se enteró?

—Lo dijeron en la radio local. Estábamos escuchando. Dijeron que todo el pueblo estaba acordonado a causa de ello. Sopley empezó a preocuparse. Yo sabía por qué.

—¿Por qué?

—Lo conozco desde hace mucho tiempo. Siempre fue así de sucio. Siempre le gustaron los niños. Él como que me dijo que lo hizo.

—¿Qué le dijo exactamente, Arthur?

—Acabo de decírtelo.

Sands sacó su grabadora digital. Se la mostró y levantó las cejas en forma de pregunta.

—¿Le importa?

—Me da lo mismo. —Josephs se encogió de hombros.

—¿Qué dijo exactamente Michael Sopley, Arthur? Sus palabras. Es importante.

—Para mí no es importante.

—Pero podría ayudar a que arresten y condenen a Michael Sopley. Eso Le gustaría, ¿verdad? Porque no Le cae muy bien.

—Es un gilipollas. Y un sucio maricón.

—Cuéntanos lo que le dijo.

Arthur Josephs se removió en la silla antes de contestar. Miró de la grabadora a Sands. Luego volvió a mirar a Pink, con malevolencia en los ojos. Por fin empezó a hablar.

—Dijo que hizo algo malo, ¿vale? No me dijo qué, solo que era malo. Peor que cualquier cosa que hubiera hecho antes. Y estaba nervioso. Muy nervioso. Sudando. Asustado. Así que supe que era él. Deberías comprobarlo, en lugar de molestarme a mí. —Arthur abrió más los ojos y esbozó una mueca de desprecio—. Y si no fue él ¿por qué iba a huir? ¿Eh? No se iría a menos que lo hiciera él. Maricón de mierda.

Después dejó caer la cabeza sobre el pecho, aparentemente agotado por el esfuerzo de hablar. Sands trató de presionarle para que le diera más información, pero él se negó a dar más que un gruñido sin ganas. Tras cinco minutos de insistencia, se dio por vencida, miró fijamente a Pink, como si todo aquello fuera culpa suya, y condujo a Golding al otro extremo de la sala.

—A ver si tenemos algo sobre el tal Sopley. —Habló en voz baja para que solo él pudiera oír—. Todo esto podría ser nada, pero es demasiada coincidencia.

Golding asintió y sacó su móvil mientras ella volvía a su posición agachada frente a la silla de ruedas. Parecía que la medicación había hecho efecto. Josephs estaba medio inconsciente.

Unos instantes después, Sands sintió un golpecito en el hombro y se volvió para ver a Golding que le mostraba el móvil con una foto de un expediente policial. Le echó un vistazo rápido.

—Ay joder. —Agarró el teléfono de la mano extendida de su compañero.

CAPÍTULO OCHO

LO LEYÓ de nuevo para sí misma y luego lo resumió en voz alta.

Febrero de 2009: detenido como sospechoso de una serie de delitos de allanamiento de morada. No hubo robo por lo que se retiraron los cargos. Recibió una advertencia oficial.

Julio de 2010: detenido por agresión. Condenado y multado.

Septiembre de 2010: detenido por embriaguez y alteración del orden público. Se retiraron los cargos.

Marzo de 2011: detenido por agresión. Los agentes que lo detuvieron descubrieron que estaba en posesión de imágenes indecentes de niños. Inscrito en el registro de delincuentes sexuales.

Octubre de 2013: detenido de nuevo por allanamiento de morada. De nuevo no se llevó nada. Se retiraron los cargos por falta de pruebas.

Junio de 2015: detenido de nuevo. Esta vez fue capturado en el interior de una casa cuando los propietarios, una familia con niños pequeños, estaban de vacaciones. Lo encontraron dentro del dormitorio de la niña, jugando con sus juguetes. Concretamente colocando las muñecas sobre la cama.

Miró a Pink, cuyo semblante había cambiado al oír la última parte. Cuando habló, la voz de Sands sonó tensa por la rabia.

—Le pregunté si tenía a alguien aquí que debíamos investigar por el asesinato de una niña. En lugar de hablarme de Sopley, intentó restarle importancia.

Pink abrió la boca y volvió a cerrarla.

—Está en el registro de delincuentes sexuales. Debía saber que lo averiguaríamos, pero ha preferido hacernos perder el tiempo. —Le devolvió el móvil a Golding—. Tenemos que encontrar a Sopley. ¿A dónde fue? —Se volvió hacia Pink.

El director del centro parecía avergonzado por el silencio.

—Señor Pink, ya ha hecho bastante esta mañana para que le cierren el centro. Si quiere añadir una condena por pervertir el curso de la justicia, entonces por favor no me conteste. Vamos a encontrarlo de cualquier manera.

—No lo sé —respondió este sin más.

—¿Tenía transporte? ¿Coche?

—No. Muy pocos de nuestros residentes tienen vehículo propio.

—Entonces, ¿cómo se fue?

—No lo sé.

—Tenía una bicicleta —interrumpió Jacobs—. Pink lo sabe.

Todos se volvieron hacia el hombre de la silla de ruedas.

—Una bicicleta —confirmó Jacobs, con sorna—, de color amarilla. En eso se fue. Yo lo vi. Depravado sinvergüenza. —Miró hacia la ventana, que daba a la zona de aparcamiento.

Sands se volvió hacia Pink, que dudó brevemente antes de tomar una decisión. Asintió con tristeza.

—Iba a la estación de tren. A Wareham.

—¿Cómo lo sabe?

—Porque le di yo el billete de tren, por eso.

Sands parecía querer pegarle. Respiró hondo.

—¿Hacia dónde se dirigía? ¿A qué hora era el tren?

—A Londres. Tenía un billete abierto. A menudo doy a los residentes el dinero para su viaje de regreso. No vi ninguna razón para no hacerlo con Michael.

—¿A qué hora?

—¿Qué?

—¿A qué hora se fue?

Pink se lo pensó un momento y luego se encogió de hombros.

—La discusión fue justo después del desayuno. Recogió sus cosas y se marchó al instante. Supongo que sobre las diez. Diez y media como muy tarde...

Sands se giró hacia Golding.

—¿Con qué frecuencia pasan los trenes a Londres?

—Cada hora en punto.

—De acuerdo, ¿y qué hay? ¿Dos, tres kilómetros hasta la estación? —Golding asintió y se volvió hacia Pink, que volvió a encogerse de hombros.

—¿En qué estado se encuentra Sopley? ¿Se parece en algo a Arthur?

—No, él está... está entero.

Golding tocó la pantalla de su móvil y mostró una imagen del expediente policial de Sopley. Mostraba a un hombre blanco de unos cuarenta años, de ojos hoscos, con una camiseta blanca mugrienta. Tenía rasgos suaves y la cara demacrada, pero parecía lo bastante en forma como para montar en bici tres kilómetros.

Sands se quedó mirando a Sopley durante unos segundos, preguntándose si aquella era la cara de un asesino, antes de decirse a sí misma que estaba siendo una completa estúpida.

—Vale, así que probablemente ya esté en el tren. —Miró a Golding, todavía calculando—. Contacta con la centralita.

Pongamos a alguien en la estación revisando las cámaras de seguridad. Si podemos averiguar en qué tren está, aún podemos hacer que lo recojan al otro lado. Llámalos ahora.

—Sí, jefa.

—Después reúnete conmigo fuera. Voy a echar un vistazo a su habitación. —Se volvió hacia Pink—. ¿La han limpiado ya?

Sacudió la cabeza.

—Bueno, eso es algo. Vamos.

Pink pareció tardar un momento en darse cuenta de que debía llevarla allí, pero luego se dirigió sin quejarse. La condujo de nuevo a lo largo de un pasillo, antes de subir unas escaleras y recorrer un corredor con puertas a izquierda y derecha. Pink se detuvo ante la última puerta, que tenía grabado el número dieciséis.

—Aquí es. —Pink parecía saber que no debía tocar la puerta ni intentar entrar él mismo y Sands echó un vistazo a su alrededor. Una puerta de salida de emergencia junto a la habitación de Sopley daba a una escalera de incendios de hierro. La inspeccionó, observando que habría que mantenerla abierta día y noche.

—¿Esta puerta tiene alarma?

Pink negó con la cabeza y Sands dio un codazo en la barra. La puerta se abrió y una corriente de aire fresco de febrero invadió la habitación. Al menos ayudaba con el olor. Salió un momento y observó que las escaleras conducían a la zona del aparcamiento. Podía bajar por aquí y salir del edificio sin ser visto. Volvió a entrar, dejó que la puerta se cerrara, rebuscó en el bolsillo y se puso un par de guantes en las manos.

Luego empujó la puerta de la habitación de Sopley.

Aquí había un olor nuevo, aún desagradable, pero diferente del olor institucional del pasillo. Este era más almizclado, rancio y masculino. Era evidente que Sopley se había marchado con prisas. Las mantas se habían caído de la cama individual y yacían arrugadas en el suelo. Hurgó en la ropa que quedaba en el armario, palpando dentro de los bolsillos. Luego se acercó a un escritorio que había bajo la ventana. Estaba todo desordenado. Había docenas de paquetes vacíos de sopa instantánea esparcidos por todas partes, y por el hervidor eléctrico y las dos tazas medio llenas de fideos secos, era evidente que los cocinaba aquí en la habitación. Abrió el cajón del escritorio y encontró más fideos, un paquete vacío de medicamentos que fotografió y, por último, un periódico sensacionalista. Estaba a punto de cerrar el cajón cuando vio algo debajo. Apartó el periódico para ver una revista y maldijo en voz baja al ver el título: Coleccionista de muñecas antiguas. La imagen de la portada era una muñeca de aspecto espeluznante con el cuerpo blando y la cabeza de porcelana pintada.

—Ay Dios.

Estaba a punto de dejar caer el periódico hacia atrás cuando vio algo más, algo escrito en la portada, garabateado con boli azul. Se quedó mirando confundida. Era claramente un número de teléfono, pero al lado alguien, supuestamente Sopley, había escrito una palabra en mayúsculas desordenadas: AYUDA.

Sands curioseó pero no encontró nada más de interés. Sacó el teléfono y tecleó el número. Estaba a punto de marcar, pero al recordar que Pink seguía fuera, volvió a guardarse el teléfono en el bolsillo.

Echó un último vistazo a su alrededor y se marchó.

—Esta habitación se queda cerrada —le dijo a Pink, que asintió—. Haré que lleguen unos agentes, tardarán menos de diez minutos. Hasta entonces, que nadie entre, ¿entendido?

Pink volvió a asentir y esta vez Sands lo guio de nuevo por el pasillo y bajó las escaleras.

* * *

Fuera ya del centro, Sands llamó a Lindham y organizó el equipo de la científica. No había personal suficiente para la casa de los Slaughter y la habitación de Sopley, así que se vio obligada a priorizar y pidió que se centraran primero en Sopley. Como Golding seguía sin aparecer, se paseó impaciente por el recinto antes de recordar el número que había cogido de la portada de la revista. Marcó, pero no hacía más que sonar y sonar. Al cabo de unas veinte veces, la línea se cortó de repente. Sands no estaba segura de lo que eso significaba, así que volvió a intentarlo. Pero ocurrió exactamente lo mismo. En ese momento, Golding salió del centro con el teléfono extendido.

—Es el patólogo, jefa. No pudo comunicarse con tu línea. Ha encontrado algo.

Cogió su teléfono mientras se subía al coche y pulsó el botón para ponerlo en altavoz.

—Soy Sands, ¿qué has encontrado?

—Creo que esto te va a gustar, inspectora. —La voz del doctor Bhatt sonaba emocionada—. Cometió un error.

—¿Qué?

El médico tosió para aclararse la garganta antes de continuar.

—¿Recuerdas que mencioné la falta de pruebas físicas evidentes del autor? ¿Que parecía haber sido muy cuidadoso?

—Sí.

—Bueno, no fue tan cuidadoso como pensé al principio. Se dejó un pelo.

Sands sintió que la noticia le recorría el cuerpo. Sin darse cuenta, cerró una mano en un puño.

—Continúa.

—Un vello púbico muy negro, que destacaba mucho y que claramente no era de la niña. En realidad sobresalía de la ropa interior que llevaba la víctima, estaba mitad dentro, mitad fuera. Si no, no lo habría encontrado antes de llevarla al laboratorio.

—¿Hay suficiente para obtener un perfil de ADN?

—Oh, más que suficiente.

—Vale. Lo necesito rápido.

—Pensé que así sería. Ya lo están analizando. Tendremos los resultados en dos o tres horas. Si está en la base de datos aparecerá.

Sands se quedó mirando el móvil. Sintió una feliz emoción al ver cómo todo encajaba de repente en su sitio, pero luego una punzada de culpabilidad hacia sí misma, por lo que le había ocurrido a la víctima. Resolvió la tensión diciéndose a sí misma que se calmara, que aún quedaba camino por recorrer.

—Gracias, doctor Bhatt.

CAPÍTULO NUEVE

SANDS APROVECHÓ el silencio de Golding para evaluar el caso hasta el momento. Cada investigación, en cada fase, pero especialmente durante las primeras horas, consistía en elegir dónde concentrar unos recursos muy limitados. Si lo hacías bien, enviabas la investigación en la dirección correcta. Si se hacía mal, se podía dar al autor del crimen tiempo y espacio para inventar distracciones y mentiras. Las investigaciones que tomaban la dirección equivocada en las primeras horas a veces tardaban meses en resolverse, o nunca llegaban a hacerlo.

Ya había muchos hilos que considerar en este caso, demasiados. Estaba el examen forense del cuerpo y del lugar donde se había encontrado. El doctor Bhatt fue minucioso, y el sargento Sinclair parecía al menos competente. Luego estaba la casa de los Slaughter, que ahora tendría que esperar, porque ya había ordenado que se diera prioridad a la habitación de Sopley en el refugio de St. Austells.

Sintió que su visión se tambaleaba, pero se obligó a alejar las preocupaciones. No había riesgo de fuga de Rodney Slaughter. Si había pruebas en la casa que lo señalaran, ya había tenido tiempo de ocultarlas. No había ninguna posibilidad de que las destruyera ahora. ¿O sí?

Sacudió bruscamente la cabeza para volver a centrar sus pensamientos. También estaban Janet Slaughter y los Wade, ¿había pasado algo por alto? Era difícil ver qué motivo podía tener cualquiera de ellos para asesinar a la niña, pero eso significaba muy poco. Entendía que los motivos no solían significar nada en asesinatos como este. Al menos, no en el sentido tradicional de la palabra ni para aquellos que no supieran cómo funcionaba la mente de un psicópata.

No. Era una decisión basada en opinión y experiencia, pero era su trabajo hacerlo. Con todo lo que se sabía en ese momento, ir tras Sopley le pareció lo correcto. Tenía motivos, si es que eso significaba algo; estaba huyendo y tenían que saber por qué. Pero su enfoque tenía que ser equilibrado: Sopley era la prioridad, pero aún tenía que considerar otras posibilidades.

Estos pensamientos no calmaron su ansiedad. Seguía sintiéndose como una jugadora que lo había apostado todo al rojo y se encontraba ahora frente a la ruleta, viendo girar la bola, saltando de un número negro a otro.

Llegaron a la estación de tren de Wareham en menos de cinco minutos. Estaba un poco alejada de la ciudad y un par de coches de policía ya estaban aparcados fuera. Sands se detuvo detrás. Entró en la fría taquilla expuesta a las corrientes de aire de los andenes. Solo una de las tres ventanillas estaba abierta y la mujer sentada tras ella era la única persona a la vista.

—¿Dónde está la sala de las cámaras de seguridad? —preguntó Sands al tiempo que mostraba su identificación.

—Pasen —respondió la mujer—. Ya hay dos de los suyos

ahí dentro—. Los condujo a una habitación pequeña y oscura donde dos agentes uniformados ya estaban revisando las imágenes de las cámaras de seguridad en un banco de monitores. Levantaron la vista ante la interrupción, saludaron respetuosamente a Sands e ignoraron a Golding. La taquillera los dejó solos.

—¿Habéis encontrado algo?

—Todavía nada, jefa. —El hombre que manejaba el sistema señaló los monitores—. Tenemos una cámara en cada extremo de ambos andenes y otros dos cubriendo las dos entradas. Esta última está en la taquilla. Estamos tomando marcas de tiempo cada vez que vemos a un varón blanco de mediana edad, pero hasta ahora nadie coincide con la descripción.

—Vale. Necesitamos esto rápido. ¿Eres capaz de reproducir todas las pantallas a la vez?

—Sí, jefa. Y estamos reproduciendo a velocidad cuádruple. Tenemos que cubrir cuatro horas, así que no debería llevarnos mucho tiempo. Además, tenemos a Lukas y Willoughby fuera en cada andén por si aparece ahora.

—Bien. Seguid. —Sands se apartó, observando cómo las pantallas empezaban a rodar de nuevo. Eran la única fuente de luz en la oscura habitación. Incluso a velocidad cuádruple, estaba claro que ocurría muy poco. Wareham no era un pueblo grande y en un fin de semana de febrero no había mucho que captar en las cámaras de seguridad. El agente controlaba la imagen con una gran bola colocada en el escritorio, haciéndola rodar para ralentizar la grabación cada vez que aparecía una persona en una de las tomas, pero ninguna de ellas era Michael Sopley. En un momento dado apareció un tren a una velocidad cómica. El agente rebobinó la cinta para que llegara a una velocidad cercana a la normal. Una mujer se apeó cargada con bolsas de la compra, seguida de dos adolescentes con monopatines a los que se subieron inmediatamente para recorrer el andén vacío. Otra mujer, mayor que la primera, caminó por el andén y subió al tren, sus acelerados movimientos la hacían caminar como un pingüino de dibujos animados. Unos segundos después, unos minutos en tiempo real, el tren volvió a arrancar, sin más pasajeros.

—¿Qué tren era ese? —preguntó Sands.

—El de las once en punto.

—Ése es el que debería haber cogido —dijo Golding.

Las pantallas volvieron a mostrar una estación vacía, sin trenes ni personas a la vista. Unos minutos más tarde, la hora que aparecía en la parte inferior de la pantalla principal indicaba la hora a la que los agentes habían llegado a la estación. El hombre que manejaba la máquina sacudió la cabeza.

—No parece que haya subido a ningún tren, jefa.

Sands se quedó en la oscuridad, sumida en sus pensamientos.

—¿A qué hora habéis empezado a revisar las grabaciones?

—A las diez y media, jefa. A la misma hora que se supone que Sopley salió del refugio.

—Hazlo otra vez. Empieza antes esta vez y ve más despacio.

El agente vaciló un momento, como si fuera consciente de la inutilidad de la operación, pero hizo lo que ella le pedía. Sands esperó a que el agente rebobinara hasta mostrar desde las 9 de la mañana y volvió a ver la grabación, aunque esta vez sabía que él no aparecería.

—Así que se fuga con un billete de tren pero no lo usa. ¿Por qué no? —Era una pregunta retórica, pero cuando Golding contestó ella no puso objeciones.

—Sabía que iríamos a por él. Se habría dado cuenta de que sería fácil seguirle la pista en el tren.

—¿Y por qué huirías si no has hecho nada malo?

Esperaron a que la hora marcada en la parte inferior de

la pantalla diera las once en punto por segunda vez antes de que Sands saliera de la cabina y sacara su móvil. Esta vez ordenó una revisión más amplia del circuito cerrado de televisión que cubría toda la ciudad y de otras ciudades cercanas. Después, Golding y ella volvieron al coche y se dirigieron a la recién instalada sala de incidentes.

CAPÍTULO DIEZ

JOHN LINDHAM, el inspector al que había encargado la preparación de la sala de incidentes, dirigía a un par de informáticos mientras conectaban ordenadores y teléfonos. Varios agentes del MID ya los estaban utilizando, junto con otros de la policía del suroeste. Sands llamó la atención de Lindham, señaló un cubículo vacío y envió a Golding a por café.

Cuando Lindham entró, le dijo que esperara. Necesitaba un momento para aclarar sus ideas. Golding volvió con tres vasos de cartón con café. Los dejó sobre el escritorio y cerró la puerta.

—Muy bien. —Sands asintió en dirección a Lindham—. ¿Qué ha pasado con los Slaughter?

—Estamos hablando con la madre —respondió—. He estado un rato en la entrevista. Dice que acostó a la niña anoche, sobre las siete y que cuando entró esta mañana se encontró con la habitación vacía. Dice que no oyó nada. Está muy angustiada.

Sands dio un sorbo a su café y esperó a que continuara.

—Todavía no hemos empezado con él. ¿Quieres hablar con él ahora?

Sands volvió a reflexionar. Algo en Rodney Slaughter seguía molestándola. Esos ojos negros.

—No, que espere. ¿Qué más tenemos?

Lindham miró una lista garabateada a toda prisa en su bloc de notas.

—Los de la científica están ahora en la habitación de Sopley. Todavía no han encontrado nada. Pero hemos tenido suerte con las cerraduras de la casa de los Slaughter. Hay un cerrajero forense, uno bueno, que estaba cerca. Está en la escena ahora, pero llamó para decir que estaba de acuerdo contigo: hay indicios de que la cerradura de la puerta del dormitorio podría haber sido forzada.

—¿Podría haber sido?

—Tendrá que llevar las cerraduras al laboratorio para estar seguro. Pero él cree que sí.

—Vale. Y el vello que encontró el patólogo, ¿qué sabemos de eso?

Lindham negó con la cabeza.

—Todavía nada, pero están trabajando en ello. Es evidente que alguien de arriba les ha dicho que esto es de máxima prioridad. Sería un pequeño milagro, pero podríamos tener noticias en la próxima hora. Si el propietario del pelo está en la base de datos, claro.

«Si pertenece a Sopley lo estará» pensó Sands. Miró el reloj de la pared.

—Vamos a necesitar una muestra de ADN de Rodney Slaughter.

—Ya está hecho, jefa. No se opuso.

—Y otra de Stephen Wade.

—Delo por hecho, jefa.

Sands aún parecía insatisfecha y durante unos instantes tamborileó con los dedos sobre el escritorio.

—Entonces —dijo al tiempo que señalaba a un ordenador—, ¿podemos repasar los antecedentes de Sopley? Se dedicaba a robar, ¿cuál era su modus operandi?

Al cabo de unos segundos, Golding se había conectado al terminal. Sus dedos se movieron rápidamente sobre las teclas para poner el registro de Sopley en la pantalla que tenían delante. Sands y Lindham miraron por encima de sus hombros para ver mejor.

—Allanamiento de morada... —Golding leyó en voz alta, escaneando el texto pertinente—, no se lleva nada, solo juega con los juguetes... con las muñecas.

—¿Pero cómo lo hace? ¿Cómo entra?

Golding pinchó con el ratón en otra parte del archivo.

—Aquí lo pone. —Señaló con el dedo—. Mierda.

Sands leyó en voz alta el texto que señalaba—: Aunque no había signos visibles de daños en puertas o ventanas de la propiedad, una inspección posterior realizada por cerrajeros forenses mostró el uso de ganzúas y una llave de tensión. El historial laboral de Sopley muestra que pasó casi diez años como cerrajero comercial. —Volvió a tamborilear con los dedos hasta que la interrumpió el timbre de su teléfono. Era el patólogo. Sands puso el altavoz—. Doctor Bhatt, estás en el manos libres. ¿Tienes algo para nosotros?

Hubo una vacilación. Cuando habló, la voz de Bhatt sonaba jadeante.

—Tenemos una coincidencia en los resultados del ADN del vello.

—¿Tienes los resultados?

—Sí, y los hemos contrastado con la base de datos. Tenemos un nombre.

Sands mantuvo los ojos desenfocados. Era consciente de que los dos hombres de la sala contenían la respiración.

—¿Y bien?

—Aparece en el registro de delincuentes sexuales. Es un hombre de cuarenta y tres años llamado Michael Sopley: sierra, óscar, papa…

—Ya lo sabemos. Tenemos su expediente en la pantalla frente a nosotros —interrumpió Sands.

—Ah. Bueno, quería hacértelo saber lo antes posible.

—Gracias, doctor Bhatt. Muchas gracias. —Sands cortó la llamada.

Sands no dijo nada por un momento, pero sintió que el corazón le latía deprisa. Se volvió hacia Lindham. Se había acabado el tiempo del equilibrio.

—Quiero a todos los agentes concentrados en encontrar a Sopley. Todo lo demás pasa a un segundo plano. Que busquen en las afueras, en los graneros, en casas abandonadas. Traed todas las grabaciones de seguridad que podáis conseguir. —Hizo una pausa para pensar—. También da la voz de alerta a los clubes deportivos donde haya niños reunidos. Especialmente aquellos en edad de jugar con muñecas. Sabe que estamos tras él y sabe que no tendrá otra oportunidad una vez que lo atrapemos. Puede que intente matar de nuevo antes de que lo hagamos.

CAPÍTULO ONCE

SANDS ESTUVO DANDO vueltas durante una hora, respondiendo preguntas y tratando de averiguar dónde podía conseguir más personal. Incluso decidieron que Golding no tenía que continuar siguiéndola a todas partes, habían recibido numerosas grabaciones de cámaras de seguridad y él estaba revisando la de la calle principal de Wareham. Pero no fue de aquí de donde vino el avance. Fue Lindham, que entró corriendo en la oficina donde trabajaba Sands.

—Lo tenemos, jefa. Es Sopley. Un granjero acaba de llamar.

Unos instantes después, Sands se dirigió a la sala de incidentes y chasqueó los dedos, molesta con un agente que continuó mirando el monitor. Todos en la sala dejaron de hacer lo que estaban haciendo para mirarla. Sus ojos recorrieron la sala, contando cabezas.

—Como ya sabéis, tenemos pruebas de ADN que relacionan a Michael Sopley con el cadáver de Emily Slaughter, y su historial coincide estrechamente con el crimen. —Hizo una breve pausa—. Ahora tenemos a un granjero que ha llamado para decir que un hombre que responde a la descripción de Sopley lo ha amenazado con una escopeta. Nuestros colegas del grupo especial de operaciones están en camino ahora. Vamos a reunirnos con ellos allí. Quiero a todos por favor, así que vamos. Ahora mismo.

Salió del edificio y entró en el aparcamiento, subió del lado del conductor antes de ver a Golding e inclinarse para abrir el lado del acompañante. Luego se puso al frente del convoy, conduciendo con rapidez hacia las afueras de la ciudad y adentrándose en el campo.

Quince minutos más tarde llegaron a un corto camino que conducía a una serie de granjas. Aparcado antes del desvío había un solitario coche de policía, con la luz azul del techo girando en silencio y un agente sentado en el asiento del conductor. Encontró la mirada de Sands cuando se detuvo frente a él. Parecía nervioso.

Sands se volvió para estudiar el lugar. El camino conducía a una bonita granja de piedra; enfrente había un viejo establo con tejado metálico. Más allá había otros edificios agrícolas de diversos tamaños, enclavados al borde de una colina de laderas verdes, delimitada por muros de piedra seca. Aparcados entre los edificios había dos minibuses del color azul intenso del grupo de operaciones especiales. Una docena de agentes, ya vestidos con su uniforme completo de chalecos antibalas, cascos y protectores faciales, esperaban instrucciones.

Sands siguió conduciendo por el camino y aparcó a poca distancia de los minibuses. Ordenó por radio a sus agentes que permanecieran detrás de su vehículo hasta que les dieran permiso para actuar de otro modo. Salió y se encontró con la tierra cubierta de barro casi líquido. Maldijo en voz baja, pero salió de todos modos, abriéndose paso a través del barro hasta donde se encontraba un hombre alto, rubio y con chaleco antibalas que charlaba con un civil. Por sus botas wellington y su jersey rojo raído, no cabía duda de que era el granjero.

—Inspectora Sands —se presentó al jefe del comando—, estoy a cargo de la investigación.

—Agente Mike Roper. —El hombre asintió y ofreció su mano.

—Cedo el mando de la situación hasta que usted declare que es seguro continuar —continuó Sands, y él volvió a asentir.

—Gracias. —Roper se volvió hacia el granjero—. Este es el señor Jackson. Es el dueño de la granja y fue testigo de la entrada del sospechoso en el granero.

Sands miró al granjero pero no le dirigió la palabra.

—¿Tienen identificada la ubicación del sujeto? —preguntó en su lugar al agente Roper.

—Todavía estamos intentando establecer que... —empezó a responder, pero el granjero le interrumpió.

—Está escondido en ese granero. —Señaló una hilera de edificios bajos a poca distancia de la granja—. Se llevó mi maldita escopeta.

—¿Qué granero, señor Jackson? —preguntó el agente, al parecer no por primera vez. La razón de su pregunta era evidente. El edificio hacia el que señalaba el granjero era largo y bajo, con cuatro entradas separadas, cada una de ellas lo suficientemente grande como para que entrase un tractor. No había puertas, solo agujeros negros que daban al oscuro interior. Fuera del granero había un Land Rover verde, con la puerta delantera del pasajero abierta de par en par.

—Ya se lo dije a tu hombre por teléfono, está en el granero.

—¿Cuál de ellos?

—Bueno, ese es por el que entró, con mi escopeta por cierto, pero en realidad no importa. Están todos conectados por dentro.

—De acuerdo. —Roper parecía que por fin había aclarado la cuestión. Aun así volvió a comprobarlo—. ¿Estás seguro de que está en ese edificio de ahí?

—Por supuesto que estoy jodidamente seguro. He estado vigilando las puertas desde que os llamé. Os tomasteis vuestro maldito tiempo en llegar, por cierto.

Roper hizo caso omiso a la queja del granjero.

—¿Hay alguna puerta trasera? ¿Alguna otra salida? ¿Ventanas, sótanos? ¿Algo así?

—No. Desde dentro se puede ir de un granero a otro, como ya dije. Pero esas cuatro puertas son la única forma de entrar y salir.

—Vale. —Roper parecía satisfecho. Cogió su radio y emitió una serie de órdenes en voz baja, mobilizando a sus agentes para que se desplegaran alrededor de las entradas al granero. Una vez en sus puestos, se volvió hacia el granjero—. ¿Cuánto tiempo lleva ahí?

El hombre miró al cielo y Sands se fijó en su muñeca. No llevaba reloj.

—¿Una hora? Quizá más. Como he dicho, la mujer del 091 no paraba de hacerme malditas preguntas, así que...

—Vale, ya tendremos tiempo de sobra para arreglar las quejas más tarde. Primero saquémoslo de ahí. —El agente Roper miró el edificio con los ojos entrecerrados. Parecía que sus hombres lo tenían bien cubierto, pero seguía sin estar contento. Volvió a coger la radio e hizo algunos ajustes, acercando a algunos hombres y pidiendo a otros que se echaran un poco más atrás para tener un mejor ángulo de las cuatro amplias entradas. Se movían rápida y sigilosamente, pero no eran silenciosos debido al estorbo que les provocaban sus chalecos antibalas y sus armas. Una vez satisfecho, Roper se volvió de nuevo hacia el granjero.

—Dices que está armado con al menos una escopeta, ¿qué puedes decirme sobre ella?

—Ya se lo expliqué a la señorita del teléfono. Tenía la

escopeta a mi lado en el Land Rover, pero tuve que bajarme y abrir el portón. Entonces, mientras lo hacía, me sonó el móvil, así que contesté y era mi hija, Clara. Va a tener un bebé la semana que viene, por cierto, y supongo que me puse a charlar. Bueno, lo siguiente que sé es que veo a este capullo en una bici, esa de ahí —interrumpió su explicación y señaló una bicicleta de montaña amarilla, abandonada en el barro—. Total, le hago señas para que se aleje, porque no debería estar aquí en la granja, no hay ningún sendero ni nada por el estilo, al menos no aquí abajo en el valle... pero lo siguiente que sé es que el cabrón ha cogido mi escopeta del Land Rover...

—¿Te amenazó con ella?

—Al principio no. Nos miramos, como sorprendidos por el giro de los acontecimientos. Luego se metió en el granero. —El granjero volvió a señalar el edificio—. Me fui tras él, y empezó a gritar como un loco: no entres aquí o disparo...

—Ya. ¿Qué puedes decirme del arma en sí? ¿Conoces la marca y el modelo?

—Claro que sí. Es una Browning 525 Hunter Classic.

—Una escopeta superpuesta con doble cañón, uno encima del otro.

—Así es. La mejor escopeta del mercado por menos de dos mil libras.

—¿La tenías cargada?

—¿En el coche? ¿Qué crees que soy, un capullo principiante? No, la tenía desmontada.

—Y los cartuchos ¿son de plomo o de perdigones?

El granjero dudó ante esto.

—De perdigones. Pero son grandes, los buckshot superX.

La sombra de una mueca de dolor se reflejó en el rostro del Agente Roper.

—Sé que es un poco exagerado, pero iba tras unos zorros.

—Deben de tener unos zorros enormes por aquí —murmuró Roper en voz baja, y luego añadió—: ¿Cuántos cartuchos tenías?

—La caja entera. Las empaqué yo mismo. Así es más barato.

—¿Cuántos vienen en la caja?

—Veinte o treinta. Ah, y también tenía un cargador de velocidad. Estaba en el asiento del copiloto junto a la escopeta.

—¿Y se llevó eso también? —Roper tomó aliento al preguntar.

—No estaría tan preocupado si no lo hubiera hecho, ¿no? —El granjero parecía pensar que aquello era una broma, pero el agente Roper no se rio, sino que hizo una leve mueca de dolor mientras se acariciaba la correa del casco.

—¿Qué hay de otras armas en el granero? ¿Hay algo más que debamos saber?

—No, no hay nada ahí. Es mi cobertizo para los tractores. Tengo un viejo Massey Ferguson esperando algunas piezas nuevas. Y el otro extremo está lleno de pacas de paja, por si te interesa. —El granjero miró a Sands, pero cuando ella le devolvió la mirada, se volvió hacia Roper—: ¿Y ahora qué? ¿Vais a volarlo por los aires? Supongo que recibiré una compensación si así es. —Parecía esperanzado, pero Roper volvió a ignorarlo y condujo a Sands unos metros más allá para informarla en privado.

—Vale. Estamos ante un arma muy potente a corta distancia, es decir, a menos de cincuenta metros. Más allá de eso pierde precisión, pero aun así no me gustaría interponerme en su camino. Los cartuchos están llenos de perdigones de gran diámetro, unos ocho proyectiles por descarga. Con el cargador rápido tiene la capacidad de disparar cuatro tiros en muy rápida sucesión. Así que voy a necesitar que sus agentes se mantengan detrás de estos vehículos hasta que dé el visto bueno.

—Entendido —respondió Sands.

Roper hizo una pausa, sus ojos la leían de arriba abajo.

—Intentaremos ponernos en contacto con él ahora. Ya que sabes lo que se supone que ha hecho, tiene sentido que inicies tú el diálogo, si estás de acuerdo, claro.

—Estoy de acuerdo —confirmó Sands.

Asintió con la cabeza y continuó—: De acuerdo. Traeré el megáfono.

* * *

—¿Michael Sopley? —Sands oyó el eco de su voz en el corral, extrañamente potenciada a través del aparato. Se calmó y continuó—. Está rodeado de policías armados. Baje el arma y salga con los brazos en alto. —El sonido rebotó en la granja y cuando se apagó solo quedó el silencio y el susurro del viento en un bosquecillo cercano. Sorprendida por lo repentino que había sido, se dio cuenta de que estaba oscureciendo. Tuvo que esforzarse para ver con claridad las entradas y el interior estaba completamente oscuro.

Sands volvió a intentarlo, repitiendo las mismas palabras dos veces más, pero cada vez no hubo respuesta.

—Vamos a encender los focos —anunció Roper, y Sands asintió.

Desde el refugio que le proporcionaba el Land Rover, uno de los agentes apuntó un foco de gran potencia hacia la primera de las entradas. Incluso a treinta metros de distancia, el haz de luz atravesó fácilmente la oscuridad e iluminó la pared trasera del edificio. El agente pasó cuidadosamente el haz por todo el espacio, pero no había nada que ver. Se dirigió a la siguiente entrada y repitió el procedimiento. Esta vez, la luz iluminó un viejo tractor, proyectando una sombra gigantesca en la pared trasera. La tercera y la cuarta entrada solo mostraban pacas de heno. Como las entradas eran grandes, habían visto la mayor parte del interior.

—Podría estar escondido detrás del tractor —murmuró Sands, con el megáfono apagado. y Roper asintió, como si hubiera pensado lo mismo.

—Inténtalo de nuevo.

Sands repitió dos veces más su petición. Dos veces más sus palabras se encontraron con un silencio vacío.

—Vale —dijo el agente Roper—, vamos a necesitar mejor visibilidad ahí dentro. —Miró a su alrededor, evaluando de nuevo el despliegue de su equipo. Esta vez apuntó hacia el edificio de enfrente con su radio. Era un poco más alto y tenía una pequeña abertura en la parte superior—. ¿Qué hay ahí arriba?

—Ese es mi almacén de combustible. —El granjero entrecerró los ojos al contestar.

—¿Y en la parte de arriba? —El agente Roper señaló la parte más alta del edificio.

—Tiene un pequeño suelo elevado. Es mi taller.

Roper asintió y volvió a llevarse la radio a la boca.

—Evans, Jones. ¿Podéis entrar en el edificio de enfrente y subir las escaleras? Quizá podáis ver por encima del tractor hacia la segunda puerta.

Una vez más, sus hombres reaccionaron, trabajando hábil y cuidadosamente para cubrir los movimientos de los demás, y durante unos instantes solo se oyó el suave traqueteo de los oficiales al cambiar de posición. Era extrañamente tranquilizador. Pero entonces la tranquilidad saltó por los aires.

¡PUM!

El ruido llegó primero, pero casi simultáneamente el oficial que acababa de entrar en el almacén de combustible salió despedido hacia atrás por la entrada. Aterrizó con estrépito en el barro del corral.

Entonces se produjo el caos. Gritos por todas partes mientras el agente Roper y dieciocho agentes de su comando asimilaban la horrible realidad a la que se enfrentaban. De alguna manera, se habían equivocado de edificio. Las posiciones de cobertura que habían adoptado se convirtieron instantáneamente en todo lo contrario, trampas en las que estaban completamente expuestos. Mientras corrían, sin rumbo, para protegerse, el hombre al que habían disparado empezó a intentar levantarse del barro donde yacía.

¡PUM!

Con el segundo disparo, el hombre volvió a caer al barro. Esta vez no se movió.

Para Sands era como si los segundos pasaran a cámara lenta. El agente Roper gritaba a sus hombres, tanto por radio como a través del patio, para que buscaran nuevas posiciones, pero Sands no podía entender lo que decía. Entonces el efecto se detuvo y el tiempo volvió a fluir con normalidad. Un grito salió del segundo edificio, de donde procedían los disparos.

—Alejaos. —El pánico en su voz era evidente—. Alejaos o le dispararé de nuevo.

Los agentes continuaban trepando por la zona. Uno se acercó al compañero que yacía en el barro.

—¡Atrás o acabaré con él! —gritó Sopley ahora—. ¡Te juro por Dios que lo haré!

Entonces fue cuando Sands lo vio por primera vez. O al menos lo vislumbró, mientras se esforzaba por cargar la escopeta de nuevo, se la colocaba rápidamente en el hombro y apuntaba al agente que se acercaba. Fue un vistazo lo bastante largo como para confirmar que era el mismo hombre que había visto en el expediente. Luego retrocedió hasta que el muro de piedra del edificio lo ocultó.

El agente Roper ordenó al segundo hombre que retrocediera.

—No te muevas o disparo —volvió a gritar Sopley, pero el agente ya había echado a correr hacia la izquierda, lanzándose detrás de un coche, con el pecho agitado arriba y abajo. Sands se dio cuenta de que aún tenía el megáfono en la mano.

—No dispares —habló por instinto—. Estamos retrocediendo. Estamos haciendo lo que nos dices.

Puede que fuera el volumen adicional del megáfono, o que el momento acabara de pasar, pero durante unos segundos no ocurrió nada. Parecía que todo el mundo intentaba asimilar la nueva situación.

El único agente que quedaba al descubierto era el hombre al que habían disparado. Estaba solo en la puerta del edificio donde se escondía Sopley. Pero se movía, intentando arrastrarse hacia atrás. Sands pudo ver el dolor en su rostro. También el miedo.

—¿Michael Sopley? ¿Eres tú, Michael? —Sands preguntó a través del altavoz—. ¿Puedes oírme?

Sopley no respondió.

—Está herido, Michael. No está muerto, el agente al que disparaste no está muerto. Tienes que dejarnos ir a por él. —A solo veinte metros de distancia, el hombre herido continuaba sus lentos intentos de arrastrarse fuera del alcance del arma de Sopley.

—¡No quería dispararle! —gritó Sopley de repente—. No tuve elección. El hijo de puta vino corriendo hacia mí. Vino directo con un arma enorme. ¿Qué se suponía que debía hacer? —Un gemido lleno de autocompasión emergió del granero.

—No era su intención, Michael. No sabía que estabas allí.

—¡Y una mierda! Lo teníais planeado, es una emboscada, una persecución. Lo habéis mandado a por mí, corriendo con un arma enorme. —Sopley pronunció las palabras entre sollozos ahogados.

Sands miró a Roper, comprobando que seguía queriendo que intentara comunicarse. Tenía la cara blanca y respiraba con dificultad, pero asintió con la cabeza.

—No, Michael. Fue un accidente. Creíamos que estabas en el edificio de enfrente. —Sands sintió náuseas de repente; habían disparado a un agente. Podía morir delante de ellos—. Tienes que dejarnos recuperar al agente al que has disparado. No empeores tu situación.

—¿Cómo puede ser peor mi situación? He matado a un puto policía. Estoy jodido.

—No está muerto. Míralo, Michael. Tienes que dejarnos ir a buscarlo.

—No os acerquéis. Si se acerca alguien lo remato.

Sands pulsó el altavoz para hablar, pero cambió de idea. Lo bajó y miró a los ojos al agente Roper, su mirada preguntaba qué demonios debían hacer ahora.

CAPÍTULO DOCE

CUANDO EMPEZARON LOS DISPAROS, el granjero se agachó y retrocedió hasta esconderse detrás de un muro, pero los agentes de policía se dirigieron hacia él para averiguar más cosas sobre el granero en el que estaba escondido Sopley. No eran buenas noticias. Era una pequeña sala de piedra sin otras entradas, y se utilizaba principalmente para almacenar combustible para la maquinaria de la granja. Había varios bidones de cincuenta galones de gasóleo agrícola, así como uno casi lleno de gasolina para el Land Rover. Pero también contenía una pequeña plataforma elevada, a la que se accedía por unos escalones en la parte trasera, que conducía a un pequeño taller. El granjero admitió tímidamente que era allí donde recargaba los cartuchos de su escopeta. Peor aún, guardaba la pólvora en contenedores de plástico. Hicieran lo que hicieran para sacar a Sopley, más les valía no disparar contra el edificio.

Mientras Roper consideraba esto, Sands hizo repetidos intentos de hablar con Sopley para que permitiera que alguien viniera a recuperar al hombre al que habían disparado. Pero cada intento fue respondido con gritos e insultos.

—¡Mierda! —dijo Sands, dándose por vencida por un momento. Miró el desastre en que se había convertido la situación. El agente herido había conseguido arrastrarse un par de metros desde donde había aterrizado tras el primer disparo, pero su progreso se estaba ralentizando, y ahora apenas se movía. Sin embargo, seguía estando muy expuesto si Sopley volvía a disparar. Había un grueso rastro de barro detrás de él, e incluso en la penumbra parecía lleno de sangre.

—Déjame intentarlo. —El agente Roper interrumpió sus pensamientos y Sands le dejó coger el megáfono. Roper respiró hondo varias veces antes de pulsar el botón.

—¿Michael? ¿Puedes oírme? —Se detuvo y esperó, pero no hubo respuesta. Volvió a intentarlo—. ¿Es Michael, o prefieres Mike? —preguntó—. ¿Quieres saber algo gracioso? Yo también me llamo Michael. Agente Michael Roper del grupo de operaciones especiales. Pero todo el mundo me llama Mike. Qué coincidencia, ¿no? Dos Mikes. —Hizo una pausa, pero solo por un segundo—. Y el hombre que está ahí fuera tirado en el barro se llama Dean.

Seguía sin haber respuesta, pero el agente Roper no parecía esperar ninguna.

—Se llama Dean Jones. Tiene veintinueve años. ¿Me oyes Mike? Es solo un niño. Y es un buen chico. Tiene una esposa y un bebé de seis meses. Tal y como están las cosas, has disparado a un oficial de policía por accidente. Todos lo entendemos. Entró corriendo, te asustó. No fue culpa tuya. Pero si no nos dejas llegar a él no te va a ayudar en nada. Va a morir, Mike. Si no nos dejas ir a por él, va a morir, y eso sí será culpa tuya. —El agente Roper apagó el megáfono. Se hizo el silencio mientras todos esperaban a ver si ocurría algo.

No pasó nada.

—Vamos, Mike. Si entre todos mantenemos la calma, podemos acabar con esto. Nadie tiene que morir aquí.

Por fin hubo una respuesta—: Yo no quiero morir. No he hecho nada tan malo.

Sands se dio cuenta de que se les había unido un paramédico, un hombre canoso con uniforme de la Ambulancia Aérea. El helicóptero había aterrizado en el campo detrás de ellos. Ni siquiera lo había oído llegar. El paramédico asintió y se asomó para ver mejor al herido. El agente Roper notó su presencia y le entregó unos prismáticos grandes.

—¿Qué ves? —preguntó Roper unos instantes después.

El paramédico dejó caer los prismáticos y sacudió la cabeza. Su rostro era sombrío.

—Lo suficiente. ¿Lleva chaleco antibalas?

—Sí.

—Entonces quizás los perdigones no hayan alcanzado ningún órgano importante. Pero las heridas en sus extremidades parecen lo suficientemente graves como para que se desangre. Tenemos que llevarlo al hospital, ahora mismo. —Nadie respondió durante un segundo y el paramédico continuó—. Lo siento mucho pero tiene que ser ahora mismo. Si no ponemos compresión en esas heridas en cuestión de minutos, será demasiado tarde.

El agente Roper frunció el ceño, volvió a coger los prismáticos y examinó la escena que tenía delante, tanto al herido como la entrada del edificio donde se ocultaba Sopley. Luego soltó los prismáticos y volvió a coger el megáfono.

—Mike. —Su voz era tranquila, pero sonaba diferente, retorcida por la tensión—. El hombre al que has disparado se está desangrando. Se está muriendo. Pase lo que pase ahora, necesitamos que nos dejes ir a buscarlo. Morirá si no lo haces.

Silencio.

—¿Me has oído, Mike? No podemos perder el tiempo hablando. Dean morirá si lo hacemos. Así que déjame ir por él, Mike. Déjame ir por él. Tú no tienes que salir.

Tanto el paramédico como Sands se volvieron hacia Roper sorprendidos, pero este los ignoró.

—Mike, ¿me estás escuchando? Voy a salir a buscarlo. Ha llegado un helicóptero, podemos cogerlo, comprimir las heridas y llevarlo al hospital. Luego podemos discutir lo que quieres hacer. Dean no tiene que morir. ¿No es mejor así?

—No puedes salir hasta que esté desarmado —le dijo Sands, pero Roper giró en redondo, repentinamente enfadado.

—¿Qué otra opción tengo?

—¿Y si entra en pánico? ¿Y si te dispara?

—No creo que lo haga. Ha visto a lo que se enfrenta. Y no voy a quedarme aquí y dejar morir a uno de mis hombres. —Volvió a ponerse el megáfono en los labios, acallando cualquier otra protesta—. Voy a salir ahora. No voy a por ti, Mike. Solo voy para recoger a Dean. ¿Me entiendes? Tengo que ayudar a Dean. Voy a salir para que no tenga que morir.

—Solo tú. Nadie más. —Tal vez la voz de Sopley había perdido algo del pánico anterior.

Sands observó al agente Roper conteniendo la respiración. Sus miradas se cruzaron cuando ella tomó el megáfono en silencio.

—Solo yo, Mike —gritó, sin ayuda del megáfono.

—Y nada de armas —gritó Sopley—. Si veo un arma, en cualquier lugar, voy a disparar.

—Sin armas —gritó Roper en respuesta. Habló en voz baja por la radio, dando instrucciones a sus hombres para que retrocedieran lo suficiente como para no ser vistos. Luego desenganchó la pistola que llevaba en la funda del cinturón. Tiró de la corredera hacia atrás y expulsó el cartucho antes de dársela a uno de sus hombres.

—Sin armas, Michael. Te lo prometo —volvió a gritar Roper. Fue a dar un paso adelante, pero la mano de Sands en su brazo le frenó. Abrió la boca para hablar, con la intención de recordarle el protocolo bajo el que trabajaba, bajo el que ambos trabajaban, que tal vez no estuviera escrito para esta situación exacta, pero que sin embargo prohibía claramente lo que él estaba a punto de hacer. Pero entonces aflojó el agarre y no dijo nada.

Roper la miró a los ojos y pareció leer sus pensamientos. Permanecieron en ella un instante, antes de dirigirse primero al paramédico y luego a su oficial, moribundo en el barro frente a ellos.

—Es hombre muerto si no lo hago.

Sands dejó caer la mano. Otros dos agentes del comando se apresuraron a llegar detrás de ellos, dispuestos a ayudar a su colega herido en cuanto estuviera a cubierto. Sands oyó el ruido del helicóptero. Entonces, con mucha lentitud, Roper se levantó y caminó hacia delante. Al hacerlo, el teléfono de Sands se encendió. Se movió de inmediato para apagarlo, pero entonces se fijó en el número, el mismo que había visto escrito en la portada de la revista en el escritorio de Sopley. Dudó una fracción de segundo antes de aceptar la llamada.

—¿Quién es? —preguntó en voz baja en cuanto se conectó la línea. Seguía mirando a Roper, que se arrastraba por el barro para llegar hasta el oficial herido.

—¿Hola? —respondió una voz de hombre, que sonaba confusa pero también extrañamente amable.

—Soy de la policía —respondió Sands—. Llamé antes a este número y no contestó nadie. ¿Con quién hablo?

Otra pausa, esta vez más larga, y luego—: Este es el teléfono de la organización «Ayuda». Ofrecemos apoyo confidencial y anónimo a personas que tienen pensamientos suicidas. —El hombre volvió a dudar—. ¿Puedo preguntar de qué se trata?

Sands levantó la vista. El agente Roper estaba casi junto al moribundo, completamente expuesto.

—¡Mierda! —murmuró. Luego, sin darse cuenta de que seguía con la llamada, continuó expresando sus pensamientos en voz alta—: Es un suicida. Sopley es un suicida. —Su voz se hizo más fuerte—. Esto es lo que quiere. Quiere morir en un resplandor de gloria.

Y entonces la situación estalló fuera de control.

CAPÍTULO TRECE

—YA CASI HE LLEGADO, Mike —gritó Roper al llegar junto a su colega herido. Desde el refugio del Land Rover, Sands observó cómo se agachaba, examinando rápidamente las heridas del agente. Ambos estaban ahora justo delante de la oscura puerta donde se ocultaba Sopley.

Sands miró a su alrededor casi presa del pánico. Desde su posición podía ver a una docena de oficiales armados, con sus armas apuntando a la entrada del granero. Pero sus posiciones eran malas. No tenían luces apuntando al edificio y sus ángulos estaban mal. Sands podía ver el interior mejor que ellos.

—Él quiere esto —dijo Sands de nuevo. Pero nadie estaba escuchando—. Quiere morir.

Sands miró al segundo de Roper, el hombre al que le había dado su arma, pero aunque, a su favor, parecía entender lo que ella quería decir, le devolvió la mirada impotente. Sands se giró para ver a Roper intentando arrastrar a su colega herido hacia ellos. Pero había un problema: el barro estaba demasiado resbaladizo, la coraza y el casco de Roper lo estorbaban y no conseguía agarrarse al suelo. Mientras ella miraba, él resbaló y cayó de rodillas.

—Lo van a matar. —El segundo al mando pareció entenderla, pero se quedó helado, incapaz de actuar. Luego apartó la mirada, negándose incluso a establecer contacto visual. Sands volvió a mirar a Roper, que se incorporaba con dificultad en el espeso barro. Entonces, dentro de la puerta del granero, vio un movimiento.

El tiempo volvió a ralentizarse cuando Sopley se acercó a la puerta y, al hacerlo, puso la escopeta en posición de disparo. Se oyó un ruido, un grito enloquecido procedente de algún lugar profundo de su ser. Sands ya se había puesto en marcha, abandonando la cubierta del minibús y corriendo por el barro hacia el agente Roper.

¡PUM!

La explosión naranja de la puerta iluminó la figura de Sopley durante una fracción de segundo, y el hombre que estaba en el suelo retrocedió bruscamente. Sands chocó con el agente Roper, haciéndole caer también, pero no había tiempo...

¡¡¡BUUM!!!

Mientras Sands intentaba tirarlo al suelo, vio que el lateral de la cabeza del comandante Roper se desprendía, con casco y todo, como si la mitad de ella fuera simplemente desmontable y pudiera quitarse a voluntad. Mientras él caía y el ruido estallaba a su alrededor, ella sintió como si una bomba hubiera detonado en su costado derecho. Su cuerpo se resquebrajó y salió despedida hacia el barro. Al mismo tiempo, el granero donde había estado Sopley se iluminó con amarillos y naranjas, ruido y calor. Pero él ya no estaba. No se había movido, simplemente no se le veía por ninguna parte.

El impacto fue tan extremo que lo siguió un intenso vacío. El aliento abandonó el cuerpo de Sands y al instante supo que ya no entraría más. Estaba en el barro. Le cubría los ojos, le taponaba la nariz y le llenaba la boca de baba arenosa y nauseabunda, y seguía sin poder respirar. La necesidad de hacerlo crecía y crecía y cada vez que no conseguía llenar sus pulmones, un dolor horrible crecía con él, así que gritaba, pero gritaba en silencio. El dolor le llenaba la cabeza, necesitaba respirar pero era imposible hacerlo. Entonces tuvo un momento final de claridad, en el que la necesidad de respirar dejó de crecer y entonces dejó de importar en absoluto. Se volvió tan irrelevante para Sands como lo que había desayunado esa mañana. Y recordó que no había comido nada. La negrura del lodo se cerró, una oscuridad casi pacífica a su alrededor, incluso cuando su entorno se iluminó brillante y fuerte por la explosión en el almacén de combustible.

El último pensamiento que pasó por la mente de la inspectora Erica Sands mientras yacía boca abajo en el barro fue irónico. No se suponía que fuera ella la que tenía que morir aquel frío día de febrero. Se suponía que era el monstruo de su padre.

PARTE 2

CHRISTINE HARVEY

SEIS MESES DESPUÉS

CAPÍTULO CATORCE

—VAMOS RYAN, sube al coche por favor, el camión tiene que irse. —Christine Harvey trató de mantener a raya la ansiedad en su voz, pero era difícil, tal vez el reto más difícil en un día que la había puesto a prueba casi hasta el punto de ruptura.

—Solo quiero echar un último vistazo —respondió su hijo, con sus largas extremidades de adolescente incapaces de evitar que sus pies se arrastraran por el suelo—. No quiero olvidar nada. Si no voy a volver nunca… —la forma en que lo dijo dejaba claro que se trataba de otra indirecta y ella cedió, preguntándose una vez más si estaba cometiendo un terrible error. Su hija Molly, que ya estaba agarrada a su mano, pareció percibir lo disgustada que estaba su madre y apretó con más fuerza.

—¿De verdad que nunca voy a volver a ver mi habitación, mamá? —preguntó Molly.

—Vas a tener un dormitorio nuevo. —Christine se giró y se agachó hacia ella—. Un dormitorio precioso, nuevo, con vistas al mar y todo.

—Pero será en una casa diferente. —Molly se negó esta vez a dejarse apaciguar por las vistas al mar. Christine intentó sonreír, pero ya habían hablado de esto muchas veces.

—Será una casa diferente, pero una casa no son más que ladrillos y cemento. Lo importante es quién está en esa casa. Y estaremos todos, tu hermano, tú y yo.

—Pero papá no estará —afirmó Molly—. Y aunque ahora esté muerto, cuando estaba vivo estaba en esta casa y nunca estará en la nueva. Por eso, ¿no deberíamos quedarnos aquí? ¿Porque aquí estaremos más cerca de donde él estuvo con nosotros?

La lógica de esto era demasiado para Christine. Se incorporó, mientras grandes sollozos ahogados amenazaban con salir de su pecho. Quería sentarse, pero habían cargado todos los muebles en el camión de la mudanza, así que tuvo que apoyarse en una pared, la que habían utilizado para medir la altura de los niños a medida que crecían. La había fotografiado, pero lo que de verdad le hubiera gustado era llevarse la pared consigo.

Cerró los ojos. Esto había parecido una gran idea, el nuevo comienzo que necesitaban tras la repentina enfermedad de Evan, la preocupación y la frustración por no poder verle a causa del virus y el horrible momento en que el hospital llamó para decir que su marido había fallecido. Así, sin más. Después del funeral, que vieron por videoconferencia porque no se les permitía salir de casa, les había parecido imperativo irse de allí, abandonar Londres, empezar de nuevo en un lugar más limpio, lejos de todo. ¿Pero quizás no era lo correcto? ¿Quizás era solo un caso en el que la acción se sentía mejor que la inacción? ¿Quizás separar a los niños de todo lo que conocían, tan pronto después de la pérdida de su padre, no era lo mejor después de todo, sino lo peor que podía hacer? Apretó los ojos con fuerza, sintiendo que los ojos se le llenaban de lágrimas. La horrible realidad era que no tenía ni idea.

Abrió los ojos y vio a su hija mirándola fijamente con

expresión afligida y en el rostro de su hijo percibió ese familiar resplandor de ira y resentimiento típico de los adolescentes. Eso la devolvió al presente y a la enorme responsabilidad que ahora recaía solo sobre ella. Tanto si había tomado la decisión correcta como si no, ya era demasiado tarde. La decisión estaba tomada. Se habían firmado los contratos, los abogados eran partícipes de todo. Una nueva familia había comprado su casa y llegaría en cualquier momento. Y ellos, su familia o lo que quedaba de ella, empezarían su nueva vida en una nueva casa. Un nuevo capítulo. Para bien o para mal.

—Venid aquí, niños, por favor. —Dejó correr las lágrimas y extendió los brazos para atraerlos hacia ella. Molly vino enseguida y Christine besó el cabello sedoso y suave de la parte superior de su cabeza, sintiendo cómo absorbía sus lágrimas. Para su sorpresa, Ryan también se acercó, apartándose de su madre cuando fue a besarlo. Al hacerlo, Christine vio que los ojos de su hijo estaban enrojecidos por las lágrimas y se dio cuenta de que tan solo estaba asustado, al igual que todos. Lo abrazó y, por un momento, los tres se abrazaron en la casa vacía que había sido su hogar, su mundo. Hasta que todo cambió.

Unos meses antes Christine ni siquiera había oído hablar del «coronavirus». Por lo que ella sabía, Evan tampoco, a pesar de que era miembro del Real Colegio de Anestesistas y trabajaba como psicoterapeuta, por lo que cabía esperar que supiera de estas cosas. Ella solo vivía su vida, sin tener ni idea del caos en el que pronto se vería envuelta.

Había sido una buena vida. Habían sufrido sus altibajos, como cualquier pareja, pero Evan ganaba un buen sueldo y, una vez que llegó Ryan, Christine no había vuelto a trabajar. En su lugar, se había embarcado en la maternidad y la crianza de su hijo con decisión y no tardó en convencer a

Evan de que tuvieran otro hijo. Pero el segundo bebé no llegó. Lo intentaron una y otra vez y, cuando nada funcionó, recurrieron a la fecundación *in vitro*. Aquello tampoco funcionó. Con el tiempo se convirtió, al menos para Christine, en una auténtica obsesión, su único objetivo. Y por fin, en la tercera y última ronda de *in vitro*, en la última oportunidad, se quedó embarazada de Molly. Fue como un milagro. Un precioso y frágil regalo que había que proteger a toda costa. Desde el nacimiento de Molly había seguido tratándola de la misma manera.

La diferencia de edad entre los hermanos significaba que no jugaban juntos, no como ella recordaba hacerlo con su propia hermana. Pero no pasaba nada, porque con Evan trabajando muchas horas y Ryan ya en el colegio, Christine podía colmar de amor a la pequeña Molly. Era una buena vida, mejor que buena. Tenía a su hijo y a la niña más hermosa y perfecta que nadie pudiera pedir. Christine era feliz. Hasta aquel día en que Evan llegó a casa con cara de preocupación. Cuando le preguntó qué le preocupaba, su marido le habló de un virus en China, un virus nuevo, uno que el mundo no había visto antes y al que nadie era inmune. Se temía que arrasara la población de todo el mundo y llegara aquí, a su país. Pero ni siquiera él pudo prever lo rápido que destrozaría a su familia.

Pronto el virus apareció en las noticias. Aún se consideraba un problema de otros países, pero cuando Italia empezó a registrar tasas de infección, hospitalización y mortalidad superiores a las de Asia, quedó claro que el virus se acercaba. Entonces aparecieron las profecías catastrofistas: esto era como la peste o como la pandemia de 1918. Christine tampoco había oído hablar de la pandemia de 1918 y al principio se negó a creer que hubiera matado a más gente que la primera guerra Mundial, pero Evan le aseguró que era cierto y eso la aterrorizó. Unos cerebritos presentaron un modelo informático que sugería que el nuevo virus, el covid-19, podría matar hasta a un millón de personas en el Reino Unido. El Servicio Nacional de Salud se vería desbordado, los hospitales se convertirían en nidos de peste y los pasillos se llenarían de muertos y moribundos. Tarde, demasiado tarde, al parecer, el Gobierno (que era nuevo y había estado preocupado por su proyecto de Brexit) intentó reaccionar. Se construyeron apresuradamente hospitales de campaña y se ordenó a médicos de todas las disciplinas que los atendieran. Se cerraron las escuelas. Se impuso un bloqueo nacional. Christine se vio intentando educar a Molly en casa, mientras Ryan se enfurruñaba en su habitación porque no se le permitía reunirse con sus amigos. En cierto modo, Evan se había ido incluso antes de morir, tan comprometido estaba con su repentino nuevo papel en las salas del Covid y los pacientes moribundos que las llenaban.

En las semanas anteriores a su muerte, Evan no hablaba de lo que había visto allí. Cuando volvía a casa, después de quedarse en ropa interior en el porche, meter la ropa en una bolsa de basura negra e ir directamente al baño para darse una larga ducha, solía estar demasiado agotado para hablar. Pero Christine vio muchas cosas. Sobre todo en Facebook, pero también en las noticias de televisión. Vio a los pacientes alineados en los pasillos, tosiendo con fuerza, expulsando la enfermedad mortal en gotitas que se extendían por todas partes. Vio la falta de equipos de protección individual, a los médicos con bolsas negras de basura como delantales improvisados. Vio las salas de la UCI que se llenaban rápidamente de pacientes conectados a respiradores, el pánico a que pronto se agotaran piezas vitales del equipo. Vio a sus vecinos salir a aplaudir y golpear sus cacerolas y sartenes cada jueves por la noche como supuesta muestra de apoyo al personal sanitario. Y ella se unió a ellos, por supuesto, mirando con rabia incrédula las puertas que no se abrían. Entonces vio cómo empezaban las muertes. No de los pacientes, ni de los ancianos, sino de los trabajadores médicos. Las enfermeras, los médicos, los anestesistas. Gente como Evan, tan necesaria para intubar a los pacientes en las salas de la UCI. Al principio eran unos pocos, pero luego fue un flujo constante. Un aterrador recuento diario de muertes de personal médico que no estaba enfermo, sino simplemente allí para hacer su trabajo. Le suplicó a Evan que dejara de ir a ese hospital, sobre todo por mensaje de texto, ya que apenas lo veía en persona. Le rogó que volviera a su antiguo puesto, que no necesitaba estar allí en el hospital. Le recordó que se había ofrecido voluntario para volver a su antigua especialidad y trabajar en las salas de enfermos y moribundos. Pero él no la escuchaba. Era como si se sintiera atraído, como si hubiera elegido estar con los pacientes mientras tosían y balbuceaban sus últimos alientos mortales. Después de su muerte, descubrió que se había ofrecido voluntario para trabajar en primera línea, en la sala de cuidados intensivos con mayor índice de mortalidad.

Aquella noticia había horrorizado a Christine quizá más que nada. ¿Por qué? Tenía hijos en casa que lo necesitaban. ¿Por qué se pondría en riesgo de esa manera? Había intentado tranquilizarla: los hospitales eran probablemente el lugar más seguro en el que podía estar, había dicho. Ignoró las protestas de Christine por la falta de equipos de protección. Afirmó que estaban siendo cuidadosos y que trabajar allí le ofrecía la mejor oportunidad de ayudar a descubrir qué era ese virus y cómo derrotarlo. Quería ayudar. Había gente muriendo y él quería ayudar.

Entonces llegó la llamada. No de Evan, sino de otra médica, a la que Christine no conocía. Le dijo que Evan había caído enfermo y que, por los síntomas, era probable que se tratara de covid. De inmediato, Christine cogió las llaves del coche y dijo que iría, pero la doctora le dijo que no podía. Evan estaba aislado. Solo podían verle a través de la pantalla del móvil, e incluso entonces solo durante breves periodos de tiempo, porque alguien tenía que estar allí para ayudarle a manejar el teléfono y, con tantas bajas por enfermedad, estaban desesperadamente escasos de personal. Pero Evan era fuerte. Durante treinta y seis horas parecía probable que superaría a este asesino invisible, pero la siguiente vez que Christine habló con su marido, vio un dramático declive. La conmoción se reflejaba claramente en su rostro.

Esa misma noche lo llevaron a la sala de la UCI donde él mismo había estado trabajando, lo pusieron en coma inducido y lo conectaron a un respirador. Al menos tenían uno disponible. Durante una semana hubo pocos cambios. Otro médico, un hombre de voz tranquila y amable, la llamaba todos los días para ponerla al día. Y aunque había pocos cambios, eso en sí mismo era un motivo de esperanza. Pero entonces sus constantes vitales se desplomaron y, siete días después de ingresar en la UCI, el mismo médico volvió a llamarla. Esta vez su voz sonaba ronca, como si hubiera pasado una semana en el mismísimo infierno. Le dijo que Evan acababa de fallecer.

A Christine no se le había permitido ver a su marido. No hubo un funeral apropiado, ni una verdadera despedida. Solo hubo locura. Un descenso a la irrealidad típico de una película de ciencia ficción.

Estaba pasando por todo el mundo y atravesó hasta el corazón de su familia.

CAPÍTULO QUINCE

EN EL COCHE fue todo un poco mejor. Tenía algo en lo que pensar. Christine no estaba acostumbrada a conducir largas distancias, Evan lo había hecho siempre, pero solo tenía que seguir al camión de mudanzas, lo que la ayudaba. Aunque después de un rato en la autopista, y limitada a sesenta millas por hora, decidió adelantarlo. Pararían a comer en algún sitio y probablemente ambos llegarían a la nueva casa más o menos al mismo tiempo.

Molly y Ryan se sentaron con los auriculares puestos. Conservaron sus antiguos sitios en los asientos traseros, dejando libre el del copiloto, como si su padre fuera a decidir que, después de todo, no estaba muerto y se montaría con ellos en el coche. Molly estaba escuchando uno de sus audiolibros, una divertida historia sobre dragones, y de vez en cuando soltaba una risita. Christine no sabía lo que Ryan estaba escuchando, últimamente rara vez lo hacía. Por su parte, ella conducía en silencio, dejándose llevar por el zumbido de los neumáticos y el ruido del motor.

Se dirigieron hacia el suroeste. Por la autovía M3 hasta Southampton donde giraron hacia el oeste a través del *New*

Forest, con sus brezales de color púrpura y sus frondosos árboles. Evan le había dicho una vez que, a pesar de llamarse «El Bosque Nuevo», en realidad era antiguo. Entonces, cuando estaban ya cerca, giraron de nuevo hacia el sur, hacia la costa. Evan le había enseñado esta parte del mundo. Había sugerido unas vacaciones allí para que Ryan aprendiera a montar en kayak y Molly pasara unos días como paleontóloga, buscando fósiles en los acantilados del Jurásico. Había sido maravilloso, incluso Evan había parecido sorprendido por lo hermosa que era la costa, lo reconstituyente que se sentía el aire fresco del mar cuando lo aspiraban pulmones tan habituados a la polución de Londres. Cuánto espacio había. Una noche, sería después de beber demasiado vino, Evan y ella habían hablado de lo maravilloso que sería mudarse permanentemente, dejar que Molly creciera en aquella costa salvaje, con sus vistas panorámicas y sus colinas ondulantes. Ninguno de los dos lo tomó como algo que pasaría en realidad, era más bien un romance de vacaciones, una idea que no tenía que enfrentarse a los duros aspectos prácticos de la vida real. ¿Dónde trabajaría Evan? ¿Qué pasaría con el colegio de Molly? ¿Con los amigos que habían hecho? No, sus vidas estaban en Londres. Aquello había sido solo un coqueteo con un sueño. Pero cuando la realidad de sus vidas se convirtió en una pesadilla, cuando Evan perdió la vida, bueno, aquel sueño parecía la única forma de volver a unirlos a todos. Qué rápido se hizo posible lo imposible.

Apenas había transcurrido un mes desde la muerte de Evan, cuando el país salía del primer confinamiento y nadie estaba seguro de si aquello había terminado o si el país se encontraba en una fase de calma antes de la nueva tormenta. Los periódicos estaban llenos de artículos sobre la caída en picado de los precios de la vivienda en Londres, mientras la gente se apresuraba a trasladarse al campo y a la costa. Allí era más seguro, había menos aglomeraciones. Y con millones de oficinistas en la capital trabajando desde casa, en un futuro previsible parecía que la demanda estaba a punto de explotar fuera de Londres y de implosionar dentro. Aquello provocó una especie de pánico en Christine. Parecía casi como si la idea de la mudanza perteneciera al propio Evan, su deseo de despedida para la familia. Pero si no actuaba con rapidez sería demasiado tarde para hacerlo. Los niños y ella se quedarían atrapados en una casa en Londres, sin poder venderla y posiblemente letal, no en una zona rural donde Evan había previsto que vivieran. Los agujeros en su lógica eran lo bastante grandes como para que ella los percibiera, incluso a través de su dolor. Pero sin nadie con quien discutirlo, y con el apoyo inesperado de Ryan, había empezado a buscar en páginas web de inmobiliarias. Exploró mapas, recorrió pintorescos pueblos y ciudades a través de Street View de Google, vislumbrando un mar centelleante al fondo. Y entonces dio con una propiedad realmente espectacular. Una oportunidad única, pero solo si se daba prisa.

En cierto sentido, no tenía otra opción. Con la marcha de Evan y los modestos ahorros de la pareja, de repente Christine no tenía forma de hacer frente a los pagos de la hipoteca. Su casa londinense era cómoda y, aunque no era grande, tenía un alto valor debido a su ubicación, que facilitaba el acceso a la *City*. E incluso con la caída de los precios, cuando el agente inmobiliario la tasó le seguía pareciendo una enorme cantidad de dinero. Suficiente, de hecho, para comprar la increíble propiedad costera que había encontrado sin necesidad de hipoteca.

Tomó decisiones más deprisa de lo que probablemente era prudente, dado su estado mental y la desorientación causada por el duelo. Pero en todo momento se sintió impulsada por la sensación de que si no salía ahora se quedaría atrapada en una ciudad sucia, peligrosa y llena de virus, mientras los afortunados, «los listos», ya se habrían ido. Los que se quedaran atrás, pensó, en lo que parecía el argumento de una película de terror, seguramente morirían, sucumbiendo uno a uno a la inevitable muerte progresiva del dichoso virus.

Aparte de los niños solo había hablado de la idea con su hermana Sarah, que vivía en el norte de Inglaterra, en un pueblo llamado York. Sarah había estado de acuerdo, con ciertas reservas, en que salir de Londres era buena idea, pero no con los planes de Christine de trasladarse al sur en lugar de al norte. Había una hermosa campiña a su alrededor, alegó, una costa impresionante también, y las casas allí eran incluso más baratas que la que Christine estaba mirando. Pero Christine era testaruda. Había sido evidente cuando se casó con Evan, casi quince años mayor que ella, y cuando insistió en tener a Molly, incluso cuando parecía que el universo no lo quería. Esa vena apareció de nuevo ahora. El suroeste era lo que le había gustado a Evan. Era donde Evan había querido estar. Mudarse allí sería como acercarse a él.

La conversación se convirtió en discusión, ampliando una brecha entre ellas que llevaba años creciendo, y que esta vez les impidió hablar en absoluto. Esto no hizo sino aumentar la determinación de Christine. Una vez tomada la decisión, puso la casa en venta. Siguiendo el consejo de la agencia inmobiliaria, puso un precio bajo para no quedarse rezagada con respecto al mercado, fuera lo que fuera que significaba eso. El resultado fue que, al día siguiente, ya tenía peticiones de visitas y, en cuarenta y ocho horas, dos ofertas por el precio que pedía. El agente inmobiliario le preguntó cuál de las ofertas quería elegir. No le preguntó si de verdad quería seguir adelante con la venta. Y así, aquella idea que en realidad había sido poco más que eso, tomó un impulso que Christine no pudo contener. Había profesionales haciendo su trabajo, gente a la que defraudaría si se echaba hacia atrás: la familia que quería comprar la casa de Londres y la pareja que vendía en Dorset.

Así que se puso a investigar los colegios de la zona. Encontró una idílica escuela primaria en un pueblo cercano, donde la directora parecía realmente encantada con la idea de que Molly empezara allí con ellos. Nada que ver con Londres, donde Christine había tenido que luchar por las plazas de sus hijos. En cuanto a Ryan, el instituto más cercano era quizá menos impresionante académicamente, pero pronto iría a la universidad y, por el momento, parecía probable que la mayor parte de la escolarización tuviera lugar en línea de todos modos.

Sin embargo, Ryan la preocupaba más que Molly. Pero en cierto modo siempre lo había hecho. Cuando Evan vivía, la familia se había dividido de forma natural en función del género: Molly y ella, Ryan y Evan. Sonrió al pensar en ellos, uña y carne, como pocos padres e hijos lo eran hoy en día. La astronomía había sido su última moda antes de la muerte de Evan. Le había comprado un telescopio a Ryan por su decimosexto cumpleaños y salían juntos en las noches despejadas, llenos de una emoción que ella no podía comprender. Se pasaban horas mirando las estrellas, en un lugar que ella ni siquiera conocía. Por supuesto, todo eso se había acabado. Ryan no había tocado su telescopio desde la muerte de Evan. Pero seguramente él sería el más beneficiado de la mudanza, del aire fresco, de la oportunidad de pasar tiempo en la naturaleza. También de la oportunidad de estar más cerca de donde yacía realmente el espíritu de Evan. Además, a pesar de su hosquedad adolescente, siempre pareció a favor de la idea. Al menos hasta aquella mañana. Pero quizá fue entonces cuando la realidad lo golpeó por fin.

¿Y ella? ¿Era de verdad lo que quería? Apenas había empezado a planteárselo, y mucho menos lo que haría cuando llegara allí. Al menos no había ninguna presión financiera sobre ellos. Los cálculos de la venta eran bastante sencillos: una vez vendida la casa de Londres y comprada la de Dorset, quedaría algo de dinero para instalarse, pero no habría facturas mensuales enormes, ni hipoteca que pagar. Después de un tiempo necesitaría encontrar un trabajo. Seguro que habría algo. Pero ¿era eso lo que quería? Mientras conducía, dejando que su mente se planteara por fin esta pregunta, sintió, no una respuesta, sino una fría sensación de pánico que le subía por el cuerpo. ¿Era lo que quería? ¿Arrancar a su familia de todo lo que habían conocido? ¿Ser la única responsable de volver a plantarlos con éxito?

—Mamá, tengo hambre —interrumpió la voz de Molly, lo que le permitió reprimir el pánico. Se dio la vuelta para proyectar una sonrisa falsa a su hija.

—Lo sé, cariño. Ya estamos llegando a un área de servicio. —Sin embargo, la sonrisa se hizo real al ver a su hermosa niña. Porque de repente lo supo. Dondequiera que estuviera Molly, ese era su hogar. Esa era la verdad. La realidad de la extraña vida que vivía.

—¿Podrías pellizcar a tu hermano y decirle que vamos a parar?

Christine observó por el espejo retrovisor cómo Molly hacía precisamente esto, e incluso encontró placer en la previsible expresión de fastidio en la cara de Ryan.

CAPÍTULO DIECISÉIS

LA ÚLTIMA PARTE del viaje duró más de lo que ella pensaba y, para entonces, estaban cansados tras haber recogido la antigua casa y pasar tantas horas en el coche. Pero, por fin, su destino empezó a aparecer en las señales de tráfico: el pequeño pueblo de Lulworth, con su cala mundialmente famosa. Llegaron a la cima de una última colina y allí estaba, extendido ante ellos: el océano, azul grisáceo y brillante a la luz mortecina del día. Pudieron ver la cala en forma de vieira, excavada en los acantilados de talco blanco. Christine quiso detenerse para admirarla con asombro, pero no había ningún lugar donde hacerlo. Aun así, vio cómo los niños se quitaban los auriculares y se quedaban mirándola.

—¿No os parece maravilloso? —preguntó—. ¿Podéis creer que este vaya a ser nuestro hogar? —No debería haber dicho eso, se dio cuenta enseguida, ya que corría el riesgo de que Ryan volviera a mosquearse. Pero parecía que se le había pasado y se limitó a mirar el agua. El sol se dejó ver por un hueco en la capa de nubes. El mundo respondió, el océano plateado se tornó azul oscuro y las colinas resplandecieron con un verde casi luminoso, hasta que las nubes volvieron a cubrir el sol. En el momento en que aquel rayo de sol había brillado, Christine sintió, quizá por primera vez, que aquella era la elección correcta. Una decisión descabellada, sin duda, que definiría el resto de sus vidas. Pero la elección correcta, no obstante.

Bajaron por el pintoresco pueblo, con sus casas de piedra y sus tejados de paja, y el móvil de Christine emitió un pitido para avisarles de que el camión de la mudanza había llegado a la casa; solo llevaban un par de minutos de retraso. ¿Qué era eso sino un buen presagio? Siguió hasta casi la cala y luego giró a la derecha, por una pequeña carretera que pasaba por detrás del pueblo y de una pequeña colina que los lugareños llamaban *Dungy Head*. La casa no tardó en aparecer. Christine nunca había estado allí en persona, aunque Ryan había jurado que la recordaba, y ¿por qué no? Desde luego, la casa era bastante llamativa.

Debido al virus, la venta se había realizado por videoconferencia. Además, la pareja vendedora había preparado un vídeo promocional en el que se mostraba la vivienda con todo lujo de detalles. Era suficiente para dejar claro que se trataba de una oportunidad. Una oportunidad que no había que desaprovechar.

Era una casa muy inusual en varios sentidos. En primer lugar, no la compraban entera. La pareja (el agente inmobiliario le había dicho que él era un arquitecto de fama internacional) le había explicado que su plan original era construir una sola casa en la cima del acantilado, pero la pandemia había provocado un importante declive en su negocio y, como consecuencia, se habían visto ante la disyuntiva de dividir la casa en dos mitades y vender una, o que el banco les embargara y lo perdieran todo. Christine había escuchado cómo la esposa le explicaba todo esto en la pantalla de su ordenador, pero casi no había sentido compasión por la mala suerte de la pareja. Con todo lo que había pasado su familia, ella se merecía un poco de buena suerte.

Al acercarse desde la carretera, la casa parecía enorme, a pesar de estar protegida por terraplenes de tierra y vegetación recién plantada. Parecía casi encajonada y Christine sintió una punzada de preocupación al pensarlo. Pero era evidente que su situación, justo al borde de un escarpado acantilado rocoso, era excepcional. Se acercó a la propiedad en una especie de trance y vio el camión aparcado allí, pequeño en comparación. Los hombres que habían vaciado su casa de Londres con tanta facilidad aquella mañana estaban fumando cigarrillos de liar mientras esperaban. El sol estaba ya bajo y unos discretos faroles iluminaban algunos aspectos de la casa. Tenía pocas ventanas en la parte trasera. Christine sabía por la visita en vídeo que las paredes frontales del edificio eran muy diferentes, casi todas de cristal, y se sintió mareada al pensar que pronto podría mirar a través de ellas, no a una calle londinense y a sus apretados vecinos, sino al ancho y fresco océano Atlántico. Abrió la puerta del coche y salió, sintiendo de inmediato la sal en su aliento. Sus pies crujieron en la fina grava. Miró hacia abajo, sorprendida de que aquello fuera real. Entonces se abrió la puerta principal y la mujer que había visto en la pantalla del ordenador se acercó a ella, seguida de alguien que presumiblemente era el marido arquitecto. Los operarios de la mudanza tiraron los cigarrillos y, antes de que pudiera respirar un poco para serenarse, su nueva vida salió corriendo a su encuentro.

—¡Tú debes de ser Christine! Soy Janet, este es mi marido Rodney. —Janet Slaughter extendió una mano antes de retirarla con una sonrisa pesarosa—. ¡Lo siento, es la costumbre! Bienvenida, bienvenida.

La sonrisa del hombre era bastante menos efusiva. Vestía todo de negro y su pelo también era negro con apenas unos mechones grises. Se hizo a un lado mientras

Janet jugaba a besarla en el aire desde una distancia suficiente para respetar de boquilla las normas de distanciamiento social.

—¿Qué tal el viaje? ¿Te apetece un té? ¿Una copa de vino? —preguntó Janet. Cuando Molly se desenredó de los auriculares y salió de la parte trasera del coche, su rostro cambió. Parecía que la visión de la niña rompiera el corazón de Janet Slaughter, igual que rompía el de Christine todos y cada uno de los días.

Janet se recompuso.

—Y tú debes de ser la pequeña Molly. Tenía muchas ganas de conocerte. —Janet se agachó hasta que quedó claro que Molly era demasiado tímida para acercarse a ella. Entonces Janet se levantó de nuevo, claramente intentando ocultar su decepción. Christine creyó captar una breve y extraña mirada entre la pareja, pero había tanto que hacer que se olvidó al instante.

—¿Empezamos a meter las cosas? —El momento fue interrumpido por uno de los encargados de la mudanza, un hombre increíblemente alto que a pesar de estar al mando no era muy hablador. Aunque ahora hacía bastante fresco fuera llevaba una camiseta mugrienta, que dejaba ver unos brazos largos y tonificados, casi completamente cubiertos de tatuajes—. ¿Quiere terminar antes de que se haga demasiado tarde, ¿no? —resopló, y Christine recordó su plan de desinfectar todo una vez que estuviera dentro de la casa.

—Sí, por favor —respondió Christine; cuando se dio cuenta de que no tenía la llave, Rodney se adelantó y se la tendió. Por una fracción de segundo pareció reacio a dejar que se le escapara de los dedos; tal vez Christine solo se lo imaginó.

—Bienvenidos. Os dejaremos solos por ahora —dijo Rodney con firmeza, mirando a su mujer, que esbozó una sonrisa culpable.

—Sí, claro. Estarás muy ocupada —Janet asintió con energía—. Podemos charlar más tarde.

Christine se sintió aliviada por la sugerencia. Esperaba encontrarse allí con el agente inmobiliario, pero este le había explicado que sería más fácil tratar directamente con la pareja, ya que vivían justo al lado. De alguna manera, no esperaba que lo dijera literalmente.

Rodney cogió el brazo de su mujer para llevarla lejos.

—Ah, una cosa... —Janet solo dio unos pasos antes de volverse—, os he preparado una lasaña. Te la dejaré ahí con algunos platos. Supongo que no tendrás tiempo de preparar nada. —Le dio a Christine una breve sonrisa antes de que sus ojos se desviaran hacia Molly.

—Bueno, ¡vamos chicos!

Christine se acercó a la puerta de su nueva casa, Molly y Ryan iban detrás de ella y los hombres de la mudanza unos pasos más atrás. Cargaban con un sofá entre ellos como si nada. Christine introdujo la llave en la cerradura de una gran puerta gris y la empujó. El interior estaba oscuro y buscó el interruptor de la luz. En el techo se encendieron luces LED. A su izquierda había una escalera que bajaba en lugar de subir y una segunda puerta delante de ellos daba a una gran sala de estar. Christine miró a Molly y la condujo al salón más increíble que jamás había visto.

Una cosa era verla en vídeos y fotografías y otra muy distinta experimentarla de primera mano. El agente inmobiliario la había calificado de casa al revés, pero Christine estaba segura de que era perfecta para el lugar y de que Rodney Slaughter debía de ser un arquitecto muy bueno. El salón estaba en el primer piso, lo que daba a la gran habitación una altura extra sobre su posición en lo alto de un acantilado. Las paredes de la parte trasera eran de hormigón pulido y desnudo, con tan solo unas pequeñas imperfecciones que Christine sintió que tenía que pasar la mano por ellas para sentir lo lisas que eran. Pero era la parte delantera la que de verdad destacaba. Toda la pared frontal y gran parte de las laterales eran de cristal, del suelo al techo. El efecto era asombroso. Sentía el mar tan cerca. Recordó una de sus películas favoritas, el momento en que Leonardo Di Caprio y Kate Winslet, Jack y Rose, se abrazan como si volaran en la proa del Titanic. Aunque siempre que veía esa película se metía tan de lleno en la historia de amor que olvidaba que el barco iba a chocar con un iceberg y hundirse.

Se volvió para mirar la cocina, diáfana y bastante cara, incluso mejor que la que Evan se había empeñado en instalar en Londres. Toda la casa era mucho, mucho más bonita que cualquier otro lugar en el que se hubiera imaginado vivir. Pero una cosa que no se había esperado, y que no aparecía en el vídeo, era lo cerca que estaba la otra mitad de la casa, la parte que aún pertenecía a los Slaughter. El plan original era que toda la parcela fuera una casa, que su mitad tuviera dormitorios adicionales y algún tipo de estudio, no estaba segura de qué exactamente. Y en ese caso, tal vez no le habría parecido extraño que una mitad del edificio diera a la otra. Pero ahora que se trataba de dos casas, habitadas por dos familias distintas, resultaba sorprendente la cantidad de espacio vital de los Slaughter que era visible desde la mitad de la casa de Christine. Y cuánto de su espacio sería visible para ellos.

—No tienen nada de cortinas —dijo Ryan, pensando lo mismo.

—Ninguna cortina —corrigió Christine de manera automática.

—¿Qué?

—Que no tienen ninguna cortina.

—Eso es lo que he dicho. —Le dirigió una mirada hosca.

Fue Molly quien rescató el momento. Parecía ajena al asunto de las vistas y miraba por la ventana delantera con excitado asombro.

—¡Mira el mar, mamá, mira qué cerca está!

Christine fue a reunirse con ella y la abrazó mientras observaba cómo el viento soplaba oscuras líneas de olas en la estrecha entrada de la cala de Lulworth. Lejos en el mar, un barco, seguramente lleno de contenedores procedentes de China, centelleaba en el horizonte. Un par de aves marinas planeando con las alas desplegadas pasaron frente a la casa. El viento soplaba del oeste, donde la forma de punta de flecha de la isla de Portland era una tenue sombra en el horizonte. Cuando Ryan se unió a ellas, Christine lo miró y vio que su rostro se había ablandado. Pensó por un segundo que iba a decir algo, que bajaría la guardia adolescente por un momento, pero aunque tenía los ojos enrojecidos por las lágrimas, no dijo ni una palabra.

Exploraron la planta baja, eligiendo qué habitaciones tendría cada uno. Aquí la vista del océano era menos espectacular. En cambio, las habitaciones daban a una especie de patio entre los dos lados del edificio. La falta de privacidad de la planta de arriba no era tan acusada en esta planta ya que los Slaughter habían instalado cortinas en ambas casas para dotar a las habitaciones de cierta intimidad. Las habitaciones eran grandes y cada una tenía su propio cuarto de baño. A Molly le encantaba el suyo, e incluso Ryan parecía asombrado por el tamaño de la casa. Christine se dio cuenta de que ella también lo estaba. Todo esto mientras los hombres de la mudanza trabajaban, primero llenando el enorme piso de arriba de muebles y cajas, y luego pasando a los dormitorios. Pasarían días antes de que la casa estuviera en algo parecido al orden, pero tenían camas y un techo sobre sus cabezas. Y la lasaña que Janet Slaughter les había entregado en la puerta.

Mientras comían llegó el mal tiempo, que hizo correr goterones de agua por las paredes de cristal y convirtió el día de finales de verano en una noche húmeda y otoñal.

CAPÍTULO DIECISIETE

LOS PRIMEROS DÍAS pasaron como un borrón. Una visita al colegio de Molly, donde en menos de una semana empezaría el curso. La compra de un abono de autobús para Ryan, para que pudiera ir al instituto donde terminaría el bachillerato. Una visita al supermercado del cercano pueblo de Dorchester para llenar el frigorífico y el congelador de marcas conocidas, una oportunidad de conservar algo familiar en sus vidas. Y muchos paseos. Por el camino hasta la cala y a lo largo de su playa. Por los acantilados hasta la playa, mucho menos visitada, al otro lado de ellos, que conducía al arco de roca de *Durdle Door*, famoso en todo el mundo. Molly había insistido en subir hasta la cima, aunque el camino parecía peor de lo que era en realidad. Ryan la había asustado con su temeraria charla sobre tirarse al agua, si el día fuera más cálido. Un día caminaron kilómetros por el sendero del acantilado, hacia el este, en dirección a la bahía de Kimmeridge, y luego, cuando Molly se puso un poco pesada y retraída por el hambre, encontraron un café con el jardín más maravilloso. Después volvieron caminando, subiendo y bajando por las verdes y empinadas colinas, hasta quedar exhaustos. Y ese fue un día que pasaron quizás con más significado que cualquiera de los que habían pasado en Londres.

En aquellos primeros días solo vieron a los Slaughter lo suficiente para intercambiar algunas palabras, pero nada más. Parecía que la pareja no quería interferir en el proceso de adaptación de Christine y su familia. Sin embargo, eso no quería decir que Christine y los niños no los vieran dentro de su casa. Durante el día era más fácil olvidar lo bien que veían el espacio vital de los Slaughter, y viceversa. Al fin y al cabo, a Christine le atraía el océano y sus olas siempre cambiantes. Pero por la noche, cuando el océano se convertía en una extensión de negrura vacía (sobre todo si no había luna), era diferente. Entonces era imposible no fijarse en lo que hacían o dejaban de hacer los Slaughter. A diferencia de los Harvey, que tenían un gran televisor y estaban abonados a varios canales satélite y de suscripción, los Slaughter ni siquiera parecían tener televisor. En cambio, pasaban las tardes leyendo y, a juzgar por la forma en que Janet a veces parecía bailar unos pasos cuando se movía, escuchando música, aunque no era posible oír nada a través del triple acristalamiento. Christine se sintió un tanto inadecuada al sintonizar casi automáticamente las telenovelas y el entretenimiento de baja estofa al que estaba acostumbrada. Se comprometió a hacer de las cortinas una prioridad, aunque viendo la pared de cristal, era difícil imaginar cómo podría conseguir unas que encajaran en ella.

Y así, seis días después de que los Harvey se hubieran mudado, la noche anterior al primer día de colegio de Molly, Christine vio la fuente de lasaña todavía sobre la encimera de la cocina. No había sido la hora de acostarse más fácil. Molly había admitido que estaba preocupada por el gran día que le esperaba y Christine se había acostado con ella, acariciándole el pelo, hasta que la niña por fin se durmió. Cuando volvió arriba y vio la fuente vacía,

Christine sintió un destello de culpabilidad. Decidió devolverla de inmediato.

—¡Christine! —Janet empezó a hablar antes incluso de que hubiera abierto la puerta, dando a Christine la impresión de que ya sabía que estaba allí. Quizás tenían uno de esos timbres con vídeo—. Oh, no hacía falta. —Janet vio la fuente de cristal y la agitó como si no hubiera esperado que se la devolvieran, lo que consiguió que Christine se sintiera aún más inadecuada. Deseó haber preparado algo a cambio.

—Estaba delicioso y fue una idea encantadora por tu parte. Gracias.

Ambas mujeres se miraron un momento.

—¿Quieres entrar? —sonrió Janet—. Después de todo, ahora somos vecinas.

Christine dudó.

—Ah, ¿no quieres dejar a los niños?

—No, no, está bien. Molly está en la cama y Ryan... bueno, no sé qué está haciendo Ryan, pero está en su habitación. —Se le ocurrió que si surgía algún problema y Molly subía a buscarla, podría verla desde el salón de los Slaughter.

—Vale. Pero solo un momento.

Janet sonrió y dejó pasar a Christine a una zona del pasillo que coincidía con la de su casa, salvo que su distribución era exactamente la opuesta.

—Niños, ¿eh? —dijo Janet con mirada cómplice. Cuando Christine no pareció entender aquella mirada, añadió—: Tu chico está hecho todo un adolescente.

—Ah, sí. Bueno, no está tan mal —respondió enseguida, de repente preocupada. ¿Era un problema para ellos? ¿Les preocupaba que pudiera estar planeando alguna fiesta salvaje? Porque ese no era Ryan en absoluto.

—¿Te traigo un café? ¿Algo más fuerte? —preguntó Janet mientras guiaba a Christine a la zona de la cocina, señalándole un asiento en la barra—. Si no te importa, yo estoy bebiendo vino blanco.

Christine miró hacia su casa, al otro lado del patio. La luz estaba encendida y ninguno de los niños estaba arriba buscándola. Si aparecían, podría volver allí en cuestión de segundos.

—Venga, vale. Gracias.

Vio cómo Janet le servía una gran copa y se sentaba frente a ella.

—Salud —dijo Janet al tiempo que levantaba su copa y bebía un gran trago—. ¿Cómo te estás adaptando?

Christine se tomó su tiempo para responder.

—Esto es encantador —dijo al fin. Al oír lo apagada que sonaba sintió la necesidad de esforzarse más—. Más que eso. Es increíble. Después de estar encerrados en Londres durante tantos años no me puedo creer que ahora vivamos aquí.

—Sé a qué te refieres. Yo tampoco estoy acostumbrada. Acabamos de terminar la casa... —Se controló, esbozando una sonrisa—. Las casas quiero decir. Solo hace un mes o así que los albañiles terminaron.

El comentario se le pasó por alto a Christine.

—¿Dónde estabas antes? —preguntó en su lugar.

Janet suspiró.

—Bueno, al principio en Londres, como tú. Luego unos años en el extranjero, en el Lejano Oriente, pero cuando tuvimos... —Se detuvo, sonriendo de repente—. Bueno, decidimos que si no volvíamos cuando lo hicimos, nos quedaríamos fuera para siempre. Así que volvimos al Reino Unido, pero a un lugar hermoso, como este. —Sonrió de nuevo, pero había una tristeza en ella—. Nosotros... —Su voz se volvió seria de repente y volvió a mirar a Christine a la cara—. Nos enteramos por el agente inmobiliario de lo que le pasó a tu marido. Lo siento mucho.

Por un segundo Christine se preguntó cómo la obligaría

su cuerpo a reaccionar. A veces, cuando la gente sacaba el tema, perdía el control, pero esta vez se mantuvo casi tranquila.

—Qué sacrificio. —Janet puso una mano sobre la de Christine. Christine la miró. Se sentía confusa.

—Sí. Es... Va a ser todo un cambio para nosotros.

—Creo que eres muy valiente, pero este es un pueblo encantador. Y el colegio es fantástico. Para Molly quiero decir.

De nuevo, Christine no respondió. Pero Janet continuó.

—¿Sabes qué profesor va a tener?

Christine se sintió incapaz de responder. Mañana por la mañana dejaría a Molly allí todo el día. Habían ido a ver a la profesora dos veces, no solo para preparar a Molly, sino probablemente también a Christine. Y sin embargo, por un segundo, no pudo recordar su nombre.

—¿Es la señorita Donnelly?

—¡Eso es! —Christine esbozó una sonrisa de alivio.

—Es encantadora. —Le devolvió la sonrisa, pero había algo de insinceridad en ella, o quizá algo más. Christine frunció un poco el ceño.

—¿La conoces? —preguntó, todavía en el mismo tono de conversación, quizá esperando que Janet tuviera una sobrina o un sobrino en la escuela, o que el pueblo fuera tan pequeño que todos se conocían. Pero no parecía ser eso. Para su sorpresa, Janet hizo una mueca visible de dolor y apartó la mirada durante unos segundos. Cuando volvió la vista, tenía lágrimas en los ojos. Christine apartó la mirada, recorriendo la habitación, para dar tiempo a Janet, pero también porque, de repente, quiso comprobar algo. Ya había visto, por las miradas furtivas desde su propia casa, que los Slaughter solo tenían el mínimo de muebles de diseño, pero ahora buscaba alguna fotografía, alguna pista sobre su situación familiar. ¿Se habían mudado sus hijos? A lo mejor ya eran mayores. ¿O no habían podido tener hijos, como casi le ocurrió a ella? Solo una fotografía daba una pista, una foto en blanco y negro de una niña, una niña preciosa. Pero no era una foto de familia, era claramente una obra de arte cara.

—¿Tenéis... —Se detuvo—. Lo siento, no quiero entrometerme.

—No. —Janet parpadeó rápidamente. Forzó una sonrisa —. No pasa nada, ¿qué ibas a preguntar?

Christine continuó. En realidad, estaba interesada. Quería curiosear.

—Es que pareces tan a gusto con Molly... me preguntaba por qué no tienes hijos propios.

La sonrisa de Janet se congeló y se hizo el silencio entre ellas.

—Ah... yo... —Janet se detuvo, cubriéndose el labio inferior con la mano cuando empezó a temblar—. Yo... nosotros... Oh, cielos. Supusimos que te habrías enterado...

Christine sintió que el suelo se movía bajo ella. Le faltaba algo. Algo enorme, pero no tenía ni idea de qué.

—¿Oír el qué?

La mano de Janet se apartó de su cara y cayó sobre el brazo de Christine.

—Tenemos una hija, Rodney y yo. Tuvimos, quiero decir. Ella... ella falleció.

—Oh, lo siento mucho. —Christine se sintió fatal, las palabras de Janet le hicieron pensar en lo que sería perder a Molly. Pero al mismo tiempo hubo un atisbo de algo más, alivio tal vez, porque, fueran cuales fueran las circunstancias de la pérdida de aquella mujer, no podía ser tan grave. Tal vez había sido durante el parto, o justo después; tal vez la niña había estado muy enferma, y al menos ya era historia. Al darse cuenta de lo que un pensamiento tan cruel decía de ella, intentó borrarlo de su mente.

—Lo siento muchísimo —volvió a decir. Pero ahora

necesitaba saber más—. ¿Estaba enferma? ¿Qué pasó? —Janet no dijo nada—. Lo siento mucho, ¿te importa que te pregunte?

Pero en lugar de responder, una procesión de diferentes expresiones se movió por el rostro de Janet. Confusión, incertidumbre. Dolor.

—Ay madre mía —dijo Janet por fin—. Esto es... De verdad pensaba que lo sabrías.

Christine no dijo nada, pero la confusión se extendió también a su rostro. Aquí había algo más.

—No, no estaba enferma. Estaba... —Janet apartó la mirada, sus ojos parpadeando con rapidez—. Bueno, mira esto... no hay una manera fácil de decirlo... —De repente miró a Christine a la cara—. Emy fue asesinada.

Algo chispeó de repente en la mente de Christine. Una conexión con un recuerdo que, en primer lugar, se quedó a medias.

—Dios mío. Eso es horrible, eso es... —Sintió que sus propios ojos se llenaban de lágrimas—. Lo siento mucho, Janet. No tenía ni idea.

—Sí, ya lo veo —contestó Janet, con la cara también llena de lágrimas—. Yo tampoco tenía ni idea. Que no tenías ni idea, quiero decir. Supusimos, con todas las historias en los medios... O que... —Dudó, secándose la cara—. Pues eso, imaginamos que el agente inmobiliario te lo habría dicho.

Christine sintió que se le helaba la sangre. ¿El agente inmobiliario?

—Nuestra hija, Emy... —Sus lágrimas salían tan deprisa que a Janet parecía costarle hablar—. La raptaron y la asesinaron.

Janet miró a Christine a la cara, con una expresión de puro dolor. Un torrente de compasión en su interior se había encontrado con un torrente del mismo tamaño de... ¿qué? De algo más. ¿Preocupación? Miró a través del patio oscuro entre las dos casas, hacia el salón vacío e iluminado de su nuevo hogar.

¿Miedo?

«La asesinaron, el agente inmobiliario no te lo dijo».

Empezó a recordar detalles sobre la compra de la casa. La actitud insistente del joven agente inmobiliario, cómo le había mostrado repetidamente comparaciones de precios entre su nueva casa y otras propiedades de tamaño y ubicación similares. Su insistencia en que debía actuar con rapidez si de verdad la quería. Y después, una vez que había hecho su oferta, por el precio total, cómo se había empeñado en que recurriera al abogado que él le había recomendado. En aquel momento había supuesto que sería para que le cobraran de más, pero como no conocía a ningún otro abogado, le había parecido la opción más fácil. Pero ¿por qué no le había hablado de...?

Su atención se centró en la expresión de dolor del rostro de Janet Slaughter y la compasión se apoderó de ella. ¿Qué estaba haciendo? ¿En qué estaba pensando? Era una noticia horrible, pero no la afectaba para nada. Esta pobre mujer había perdido una hija en circunstancias terribles. Seguramente había sido unos años antes, pero aun así, Christine podía imaginar lo terrible que debía ser. De verdad que podía. En cierto modo, había vivido toda la vida de sus hijos imaginándoselo.

Su rostro comenzó a formar una expresión de preocupación que no llegó a cuajar.

—¿Cuándo...? —Christine no pudo terminar la pregunta.

Janet se serenó, como si sus lágrimas fueran demasiado tontas para algo tan trivial como esto.

—Hace unos seis meses. Justo antes de que apareciera todo este asunto del covid.

«¿Seis meses?» Christine sintió que su corazón se agitaba, su respiración se aceleraba.

—¿Seis meses? —Eso no era... no era el pasado, eso

todavía estaba... sucediendo. De repente, fragmentos de detalles volvieron a ella. Detalles horribles.

—¿Sucedió... aquí?

Janet asintió y Christine tragó saliva. Volvió a mirar su casa vacía. Debajo del iluminado salón estaba la habitación de Molly, la ventana de la puerta corredera oscura e invisible.

—¿Atraparon... a quien lo hizo?

—Sí, sí, claro que sí. No hay nada por lo que preocuparse. Está todo resuelto en ese sentido. Era un vagabundo. La policía lo siguió hasta una granja cercana, donde... bueno, se suicidó. Lo dispararon. Dos agentes de policía murieron también. Supongo que por eso asumimos que debías saberlo. Salió en las noticias.

Christine guardó silencio. Ahora sí se acordaba. Los detalles se le habían pasado casi por completo, pero los había oído en la televisión. Tal vez si la pandemia no se hubiera desatado en aquel momento la noticia habría tenido más repercusión. Pensó que había ocurrido en algún lugar del norte. Pero no. Fue aquí. No fue cerca. Sino aquí. Justo aquí.

Y sin darse cuenta, ella se había mudado a la casa de al lado.

—Lo siento mucho, Christine —continuó Janet después de sonarse la nariz—. Sinceramente, pensábamos que lo sabías. Pensamos que era una de las razones por las que estabas tan interesada en mudarte. Para estar cerca de gente que también entendiera lo que es perder a un ser querido.

Ni hablar, Christine quiso decir. En realidad, quería gritarlo. No se mudó aquí por eso.

No es la razón por la que se mudó aquí en absoluto.

CAPÍTULO DIECIOCHO

CHRISTINE SE QUEDÓ SOLO unos minutos más, lo suficiente para no parecer demasiado grosera, antes de regresar apresuradamente a su propia casa, donde se dirigió de inmediato a la habitación de Molly, como si temiera que en lugar de encontrarla durmiendo allí, la cama estuviera vacía y fría. Pero, por supuesto, allí vio a su hija con la escasa iluminación del pasillo, respirando ligera y perfectamente. Christine comprobó también cómo estaba Ryan y luego volvió junto a su hija, esperando con ella, acariciándole el pelo. Luego se dirigió a la puerta corredera que daba al patio exterior. Comprobó que estaba bien cerrada antes de sacar la llave. Se la metió en el bolsillo. Esa puerta no se abriría jamás.

Tal vez una hora más tarde subió las escaleras, recogió su tableta del salón y se la llevó a su habitación de abajo, junto a la de Molly. No había abierto las cortinas desde que se mudó. Se sentó en la cama, tecleó «Emily Slaughter» en el navegador y gimió con horror ante los cientos de resultados. Cada titular parecía sacado de una película de terror.

«Chica local secuestrada de una casa en un acantilado».

«Sangre en la playa».

«Encuentran cuerpo masacrado en la cala de Lulworth».

Christine se enteró de cómo la niña de los Slaughter había sido encontrada en el otro extremo de la cala, violada y horriblemente asesinada. El asesino había irrumpido en la casa de los Slaughter mientras ellos estaban cenando con invitados en el piso de arriba. Se enteró de que el hombre era un pedófilo en serie, ya conocido por la policía, y de que se había producido un fallo terrible en la forma en que se suponía que se controlaba a estas personas. Aunque no entendía por qué los vigilaban y no simplemente los encerraban y tiraban la llave. Se enteró de que el culpable había muerto, el mismo día que descubrieron el cadáver de la niña, en un tiroteo con la policía, mientras se escondía en una granja cercana. El caso hubiera sido imposible de pasar por alto en cualquier otro momento, especialmente para Christine. Pero con el covid destrozando su mundo, solo había sido medio consciente de ello.

Se recostó, pero le resultaba imposible relajarse siquiera un poco. Sintió la necesidad de volver a ver cómo dormía su hija. Antes de darse cuenta, Christine había arrastrado su edredón hasta la habitación de Molly y se había envuelto en el suelo al lado de su cama.

No era la dureza del suelo lo que le impedía dormir. Era la repentina incertidumbre de lo que todo aquello significaba. Aunque la noticia no tenía, en apariencia, nada que ver con su propia familia, parecía poner patas arriba su incipiente nueva vida y su cerebro bullía con las implicaciones de lo que acababa de descubrir. Una pregunta no dejaba de surgir en su cabeza: ¿Debía o podía ocultar el descubrimiento a los niños? Era de suponer que Emily Slaughter había asistido a la misma escuela en la que Molly comenzaría al día siguiente (solo había una escuela primaria en el pueblo) y ¿no explicaba eso por qué Janet Slaughter conocía el nombre de su maestra? Eso significaba que las otras chicas y chicos de la clase lo sabrían. Quizá no supieran los detalles más horripilantes, pero habrían conocido a Emily. Y los demás padres debían de saberlo.

Se le heló la sangre al pensarlo. La verdad era que, incluso antes de la muerte de Evan, nunca se había sentido cómoda en la escena social de la puerta del colegio. Evan era quince años mayor que ella, lo que lo hacía mayor que la mayoría de los demás padres, y a ella considerablemente más joven que las demás madres, que en su mayoría habían hecho carrera antes de tener hijos. Algunas habían dejado sus trabajos, pero la mayoría seguían trabajando, y sus vidas eran ahora un vertiginoso horario de dejar y recoger a los niños y de reuniones de trabajo aparentemente muy importantes. Las que no trabajaban parecían dedicar su vida a cotillear entre ellas, en lugar de dedicar su amor a los niños que seguían a su cargo, a diferencia de ella con Molly. Había tenido la fantasía de que tal vez sería diferente aquí en Dorset, un mundo alejado del ajetreo de Londres. Un mundo más simple, donde no había nada que chismorrear. Pero ahora un nuevo pensamiento la golpeó. Si uno de los compañeros de clase de sus hijos hubiera sido asesinado, o peor, secuestrado y asesinado, todo el mundo lo sabría. Cotillearían sobre ello. Y aquí estaba ella, a punto de enviar a Molly a ese mundo para ocupar el lugar de la niña muerta en la clase. Y no solo eso. Había trasladado a Molly a la casa de la chica muerta.

De repente, Christine se sintió violentamente acalorada. Al darse cuenta de que el edredón estaba empapado de sudor, se lo quitó de encima y se quedó tumbada, sin saber dónde estaba, mirando las patas de madera pintada de la cama de Molly, lo único que le resultaba familiar en una habitación desconocida. Fijó los ojos en ellas, como si deseara poder transportar la cama y a la niña de vuelta a su antigua vida. A Londres, con Evan para protegerlos a ambos. Pero el deseo no funcionó.

Un minuto después se levantó y subió las escaleras hasta un pequeño panel de control. El agente inmobiliario le había hablado mucho de la casa, de que no era un edificio normal, sino que estaba diseñada para ser cálida en invierno y fresca en verano. Le había prometido que se regulaba sola, que no era necesario hacer nada, pero que, si se hacía, era posible ajustar la temperatura mediante un panel de control en la pared. Ahora lo miraba fijamente, sus luces LED brillaban en la oscuridad. Los controles, como la mayoría de las cosas diseñadas o elegidas por Rodney Slaughter, eran los mínimos posibles. No había etiquetas en los botones y ella los pulsó al azar, enfadada porque no parecían hacer nada en absoluto. La pantalla de la unidad mostraba la hora (03:14) y el color cambiaba de blanco frío a azul intenso. Pero no ocurrió nada más. Cuando la pantalla le dijo que eran las tres y dieciocho minutos, Christine se dio por vencida.

Mientras se servía un trago del grifo de la cocina, se dio cuenta de que una luz seguía encendida en la casa de los Slaughter, al otro lado del patio en penumbra. No era la luz principal, eso habría sido evidente, sino una pequeña luz lateral. Por un segundo, Christine supuso que la habrían dejado encendida por accidente, o quizá dejaban una luz encendida cada noche por seguridad. Pero entonces apareció Rodney Slaughter, con un pijama de cuadros azules y la parte de arriba descubierta.

Aunque tenía las luces apagadas y no la veían, se alegró de haberse puesto una bata antes de subir. Se la ajustó a la cintura antes de terminar su bebida. Luego volvió a mirar hacia la casa vecina, con disimulo, por si Rodney pudiera verla después de todo. Pero si podía, desde luego no estaba mirando. Sus acciones tenían un aspecto extraño, casi siniestro. Rodney estaba en su salón, muy quieto y mirando hacia el océano. Al cabo de un rato, empezó a mover los brazos de una manera lenta y deliberada de una posición a otra. Christine se quedó mirando y poco a poco empezó a reconocerlo. Quizá fuera algún tipo de arte marcial, o ¿qué era eso que la gente solía hacer en el parque frente a su casa de Londres? No sabía muy bien la diferencia, pero pensó que tenía algo que ver con el culto al sol. Rodney, sin embargo, lo hacía en la oscuridad. Christine seguía mirando a su nuevo vecino, contemplando su enorme tamaño, con forma de tonel y el pecho cubierto de pelo negro. De repente, estalló en movimiento, lanzando golpes y estocadas al aire. Era espeluznante verlo desde su propia casa a oscuras. Se sentía sucia, pero también tenía algo casi erótico. El vello oscuro de su pecho se estrechaba sobre su vientre, pero volvía a engrosarse a medida que sus ojos bajaban hacia...

De un tirón, Christine se detuvo y estuvo a punto de estrellar el vaso vacío contra la encimera. Bajaría las escaleras y volvería a dormir. Molly tenía su primer día de colegio mañana por la mañana; Christine tenía que estar fresca, lista para darle todo el apoyo que pudiera. ¿Quizá el vecino había recurrido a alguna tontería oriental, budista, para sobrellevar lo sucedido? Si era así, ¿qué le importaba a ella?

Desde luego, no podía culparlo por ello.

CAPÍTULO DIECINUEVE

SE DESPERTÓ ANTES QUE MOLLY, lo que le dio tiempo a llevar el edredón a su dormitorio antes de que su hija le preguntase qué hacía en su cuarto. Luego, una vez que la oscuridad dio paso a la luz del alba, el miedo a que raptaran a Molly por la noche le pareció casi ridículo por lo que se apresuró a subir las escaleras para poner en marcha su plan para el primer día de colegio.

Preparó una mezcla para tortitas y mientras batía la masa consiguió mirar solo de vez en cuando hacia la casa de los Slaughter. La pareja aún no se había levantado. Tomó una decisión. Le contaría a Ryan lo de la muerte de Emily de la forma más casual posible, ya que seguramente se enteraría en el instituto, pero no se lo diría a Molly. Estaba segura de que los profesores tendrían cuidado de no permitir que se hablara del asesinato en sus clases. Y en cuanto a las otras madres... bueno, si querían cotillear sobre el tema, no serían del tipo ideal de amiga para ella. Además, se le ocurrió otro pensamiento, tal vez había pensado demasiado en lo importante que habría sido el asesinato para los otros padres. O no lo había pensado demasiado: por supuesto que habría sido una terrible tragedia para cualquier padre pero, al mismo tiempo, Lulworth no había escapado del covid y el virus tenía el efecto de eclipsar todo lo demás. El primer día de clase de Molly también fue el primer día que el colegio abría sus puertas después de casi seis meses. Sería de eso de lo que hablarían los padres. Lo difícil que había sido el confinamiento, los problemas del teletrabajo y el colegio en casa. Christine había estado a punto de verse desbordada por los correos electrónicos del director en los que explicaba las medidas de seguridad del covid para la reapertura, las horas de inicio escalonadas y los sistemas unidireccionales.

—Hola, mamá. —Molly subió las escaleras en camisón, tirando de él ya que ahora le quedaba un poco pequeño. Tenía la boca torcida. Su comportamiento apagado.

—¡Hola cariño! —Christine ocultó su preocupación con la mayor sonrisa que pudo poner—. ¿Cómo estás? —La niña respondió con un notable temblor de labios y Christine se sintió al instante invadida por el amor y por los familiares temores que la habían acosado desde que se planteó la posibilidad de mudarse de casa: el primer día de Molly en un nuevo colegio. Fijó su mejor falsa sonrisa—. ¿Estás lista para el gran día? Estoy haciendo tortitas.

Molly asintió con valentía, pero su labio volvió a temblar.

—Va a salir todo bien. Ya verás como estás fenomenal. —Christine se agachó y envolvió a su hija en un abrazo. Lo habría dado todo por no dejarla marchar nunca.

Se comieron las tortitas demasiado rápido. Para empezar, no habían tenido tiempo suficiente. Era extraño, en realidad. A pesar del amor que sentía por Molly, durante todo el confinamiento le había parecido un poco agobiante y asfixiante pasar todos los días con ella y Ryan, ser responsable de la educación de Molly, cuando además tenía que organizar un funeral, ultimar los asuntos de Evan y mudarse de casa. Pero ahora sentía todo lo contrario. No era tiempo suficiente y quería recuperarlo, volver a pasarlo. Para pasarlo mejor. Eso ya no era posible. Lo mejor que Christine podía hacer ahora era saborear cada segundo de los minutos que pasaban juntas, ayudarla a vestirse con su nuevo uniforme escolar, arreglarle el pelo como a ella le gustaba y manteniendo en todo momento aquella falsa sonrisa, sin dejar traslucir en su rostro ni un ápice del terror que sentía en su interior.

Christine había esperado que Ryan se uniera para desayunar y preparó suficientes tortitas para él también. También era su primer día en el instituto, pero sus clases no empezaban hasta las once por lo que se quedó en la cama gimiendo en señal de protesta cuando Christine intentó despertarlo. Cuando Christine y Molly tuvieron que irse, aún no lo habían visto. En cierto modo, era mejor así, las dos solas.

Hacía un poco de brisa y Molly llevaba el pelo suelto mientras subían al coche. La puerta de la casa de los Slaughter se abrió y Janet salió corriendo, con la mano levantada para decirles que la esperaran.

—¡Hola! —le dijo a Molly, con la voz un poco entrecortada—. Solo quería verte esta mañana para desearte suerte. —Sonrió a Molly, que la miró con cautela.

—Gracias —dijo Molly con su voz más educada y se volvió para subir al coche.

—Es un colegio maravilloso —continuó Janet—. Sé que igual estás un poco preocupada porque no conoces a nadie. Pero no deberías estarlo. Emy estaba preocupada cuando empezó, pero desde el primer día todos los demás niños querían ser amigos de la niña nueva y ella lo disfrutó mucho. —Janet sonrió con sinceridad—. Y estoy segura de que a ti te pasará lo mismo.

Molly la miró, con el ceño fruncido.

—¿Quién es Emy?

A Christine le dio un vuelco el corazón, pero Janet no se inmutó.

—Mi hija. —Volvió a sonreír y extendió la mano para acomodar un mechón suelto del cabello de Molly detrás de su oreja.

—No sabía que tuvieras una hija —dijo Molly, mirando a su alrededor como si hubiera estado escondida en alguna parte y ahora estuviera a punto de revelarse—. ¿Dónde está?

Janet no contestó. En lugar de eso, se levantó y sonrió débilmente a Christine.

—Tú tampoco debes preocuparte. Es muy buen colegio y la señorita Donnelly es muy amable. Estoy segura de que Molly será feliz allí.

Christine no dijo nada y miró a su hija cuando le preguntó—: Mami, ¿Emy irá al colegio?

Christine trató de poner un gesto tranquilizante, pero su falsa sonrisa le falló esta vez.

—Vamos Molly, no queremos llegar tarde.

Molly preguntó dos veces más en el coche quién era Emy Slaughter y si la vería en el colegio. Dos veces, Christine cambió torpemente de tema, dejándolo por fin en un «tal vez». Solo cuando llegaron a la puerta, Molly cambió de tema.

—¿Tienes la mascarilla, mamá?

Christine se detuvo. Una de las muchas normas impuestas por el director para permitir la reapertura de la escuela era que todos los padres debían llevar la cara tapada cuando dejaban o recogían a sus hijos. Un puñado de padres entraban ahora, los niños sin mascarilla, pero los padres llevaban alguna variante de esta. Christine maldijo en voz baja. Había comprado varias mascarillas, ya que en aquella época eran obligatorias para entrar en tiendas y otros establecimientos, y había probado a ver qué tipo tenía el aspecto menos horrible y la sensación menos desagradable en la cara, pero estaban todas en casa. Aparcó y rebuscó en el bolso. Lo mejor que pudo hacer fue desplegar un pañuelo y llevárselo a la nariz, casi como si se estuviera amordazando a sí misma.

—Vamos, cariño.

El director de la escuela primaria de Lulworth esperaba junto a la puerta, con un portapapeles en las manos. Algunos padres estaban un poco perdidos y parecía que su trabajo consistía en indicarles el camino correcto para llegar al aula de sus hijos. Christine no pudo evitar temer que también estuviera allí para hacer cumplir la norma de la mascarilla, e intentó pasar deprisa sin que se diera cuenta. Afortunadamente, no dijo nada. Sería mejor una vez llegaran a la clase, pensó Christine. Molly le agarró la mano con fuerza mientras caminaban, mirando nerviosa a las otras chicas. Christine intentó examinar también a los padres, pero eran difíciles de leer, más distantes por las medidas de seguridad del covid, literal y metafóricamente. A pesar de su intención de hablar con al menos otra madre durante el trayecto y, en el mejor de los casos, de encontrar a otra niña que pudiera ser la primera amiga de Molly, le resultó imposible y llegó a la puerta del aula sin haber hablado con nadie. Una mujer joven esperaba fuera con una botella de desinfectante en la mano. No era la señorita Donnelly, sino la ayudante que le habían dicho a Christine que ayudaría con la clase.

—¡Hola! —dijo Christine, tratando de poner un tono alegre, pero sin mucho éxito—. Eres la señorita Juniper, ¿verdad? Esta es Molly. Hoy es su primer día.

La profesora le devolvió la mirada, pero no mantuvo el contacto visual.

—Hola, Molly. —Sonrió con brevedad a Molly, pero no

hizo nada más. Y había algo que faltaba en su forma de hablar. No había preocupación. Ni entusiasmo.

—Es su primer día —se oyó decir Christine por segunda vez.

—Vale —respondió la señorita Juniper—. ¿Puedo echarle gel en las manos, por favor? —Miró a Molly, como si verla escondida detrás de las piernas de Christine no fuera más que una molestia.

—Aún no conoce a nadie —continuó Christine. Intentó que la profesora la mirara, para reiterar la importancia del momento, pero esta siguió mostrándose evasiva. Incómoda. Tal vez incluso aburrida.

Una voz detrás de ella la hizo volverse para ver a un hombre alto, vestido con un elegante traje oscuro, que se acercaba junto con un niño de uniforme. Estaba claro que se trataba de un padre y su hijo. El hombre llevaba la cara tapada con una mascarilla, pero cuando se agachó para abrazar a su hijo se la quitó por un momento, mostrando un rostro bastante atractivo. A Christine le pareció mal fijarse en él, pero al darse la vuelta vio cómo la atención de la señorita Juniper se dirigía de lleno hacia el hombre. Ese gesto habría bastado para que Christine recogiera a su hija y la alejara de aquel terrible lugar, pero en ese momento apareció la señorita Donnelly. Al instante se agachó para ponerse a la altura de Molly.

—¡Hola Molly! Tenía tantas ganas de conocerte. —Le tendió la mano y, aunque Molly no se apresuró a abrazarla, Christine pudo notar que empezaba a relajarse—. He oído que solías ir a una escuela muy interesante en Londres, en un lugar llamado Wimbledon. ¿Es cierto? —La señorita Donnelly esperó hasta que Molly asintió—. Bueno, me encantaría que me lo contaras todo. —Su rostro mostró una hermosa sonrisa—. ¿Qué te parece?

Tanto ella como Christine observaron el rostro de Molly hasta que por fin volvió a asentir. Seguía cogida de la mano de Christine, pero al menos ya no se escondía detrás de sus piernas. La señorita Donnelly permaneció agachada, pero levantó la vista.

—Normalmente te preguntaríamos si quieres entrar para ayudarla a colocar sus cosas, pero con esto del covid... — Hizo una mueca y volvió a dirigirse a Molly—. Pero te prometo que cuidaremos muy bien de ti, ¿a que sí, señorita Juniper?

—Sí.

Todo en la señorita Juniper apestaba a falsedad, pero la señorita Donnelly no parecía darse cuenta. Le dijo a Molly —: Te cuidaremos fenomenal.

Luego se levantó y se volvió hacia Christine.

—No te preocupes, estará bien. Es una clase genial y voy a ponerla con una chica muy simpática que se llama Daisy. Es encantadora. ¿Quieres despedirte de tu madre? —La señorita Donnelly sonrió cuando Molly asintió. Esperó a que Molly lo hiciera y extendió las manos para coger una gota de desinfectante líquido. Un momento después, la señorita Donnelly rodeó a Molly con el brazo y la condujo al interior del aula. Christine vio cómo la profesora aparecía para presentar a su hija a una chica morena. Vio que Molly decía algo, pero no oyó el qué.

—La próxima vez tienes que llevar mascarilla — interrumpió la señorita Juniper.

—¿Perdón?

—Al traerla y recogerla, todos los padres deben llevar mascarilla.

—Sí lo sé, pero se me olvidó...

La señorita Juniper no dijo nada. Mientras se alejaba de la puerta del aula, Christine intentó captar la mirada de su hija. Las dos niñas estaban hablando, pero entonces Molly se dio la vuelta, tal vez sintiendo de repente que su madre no estaba allí. Miró a izquierda y derecha, y luego vio a

Christine a través de la puerta, justo cuando la señorita Juniper la estaba cerrando.

—Vas a estar muy bien. Tendrás un gran día —dijo Christine antes de que se cerrara la puerta.

Por un momento incluso se lo creyó.

CAPÍTULO VEINTE

CHRISTINE SE APRESURÓ A VOLVER a su coche, de repente desesperada por llegar antes de romper a llorar dado que anticipaba que iba a ocurrir. Se quedó allí lloriqueando con la cabeza gacha, sin importarle quién la viera. Al cabo de quince minutos, cuando por fin se sintió lo bastante vacía para continuar, condujo hasta su casa, con la esperanza de alcanzar a Ryan antes de que se marchara. Pero su hijo ya se había ido, dejando su plato de tortitas sucio en la encimera y una extraña sensación de vacío entre las paredes.

Recogió la cocina y esperó un rato, sin saber muy bien para qué. Al final se obligó a salir a dar un paseo. En cuanto salió y notó el aire fresco del mar llenándole los pulmones, se sintió mejor. Se dirigió hacia el oeste por el sendero costero. Las empinadas colinas verdes la rodeaban por el interior y se hundían en el mar. Una vez que entró en calor, sintió que quería caminar para siempre, dejar atrás sus problemas, pero antes de ir demasiado lejos se dio la vuelta, para que no hubiera peligro de llegar tarde a recoger a Molly. Sin embargo, el regreso fue más duro. Un fuerte viento que no había notado en el camino de ida le daba ahora fuerte en la cara.

Al pasar el arco de piedra de *Durdle Door*, se vio ante una disyuntiva. Subir de nuevo varios cientos de metros hasta la cima de la colina antes del descenso final a Lulworth, o seguir la playa de St Oswald's por una ruta más llana. Optó por esta última, disfrutando de la sensación de sus pies crujiendo sobre los guijarros. Hacia la mitad del camino vio algo de colores bailando sobre las olas. Era una cometa, del tipo con forma de herradura, controlada por un hombre sobre una tabla de surf. Siguió las cuerdas de la cometa hacia abajo, lo observó y disfrutó viéndolo virar hacia dentro y hacia fuera, a veces cayendo al agua, pero sobre todo saltando con pericia por encima de ella.

A medida que se acercaba, el hombre desembarcó en la playa, al pie del acantilado, justo debajo del camino que llevaba a su casa. Durante un rato mantuvo la cometa en el aire por encima de él, luego la alzó contra el viento hasta que se posó en la orilla, donde la recogió y empezó a subir por la playa hacia el sendero del acantilado. Para su sorpresa, vio que reconocía algo en su forma de barril. Un poco más cerca fue evidente. Era Rodney Slaughter, con un traje de neopreno negro y su oscuro pelo peinado hacia atrás. Eran las dos únicas personas en este extremo de la playa y sus caminos pronto se cruzarían casi exactamente en el mismo punto.

Christine se preguntó qué sería apropiado decir en una situación así, e incluso ensayó un par de saludos en su cabeza. Pero entonces algo en su lenguaje corporal la detuvo. Estaba visiblemente enfadado, hablando consigo mismo y aunque no podía oír mucho de lo que decía, captó varias palabrotas. Sintió que se encerraba en sí misma, deseando no estar allí. Se preguntó si podría fingir que iba por otro sendero, para que sus caminos no se cruzaran. Pero entonces él alcanzó una bolsa que ella no había visto tirada en la playa y se dedicó a rebuscar en ella. Después de todo, no se dirigía hacia el acantilado. Aprovechó la oportunidad para alterar su rumbo y se dirigió a la parte más alta de la playa. Él no se percató de su presencia, por lo que ella sintió un gran alivio.

Una vez de vuelta en casa comprobó si Ryan había vuelto ya. Aún no, y entonces, por impulso, se escabulló de nuevo por la puerta principal y llamó al timbre de la casa de los Slaughter. Por la colorida cometa que volaba sobre el agua supo que Rodney había vuelto a salir con su tabla de surf y quiso hablar con Janet.

—Solo quería decir cuánto lo sentía —dijo Christine mientras Janet empezaba a intentar preparar un café con una máquina de aspecto bastante complicado—. Debería haber dicho algo anoche, pero me quedé un poco impactada. Debe haber sido la cosa más horrible, perder una hija.

Janet parecía aliviada.

—Gracias. Y sí. Todavía lo es. —Jugueteó distraídamente con la máquina—. Lees sobre estas cosas en el periódico. Pero siempre les pasan a otras personas. Nunca piensas que podría pasarle a tu propia hija. —Se detuvo—. Y ya que estamos, creo que te debo una disculpa.

—¿Por qué?

—No debería haber mencionado a Emy a Molly de esa manera. No estaba pensando. Quiero decir, estaba pensando... pero sobre el primer día de Emy en la escuela. Fue inapropiado. Necesitas tiempo para contarle lo que pasó. Para ayudarla a entender que nunca le va a pasar algo así.

Ambas mujeres se miraron. Y sin pensarlo Christine se acercó, con los brazos abiertos.

—Lo siento mucho, de verdad.

Janet abandonó la máquina de café. Abrazó a Christine y se estrecharon la una a la otra. Al sentir a Janet entre sus brazos, Christine se dio cuenta de que no había tocado a otro ser humano, con la excepción de Molly, desde que Evan había muerto. La pandemia lo había hecho socialmente inaceptable, incluso ilegal.

—Me alegro tanto de que se haya mudado alguien agradable —dijo Janet un momento después, cuando se habían alejado—. Estoy segura de que vamos a ser buenas amigas.

Janet volvió a intentarlo con la compleja cafetera, pero pronto desistió. Posó parte de la máquina de un golpe en la encimera con fingido disgusto.

—Es de Rodney —se quejó—. Todo tiene que ser lo mejor, ¿sabes? Tengo algo de vino en la nevera...

Christine estuvo a punto de aceptar, pero luego recordó y negó con la cabeza.

—Tengo que recoger a Molly a las tres.

—Por supuesto. —La sonrisa de Janet volvió a ser distante, pero rebuscó en un armario junto al fregadero hasta que sacó una cafetera de émbolo de las antiguas—. ¡Sorpresa!

Charlaron. Christine le contó cómo había sido dejar a Molly en el cole e incluso se rieron juntas de la forma en que el director se erguía de pie con su portapapeles en la puerta. Christine estuvo a punto de contarle lo fría que había sido la señorita Juniper, pero le pareció desleal con Molly, que compartiría clase con ella. Aun así, casi sintió que estaba disfrutando. Y entonces Janet la sorprendió.

—Debemos daros la bienvenida como es debido —dijo mientras inclinaba la cabeza hacia un lado.

—Ya —respondió Christine, un poco confusa.

—Ven a cenar —sugirió Janet—. Trae a los niños, sería encantador conocerlos un poco mejor. ¿Qué tal os viene este sábado?

CAPÍTULO VEINTIUNO

EL RESTO de la semana fue pasando y adoptaron una especie de rutina. Christine dejaba a Molly en el colegio y se pasaba el día ocupándose de los muchos trabajos que quedaban por hacer como vaciar cajas y preparar las habitaciones. Tomó las medidas de las ventanas para las cortinas, pero descubrió que el tamaño y la forma de los cristales hacían que el trabajo fuera más complicado de lo que había imaginado y que unas cortinas eran la peor solución. Al final encargó un juego de persianas diez veces más caras de lo que había planeado. Pero el mayor inconveniente era que había que hacerlas a medida y esperar seis semanas hasta que estuvieran fabricadas y montadas.

También consiguió pasar un rato con Ryan y explicarle lo del asesinato de la hija de los Slaughter. Para su alivio, él se lo tomó casi con calma. O al menos, si lo consideró importante se lo guardó para sí mismo. Para Christine era un alivio que su hijo mayor pareciera estar llevando tan bien lo de la mudanza.

Christine esperó hasta el sábado por la mañana para llevar a Molly al gran supermercado de Dorchester.

Empujar el carrito por los pasillos le resultó muy familiar, solían ir al mismo supermercado en Londres, así que durante un rato fue casi como si no se hubieran ido. Salvo que Christine llevaba puesta la mascarilla y Molly estaba hablando de su nuevo colegio.

—¿Has hecho amigos entonces? —preguntó Christine, aceptando que Molly no quería comprometerse a fingir que aún estaban en Londres.

—¡Sí! —respondió la niña con entusiasmo—. Hay una chica que se llama Daisy que es muy simpática. Y tiene un caballo.

—¿En serio?

—Sí y lo monta como hacen en la tele.

—Qué bien.

—Ya. Es alucinante. Ojalá yo pudiera montar a caballo.

—Supongo que es bastante peligroso.

—No, la verdad es que no. Eso dice Daisy. Dice que lleva casco y que es como montar en bici.

—Bueno, ir en bici también puede ser peligroso, cariño.

—Ya. —Molly se quedó callada un momento y Christine sintió un pulso de preocupación. ¿Estaba siendo asfixiante otra vez? Era uno de sus defectos como madre.

—¿Podemos comprar un caballo? —preguntó Molly de repente—. ¿Así podríamos llegar a conocerlo, como con Humphrey? —Humphrey había sido su hámster, un animal tímido que se había vuelto bastante manso antes de morir —. Además, los caballos duran mucho más que los hámsters.

—Bueno, eso espero. Pero me temo que no tenemos sitio para un caballo. Tal vez encontremos algún lugar que ofrezca clases. Ahora que vivimos en el campo puede que haya algún sitio cerca.

—¿Tú crees? —Molly se volvió hacia su madre, su carita tan seria y esperanzada que Christine habría hecho cualquier cosa por ella.

—Bueno. Ya veremos —resopló y puso una sonrisa falsa.

Molly devolvió una tímida sonrisa que luego dejó que se desvaneciera, quizá demasiado acostumbrada a que las promesas no se cumplieran.

—¿Qué tal es tu profesora? —preguntó Christine— ¿Es tan buena como parece?

—Sí, es simpática —asintió Molly, pero estaba claro que su cabeza seguía centrada en los caballos.

Christine miró a su alrededor. Había pensado tener esta conversación en casa, pero la había pospuesto una y otra vez. Esa era su forma habitual de enfrentarse a los problemas difíciles pero había asuntos tan vitales que no le quedaba más remedio que hablarlos. Quizá fuera mejor hacerlo en público, lejos de casa y fuera del alcance de otros oídos.

—En realidad, Molly... —Christine se armó de valor. Se sentía como si abandonase su cuerpo y flotara en el aire observándose a sí misma—. Hay algo que necesito decirte, algo importante. —Tragó saliva, reprimiendo las dudas.

—¿Qué pasa? —Molly se puso seria de nuevo, con un ceño arrugado en su frente. Ya no había forma fácil de echarse atrás.

—Se trata de Emy Slaughter —empezó Christine aunque dudase si era prudente.

—¿La chica que mataron? —preguntó Molly de inmediato.

Christine se detuvo, estupefacta.

—Sí. ¿Cómo lo sabías? —Pero sabía la respuesta incluso antes de que Molly contestara. Por supuesto que alguien lo habría mencionado. Llevaba una semana yendo al colegio.

—Daisy me lo contó. Dijo que la asesinaron, que iba a su clase el año pasado.

—Ah. —Christine sintió que su corazón se aceleraba—. Ya veo.

—Pero el hombre que lo hizo también está muerto. Voló

por los aires, así que no puede hacérselo a nadie más. —Una expresión de satisfacción apareció en el rostro de Molly al decir eso.

—Sí. Es cierto —se oyó responder Christine—. Ya no puede. Era un hombre malo, Molly. Un hombre muy malo, pero ya no está. ¿Lo entiendes?

Molly se encogió de hombros de manera despreocupada.

—Sí, lo entiendo.

Christine se maravilló de la resistencia de sus dos hijos y apretó fuerte a Molly, demasiado fuerte, mientras permanecían juntas en el vacío pasillo del supermercado.

Había cola en cada una de las tres cajas abiertas, pero por una vez Christine eligió la más rápida y empaquetaron las compras juntas. Cuando se dieron la vuelta para salir del supermercado, Christine reconoció la ancha espalda de un hombre que acababa de salir de la caja más cercana a la puerta. Era Rodney Slaughter, con una bolsa de plástico cargada de cada mano. Christine sonrió ante la pequeñez del mundo en el que vivía y luego la sonrisa se hizo más profunda al preguntarse si Janet le habría enviado a comprar comida para esa noche. Era una pareja extraña, decidió. A primera vista, Rodney era la mitad dominante de la pareja, pero se preguntaba si Janet estaba en realidad al mando. En cierto modo, ella había sentido lo mismo con respecto a su matrimonio.

Aun así, no hizo ningún esfuerzo por alcanzar a Rodney. Para empezar, ambos llevaban puestas las mascarillas, lo que dificultaba la conversación, al menos con desconocidos. Pero había algo en él que la hacía sentirse un poco incómoda; en realidad, bastante incómoda, se dio cuenta ahora, al pensar en ello por primera vez. Tal vez fuera porque no habían tenido una conversación en condiciones, todavía no. Pero además de eso, había algo más. Estaba enfadado. Al principio pensó que tenía que ver con su decepción por tener que dividir la casa. Pero ahora, por supuesto, Christine entendía que no era por eso. Claro que estaba enfadado. Estaba enfadado con el mundo que se había llevado a su preciosa hija de manera tan cruel. Pero por mucha pena que le diera a Christine aún le resultaba difícil acercarse a él.

Pasó unos instantes fingiendo que buscaba en el bolso la tarjeta de fidelidad que sabía que no estaba allí. En el aparcamiento, Rodney giró a la derecha y ella a la izquierda, y pronto se olvidó por completo de él. En su lugar, empezó a pensar que debería intentar hacer otros amigos, además de Janet, ahora que los niños se iban adaptando. Para cuando hubo cargado la compra y comprobado que Molly se había abrochado correctamente el cinturón de seguridad, Christine se había creado un grupo de amigas completamente nuevo, formado a partir de grupos de madres de la zona que tomaban café por las mañanas. Entonces, mientras esperaba para salir del aparcamiento, un gran Audi blanco cuatro por cuatro pasó a su lado. Rodney conducía, pero había otra persona en el asiento del copiloto. Christine intentó establecer contacto visual, suponiendo que se trataba de Janet. Pero era una mujer mucho más joven. Con un sobresalto, Christine se dio cuenta de que la había reconocido: era la ayudante del aula de Molly, la señorita Juniper, que seguía con la misma expresión de aburrimiento que había mostrado en la puerta de la clase de Molly.

Antes de que pudiera siquiera pensarlo, Christine se encontró en la carretera detrás de ellos; no es que los siguiera, era tan solo que iban en la misma dirección. Pero ahora su cabeza elucubraba a toda velocidad. ¿Por qué llevaba Rodney a la señorita Juniper en su coche? Christine ya sabía que Emy había ido al mismo colegio que Molly, pero no sabía qué profesores había tenido. Entonces recordó lo que había dicho su hija en el supermercado.

—¿Dijiste que tu amiga Daisy estaba en la misma clase

que Emy Slaughter? —preguntó de manera tan despreocupada como pudo.

—Sí. Eso es lo que dijo —contestó Molly desde el asiento de atrás.

—¿Sabes quién era la asistente del aula el año pasado? ¿Era la señorita Juniper?

Molly parecía perpleja. Miró a izquierda y derecha y frunció el ceño mientras se lo pensaba.

—Creo que sí —respondió con lentitud—. Creo que es muy buena amiga de la profesora Donnelly, por eso siempre están en la misma clase. —Por un momento pareció dudar de la lógica, pero luego asintió con firmeza.

Christine se dio media vuelta para sonreír a su hija.

—¿Por qué lo preguntas? —indagó Molly. No parecía haber notado a Rodney ni a la señorita Juniper en el coche que tenían delante y Christine no quería llamar la atención sobre ellos.

—Por nada. —Le dedicó a su hija una vaga sonrisa y se volvió hacia la carretera. El Audi aún iba unos cuantos coches por delante, y avanzaban por la carretera que llevaba de vuelta a Lulworth y a la casa. ¿Quizá venía de visita? ¿Quizá había entablado amistad con la pareja a raíz de su desgracia? Después de todo, pensó Christine, habría sido una gran conmoción también para el personal docente que asesinaran a una alumna de la clase. Tal vez la explicación inocente fuera que los tres se estaban apoyando mutuamente en un momento tan difícil. Christine incluso se sintió culpable por un instante de haber contemplado otras posibilidades menos inocentes, pero entonces el Audi puso el intermitente y se desvió por un pequeño callejón sin salida. Christine no lo siguió, pero estiró el cuello al pasar, lo suficiente para ver las luces rojas de freno del coche de Rodney al detenerse frente a una casa pequeña y de aspecto corriente. Era el tipo de casa en el que cabría esperar que viviera una joven ayudante de aula.

La idea le rondó la cabeza el resto del día y a las siete, cuando tenían que ir a cenar en casa de los Slaughter, Christine estaba agotada de solo pensar en ello y habría cancelado de buena gana. Pero vio, al otro lado del patio, que Janet había puesto su gran mesa de cristal e incluso había colocado candelabros de plata. Al menos podía utilizar la excusa de que Molly tenía que irse a la cama para que la velada fuera lo más breve posible. En cuanto a si mencionaría que Rodney había llevado a la señorita Juniper en su coche aquella mañana, decidió dejarlo para más adelante.

—¿Aún no te has vestido? —le preguntó a Ryan, que acababa de subir las escaleras en pantalones de chándal. Este se detuvo, como si su madre acabara de darle un terrible insulto.

—¿Qué hay de malo en esto?

—¿No tienes una camisa o algo un poco más elegante? —Christine forzó una sonrisa, tratando de mantener bajo control la tensión de su voz.

«Joder, mamá». No lo dijo en voz alta, pero captó las palabras mientras su hijo se giraba sobre sus talones y bajaba las escaleras, dejando a Christine sola en el salón. Por enésima vez en el día, miró hacia arriba y deseó que ya tuvieran las persianas instaladas.

CAPÍTULO VEINTIDÓS

—ESPERO que te guste el salmón —dijo Janet mientras abría la puerta de par en par y sonreía a Christine—. Por cierto, estás fantástica. —Le dio dos besos al aire y sonrió a los niños, a Molly más que a Ryan—. Y tú también, Molly. Me encanta ese vestido.

—Gracias —respondió la pequeña al tiempo que sacaba pecho con orgullo. Janet los hizo entrar mientras hablaba con ella.

—Espero que te guste como he puesto la mesa. Puse unas velas porque pensé que te gustarían.

Molly parecía impresionada.

—Ya lo sé. Lo he visto desde nuestra casa.

Janet puso lo que a Christine le pareció una expresión bastante confusa, como si no se le hubiera ocurrido que eso pudiera ser posible.

—Qué camisa tan elegante llevas, Ryan. —Su sonrisa hacia él fue más fría, pero aun así este le devolvió la sonrisa con amabilidad.

—Gracias, señora Slaughter.

—Por favor, llámame Janet.

—Vale. Gracias, Janet. —Ryan sonrió de nuevo.

—¿Y bien? ¿Qué bebéis? —Janet se giró hacia su vecina
—. Christine, ¿quieres un poco de vino?

Esta asintió mientras Janet le servía un vaso grande.

—A ver, tengo zumo para la joven Molly, pero ¿se le
permite a Ryan un vaso de vino también? ¿Uno pequeño?

—Supongo que un poco pequeño no hará daño.

Janet sonrió.

—Excelente. ¿Te gusta el blanco o el tinto? Rodney tiene
una botella muy cara de tinto por ahí —le guiñó un ojo a
Ryan— y se supone que no debe beber demasiado, así que
estoy segura de que le encantaría encontrar a alguien con
quien compartirla.

—Sí, por favor, Janet —dijo Ryan con cierta
incomodidad.

Janet sacó una segunda copa de un armario de la cocina
y la puso en la encimera, al tiempo que se volvía hacia
Christine y le susurraba que tenía unos hijos muy educados.

En ese momento Rodney entró en la sala. Llevaba unos
vaqueros negros y una camisa blanca con las mangas
remangadas, que contrastaban con el oscuro vello de sus
brazos. Saludó en voz baja, pero no hizo ningún esfuerzo
por entablar conversación. Cuando Christine lo miró, se dio
cuenta de que sus ojos estaban fijos en Molly, cosa que no le
gustó.

—¿Podrías servirle a Ryan un poco de ese vino bueno
que tienes abierto? —le preguntó Janet. Dado que la botella
estaba casi vacía, Rodney metió la mano en una vitrina y
sacó otra.

Llevaron sus copas al salón, donde se sentaron en el
blanco sofá frente a la ventana. Los separaba una mesa de
cristal, una versión más pequeña de la mesa del comedor,
con cuencos para picar algo. Una especie de música clásica
sonaba en unos altavoces invisibles. Rodney hablaba poco,
de vez en cuando se alimentaba de cacahuetes de un modo
que a Christine le hizo pensar en un gorila de un

documental de televisión. Mientras tanto, Janet interrogó con cierta delicadeza a Ryan acerca de su nuevo instituto. Para sorpresa de Christine, él se abrió y ella se encontró escuchando con interés cómo comparaba el instituto nuevo con el de Londres. Se dio cuenta de que incluso se había peinado después de que ella lo mandara abajo a por una camisa, de modo que parecía y sonaba elegante e inteligente. También estaba muy guapo. Christine sintió una punzada de orgullo seguida de cierta culpabilidad por haberle gritado antes. Janet se excusó al cabo de un rato para atender la cena, lo que dejó a Rodney llevándose cacahuetes a la boca con lenta deliberación. Se hizo un silencio incómodo.

—¿Qué te parece la casa? —preguntó este al fin.

En lugar de ser una pregunta inocente, Christine creyó captar un atisbo de acusación oculto en alguna parte de sus palabras. Como si de alguna manera le hubiera robado su nueva casa, en lugar de pagarle una enorme suma de dinero por ella y rescatar su precaria situación financiera.

—Está bien, gracias —respondió con brevedad, sin querer hacer cumplidos al arquitecto.

Los labios de Rodney se curvaron en lo que pareció el inicio de una sonrisa y luego se enderezaron. Bebió otro sorbo de vino de la gran copa con forma de cáliz—. Y qué dice la joven... —Miró a Molly y agitó una mano, como si sugiriera que había olvidado su nombre.

—Molly. —Christine lo ayudó, su voz un poco forzada.

—Sí, Molly. ¿Cómo se está adaptando?

De repente, Christine tuvo la sensación de que aquel hombre la estaba insultando, aunque en apariencia fingía ser educado. Muy a su pesar, respondió a la pregunta.

—Ya ha hecho una amiga, una chica encantadora que se llama Daisy.

Tal vez ella había esperado que aquello fuera de interés para Rodney, pero él se limitó a asentir con la cabeza y a comer más cacahuetes. Aunque se sentía como si Rodney estuviera menospreciando a su familia y a ella, insistió.

—Sí y está en una buena clase. Con la profesora Donnelly, que es encantadora. Ah, y también tiene una ayudante muy simpática, muy joven por cierto. —Christine le sonrió de lleno en la cara. Vio que sus ojos se entrecerraban y se fijaban en los suyos.

Dudó un segundo y miró a su mujer, que estaba al otro lado de la habitación.

—¿En serio? —preguntó Rodney—. ¿Qué asistente le ha tocado?

—La señorita Juniper.

Y en ese instante, Christine lo supo. El cabrón estaba teniendo una aventura. Era tan evidente, estaba escrito en su cara durante el medio segundo que tardó en recuperar el control de sí mismo. Pero seguía ahí, en la forma en que se metió un dedo en el cuello de la camisa, en la forma en que miró a su mujer y luego apartó la mirada de manera apresurada cuando quedó claro que ella también lo había oído, en la media sonrisa incómoda que le dedicó a Christine antes de darse la vuelta. Vaya desgraciado. Tenía una aventura. Una aventura con una de las profesoras del colegio de su hija muerta.

Pero en cuanto este pensamiento pareció solidificarse en su mente, Christine empezó a dudar. Por supuesto que vería una reacción. La señorita Juniper fue la misma ayudante que había enseñado a su hija, la hija que había sido brutalmente asesinada no hacía ni seis meses. Por supuesto que miraría a su mujer. Significaba tanto para ella. Christine consideró la posibilidad de continuar, mencionando con la mayor inocencia posible que los había visto juntos aquella mañana en el aparcamiento del supermercado. Pero el momento había pasado. En su lugar, volvieron a quedarse en silencio.

Se sentaron a comer. Janet había horneado un salmón

entero con arándanos encurtidos, perejil, pistacho y una selección de pequeñas verduras cuidadosamente dispuestas alrededor de enormes platos blancos. Se disculpó varias veces por no haberse acordado de preguntar si Molly tenía algún tipo de alergia a los frutos secos, pero una vez que Christine hubo confirmado enérgicamente que no la tenía, comieron, con la conversación aún entrecortada.

—Entonces, ¿qué vas a hacer ahora que estás aquí? —preguntó Janet—. ¿Trabajas en algo?

—No. Quiero decir, sí. Solía trabajar, antes de tener a los niños. De hecho estoy pensando en buscar algo a tiempo parcial.

—¿Ah, sí? ¿Qué tipo de trabajo?

Christine sintió que se hundía un poco.

—Bueno, ya sabes. Algo de administración. No tengo ninguna formación específica. —Odiaba admitir que en realidad nunca había necesitado una carrera porque Evan había trabajado por los dos.

—Quizá podamos ayudar. Tenemos una oficina en Dorchester, en un pequeño parque empresarial. Conozco a bastante gente allí. Preguntaré si necesitan a alguien.

—Ah, muchas gracias.

Comieron un rato, antes de que Janet empezara a hacerle más preguntas a Ryan sobre el instituto.

—¿Qué asignaturas has escogido? —preguntó, aparentemente interesada.

—Sociología, psicología y... —Hizo una pausa para limpiarse los labios con la servilleta, algo que Christine nunca le había visto hacer sin que se lo pidieran—. Política.

—¿Política? —Janet miró a su marido, que soltó un pequeño bufido—. Ese sí que es un tema peligroso para sacar en una cena hoy en día. —Pero no siguió su propio consejo—. Dime, ¿qué opinas sobre todo lo que está pasando?

Ryan aún parecía confiado.

—¿A qué te refieres?·

—Bueno, ya sabes: Brexit, Trump en América. Supongo que estarás en contra de todos ellos, siendo tan joven.

Christine se sintió incómoda al notar que la atención de Rodney se desviaba hacia su hijo. Ryan también parecía sentir la presión, reacio a expresar su propia opinión.

—El profesor de política que tenía antes solía hablar del Brexit todo el tiempo. Que si era una estafa gigantesca y no sé qué más. —Se detuvo, sonriendo, pero esto no fue suficiente para Rodney.

—Espero que seas lo suficientemente inteligente como para decidir por ti mismo.

—Creo que sí.

—Porque la verdadera estafa era que burócratas europeos a los que nadie votó nos engañaran para que renunciáramos a nuestra soberanía, cuando solo habíamos firmado un acuerdo comercial poco estricto.

Se hizo el silencio.

—¿No me crees? —Se giró y, por alguna razón, empezó a hablar directamente con Christine.

—Yo no he dicho...

—Pero eso es lo que piensas. Lo tienes escrito en la cara.

Christine se sorprendió. Intentó restablecer su expresión a una un poco más neutra.

—Venga, vamos. Dicen que los jóvenes son la generación de los yogurines, pero tú no vas a ofenderte por oír la verdad ¿no?

Christine sintió que se enfadaba un poco.

—No estoy ofendida. Solo me sorprende que hayas asumido cuáles son mis puntos de vista.

—Ya, entonces ¿me equivoco? —Sonrió—. ¿Qué opinas? —Se reclinó en su silla.

Sintiéndose atacada, Christine se irguió en su asiento.

—Bueno, si insistes, yo no creo que hayamos perdido nunca nuestra soberanía.

—¿Y qué me dices del euro? —replicó Rodney sin vacilar
—. Si por vosotros fuera, nos habríamos unido en el año
2000 y entonces el país estaría en bancarrota. Seríamos como
los griegos.

Christine vacilaba. Aunque había sido capaz de repetir
como un loro lo esencial de la firme opinión de su marido
de que abandonar la Unión Europea era el colmo de la
estupidez, ella misma no entendía en realidad las
complejidades del asunto. La verdad era que no le
importaba.

—Bueno, los alemanes tienen el euro y parece que les va
bien.

—Bien dicho. —Janet levantó su copa para brindar—.
Muy bien, Christine. Pero tal vez este sea un tema para otro
día. —Miró fijamente a su marido. Él se encrespó pero se
volvió hacia Ryan.

—Bueno, espero que te enseñen algo con más sentido
común aquí en esta zona. Eso es todo. —Volvió a comer en
malhumorado silencio.

Media hora más tarde habían terminado tanto el plato
principal como el postre: tarta de chocolate, elegida en
especial para Molly, al parecer. La conversación no se había
recuperado y Molly ya bostezaba. Eso le dio a Christine la
excusa que necesitaba para llevarse a su hija a la cama.

En cuanto estuvieron dentro, Ryan se fue a su habitación
y Christine oyó que encendía su consola de juegos. Llevó a
Molly a su habitación y se quedó con ella mientras se
limpiaba los dientes. Cuando volvió arriba, dejó a propósito
las luces apagadas.

Frente a ella, en casa de los Slaughter, estaba claro que
estaban discutiendo. Janet agitaba furiosamente los brazos
hacia Rodney, que permanecía inmóvil, contestándole solo
de vez en cuando. Al final se encogió de hombros ante el

enfado de su esposa y se sirvió otra copa de vino antes de llevarla escaleras abajo y perderse de vista, dejando a Janet gritando en silencio a la espalda que se marchaba.

Janet se volvió hacia la ventana y sus ojos miraron directamente hacia donde estaba Christine, escondida en la oscuridad. Christine contuvo la respiración, conmocionada y horrorizada, hasta que se dio cuenta de que Janet no podía verla después de todo. Solo miraba hacia la oscuridad, con los ojos llenos de lágrimas.

CAPÍTULO VEINTITRÉS

EL DOMINGO, Christine se llevó a los niños de excursión. Salieron temprano con la esperanza de llegar a conocer un poco mejor la zona donde ahora vivían. Ahuyentó cualquier idea de que pudiera haber otra razón, especialmente la de que no se sentía cómoda en su propia casa mientras estaba tan a la vista de los Slaughter. Pero se preguntó por la evidente tensión en el matrimonio. Era comprensible, por todo lo que habían pasado. Tomó nota de que buscaría en Google más tarde para averiguar con qué frecuencia las parejas permanecían unidas tras la pérdida de un hijo.

Era bueno alejarse. Condujeron hacia el oeste, desayunaron en uno de los bares de carretera que atienden al flujo de turistas de la zona y luego se detuvieron en Weymouth, donde no parecía haber peligro de ver a nadie que conocieran de Lulworth. Hacía buen tiempo y pasearon por la playa de fina arena, observando una flota de windsurfistas que entraban y salían zumbando. Más tarde comieron pescado y patatas fritas, Molly tiró las sobras a una bandada de gaviotas que se acercaron tanto a ella que acabó chillando y huyendo. Por un día tuvieron, tal vez, la clase de experiencia que Christine había anticipado cuando se imaginó la casa en la cima del acantilado de Lulworth, cuando solo era una idea en la pantalla del ordenador.

Pero entonces, demasiado pronto, tuvieron que volver a aquella casa.

* * *

Cuando regresaron, estaba oscureciendo, no solo fuera, sino también en la casa de los Slaughter, lo que al menos permitió a Christine entrar en su salón sin tener la sensación de que vigilaban todos sus movimientos. Acostó a Molly, llamó a la puerta de Ryan y le advirtió de que no se quedara despierto hasta demasiado tarde. Luego puso el portátil delante de ella y empezó a buscar.

A medida que tecleaba, el autocompletado del ordenador adivinaba su pregunta con precisión, dándole esa sensación alarmante pero no desconocida de que la tecnología estaba interviniendo de algún modo en sus pensamientos.

«¿Cuántos padres permanecen juntos tras la muerte de un hijo?»

Cuando el primer resultado afirmó que la cifra era solo del dieciséis por ciento, el corazón de Christine dio un vuelco, pero pronto se dio cuenta de que estaba leyendo mal. Era al revés: solo el dieciséis por ciento de los padres se separaban alegando la muerte de un hijo como motivo. El artículo se titulaba: «El mito del divorcio tras la muerte de un hijo». Esto reconfortó un poco a Christine, aunque no estaba segura de por qué de repente parecía importarle.

También se preguntaba qué pasaba después de una muerte violenta. ¿Seguro que eso cambiaba las cosas? Sustituyó la palabra «muerte» por «asesinato» y obtuvo casi los mismos resultados: al parecer, no había ninguna página web específica que analizara las tasas de divorcio tras el asesinato de un hijo. Bueno, quizá simplemente no era lo bastante común. Eso era bueno, ¿no? Pero luego siguió buscando y descubrió que un par de páginas daban resultados algo diferentes. No se referían específicamente al asesinato, sino a la muerte de un niño por culpa de uno de los padres. Empezó a leer la historia de un hombre cuyo hijo había fallecido mientras estaba a su cargo. Al instante supo que no debía continuar, pero también supo que no podría detenerse.

Aquel hombre había estado con su hijo de diez años mientras su mujer estaba en el hospital para una revisión rutinaria. A punto de cruzar una carretera, el niño había salido corriendo sin mirar, interponiéndose en la trayectoria de un coche. El hombre describió que lo que oyó a continuación fue el sonido más horrible que había oído nunca. El chirrido de los frenos, el grito de su hijo, el crujido del impacto y luego el silencio, antes de más gritos de su hijo que al principio interpretó como que el niño solo estaba herido. Pero entonces el artículo describía cómo el hombre lo había levantado, solo para que el niño se quedara inerte y callado mientras moría en sus brazos.

Christine tuvo que apartar la mirada, con los ojos llenos de lágrimas. Se recompuso y siguió leyendo. El hombre le había contado lo sucedido a su mujer en el hospital y esperaba, ¿qué? ¿Comprensión? No lo tenía claro, pero no estaba preparado para el tsunami de rabia y odio que ella le lanzó. No solo había sufrido un duelo, sino que le habían culpado por ello. Su conclusión, que Christine leyó entre lágrimas, era que una pareja que se separaba tras la muerte de un hijo en tales circunstancias no era inevitable, pero sí muy probable, a menos que su relación fuera inusualmente fuerte.

Christine se separó y se secó los ojos. Observó por la ventana la casa de enfrente, que seguía en penumbra, y agradeció de nuevo que los Slaughter no estuvieran en casa. Se preguntó si uno de ellos había tenido la culpa. Se dio cuenta de que seguía sin conocer todos los detalles de lo que había ocurrido. Por unos segundos, la idea de buscar en Google le pareció desagradable. Pero solo durante unos segundos. Al instante tecleó otra búsqueda.

«El asesinato de...»

Una vez más, Google conoció su mente antes de que sus dedos pudieran teclearla, y completó la frase añadiendo «Emily Slaughter». Christine se preguntó qué informático sería el responsable de esto: ¿sabrían de algún modo que vivía al lado de una víctima de asesinato? ¿Acaso tantos vecinos como ella acababan buscando detalles del asesinato de al lado que su ordenador era capaz de adivinar lo que buscaba solo con la palabra asesinato? Los resultados de la búsqueda, en su mayoría artículos de prensa, muchos del periódico local, pero también muchos de los nacionales, la distrajeron de su idea. Eligió *The Guardian*, Evan siempre había dicho que era el más fiable.

Un sospechoso y dos agentes mueren en un tiroteo por un asesinato en la cala de Lulworth

Dos policías murieron el sábado por la noche, junto con un hombre sospechoso de estar implicado en el secuestro y asesinato de una niña de ocho años, en una explosión y un tiroteo cerca del pueblo de Lulworth, en Dorset. También resultó herido otro agente de policía. El incidente, que está siendo investigado por la Oficina Independiente de Conducta Policial, se produjo tras un breve enfrentamiento con el hombre al que se considera responsable del asesinato de Emily Slaughter.

Aún se desconoce la causa de la explosión, pero se cree que el sospechoso abrió fuego primero contra un agente armado y luego intentó hacer lo mismo cuando un segundo agente fue a ayudar a su colega, lo que provocó una descarga de disparos que mató al sospechoso, pero que también desencadenó una gran explosión.

La policía sospecha que el hombre, Michael Sopley de 43 años, que se hospedaba en un refugio de la zona, fue el responsable del secuestro de la niña, conocida como Emy, y de su posterior asesinato. El cadáver de Emy Slaughter fue hallado en la cala de Lulworth, un lugar muy frecuentado por los turistas.

El inspector John Lindham, de la Unidad de Investigación de Asesinatos del Suroeste, dijo en un comunicado que habían estado buscando al sospechoso tras las sólidas pruebas de su implicación en el asesinato. «Fue localizado en una granja cercana donde había robado un arma de fuego. A pesar de los intentos de convencerlo, abrió fuego primero y los agentes no tuvieron más remedio que responder.»

Aún no se ha dado el nombre de los agentes fallecidos.

Christine encontró muchos más datos sobre el incidente de la granja, pero para su creciente frustración había muy pocos sobre lo ocurrido en la casa. Decidió que la razón era el momento. El asesinato se produjo pocos días antes de que el país se sumiera en el caos por el brote del coronavirus. La policía había hecho declaraciones sobre lo ocurrido en la granja, habían publicado los nombres de los agentes fallecidos, etc, pero no habían revelado gran cosa sobre el asesinato de la niña. Y con la pandemia consumiéndolo todo, los periódicos no le habían prestado la atención que normalmente hubiera recibido.

Había muchos artículos sobre el asesinato, pero los detalles eran escasos. Seguía pensando que necesitaba más información. Entonces vio los comentarios abiertos bajo un artículo de la página web del periódico local. Sintió tanto una fuerte tentación de seguir bajando por la página y echarle un vistazo como una punzada aún más fuerte de culpabilidad por sentirse tentada. Era por Evan. Una de sus manías eran los comentarios de los artículos periodísticos.

Era una extraña obsesión para un hombre que solía ser tan tranquilo y dueño de sí mismo, pero no por ello dejaba de tenerla. A menudo se quejaba en voz alta de los idiotas que hacían comentarios y se reía de quienes los leían por no ser mejores que quienes los habían escrito. La reacción habitual de Christine era evitarlos.

Pero ahora Evan estaba muerto.

Sintiendo aún la mirada de desaprobación de su difunto marido, recorrió los mensajes sin leerlos a fondo. La mayoría eran expresiones de pésame. Christine se sintió aliviada: ¿qué otra cosa podía esperar? Pero a medida que avanzaba, poco a poco se hizo evidente otro tema. Había críticas a los padres. En primer lugar, por no haber asegurado bien la casa, como si el hecho de que se llevaran a su hija mientras ellos estaban dentro fuera prueba de que eran culpables. Pero además, en los comentarios circulaba la idea de que había algo más. Mucha gente pensaba que los Slaughter no estaban contando toda la historia. El último comentario, antes de tener que cambiar de página, lo resumía todo:

No creo que ese vagabundo haya podido entrar así en una casa nueva. No puede ser. Creo que Rodney Slaughter lo hizo.

CAPÍTULO VEINTICUATRO

AL DÍA SIGUIENTE, poco después de que Christine llegara a casa tras dejar a Molly en el colegio, sonó el timbre. Era Janet, con un gran ramo de flores en las manos.

—Intenté pillarte ayer pero estabas fuera.

—Ah sí, pasamos el día por ahí. Fuimos a Weymouth.

—Es precioso ¿verdad? —Por un momento pareció que Janet iba a iniciar una larga discusión sobre los pros y los contras de la ciudad cercana, pero se armó de valor y le tendió las flores—. Son para ti. Para disculparme.

—¿Por qué?

—Por la noche del sábado. Fue incómodo. Rodney estaba de mal humor. A veces se pone así.

Christine pensó en decir que no se había dado cuenta. Pero al final se quedó callada.

—¿Puedo pasar?

Quería negarse, pero no podía, sobre todo después del detalle que había tenido Janet. Forzó una sonrisa y abrió más la puerta.

—Claro, voy a poner la cafetera.

* * *

—Maldito Brexit, ¿eh? —Janet suspiró una vez que se instalaron en la cocina de Christine—. Algo en ello parece atraer a los hombres de cierta edad. Viejos gruñones, ¿no? Creo que conecta con su miedo a la impotencia.

Christine mostró una leve sonrisa.

—Pero estuvo fatal por su parte hablarte así y quería disculparme porque seguramente él no lo hará. Está tan acostumbrado a discutir conmigo…

—¿No estás de acuerdo con él?

Janet se encogió de hombros.

—Yo voté para quedarnos en Europa y él es un ferviente partidario del Brexit. No creerías posible que una pareja pudiera tener puntos de vista opuestos y aun así vivir juntos. Pero aquí estamos.

Christine se relajó un poco. Abrió el armario donde guardaba los jarrones.

—En realidad no es de los fanáticos —continuó Janet—. El problema es que en el trabajo tenemos que cumplir un montón de normativas que vienen de Bruselas y muchas de ellas no tienen ningún sentido para los edificios británicos. —Levantó las cejas—. En mi opinión, los beneficios de deshacerse de ellas han sido superados por el caos que se ha desatado en los últimos tres años. Pero al menos entiendo el argumento. —Hizo una pausa y su tono cambió. Miró a Christine—. Pero en realidad, creo que había algo más detrás de su mal humor que la política.

Christine ya estaba colocando las flores en el jarrón, cortando cada tallo uno a uno. Se detuvo.

—Ya habrás deducido que no le entusiasmaba al cien por cien la idea de dividir la casa… Todavía se está acostumbrando, por así decirlo.

—¿Qué quieres decir? —preguntó Christine al tiempo que fruncía el ceño.

—No quiero hacerte sentir culpable —continuó Janet—. Esta es tu casa y eres bienvenida aquí. Solo intento explicártelo. Déjame... —Janet pasó por delante de Christine antes de que pudiera objetar y se encargó de llenar el jarrón. Christine se volvió para hacer café—. Verás, esta casa ha sido su proyecto, su pasión, durante muchos años — anunció Janet, frunciendo el ceño mientras trabajaba—. Compramos el terreno hace diez años y él conoce cada... cada ladrillo, cada tornillo que se ha puesto. No es que nadie vaya a ver los ladrillos. —Se volvió y sonrió—. Y lo pusimos todo en ello, financieramente quiero decir. Nos lo jugamos todo. Y luego, cuando estábamos tan cerca de terminarlo, se produjo una pandemia mundial que hundió la economía. ¿Qué posibilidades hay? —Soltó una carcajada —. ¡Ya está! —Se apartó del jarrón terminado, como si esperara que Christine la elogiara.

—¿Qué pasó en realidad? —Christine dijo tras unos momentos de silencio—. Con la casa me refiero, si no te importa que pregunte.

—No. No me importa en absoluto. —Janet tomó un sorbo del café que Christine le tendió—. Qué bueno, gracias. —Dejó la taza sobre la mesa—. En realidad es un simple caso de codicia. El dinero para este lugar dependía de otros proyectos en los que Rodney había invertido. En tiempos normales habrían funcionado, pero con el covid se cancelaron todos. Y cuando fracasaron, el banco exigió el pago de los préstamos que teníamos sobre esta casa. Si no pagábamos, se la quedaban. —Se encogió de hombros—. Tuvimos que elegir entre vender la mitad de la casa o perderla entera.

—El banco no... —Christine vaciló—. Quiero decir que tu hija acababa... acababa de morir. ¿No lo tuvieron en cuenta?

—Se podría pensar que sí, ¿no? Pero no. Hoy en día todo lo hacen los ordenadores. No hay humanos involucrados para aplicar la compasión o cualquier comprensión de las circunstancias excepcionales en las que nos vimos. No.

Intentamos pelear pero nuestro caso no encajaba en ninguna de las opciones del banco. No encajaba en los formularios.

—Es horrible.

—Lo es. Pero eso es lo que estoy diciendo. Nos salvaste cuando el banco no lo hizo. Y estoy segura de que Rodney llegará a entenderlo al final. Puede que le lleve un poco de tiempo, pero lo hará.

Christine pensó un momento. Recordó a Rodney en su coche, con la señorita Juniper sentada en el asiento del copiloto con aire de suficiencia. Parpadeó y borró la imagen. No era asunto suyo.

—¿Qué pasó con Emy? ¿Te importa que te lo pregunte?

Janet tardó más en contestar a esta pregunta.

—En realidad no hay mucho que decir. Era una chica amable y preciosa. Siempre lo será. Estaba en el lugar equivocado en el momento equivocado. Todos lo estuvimos.

—¿Se la llevaron de la casa? —Christine dio un sorbo a su bebida, observando con atención a la otra mujer mientras respondía.

—Sí. —Janet tomó aire—. Sé que te debo una explicación. —Dedicó unos instantes a serenarse antes de continuar—. Era un viernes por la noche y acabábamos de mudarnos, aunque la casa solo estaba a medio terminar. Había un político amigo de Rodney, creo que es el alcalde de uno de estos pueblos, que nos había ayudado con el papeleo de la solicitud de urbanismo, y los invitamos a cenar a él y a su mujer. Solo como agradecimiento. Emy se encontraba un poco mal así que la acosté pronto.

Se detuvo y Christine vio que sus palabras le hacían recordar aquella noche horrible.

—La policía cree que nunca tendremos todos los detalles. Sobre todo ahora que el hombre que lo hizo está muerto. Pero parece que tenía un historial de irrumpir en casas. Creen que había estado vigilando esta durante varios días. Entró por la puerta del dormitorio de Emy. Usó cloroformo, lo que significa que ella estaba inconsciente, eso es algo. Creen que podría no haberse despertado nunca. Creen que entró después de que nos fuéramos a la cama. Había sido cerrajero, un experto en forzar cerraduras, solo que... —Se detuvo de repente y Christine vio que le temblaban las manos—. Me siento como una madre terrible, terrible. Y Rodney también. Siente que falló al no protegerla.

—No, pero no lo eres —dijo Christine de inmediato—. Fue... —No estaba segura de cómo pretendía terminar la frase—. No había nada que pudieras haber hecho. —No sabía si se creía sus propias palabras.

—Gracias. —Janet levantó las manos temblorosas—. La policía fue muy comprensiva. Dijeron que fue muy mala suerte, un caso entre un millón. Pero todavía me despierto algunos días con ganas de suicidarme.

La brusquedad y la crudeza de la confesión dejaron a Christine en silencio. No le cabía duda de que Janet lo decía de verdad.

—No lo haré. No te preocupes por eso —sonrió Janet—. No es lo que Emy hubiera querido. Ella amaba la vida. —Janet se estremeció de repente—. Bueno, esto es demasiado morboso. Hablemos de cosas más felices. —Pero antes de seguir su propio consejo continuó—. Sabes que se ha ido, ¿verdad? ¿Lo entiendes? El hombre que mató a Emy está muerto, se ha ido para siempre y no puede volver a hacer algo así. Nunca te habríamos dejado mudarte aquí si no fuera así. No estarías aquí si hubiera el más mínimo riesgo para Molly. Ella está muy segura aquí.

—Sí, claro —dijo Christine un momento después.

Pero la conversación la dejó un poco mareada. Hasta ese momento, no se le había ocurrido que Molly pudiera estar en peligro. Sin quererlo, Janet había plantado la semilla de la duda. No tanto como para que estuviera a la vista y fuera imposible ignorarla, pero sí lo bastante profunda como para que inevitablemente echara raíces.

CAPÍTULO VEINTICINCO

CHRISTINE NO VOLVIÓ A DORMIR BIEN. Su mente daba vueltas a la mano que le había tocado jugar en la vida y a las decisiones que había tomado. Al final cogió el móvil y la pantalla, demasiado brillante en la oscuridad, le dijo que eran las dos de la madrugada. Lo apagó e intentó dormir de nuevo, pero cada vez estaba más despierta. Al final se rindió y salió de la cama.

Subió las escaleras a oscuras para no arriesgarse a despertar a Molly y Ryan al encender la luz. La casa estaba fresca y la noche clara, con una luna brillante. Cuando llegó a la habitación principal la vio sobre el agua, su reflejo casi perfecto en la superficie del mar. Comprobó rápidamente la casa de los Slaughter para asegurarse de que Rodney no estaba al acecho enfrente, y luego se asomó a la enorme ventana que daba al océano. Absorbió la belleza de todo aquello.

Al cabo de un rato se sintió atraída por su portátil. Volvió a los artículos del periódico local sobre el crimen, esta vez leyendo cada uno de los cientos de comentarios. Puede que el fantasma de Evan siguiera observándola, pero ahora era más fácil ignorarlo.

Una lectura detallada reveló un abanico de opiniones más complejo. Muchos habían escrito para dejar sus condolencias por los dos agentes que habían muerto en el tiroteo. Otros expresaban su horror por el hecho de que una chica tan joven con toda una vida por delante hubiera sido asesinada. Pero, de nuevo, no tardaron en aparecer otras ideas. El refugio donde había estado viviendo el asesino, Michael Sopley, era un lugar llamado St Austells. Christine se sorprendió al descubrir que estaba a solo unos kilómetros de distancia. Era señalado una y otra vez como destino de peligrosos delincuentes que llegaban a la zona con gran riesgo para los residentes locales. Pero una vez más no fue difícil encontrar un hilo que culpaba a los padres.

Christine tuvo la sensación de que muchos de los autores anónimos tenían problemas con los Slaughter incluso antes de que mataran a su hija. Hablaban de corrupción a la hora de obtener el permiso de obras y de su arrogancia al construir semejante casa. Muchos los criticaron por permitir que Sopley tuviera acceso a su hija: ¿cómo es posible que no oyeran la irrupción de ese loco asesino? Solo unos pocos culpaban a los Slaughter directamente, un puñado de personas dudaba de la explicación oficial de la policía para el asesinato y acusaban a Rodney en su lugar.

A la luz del día habría sido más fácil descartarlas como desvaríos de idiotas irreflexivos, pero a las tres de la madrugada sabiendo que Rodney dormía a pocos metros de ella le resultaba mucho más difícil. Fue aún más difícil cuando de pronto se dio cuenta de que no dormía, porque en ese momento se encendió una luz en el salón de los Slaughter y vio que Rodney caminaba descalzo por el suelo.

Cuando lo vio Christine pensó por un segundo que solo se lo estaba imaginando, o alucinando. Sobre todo porque, esta vez, Rodney Slaughter estaba desnudo. Se quedó mirando un segundo, demasiado sorprendida para reaccionar, y luego cerró rápidamente el portátil para que la luz de la pantalla no alertara a Rodney de que estaba levantada. Allí se quedó, agachada en el sofá y observando a su vecino a través del cristal.

Bebió un vaso de agua del grifo, con la parte inferior del cuerpo oculta, pero luego se acercó a la ventana, como había hecho antes Christine. Se quedó allí un rato, de lado, mirando el agua. La espesa oscuridad de su vello púbico era apenas visible. Entonces empezó a estirarse hacia el alto techo y a girarse hacia ella. De repente, su pene era imposible de ignorar. Aunque estaba flácido y se movía patéticamente de un lado a otro, seguía siendo grande.

Cuando terminó de estirarse, se dio la vuelta y sacó varios objetos de un armario. Desenrolló una esterilla en el suelo y, afortunadamente, se vistió con una túnica blanca que se ató con un cinturón negro a la cintura. Luego cogió un tercer objeto. Christine se quedó sin aliento al ver que era una espada, una espada de verdad, que guardaba en una vaina. Se puso de pie con los pies muy separados y, muy despacio, sacó la hoja de su funda. Christine no sabía nada de armas, pero le pareció de origen oriental, su curvada hoja brillaba y casi resplandecía en la tenue luz. La manejó con reverencia, rodeando con ambas manos su elaborada empuñadura. Se colocó con cuidado sobre su estera, sosteniendo la espada frente a él. Luego, de manera muy lenta, la acercó a su espalda y, con un movimiento repentino, silencioso por el cristal que los separaba, atravesó el aire con ella.

Durante veinte minutos, Rodney apenas se detuvo. Estaba claro que era un experto en el deporte o arte que fuera ese que practicaba, y sus brazos y la espada de plata apenas se ralentizaron. Ejecutaba estocada tras estocada, parada tras parada defensiva mientras avanzaba y retrocedía por la esterilla y se agachaba con la espada. Parecía algo intermedio entre luchar contra un ejército invisible y ejecutar algún tipo de danza. Aunque parecía un experto, había algo en sus movimientos, una rigidez y una expresión en su rostro que daban la impresión de que no estaba del todo satisfecho.

Al cabo de un rato, a Christine se le ocurrió que debía tomar una fotografía, una prueba, y eso la impulsó a plantearse qué era lo que estaba viendo. Era plena noche y él estaba luchando con una espada, menos de un año después de que su hija hubiera sido brutalmente asesinada. ¿Era eso una prueba? Christine buscó en su mente cómo habían matado a Emy: ¿qué arma habían utilizado? Al final no se atrevió a hacer una foto por si el teléfono accionaba el flash.

Por último, Rodney se inclinó hacia la ventana, lo que dio a Christine la inquietante sensación de que se inclinaba ante ella. Volvió a la mesa donde había dejado la vaina y deslizó la espada con cuidado. Tomó otro trago de agua y se marchó, apagando las luces del salón. Por un segundo la casa de enfrente quedó a oscuras. Luego una nueva luz se encendió abajo en una habitación que, suponiendo que la casa de los Slaughter tuviera una distribución similar a la de Christine, debía de ser uno de los cuartos de baño.

Si a Christine antes le había costado dormir ahora iba a resultarle imposible.

CAPÍTULO VEINTISÉIS

EL RESTO de la noche Christine se sumió en un estado de semisueño en el que las mismas ideas rondaban una y otra vez por su cabeza. La primera era que vendería la casa. En cuanto se despertara, la pondría a la venta. Se vendería rápido, seguro que sí. Al fin y al cabo, cuando la compró, el agente inmobiliario había insistido en que si no pagaba el precio que pedían de inmediato, perdería la oportunidad. Sin embargo, ahora sospechaba que aquello era todo una gran mentira. Igual lo supo en su momento, pero había querido la casa de todos modos. Quiso creer que lo que decía el agente era verdad. Y hasta cierto punto, lo era. Ella había querido comprar la casa; por lo tanto habría otros que la quisieran. Aunque tuviera que venderla con pérdidas.

Pero luego se preocupó por la imagen que daría. ¿Cómo le explicaría a Sarah, su hermana de York, que su alocado plan había fracasado, tal y como Sarah había previsto? ¿Y cómo explicaría a los posibles compradores que iba a vender apenas unas semanas después de mudarse? Peor aún, ¿qué le diría a Janet? ¿Que no podía vivir al lado de alguien que apoyaba el Brexit? De lo que estaba segura era que no podía decirle que sospechaba que su marido era el responsable del asesinato de Emy.

Pero ¿era eso lo que de verdad pensaba? ¿Podría ser cierto? ¿Podría un padre hacer algo así? Había leído suficientes historias en el periódico para saber que se podía.

Cuando por fin se durmió, había decidido que la casa había sido un error. Que hubieran disfrutado de unas vacaciones en familia no significaba que pudieran vivir allí. La sola idea era una locura. La vendería. Inventaría alguna excusa sobre la falta de adaptación de los niños y se marcharía lo antes posible. No sabía adónde irían. No le importaba mucho. Solo sabía que se irían. Tenían que irse.

Su alarma la despertó y, durante unos instantes, no fue consciente de la agitación de su agotada mente. Solo ansiaba dormir más. Pero entonces todo volvió a su cabeza: la visión de Rodney Slaughter paseándose desnudo con su extraña espada; su plan de moverse. Y a pesar del terrible cansancio, se levantó. Se pondría en marcha de inmediato. Daría la noticia a los niños y ya estaría hecho. Se vistió con rapidez y subió las escaleras.

Para variar, tanto Molly como Ryan estaban en la cocina sirviéndose el desayuno. Cuando Christine subió las escaleras, oyó el hermoso sonido de la risa de su hija.

—¿Qué pasa? —preguntó sin pensar, y luego se arrepintió, ya que cortó la risa de golpe.

—Ryan me está contando chistes —dijo Molly, lanzándole una mirada cómplice.

—¿Qué tipo de chistes?

Molly no contestó, pero se mordió el labio.

—¿Chistes que se supone que no debe contarte? ¿Para adultos?

Molly soltó una risita.

—No —comenzó pero luego asintió también. Se arriesgó a mirar a su hermano, y en seguida estalló en un ataque de risa que hizo que los cereales y la leche le chorrearan por la barbilla. Christine se volvió hacia Ryan.

—Me alegro de verte levantado tan temprano.

Ryan se encogió de hombros.

—Tengo clase a primera hora. Pero te he hecho un café. Iba a bajártelo.

Se apartó de la encimera para mostrarle una taza llena de espuma cremosa que le tendió. Christine se la cogió, casi sin habla.

—Ah, mamá —añadió Ryan, con voz casual ahora—. Necesito que me des pasta.

Se sintió conducida casi automáticamente por un camino trillado por ambos.

—¿Para qué?

—No es para nada malo —anunció al leer en su cara el pánico—. Es solo que hay un par de chicos en el instituto que hacen surf. Después de las clases y demás. Me han invitado a que me una a ellos. Uno de ellos incluso tiene una tabla que me puede prestar y me va a enseñar. Pero necesito un traje de neopreno.

Un pinchazo de memoria se coló en la mente de Christine. ¿Cómo encajaba esto con la venta de la casa? Respiró hondo, a punto de decírselo, pero era como si ya tuvieran un rumbo preestablecido. No podía cambiar el rumbo de la conversación.

—Bueno, ¿de cuánto estamos hablando?

—Ese es el problema. Los hay baratos, pero Mark me ha dicho que no vale la pena, no te mantienen caliente. Necesitas gastar al menos... —Hizo una pausa y Christine esperó—: ¿Doscientas libras?

—¿Quién es Mark? —preguntó Christine y su hijo la miró con curiosidad.

—Es un amigo. Te hablé de él.

Christine sintió que los pensamientos y las emociones se agolpaban en su agotada cabeza. ¿Iba a decirles ahora que iba a vender la casa? ¿Debía decírselo? A la luz del día, con sus hijos tan relajados y felices delante de ella, se dio cuenta de que era una parte del plan que no había decidido en realidad. Tal vez en su cabeza había llegado a llevarlos a casa de su hermana. Pero, en realidad, estaba muy lejos de eso.

—Aún me quedan algunos ahorros de mi trabajo... —continuó Ryan, ajeno al caos en la mente de su madre. Había trabajado a tiempo parcial en una cafetería antes de la pandemia, antes de la muerte de su padre. Antes de que ella lo arrastrara hasta aquí para empezar una nueva vida. Ya había empezado a buscar trabajo, pero no había nada cerca —. Por eso vinimos aquí en primer lugar ¿no? —insistió Ryan. Ahora parecía confuso, quizá sin entender el silencio de su madre—. Para aprovechar al máximo el aire libre y todo eso ¿no?

—Por supuesto —se oyó decir Christine de repente—. Por supuesto que podemos comprarte un traje de neopreno.

—Guay. —Hablaba con un entusiasmo poco común en su voz y era un sonido hermoso. Dio un sorbo a su café, comprendiendo ahora que era un soborno. Pero sonrió para sus adentros. No había duda de que quería a su hijo. Le perdonaría cualquier cosa.

—Gracias, mamá.

Y, por primera vez en mucho tiempo, Christine y su hijo sonrieron juntos. La idea de vender la casa, o al menos su inmediatez, se desvaneció.

—Podemos ir a Poole este fin de semana. He visto que hay un par de tiendas de surf allí. Supongo que tendrán algo. —La idea le iba gustando a medida que hablaba. Podrían almorzar también. Tal vez comprar algo para Molly.

—No, no hace falta. Ya he encontrado uno en Internet. Solo necesito que lo pagues.

—Ah. —Christine parpadeó, pero mantuvo la sonrisa. Así era como sucedían las cosas hoy en día.

CAPÍTULO VEINTISIETE

LAS DOS CASAS que formaban El Matadero no eran los únicos edificios en el pequeño acantilado que dominaba la cala de Lulworth. Una docena de casas más antiguas y tradicionales se extendían también a lo largo de la cima del acantilado, muchas de ellas parcialmente ocultas tras altos muros y ocultas por la espesa cubierta arbórea. Cuando Christine llegó, supuso que la mayoría estarían alquiladas como casas de vacaciones, pero desde que se mudó se había dado cuenta de que los coches aparcados fuera de algunas de ellas no cambiaban, lo que sugería que tenían residentes más habituales. Unos días más tarde, cuando Molly ya estaba en el colegio y Ryan en el instituto, Christine se sintió impulsada a investigar más a fondo.

Abrió la puerta principal con cuidado, al principio solo un resquicio, para ver si había riesgo de toparse con alguno de los Slaughter, en particular con Rodney. Pero cuando vio que su Audi no estaba en el aparcamiento, se relajó un poco. Aun así, se apresuró a salir de la casa.

La casa contigua a la de los Slaughter era grande pero tradicional. El jardín estaba bien cuidado y en la entrada había un par de coches caros. Intentó ver por las ventanas para ver quién vivía allí, pero aunque era de suponer que había alguien en casa, no consiguió ver a nadie. Siguió caminando.

Las dos propiedades siguientes parecían casas de vacaciones. Ambas eran más pequeñas y en ninguna había coches. Pasó por delante de ellas, mirándolas con curiosidad y deseando haber comprado una de estas en su lugar, ya que le darían un poco más de espacio para alejarse de la sombra de los Slaughter. Entonces vio una figura en la casa de al lado, trabajando en el jardín. Era una mujer mayor, con la espalda ligeramente encorvada. Estaba haciendo algo en un rosal; Christine no sabía qué, ya que no sabía nada de jardinería. Pero dejaba claro que vivía allí y no que era una invitada. Christine decidió ser valiente. Tenía que presentarse. Se acercó.

Había un sendero de gran recorrido, el Camino de la Costa Suroeste, que bordeaba la costa de Dorset. Lo único que Christine sabía de él era que la parcela de los Slaughter y la suya impedían que el sendero bordeara el acantilado y lo forzaba a seguir por la carretera por la que ahora caminaba. Estaba claro que la mujer estaba acostumbrada a ver caminantes por el sendero, y estaba igualmente acostumbrada a ignorarlos o a hacer como si no existieran. Cuando Christine se acercó con una presentación informal preparada, la mujer le dio la espalda bruscamente y empezó a cortar otra rama. Las palabras que Christine había preparado se atragantaron en su boca y, al darse la vuelta, su rostro empezó a arder de humillación. Se encontró a sí misma fingiendo que no había estado a punto de detenerse, en caso de que alguien estuviera mirando, pero luego, pensando en lo ridículo que era, se dio la vuelta de nuevo.

—¡Disculpe! —gritó con voz alegre.

La mujer se volvió, como si la hubieran pillado. Miró a Christine con el ceño fruncido.

—¿Sí?

—¡Hola! —Christine forzó una sonrisa—. Me acabo de mudar y quería saludar. —Las palabras salieron un poco rápido, pero al menos las había dicho. Sintió un momento de preocupación por haber juzgado mal a la mujer después de todo, mientras seguía frunciendo el ceño ante la interrupción. Pero entonces su expresión cambió a una de suspicaz interés.

—¿Te has mudado en la segunda casa de El Matadero?

—Sí, así es. —Christine se animó.

—Ya. —La anciana aún parecía lejos de ser amistosa—. Vi el camión de mudanzas hace poco. Supuse que alguien se había mudado.

—Así es.

Una sombra cruzó el rostro de la mujer, pero luego suavizó su expresión a regañadientes.

—Soy Agnes. Bienvenida a Dungy Head.

—Yo soy Christine. Y si ves a mis hijos, ellos son Molly y Ryan. De ocho y diecisiete años.

Agnes volvió a fruncir el ceño, como si no aprobara la presencia de niños, al menos no cerca de su casa.

—Bueno, no los he visto. Pero si lo hago, supongo que sabré quiénes son.

Christine sonrió a Agnes. Pensó en invitarla a tomar un café, a charlar de vecindad, pero no se atrevió. Y antes de que pudiera volver a hablar, la mujer se le adelantó.

—Ya que estás aquí, no te habrás cruzado con mi gata, ¿verdad?

El cambio de conversación pilló a Christine por sorpresa.

—No.

—Normalmente es muy fiable pero... —Agnes parecía mucho más interesada en este tema que en el hecho de que tenía una nueva vecina—, también le gusta explorar. No vino anoche y se me ocurrió que tal vez estaba investigando a gente nueva. —Había un claro tono de reproche en su forma de decir «gente nueva», pero Christine apartó ese pensamiento. Entre otras cosas porque había visto un gato en el patio entre su casa y la de los Slaughter.

—¿Es una gata atigrada?

—Una gata bengalí. — La anciana se irguió más—. ¿Llevaba un collar azul? Sí, esa es Luna. ¿La has visto?

—Ah. —Christine no tenía ni idea de lo que era una gata bengalí y ahora que trataba de pensar en ello no recordaba haber visto un collar en absoluto—. Creo que sí. Definitivamente vi un gato, pero fue hace un par de días.

El rostro de Agnes reflejaba decepción. Volvió a inclinarse.

—¿Hace un par de días? Bueno, eso no me sirve de nada. Estuvo aquí ayer por la mañana.

Christine no sabía cómo reaccionar ante lo que sonaba a crítica, así que se quedó callada. La anciana parecía demasiado absorta en sus propias preocupaciones como para darse cuenta de la ofensa que había causado.

—Bueno, seguro que aparecerá.

Agnes dejó que el ceño fruncido desapareciera lentamente. Hubo un largo silencio.

—Sabes, algunas de las personas de por aquí no están del todo encantadas con lo que han construido —dijo al fin—. Me refiero a los Slaughter.

Christine tampoco sabía cómo responder a esto, pero sintió la presión de decir algo.

—¿Por qué no?

—Bueno, es bastante grande, ¿no? —dijo Agnes, como si Christine no se hubiera dado cuenta—. Pero supongo que no es culpa tuya. Se suponía que iba a ser una sola casa. Supongo que habría sido un poco mejor...

A Christine no le gustó el rumbo que estaba tomando la conversación y decidió cambiarla.

—¿Cómo son los demás vecinos? —preguntó, tratando de no dar a entender con la pregunta que la propia Agnes no la estaba valorando demasiado hasta el momento. Al mismo tiempo, esperaba que Agnes le contara que los vecinos se reunían a menudo y entraban y salían de sus casas como si fueran los mejores amigos.

—Bueno, ya sabes. La mayoría son segundas residencias. Solo somos unos pocos por aquí ahora. Y con el covid... —Se detuvo, luego dio un paso atrás, como si acabara de recordar—. Tengo problemas de salud y debo protegerme. No quiero parecer antipática. —Puso mala cara y a Christine se le pasó por la cabeza que lo decía en serio. Estaba claro que Agnes utilizaba el covid para encubrir su predisposición general a que no le gustara la gente.

Cuando volvió a podar el arbusto, o lo que fuera que estuviera haciendo, quedó claro que la conversación había terminado. Christine se despidió con una tibia sonrisa y siguió su camino. Pero solo unas pocas casas más se extendían a lo largo de la cima del acantilado antes de que el camino terminara, y no vio a nadie en las ventanas o jardines. La ruta continuaba por la cima del acantilado, que ella siguió, cautivada de nuevo por la majestuosidad de la vista. Era un hermoso paseo, con el sol de finales de verano suavizado por la niebla sobre un mar perezoso, y los arbustos de zarza repletos de moras. El sendero se mantenía elevado, pero dejaba entrever el acantilado que se deslizaba hacia la playa. En ciertos tramos había salientes que parecían imposibles de alcanzar y que probablemente no habían sido tocados por la humanidad. De hecho, todo el paisaje parecía completamente natural, salvo por algunas señales aquí y allá que demostraban lo contrario: boyas de pesca de color naranja brillante, muros de piedra derruidos. Era tan diferente del entorno que la había rodeado en Londres que, por un momento, pudo perderse en él, como si sus problemas hubieran desaparecido en el punto en el que se detenía el conjunto de casas en la cima del acantilado y comenzaba el sendero descendente.

Pasó más de una hora cuando volvió a pasar por delante

de la casa de Agnes. Para entonces sus piernas estaban cansadas y tenía hambre. La anciana había terminado lo que estaba haciendo con los rosales y no se la veía por ninguna parte. Pero notó un cambio. Un poste de telégrafo que sobresalía de la hierba frente a su casa tenía ahora un pequeño cartel blanco, de los que se imprimen en un ordenador doméstico. Había una fotografía de un gato atigrado gris con collar azul y la palabra «PERDIDA» escrita en negrita encima.

CAPÍTULO VEINTIOCHO

—¡HEMOS encontrado sangre! Mucha sangre! —Molly y su nueva amiga Daisy entraron corriendo en la casa, donde Christine estaba hablando con la madre de Daisy. Ambas mujeres se miraron, la alarma reflejada en sus rostros, al tiempo que se levantaron.

La cita había sido inesperada. Christine estaba en Facebook cuando recibió un mensaje de un nombre que no reconocía: Katie Rogers. Pronto se dio cuenta de que era la madre de la niña de la que había hablado Molly, su compañera clase Daisy. Y de manera muy amable invitaba a Molly, y también a Christine, a quedar para jugar después del colegio. Christine había aceptado encantada, pero entonces el marido de Katie había tenido que trabajar inesperadamente desde casa y necesitaba paz y tranquilidad para hacerlo, no dos niñas de ocho años corriendo y gritando. Por eso Katie había preguntado, un poco avergonzada, si era posible trasladar el lugar a la nueva casa de Christine. Aquella no era tan buena alternativa para Christine, por razones que no quería admitir ante su posible nueva amiga, pero sin una opción mejor, aceptó.

Todo había ido bien hasta el momento en que las chicas entraron gritando sangre. Resultó que Katie también era una «forastera», el término que se utilizaba para describir a la gente que se había mudado a la zona en lugar de haber nacido y crecido aquí. Por la forma en la que hablaba, comprendía a la perfección la dificultad que tenían los recién llegados para hacer amigos, sobre todo en la locura de estos tiempos del covid. Pero durante la charla, Katie había tenido tal curiosidad que hizo sospechar a Christine que su plan había sido conseguir una invitación para ir a su casa y ver cómo era.

—¿Sangre? —repitió Katie. Christine se dio cuenta de que no podía hablar. Las niñas habían estado jugando abajo, en la habitación de Molly. ¿Cómo podía haber sangre?

—Sí, mamá. Ahí fuera. —Daisy agarró a su madre de la mano y la arrastró hacia la puerta. Christine la siguió, ansiosa e insegura. Al bajar las escaleras, se dio cuenta de que Molly había abierto la puerta corredera de su dormitorio. De inmediato culpó a Ryan: se había quejado de la falta de aire en su dormitorio y Christine le había enseñado de mala gana dónde había escondido las llaves de todas las puertas de abajo. Seguro que fue él quien se lo contó a Molly. Cuando salieron al patio, las chicas las condujeron hasta el muro bajo que bordeaba el lateral de la propiedad de los Slaughter y la pendiente que descendía hasta la cala, llena de una mezcla de zarzales y hierba que los conejos mantenían corta.

—¡Es aquí! —Daisy y Molly retrocedieron orgullosas mientras sus madres inspeccionaban el trozo de hierba. Parecía que tenían razón. Una pequeña zona del suelo estaba manchada de un negro rojizo con una sustancia que en realidad no podía ser otra cosa que sangre.

—Ah —dijo Katie—, bueno, seguramente sea de un zorro.

—¿Dónde? —preguntó Daisy—. No veo ningún zorro.

—Quiero decir que será un zorro que... —Miró a Christine como si esto fuera un aspecto desafortunado pero inevitable de la maternidad con niños curiosos—. Un zorro que se ha comido algo. Es lo que hacen los zorros. En cualquier caso, deberías dejarlo en paz.

—Y Molly, te dije que te quedaras en la casa.

Molly la interrumpió para decir que había sido idea de Daisy, dejando a Christine sin palabras.

—Bueno —continuó, después de unos incómodos segundos—, ¿podéis quedaros dentro de la casa, por favor? Tenéis juguetes de sobra. —Las metió en casa al tiempo que miraba hacia atrás a la mancha de sangre y observaba lo cerca que estaba de la puerta que daba al patio de los Slaughter. Será un zorro, se dijo a sí misma, pero no estaba del todo convencida.

No pudo quitarse el incidente de la cabeza durante el resto de la cita y cuando Katie y su hija se despidieron, con la promesa de que la próxima vez volverían a repetirlo pero en casa de Katie, la idea seguía rondando por la cabeza de Christine. Molly tuvo una leve rabieta, en parte por el cansancio excesivo, en parte por la decepción ya que la sugerencia de Daisy de extender la cita y convertirla en una fiesta de pijamas había sido rechazada de forma contundente. Ella nunca se había quedado a dormir fuera de casa, pero Daisy, al parecer, lo hacía con regularidad y la madre de Daisy parecía dispuesta a aceptar la idea. Pero el problema, decidió Christine, era que si la sangre procedía del ataque de un zorro, ¿dónde estaba la víctima? ¿Se lo habría comido todo un zorro, sin dejar nada? ¿O los zorros arrastraban su comida de vuelta a sus guaridas? A Christine se le ocurrió que la única fuente de información real que tenía sobre el comportamiento de los zorros eran los programas infantiles de televisión que veía a medias. Y dado que los zorros que visualizaba en ellos llevaban pantalones y chaleco, dudaba que fueran una buena representación.

Aquella noche volvió a tener dificultades para dormir. Tenía la persistente sospecha de que la mancha de sangre del exterior no era algo que debiera ignorar sin más, y que podría ser algún tipo de pista que explicara el comportamiento de Rodney. A partir de ahí, no le costó mucho darse cuenta de que, como prueba potencialmente valiosa, debía conservarla. Una vez asentada la idea, visualizó cómo iba a conseguirlo. Iba a fotografiar la mancha con su teléfono móvil, incluso tomaría una muestra de sangre. Podría hacerlo poniéndose guantes de fregar, raspando parte de la tierra empapada en sangre y metiéndola en una bolsa de plástico. No sería agradable, pero podría hacerlo, aunque no tenía valor suficiente para salir a la calle en plena oscuridad. Lo haría a primera hora de la mañana.

Que le costara conciliar el sueño tenía sus ventajas. Cuando por fin se quedó dormida, no se despertó de madrugada como había hecho tantas veces en las últimas noches. De hecho, durmió hasta tarde, así que a la mañana siguiente se apresuró a prepararlo todo. Por fin había metido a Molly en el coche, con los zapatos del colegio puestos y la mochila con el bocadillo del recreo, el libro de lectura y la botella de agua. Pulsó el botón para arrancar el motor y ese fue el momento en el que Christine se dio cuenta de que había olvidado su plan para capturar las pruebas.

Y su mente hizo una conexión repentina.

Junto a las puertas abiertas del aparcamiento compartido había un gran contenedor de plástico con ruedas que pertenecía a los Slaughter. Sabía que era el día en que el ayuntamiento venía a recoger la basura, pero cuando había dejado el suyo la noche anterior, el de los Slaughter no estaba allí. Ahora estaba y Christine supo que tenía que comprobarlo. Sabía que estaba relacionado de algún modo con la mancha de sangre que había encontrado Molly.

Se aseguró de que Molly seguía atada y le dijo que esperara en el asiento antes de salir del coche y cerrar la puerta en silencio. Cuando estaba a punto de levantar la tapa del contenedor, oyó que se abría la puerta de la casa de los Slaughter. Apartó la mano y regresó al coche lo más rápido que pudo. La puerta se abrió del todo y Janet salió vestida con unos pantalones de chándal azul oscuro, una sudadera rosa y una cinta a juego en la cabeza. Hizo un gesto con la mano, saludó alegremente y empezó a hacer unos ejercicios de estiramiento en el escalón de la entrada.

No había forma de que Christine pudiera investigar el contenedor con su vecina allí y no tenía ninguna razón para retrasar su salida. Además Molly llegaría tarde al colegio. Subió al coche y se marchó.

CAPÍTULO VEINTINUEVE

EL TRAYECTO entre la casa y el colegio duraba diez minutos, pero entre que se ponía la mascarilla que tenía que encontrar en el bolso y recorría a pie los últimos cien metros desde el aparcamiento hasta el cole, habían pasado casi cuarenta minutos cuando el coche de Christine volvió a atravesar la cancela de su casa. El contenedor, afortunadamente, seguía allí.

El Audi blanco de Rodney estaba aparcado en su sitio habitual y la puerta principal de los Slaughter estaba cerrada, aunque Christine no sabía si Janet había vuelto de correr o no. Detuvo el coche y esperó. Ambas casas tenían pequeñas ventanas que daban a la zona de aparcamiento, pero estaban en alto y, al menos en la de ella, estaban diseñadas para dejar entrar un poco de luz en lugar de ofrecer vistas. Eso significaba que, mientras nadie saliera o llegara desde la calle, no la verían mientras rebuscaba en la basura. Aquella idea la ponía nerviosa, pero estaba decidida.

Tras esperar unos segundos, levantó la tapa del contenedor.

Olía un poco. No era horrible, pero sí el desagradable

olor que genera la basura que se acumula antes de ser recogida. El ayuntamiento alternaba la recogida del reciclaje con la de la basura, así que hacía dos semanas que el cubo de los Slaughter no se vaciaba. A lo mejor por eso estaba tan lleno. Había latas de comida y bolsas de plástico blancas atadas por las asas con envoltorios que sobresalían. Pero no había nada claramente truculento. Nada que explicara la sangre. Volvió a dejar caer la tapa y dio un paso atrás, sintiendo una oleada de alivio mezclada con... ¿con qué? ¿con estupidez? ¿con la sensación de que estaba perdiendo la cabeza?

Sin embargo, algo la hizo mirar de nuevo para asegurarse. Esta vez apartó algunas de las bolsas, intentando ver qué había más abajo, si es que había algo. Levantó por completo varias de las bolsas que estaban encima y las colocó en el suelo junto a sus pies. Con cada bolsa que sacaba le entraba un poco más de pánico, sabiendo que podían descubrirla en cualquier momento. Pero, a medida que la pequeña colección de basura a sus pies aumentaba, el olor se hacía más intenso. Y entonces, a mitad del cubo, lo vio.

Al principio parecía la cabeza de una escoba, con gruesas y rígidas cerdas. Pero al sacar otra bolsa, su costado se abrió ligeramente y quedó al descubierto todo el cuerpo. Tenía los ojos abiertos y su boca mostraba unos afilados dientes. Le habían hecho un corte limpio en el vientre y sus órganos internos salían a borbotones en forma de tubo de color rosa y morado. Christine miró horrorizada al animal, sin saber qué era. Pero entonces le llamó la atención un resto de color, un pequeño trozo de fieltro azul, y cuando sus ojos se centraron en él, vio que era un collar con la etiqueta del nombre todavía puesta: Luna.

Christine había encontrado la gata perdida de su vecina Agnes.

CAPÍTULO TREINTA

A CHRISTINE se le escapó un grito, pero lo ahogó rápidamente mientras se giraba para mirar la casa de los Slaughter. Nadie parecía haberla visto ni oído. Sintió que el corazón le latía con fuerza en el pecho y, casi sin darse cuenta, se vio recogiendo las bolsas de basura y metiéndolas de nuevo en el contenedor, amontonándolas sobre el horrible cadáver para que nadie viera lo que ella había visto. Para que Rodney no supiera que ella lo sabía.

La mayoría de las bolsas se mantuvieron intactas mientras las echaba en el cubo, pero una se rasgó, derramando su contenido sobre la grava. Christine gimió de miedo y frustración, tratando de recoger los trozos de comida sueltos.

Unos minutos después, todo estaba recogido y Christine cerró la tapa del contenedor. Miró a su alrededor, con los ojos desorbitados y los brazos temblorosos por la adrenalina. Lo único que quedaba eran unas pequeñas manchas en el suelo. Miró hacia la casa, no había señales de que la hubieran visto, pero entonces se dio cuenta de algo: una cámara de circuito cerrado de televisión estaba colocada en lo alto, justo debajo del tejado de la casa, y apuntaba directamente hacia ella.

¿Siempre había estado ahí? Si es así, ¿cómo es que nunca se había dado cuenta? ¿Y siempre apuntaba en esa dirección o se había movido, lo cual demostraría que alguien estaba controlándola desde dentro? Christine cruzó corriendo el patio, pero justo cuando estaba abriendo la puerta de su casa, oyó que Janet regresaba y la llamaba. Esta vez, Christine fingió no oír y cerró la puerta tras de sí.

Una vez dentro, se hundió en el suelo para recuperar el aliento. Se pasó una mano por el pelo, manchándolo con el líquido de la basura. Lanzó un grito de asco y tiró de su ropa, arrancándosela de camino al baño. Al menos aquí, en la parte baja de la casa, no la verían. Dejó que el agua caliente de la ducha se llevara los residuos pegajosos de su pelo y de las manos.

Media hora después metió la mano en un único guante de goma y lo utilizó para llevar la ropa a la lavadora. Luego fue a la cocina y trató de decidir qué hacer. Janet estaba en la casa de enfrente, sentada, leyendo algo en una tableta y dando sorbos a un café. Rodney no estaba a la vista, pero Christine ya sabía que solía estar abajo, en la habitación que utilizaba como despacho. De repente sintió el aspecto que debía de tener, de pie junto al fregadero, mirando hacia la casa. Cogió un vaso y lo llenó de agua, pero no se atrevió a llevárselo a los labios; con solo moverlo un poco, borbotones de agua se derramaron por el suelo de baldosas.

El asesinato de animales, como sabía por haber leído cientos de novelas de suspense y visto otras tantas series policíacas en televisión, era el comportamiento clásico de un asesino psicópata. Tenía que ponerse en contacto con la policía. No había tiempo que perder. Cuando estaba a punto de coger el móvil, le asaltaron las dudas. ¿Qué iba a hacer exactamente? ¿Llamar al 091 y denunciar el asesinato de un gato? ¿Y después? ¿Qué creía que pasaría? ¿Un desfile de coches de policía acudiría a su casa, ansiosos por resolver el crimen del siglo? ¿Era siquiera un crimen matar a un gato? No tenía ni idea. Pero lo que le preocupaba no era el gato, sino lo que sugería: que los locos de Internet tenían razón y que la policía se había equivocado de hombre. Habían culpado al vagabundo de asesinar a Emy cuando deberían haberse centrado en el padre, Rodney Slaughter.

No había forma de explicar todo eso por teléfono, no sin parecer una auténtica chiflada. Pero tal vez si iba en persona a la comisaría, ¿quizás podría explicarlo todo allí? Un gato muerto debía de ser motivo de preocupación. Seguro que la tomarían en serio.

Sin pensarlo más giró sobre sus talones y se dirigió al pasillo. Cogió las llaves de la mesa, pero se detuvo. Ni siquiera sabía dónde estaba la comisaría. Molesta, volvió a la sala principal, abrió el portátil y descubrió que la comisaría más cercana estaba en Dorchester, a unos quince kilómetros. Volvió a coger su abrigo.

* * *

La comisaría era un feo edificio gris en las afueras de Dorchester. Christine aparcó en el aparcamiento para visitantes y se dirigió hacia la puerta. Cuando estaba a punto de entrar, se dio cuenta de que se había olvidado la mascarilla. La ironía de que la detuvieran por no llevar mascarilla en una comisaría se sumó a la repentina extrañeza de todo aquello. Pero decidió que su misión era sin duda más importante que llevar una mascarilla, y entró.

Una joven agente de policía estaba sentada detrás de un mostrador protegido por una gruesa mampara de cristal. Dos hombres esperaban su turno en una fila marcada en el suelo con cinta que mostraba la distancia de seguridad que se debía guardar. Christine estaba segura de que su caso era más importante que el de ellos, pero aun así se unió a la cola con impaciencia.

El primer hombre empezó a explicar su problema a la agente: le habían robado una bicicleta. Era evidente que estaba frustrado porque la agente no hizo otra cosa que limitarse a registrar los detalles del delito con un rostro que mostraba un gesto de cansada familiaridad. Por fin, la fila avanzó y Christine ensayó en su cabeza lo que iba a decir.

El siguiente hombre esperaba menos de la policía. Le habían robado el teléfono y lo único que quería era un número de denuncia para poder reclamarlo al seguro. Le entregaron un impreso amarillo y le dijeron que pasara al otro lado, donde había un bolígrafo encadenado al mostrador. Parecía que ni siquiera podían confiar en que la gente no robase un bolígrafo en una comisaría.

—Siguiente. ¿En qué puedo ayudarla? —La joven dio una impresión medio decente de sonrisa mientras Christine avanzaba. Pero a Christine el corazón le dio un vuelco al verla mejor. Era tan joven.

—Es complicado. —Christine se obligó a mantener la calma y lanzó su discurso preparado de antemano—. Pero quiero denunciar un delito que puede tener repercusiones sobre otro mucho mayor.

La sonrisa se borró un poco de la cara de la chica, bueno de la agente de policía.

—Muy bien. Dígame.

Christine intentó bajar la voz para que solo la oyera la joven.

—Mi vecino, creo que es... —Se detuvo y se pasó una mano por el pelo. Decirlo en voz alta sonaba a locura—. Ha matado a un gato —dijo con rapidez, y luego añadió, bastante más alto de lo que pretendía—, y creo que también podría ser culpable de matar a su hija.

Hubo una pausa; sintió que los ojos de los hombres de la

bicicleta y el teléfono robados levantaban la vista de sus formularios. La chica que tenía delante tragó saliva.

—Ah, ya veo. —Examinó su escritorio, cubierto de cajas de plástico que contenían varios formularios diferentes, pero estaba claro que no había uno adecuado para eso—. Necesito que hable con mi sargento. ¿Podría esperar aquí, por favor?

Christine asintió, aliviada de que no la tacharan inmediatamente de lunática. La agente se levantó de su asiento y desapareció de la sala. Hubo una pausa incómoda mientras los hombres de ambos lados la inspeccionaban con interés. Al cabo de un rato, la joven regresó, seguida de un hombre mayor, también de uniforme.

Miró rápidamente a las tres personas en la sala de espera y luego se inclinó más cerca del cristal para hablar con Christine.

—Señora, pase por favor. —Le hizo señas para que entrara en la comisaría.

Caminaron por un pasillo hasta que él abrió la puerta que daba a una pequeña habitación equipada con una mesa y un par de sillas.

—Siéntese, por favor. —Ella lo hizo y esperó a que él hiciera lo mismo—. Mi nombre es sargento Sinclair. ¿Podemos empezar con su nombre?

Cuando Christine se lo dijo, lo anotó en un cuaderno.

—Muy bien, ¿qué sucede?

Christine respiró hondo.

—Vale. Acabo de mudarme a una casa nueva en la cima del acantilado de la cala de Lulworth. Es la casa de al lado de Rodney y Janet Slaughter. Estoy segura de que los conocerá, por lo del asesinato de su hija, pero yo no sabía nada. Nadie me lo dijo cuando estaba comprando la casa. Ni los Slaughter, ni los agentes inmobiliarios, nadie...

El policía enarcó las cejas y Christine se dijo a sí misma que debía calmarse.

—En fin. El caso es que desde que me mudé, he visto a Rodney Slaughter haciendo cosas muy raras. Me han hecho cuestionarme si pudiera haber estado involucrado en el asesinato de su hija. Y esta mañana he descubierto que ha matado a la gata de nuestra vecina. —Se detuvo, sin aliento.

—¿Ha dicho Rodney Slaughter?

—Así es —asintió Christine.

El sargento había dejado de escribir.

—¿Sabe que asesinaron a su hija a principios de este año?

—Sí. Como ya le dije... —Christine intentó continuar, pero él la interrumpió.

—Entonces también sabrá que el hombre que la mató murió en un tiroteo en el que también fallecieron dos policías.

Christine captó el tono del hombre. No le estaba dando la información sin más, la estaba amonestando.

—Sí. Ya he dicho que soy consciente de lo ocurrido, pero creo que quizá haya habido un error. Quizá Rodney Slaughter pudo estar implicado.

El sargento observó su cuaderno.

—Estaba muy implicado. Su hija fue asesinada.

—Por supuesto, pero no me refiero a eso. —Christine miró fijamente al hombre, sus ojos suplicándole que la entendiera.

—Cree que hubo un error, ¿por qué exactamente? —Su tono no había cambiado.

—Ya se lo he explicado —respondió Christine de inmediato—. Ha matado a un gato.

El sargento Sinclair respiró hondo y se removió en su asiento. Era un hombre bastante grande.

—¿Ha matado a su gato?

—¡No! No era mi gato. Mire, lo siento, sé que parece una locura, por eso he venido en persona en lugar de llamar por teléfono... —Christine se pasó las manos por el pelo, luego se dijo a sí misma que parara por si la hacía parecer una loca. Se inclinó hacia delante—. Sargento... —Buscó en su mente el nombre del agente, segura de que se lo había dicho, pero no lo encontró—. Sargento, mi vecina mencionó que su gato había desaparecido. Luego mi hija encontró sangre junto al muro de los Slaughter, así que esta mañana miré en su contenedor de la basura. Y ahí es donde lo encontré. Estaba abierto por la mitad con las entrañas fuera. Fue horrible.

La expresión del sargento cambió un poco, pasó de una clara desconfianza a un sutil interés. Se sentó, se apoyó el pulgar en la barbilla y se dio unos golpecitos en la nariz.

—¿Seguro que era un gato?

—¡Sí! Vi el collar.

—Muy bien. —Tomó otra nota, pasó una página y siguió escribiendo.

—¿Ahora me cree? —preguntó ella después de que él hubiera escrito un rato.

—Un gato se considera propiedad según la sección cuarta de la Ley de Robos de 1968. Así que si uno ha sido asesinado, eso puede ser un delito. ¿Dice que fue testigo de cómo el señor Slaughter mataba al animal?

—¡Sí! —Christine sintió una oleada de alivio. Pero no por mucho tiempo—. No. No, no lo vi hacerlo. Vi las pruebas.

El sargento levantó la vista, con los ojos entrecerrados.

—¿No lo vio?

Christine negó con la cabeza.

—No, pero lo he visto hacer cosas raras. Se levanta en mitad de la noche y...

El sargento Sinclair la interrumpió con un movimiento de cabeza.

—Levantarse por la noche no es un asunto policial, señora Harvey. Puede que trabaje de noche. Y puede haber muchas razones por las que el gato estuviera en el contenedor de los Slaughter. Podría haber sido atropellado. Cualquiera podría haberlo metido allí...

—No... —Christine lo detuvo—. No podrían, y él no trabaja de noche, es arquitecto.

—No he dicho que trabaje de noche, señora Harvey, he dicho que quizá trabaje de noche. O quizá trabaje por las noches. Se sorprendería, mucha gente lo hace.

Christine lo miró a los ojos, asombrada de que pudiera concentrarse en detalles tan poco importantes. Luego cerró los ojos brevemente antes de volver a intentarlo.

—Mire, es difícil de explicar, pero hay muchos rumores. Rumores en Internet, sobre Rodney Slaughter. —Intentó mirar al sargento con complicidad—. Solo digo que deberían investigarlos.

Ella esperó, seguía mirándole. Él le devolvió la mirada.

—Hubo una investigación —confirmó el sargento al cabo de un rato—. Una investigación muy detallada y exhaustiva sobre los asesinatos de Emily Slaughter y de los dos agentes de policía que murieron aquel día. Por cierto, ambos tenían familia. Y me temo que la presencia de... —hizo una pausa, como si buscara la palabra adecuada— *trolls* de internet que publican teorías conspiratorias no es exclusiva de este caso. —Desvió la mirada—. De hecho, podría explicar lo del gato.

Christine se le quedó mirando, totalmente desconcertada.

—¿Explicar lo del gato?

—Alguien podría haber pensado erróneamente que pertenecía a los Slaughter. Puede que quisieran asustarlos o castigarlos.

—No... —dijo Christine. Nadie estaba tratando de asustar a Rodney Slaughter. El que daba miedo era él. Estaba a punto de decirlo cuando Sinclair la interrumpió.

—Sin embargo —intervino el sargento—, enviaré una patrulla para echar un vistazo.

—¿Lo hará?

—Sí. Y si los agentes encuentran alguna prueba de que se ha cometido un delito, se asegurarán de tomar las medidas oportunas. —Cerró su cuaderno—. Gracias por alertarnos, señora Harvey.

Durante unos segundos Christine vio la imagen de Rodney Slaughter siendo escoltado fuera de su casa esposado. Pero entonces, sin quererlo, alargó repentinamente la mano y la puso sobre el brazo del sargento.

—No. No puede...

—¿No puedo qué? —espetó el sargento al tiempo que apartaba su brazo con desagrado.

—Si envían un coche a rebuscar en el contenedor sabrá que los he llamado.

No parecía muy preocupado por esto.

—Si los agentes consideran necesario hablar con el señor o la señora Slaughter, lo harán sin mencionar su nombre. — La miró con frialdad.

—¡Pero él lo sabrá! Debe haber algo más que puedan hacer. Ponerlo bajo vigilancia, o... — Iba a decir arrestarlo, pero sabía lo trastornado que sonaría eso.

—Creo que ha visto demasiadas películas, señora Harvey. —El sargento le dedicó una sonrisa sarcástica.

—¿Qué hago entonces? —preguntó simplemente, su voz sonaba tan desesperada como se sentía.

—Le sugiero que vuelva a casa y nos pondremos en contacto con usted si necesitamos más información. Puedo enviar un coche ahora para comprobarlo. Puede que los agentes necesiten hablar con usted, dependiendo de lo que encuentren.

Christine tuvo que rellenar un formulario, muy breve, que detallaba su nombre, dirección y la naturaleza de su queja. Cuando hubo terminado, volvió al coche y comenzó a conducir hasta su casa. Al desviarse de la carretera principal que va de Dorchester a Lulworth, en dirección a las casas de la cima del acantilado, se fijó en las conocidas marcas azules y amarillo fluorescente del coche de policía que venía detrás de ella. Iban a llegar a la casa en convoy. Suspiró y el corazón le dio un vuelco. Los acontecimientos se le estaban yendo de las manos y no parecía que pudiera hacer nada al respecto.

Al girar hacia el aparcamiento compartido, vio enseguida que el Audi de Rodney ya no estaba allí. Tal vez, solo tal vez, todo saldría bien después de todo.

CAPÍTULO TREINTA Y UNO

CUANDO SE DETUVO en su casa, dos policías salieron del coche patrulla que la había seguido.

—¿Señora Harvey? —preguntó una agente de policía. Christine miró hacia la casa, aún sin saber si Janet estaba dentro o se había marchado con Rodney.

—Sí.

—Mi nombre es Agente Rose. Venimos en respuesta a una queja de que un gato ha sido asesinado. ¿Tengo entendido que fue usted quien lo denunció? ¿Podría mostrarnos dónde lo encontró?

Christine intentó respirar. ¿Y las promesas del sargento de que no la identificarían? No tenía sentido. Miró hacia la casa y volvió a ver la cámara instalada en la pared. Lo único positivo era que no parecía haberse movido. Señaló al contenedor con la cabeza.

—Está ahí.

Los dos agentes se miraron y cruzaron el umbral. La agente Rose levantó la tapa y arrugó la nariz con desagrado.

—Está más o menos a la mitad. Tendréis que sacar la basura. —Christine habló como si ya casi no le importara, pero la agente la ignoró, sosteniendo la tapa del cubo abierta para que su colega echara un vistazo.

—No lo creo —respondió, tirando del contenedor para que se inclinara hacia ella. No iban a encontrar ningún gato.

El contenedor estaba vacío.

CAPÍTULO TREINTA Y DOS

—¿SEGURO que vio el gato, señora Harvey? — preguntó la agente Rose, y Christine asintió—. ¿Y no se le ocurrió tomar una fotografía?

—¿Una fotografía? —Christine pensó en el gato, con la boca abierta, la pequeña lengua hinchada asomando junto a sus entrañas—. No.

—Los otros contenedores también están vacíos. Supongo que debe de ser el día en que los recogen —intervino el otro agente.

—Bueno, podríamos hacer una llamada al basurero municipal, preguntarles si sus hombres notaron algo cuando vaciaron este —sugirió la agente Rose.

Su compañero sacó una radio y se alejó del alcance de sus oídos. La agente Rose miró la casa y sacó pecho.

—¿Vive aquí?

Christine asintió.

—¿Al lado de los Slaughter?

Una vez más, Christine no pudo hacer otra cosa que asentir con la cabeza.

—Es terrible lo que le pasó a su hija.

—Sí —respondió Christine.

La agente Rose miró a su alrededor y se fijó en el asiento infantil del coche de Christine.

—¿Usted también tiene hijos?

—Sí.

Rose no dijo nada, pero la expresión de su rostro comunicaba sus sentimientos con total claridad: «¿Y te has mudado aquí?».

El otro agente volvió.

—Nada. No hay rastro de ningún animal muerto. Han dicho que si encuentran algo nos informarán de inmediato antes de seguir adelante. Es posible que lo encontremos una vez vaciado el camión, pero...

—De acuerdo, gracias. —La agente Rose se encogió de hombros ante Christine y luego se volvió hacia su colega—. Igual debería hablar con los dueños de la casa, para preguntar...

—No —dijo Christine de inmediato.

—¿Perdón?

—No, por favor. Porque entonces lo sabrán. Sabrán que lo sé, quiero decir...

El ceño de la agente Rose se frunció.

—Señora Harvey, ha denunciado un delito, es nuestro deber investigarlo a fondo.

—No están en casa.

—Podemos volver luego.

—No. —Christine cerró los ojos—. Por favor, no es necesario, creo que me he equivocado. Lo que vi, probablemente era... una ardilla, o un conejo o algo así. Lo habrían atropellado. Quizá lo tiraron al contenedor para deshacerse de él.

La agente Rose miró durante un rato a Christine y luego se volvió hacia su compañero con las cejas enarcadas. Este se encogió de hombros, devolviéndole la responsabilidad

—Dave, ¿puedes esperar un momento en el coche?

La agente Rose se volvió hacia Christine. Cuando habló, su voz era vacilante y cuidadosa.

—Mi sargento me advirtió que... cree que esto es algo más que un gato muerto —Hizo una pausa y Christine esperó—. Usted cree que tiene algo que ver con Rodney y su hija... —Respiró hondo—. Verá, tiene que entender que es un tema muy difícil para la policía de aquí. Los dos agentes que murieron, ambos vivían en la zona, y todavía está muy reciente. No van a... Están convencidos de que esos agentes no murieron en vano. Que tenían al hombre correcto.

Las palabras de la mujer parecían ofrecer un salvavidas y Christine contuvo la respiración.

La agente Rose miró incómoda a su alrededor.

—Mire, hay una persona, la inspectora que trabajó en el caso... Es un poco... No sé, es una especie de leyenda en el cuerpo. —Sacudió la cabeza—. A ver, no debería estar haciendo esto, pero... —Miró hacia la casa—. Está viviendo justo al lado. No sé, quizá hable con usted, le explique que fue Sopley quien lo hizo. Que Rodney Slaughter no tuvo nada que ver. Y si hay algo en lo que dice, ella lo encontrará.

Christine asintió con la cabeza.

—Sí. Sí, por favor. Eso estaría bien.

La agente Rose miró por un segundo como si se arrepintiera de sus palabras, pero luego sacó un teléfono y empezó a escanearlo en busca de un contacto. Cuando lo encontró, levantó la vista.

—Se llama Sands. Inspectora Erica Sands. Resultó herida en la explosión. Ni siquiera sé cómo está ahora y mucho menos si hablará con usted.

Garabateó el número en su bloc, arrancó la página y se la entregó.

Cuando el coche de policía se marchó, Christine entró en su casa. Seguía sin saber si Janet estaba en la casa de al lado, pero para su alivio parecía vacía, el salón tranquilo y todas las luces apagadas. Se quedó en la cocina mirando hacia la casa de sus vecinos, intentando averiguar si estaba exagerando o si todo aquello era real. Miró la página del cuaderno que le había dado la agente Rose, con los números garabateados en letra azul. Impulsivamente, tecleó los números en su teléfono. A los pocos segundos se conectó.

—¿Es usted Erica Sands? ¿La Inspectora Erica Sands?

PARTE 3

———————

ERICA SANDS

SEIS MESES ANTES

CAPÍTULO TREINTA Y TRES

LA SIGUIENTE IMPRESIÓN consciente de Sands fue la de estar tumbada de lado en el barro. Golding gritaba y otro hombre, el paramédico que había visto antes, se inclinaba sobre ella, con el verde de su uniforme medio cubierto por el marrón y líquido barro. También gritaba, le decía que aguantara, que mantuviera la calma. Sus voces sonaban lejanas. En un momento dado, el paramédico le frotó el pecho con movimientos circulares, haciéndole rodar la cabeza con la presión. Apenas sintió dolor, solo una sensación de quemazón bajo sus manos y en su interior. Se desmayó.

La siguiente vez que despertó estaba en una camilla, avanzando a toda velocidad por el pasillo de un hospital, con médicos y enfermeras a ambos lados, sus caras rebotaban mientras corrían para seguirle el ritmo, las batas blancas arrastrándose hacia atrás. La sensación de tubos de plástico en la boca, su sabor, recorriéndole la garganta, le provocaron arcadas. Levantó la mano para sacarlos y, de repente, todos empezaron a gritar, como si fueran diferentes partes de un mismo organismo. Los brazos salieron disparados, reteniendo los suyos, empujando con rabia los tubos hacia atrás, más adentro de ella. Volvió a tener arcadas y se desmayó.

Después, podría haber sido un instante, estaba en la tranquila calma de una habitación de hospital, con el rítmico pitido del aparato que monitorizaba los latidos de su corazón. Tenía tubos en la boca, en los brazos y, cuando levantó un poco el cuello para mirar, vio más tubos salir del estómago que estaba envuelto en blanco como una momia egipcia de dibujos animados. No sentía nada por debajo del cuello. Moverse era imposible, incluso la idea le parecía extrañamente ajena, como si fuera un concepto que conocía pero que nunca había sido capaz de ejecutar. Durante un largo rato no hizo nada, se permitió poco a poco ser más consciente de lo que la rodeaba, esperando a que volvieran las sensaciones. Cuando no lo hizo, la inquietud creció en su mente. ¿Por qué no sentía nada? ¿Por qué no podía moverse? Intentó responder las preguntas de forma lógica. ¿Sería por la anestesia? Pero el malestar persistía. Si estaba equivocada, las consecuencias eran demasiado graves para ignorarlas. Mordió suavemente los tubos que tenía dentro de la boca, intentando reprimir la creciente sensación en su mente de que lo que le había ocurrido a su cuerpo no era solo una reacción temporal a los analgésicos que le habían administrado. Intentó moverse de nuevo, doblar un dedo del pie o levantar un dedo de la mano, pero no ocurrió nada. Era como si le hubieran desconectado las extremidades. No es que el movimiento fuera imposible es que no sentía nada.

Pero «imposible» nunca había sido una palabra que se aplicara a Erica Sands. Se esforzó más.

Se concentró en los dedos de la mano izquierda; desde donde estaba tumbada, al menos los tenía a la vista. Los miró con intensidad como nunca lo había hecho antes y, poco a poco, dejó que su atención se posara en la punta del índice. Lo estudió, fijándose en detalles que nunca había visto hasta ese momento: cómo la huella se difuminaba a los lados, cómo el color cambiaba sutilmente a su alrededor, de blanco a rosa y a rojo. Intentó sentirlo, notar su peso, la presión contra la suavidad de la sábana de algodón y el frescor donde el dedo estaba expuesto al aire. Pero no había nada. No recibía ninguna señal. Las señales que enviaba desde su cerebro no llegaban. Así que trató de imaginarse la punta del dedo. Cerró los ojos y reconstruyó la imagen en su cabeza, comprobando y ajustando de vez en cuando con la mirada. Una vez lo tuvo claro, añadió las sensaciones de peso y temperatura. Cuando estuvo segura de sentir algo, volvió a mirar e intentó moverlo.

No se movió nada.

Sin embargo, tuvo una sensación. No la inquietud de antes, sino irritación. Molesta porque el proceso estaba durando tanto. Durante uno o dos segundos se abrió la puerta a la preocupación de nuevo ¿Y si esto fuera permanente? ¿Y si no volvería a moverse? Una vez entreabierta la puerta de la angustia, el miedo entró de golpe. La posibilidad de quedar postrada en una silla de ruedas el resto de su vida la invadió, dificultándole la respiración. ¿Cómo sería su vida si no pudiera moverse? ¿Sin ni siquiera poder ir al baño? Una implicación en particular casi la destroza: adiós a su carrera policial.

Cerró los ojos, ahogando el pánico que la invadía por dentro con fuerza, como si cerrara un grifo. No. No lo aceptaría. Abrió los ojos y miró a su alrededor. Aceptó la habitación del hospital. Aceptó la realidad. Pero no aceptó el miedo. Silenciosamente se desvaneció, como si lo hubieran castigado.

Cuando pudo, cambió de estrategia, esta vez dejando que las preguntas se le vinieran encima. Afrontándolas de frente, aceptando que el pánico intentara acompañarlas, pero decidida a rechazarlas, con calma y seguridad. ¿Y si no era la anestesia? ¿Y qué si estaba paralizada? Mucha gente estaba paralizada. Se las arreglaban. Ella también se las arreglaría. Estaba claro que seguía viva. Si no hubiera estado viva, pues muy bien. Pero estaba viva. Así que más le valía ocuparse de resolver esto.

Volvió a cerrar los ojos. El miedo seguía allí, como un oso en una cueva. Pero esta vez, en lugar de salir para consumirla, se quedó dentro, como avergonzado de su propia existencia.

Abrió los ojos. Esta vez estaba decidida.

Se centró de nuevo en el dedo intentando, con absurdo optimismo, levantarlo. Se concentró, perdiendo la noción del tiempo, pero consciente de que quizá transcurría en tramos de horas. El dedo se quedó inmóvil, pero no pudo con su obstinación, y tuvo una sensación extraña, como si un hilo conectase su cuerpo y su brazo. Le dolía la cara, supuso que por el esfuerzo de apretar la mandíbula. Aun así, se quedó mirando y sintió cómo la conexión bajaba lentamente desde el cuello hasta el hombro, el codo y el antebrazo. El esfuerzo que le supuso desplazarlo tan solo un poco fue extraordinario. No tenía ni idea de si el proceso que estaba teniendo lugar en su interior era real o imaginario, pero cada vez que la duda se formaba en su mente, la aplastaba. Obligó a su cabeza a borrar las dudas, a destruirlas, a negar su existencia. Finalmente, sintió un hormigueo que se deslizaba desde la muñeca hasta el dorso de la mano.

Intentó mover el dedo de nuevo.

Miró fijamente la punta y la visualizó moviéndose, doblándose en una curva, deseando que los músculos se contrajeran, ordenándoles que la obedecieran.

Durante unos segundos no hubo nada. Después, un leve movimiento. Parpadeó, sin estar segura de haber visto correctamente, o incluso de si el propio parpadeo había dado la ilusión de movimiento. Pero cuando volvió a intentarlo, el dedo se movió, esta vez con más claridad.

Continuó e incluso consiguió arrastrarlo hacia delante y hacia atrás por la sábana de algodón. Sintió que la uña se enganchaba en un hilo, notó el peso del dedo sobre la sábana y cómo se contraían los músculos.

El esfuerzo la dejó exhausta, pero el miedo ya había desaparecido. Movió el dedo una vez más, hacia delante y hacia atrás, para asegurarse de que no había sido una casualidad y luego cayó en un profundo y exhausto sueño.

CAPÍTULO TREINTA Y CUATRO

UN TIEMPO DESPUÉS, Sands no tenía ni idea de cuántas horas o incluso días habían pasado, se despertó y encontró a dos hombres en su habitación. Uno de ellos era el subinspector Golding. Supuso que el otro debía de ser un médico. Ninguno de los dos parecía darse cuenta de que estaba despierta.

—Necesitará atención especializada las veinticuatro horas del día. No va a ser fácil —oyó decir al médico. Parecían hablar con familiaridad, como si se conocieran bien, o hubieran llegado a conocerse bien. El médico seguía llevando su mascarilla quirúrgica, pero lo extraño, lo que le pareció más raro fue que Golding también llevaba una. Por encima de ella solo se veía la mitad de su rostro, sus ojos de un azul intenso ahora con notables ojeras debajo, como si no hubiera dormido mucho.

Sands intentó hablar.

El ruido que emitió no era reconocible, pero bastó para llamar la atención de ambos. El médico se acercó de inmediato, el plástico de su cara distorsionaba su rostro.

—Creo que está despierta. ¿Puedes oírme, Erica? —Habló en voz alta—. ¿Nos oyes?

Sands intentó responder, pero tenía la garganta demasiado seca y la boca demasiado llena de tubos. Con cuidado, el médico desconectó uno de ellos y lo extrajo.

—¿Puedes oírme, Erica? Si no eres capaz de hablar, ¿podrías intentar parpadear?

Golding se acercó. Sands vio sus pupilas dilatarse, la preocupación tan clara que casi le devolvió el estado de pánico. Logró formar una palabra con sus labios secos y de alguna manera consiguió pronunciarla.

—Agua —dijo al tiempo que veía una sonrisa de alivio en el rostro de Golding. Este le sirvió un vaso y se lo acercó a los labios.

Mientras ella bebía, el médico retrocedió, perdiéndose de vista. Sands intentó estudiar el rostro de Golding en busca de más pistas, pero no la miraba a los ojos. Cuando el médico regresó, se inclinó hacia ella, con expresión seria por encima de la mascarilla.

—Hola, Erica. Soy el doctor Sangit. ¿Puedes decirme cómo te sientes?

—Jodida —respondió Sands, sorprendida de lo horrible que sonaba su propia voz—. ¿Y tú?

Los lados de la cara del médico se arrugaron suavemente, presumiblemente como resultado de una sonrisa.

—Estoy muy bien, gracias. Mucho mejor por verte despierta. —Las arrugas desaparecieron—. Imagino que te gustaría saber qué te está pasando.

Sands intentó asentir antes de recordar que no podía. En su lugar, hizo un pequeño movimiento en el cuello y él pareció comprender.

—¿Recuerdas que te dispararon?

De nuevo, Sands intentó asentir.

—Fue una herida muy grave. La bala era una bola de plomo que entró por encima de la cadera derecha, atravesó en diagonal hacia arriba y salió justo por debajo de la caja torácica.

Los ojos de Sands bajaron hasta su torso cubierto de blanco, tratando de imaginarse la trayectoria. Sentía como si estuviera volando dentro de su propio cuerpo.

—Te hemos operado tres veces: en el colon, la vesícula y en el conducto biliar.

Se lo pensó un momento y decidió que no quería saber los detalles. Al menos, ahora no.

—¿Por qué lleváis mascarillas? —graznó Sands, con voz lenta y débil. Consiguió girar la cabeza y vio el ceño fruncido en la frente del médico.

—Por una normativa nueva a causa de un virus. Me temo que todo el mundo tiene que llevarlas. No elegiste un buen momento para que te dispararan. —Nuevas arrugas aparecieron en la frente del médico.

—No puedo moverme —consiguió decir—. ¿Desde cuándo? ¿Es la anestesia? —La palabra salió tan revuelta que le sorprendió que la entendieran. Pero estaba claro que la cuestión ya estaba en la mente del doctor Sangit.

Suspiró y miró a Golding antes de continuar.

—Erica, podemos tener esta conversación ahora o más tarde, depende de ti. Quizá sea mejor esperar a que estés más fuerte.

Ahora era el turno de Sands de fruncir el ceño.

—¿Qué conversación?

El médico volvió a dudar.

—¿Qué conversación? —insistió. Quiso incorporarse y se sintió frustrada por no poder hacerlo—. Sea lo que sea, quiero saberlo. —Sus palabras la sorprendieron en parte, pero sabía que eran la verdad.

El médico la miró un rato y luego asintió.

—¿Tal vez debería irme? —dijo Golding y el médico asintió, pero Sands lo detuvo.

—No, quédate. —Eso también la sorprendió.

Por fin, el doctor Sangit asintió una vez más, se volvió hacia Erica y se acercó a ella. Sus profundos ojos marrones se abrieron de par en par. Respiró hondo, lo que hizo que la mascarilla se hundiera en su boca y luego la volvió a sacar con una sonada exhalación.

—Erica, las operaciones se llevaron a cabo para estabilizar y reparar los daños causados por la trayectoria del proyectil, y tuvieron éxito. Pero es evidente que también causó importantes daños nerviosos. —Pareció contener la respiración durante un segundo—. Daños que no hemos podido reparar. —Volvió a detenerse y Sands esperó—. Erica, no es fácil decirte esto, y lo siento mucho, pero el daño nervioso es importante... y permanente. —Agachó la cabeza—. El problema parece afectar a todo tu cuerpo... con el tiempo puede que recuperes algo de sensibilidad, pero estamos hablando de sensaciones —volvió a hacer una pausa antes de continuar—, eso es todo. No será suficiente para permitirte moverte. Lo siento mucho, muchísimo, pero me temo que estás paralizada del cuello para abajo.

CAPÍTULO TREINTA Y CINCO

SE HIZO EL SILENCIO. Los ojos de Sands pasaron de uno a otro, de Golding, que de repente parecía saberlo todo sobre ella, a este médico. Se dio cuenta de que le costaba recordar su nombre, ¿Sangit?

—No, no lo estoy —dijo sin más.

—¿Cómo dices? —preguntó el médico, sorprendido.

—No estoy paralizada. Probablemente sea la anestesia o las operaciones —su voz estaba volviendo, el agua había humedecido su garganta.

—Me temo que no, Erica —respondió el doctor con voz tranquilizadora pero insistente—. El efecto de la anestesia habrá desaparecido hace tiempo y todo indica que el daño es muy grave...

—Entonces las indicaciones son erróneas. Ya he conseguido mover el dedo.

Podía ver la mandíbula del médico trabajando bajo la mascarilla, su boca abriéndose y cerrándose.

—¿Perdón? No creo que...

—Mira. —Dejó caer la mirada hacia su dedo, dirigiendo los ojos de él en la misma dirección. Al principio no pasó nada, pero no tuvo dudas. Unos segundos más tarde, lo hizo moverse, más que antes, enroscándose y desenroscándose. Unos movimientos todavía pequeños, pero tan evidentes, que arrastró a los otros dedos con él.

—Ah... —dijo el doctor—. Eh... eso es... Santo cielo. ¿Podrías hacerlo de nuevo?

Detrás de él vio que Golding también la observaba e incluso con la mascarilla pudo ver su sonrisa.

Pasó el tiempo. Días, no horas, pero tiempo normal ahora, no el tiempo parecido al *jet lag* que empezaba y terminaba en torno a las operaciones y la anestesia. Pasó gran parte del tiempo sola, pero otra parte rodeada de expertos con mascarillas que la interrogaban, fruncían el ceño y la observaban mientras se concentraba en otros dedos de las manos y de los pies, y cada vez conseguía que se movieran. Así cambió también el pronóstico que le dieron. Su realidad se vio forzada a coincidir con la de ella. La realidad de la verdad. Pasaron de decir que nunca podría mover nada por debajo del cuello a reconocer que podría tener algún movimiento limitado, pero solo en las extremidades superiores. Y luego, cuando consiguió mover también las piernas, admitieron que aunque eso fuera ahora posible, caminar no era algo que debiera plantearse, porque iba mucho más allá de lo posible. Luego se levantó de la cama, se puso de pie sin ayuda e incluso dio algunos pasos torpes con la ayuda de un andador de aluminio. Así que aceptaron que ese diagnóstico también podría ser erróneo. El equipo médico estaba dividido entre los que creían que debía seguir haciendo exactamente lo que había estado haciendo hasta ahora, y los que abogaban que debía ir más despacio por miedo a ir demasiado rápido.

Sands los ignoraba casi siempre y se concentró en lo que a ella le parecía sensato. El reto físico de rehabilitarse ocupaba casi todo su tiempo y energía mental, pero guardó algo de espacio para descubrir cómo se había cerrado el caso contra Michael Sopley. Se enteró de que los dos agentes a los que habían disparado murieron en el lugar de los hechos, junto con el sospechoso. Se enteró de que habían mantenido a Golding en una comisión de servicio de seis meses en el MID bajo la dirección de John Lindham, a quien habían ascendido temporalmente para ocupar el puesto de Sands. También lo leyó en la prensa. Su cama tenía lo que en la jerga hospitalaria llamaban una consola de información, que no era más que una especie de ordenador sujeto a un brazo articulado, y buscó en los periódicos *online* todo lo que se había escrito sobre el caso. Pero no había mucho. Durante unos días, tras el tiroteo, había sido una gran noticia, pero casi de inmediato la pandemia había desbordado la agenda informativa. Lo mismo ocurrió en el hospital. Solo se hablaba del virus, incluso más que de su milagrosa recuperación. Más allá de asumir con cierta vaguedad que si se contagiaba moriría, Sands trató de ignorar el virus.

CAPÍTULO TREINTA Y SEIS

EN ALGÚN MOMENTO después del tiroteo, Sands recibió una visita que no fue de un médico. Estaba en otra habitación con la puerta cerrada, así que no lo vio llegar pero percibió cierta vacilación en la forma en que llamó a la puerta.

—¿Se puede? —El inspector jefe Yorke asomó la cabeza por la puerta. Llevaba el uniforme completo. En lugar de mascarilla, le habían puesto una careta de plexiglás transparente. Sands asintió y este entró quitándose el sombrero. Luego pareció perderse momentáneamente. Sentado, se tocó el ala del sombrero. Luego levantó la vista —. He venido en cuanto he podido. Siento que no haya sido antes.

—El mundo entero se ha vuelto loco —comentó Sands al tiempo que echaba un vistazo a la pantalla del ordenador, que estaba en modo televisión y mostraba un programa de noticias que explicaba una vez más cómo el virus era nuevo para los humanos y, por tanto, capaz de infectar a toda la población.

—En efecto. Sí. Son tiempos muy extraños.

Sands cogió un mando a distancia y apagó el televisor. Yorke le observó el brazo.

—Dicen que estuviste paralizada, durante unos días al menos. Hasta que decidiste que no querías estarlo más.

—Me diagnosticaron mal. —Sands se encogió de hombros—. Suele ocurrir.

—Bueno, gracias a Dios que solo fue eso. —Yorke se llevó la mano a la cara, al parecer para frotarse la mandíbula, pero estuvo a punto de arrancarse la máscara. —Maldito chisme —exclamó, antes de reajustarlo—. Nos has dado un buen susto, Erica.

—Sí, jefe. Lo siento.

—¿Ya sabes lo del agente Roper, me imagino? ¿Y lo de Dean Jones?

Sands asintió.

—No fui lo suficientemente rápida, jefe.

El inspector jefe negó con la cabeza.

—Mentira. Fue una maldita cagada, pero desde luego no fue tu cagada. —La miró fijamente durante un momento sin vacilar, y luego prosiguió—. Sin embargo, desgraciadamente eso tiene algo que ver con la razón por la que estoy hoy aquí.

Sands frunció el ceño.

—No es la única razón, por supuesto. En realidad, quería venir antes, pero con toda la mierda que está pasando... —Se detuvo—. Erica, la cuestión de la culpabilidad está asomando su fea cara.

—¿Culpabilidad?

Por un momento sus ojos recorrieron la habitación antes de posarse en ella.

—Es un verdadero desastre, Erica. Múltiples disparos, dos oficiales muertos, el sospechoso muerto también. Y tus acciones... —se detuvo.

—¿Mis acciones?

Yorke volvió a tocarse el forro del sombrero.

—Erica, durante un día más o menos parecía extremadamente improbable que fueras a sobrevivir, y sospecho que eso dio la oportunidad a ciertos individuos de afirmar que tus acciones precipitaron el tiroteo. Las declaraciones se prepararon de forma que se eliminara de cualquier culpa al grupo de operaciones especiales.

—Yo no incité los disparos, jefe. Respondí a ellos.

—No lo dudo, Erica.

—Entonces, ¿quién lo hace?

No contestó.

—Habrá una investigación independiente, por supuesto, y la verdad saldrá a la luz, el problema...

—¿Quién dice que causé yo los disparos?

Sus ojos volvieron a posarse en su rostro.

—Algunos miembros del grupo de operaciones especiales dicen que el que salieras corriendo como lo hiciste provocó que Sopley disparara.

—Eso no es verdad. —Sacudió la cabeza tan enérgicamente como pudo—. Vi que Sopley se preparaba para disparar, así que intenté apartar al comandante Roper.

Yorke tardó unos instantes en contestar. Cuando lo hizo, su voz era suave.

—Aun así Erica, entraste en una escena en un momento altamente crítico, donde habías cedido el control, y sin asegurarte la autorización del agente al mando.

Sands sintió que la sangre se le subía a la cabeza.

—No había tiempo de asegurar nada...

—Lo sé. Lo sé. Y eso es lo que creo que las pruebas demostrarán una vez que el panel las examine.

Sands sintió que su ritmo cardíaco se disparaba y se obligó a calmarse.

—Bien. ¿Cuándo será eso?

Yorke seguía negando con la cabeza.

—Pronto. Eso espero. Pero... en cierto modo ese es el problema. —Se tocó el protector facial—. Ahora mismo hay una nueva prioridad y está por encima de todo. Literalmente todo. Este virus... todo se ha parado, no sabemos cuándo volverá a la normalidad, no sabemos si volveremos a la normalidad. —Volvió a juguetear con su sombrero—. Pero hasta que se calmen las cosas siento decirte que estás suspendida.

—¿Suspendida? —Sands se quedó con la boca abierta.

—A la espera de una investigación de asuntos internos, que estoy seguro de que te exculpará, Erica, en cuanto te encuentres mejor y puedas declarar. —Sacudió la cabeza—. Ya sabes cómo funcionan estas cosas. Ocurre automáticamente en cualquier incidente grave en el que hayan muerto agentes y no indica culpa por tu parte.

—El grupo de operaciones especiales llevaba cámaras corporales. Consigue las grabaciones, mostrarán lo que pasó.

—Desgraciadamente, varias de las cámaras no funcionaron. Las que lo hicieron no son concluyentes. Habrá que ver quién vio qué. Estoy seguro de que eso no será un problema, lo que sí puede serlo es la escala de tiempo. No tengo ni idea de cuándo ocurrirá.

—¿Así que estoy suspendida indefinidamente? Eso no es... —No había nada más que pudiera decir. Estaba fuera de las manos de su jefe—. Aun así, me gustaría participar en el cierre del caso Sopley.

Yorke negó con la cabeza.

—Eso no va a ser... Lo siento, pero no va a ser posible. John Lindham lo está terminando.

—Lindham no tiene la experiencia... —Sands comenzó, pero él la cortó.

—John Lindham es un inspector perfectamente capaz. Pero me aseguraré de que la mayor parte del crédito vaya a donde es debido, Erica, si eso es lo que te preocupa.

—No es eso lo que me preocupa —replicó, pero Yorke no pareció oírla. Respiró hondo.

—Te enfrentas a una audiencia sobre tu conducta en ese caso, Erica. No sería apropiado que te involucraras más hasta que se aclare.

—¿Pero no puedes decirme cuándo será?

—No.

Apartó la mirada, frustrada.

—Lo siento, Erica. Sé que esto no es lo que querías oír. — La observó durante un rato, mientras la habitación se quedaba en silencio, antes de volver a hablar—. Esa era una parte de la conversación. Hay una segunda parte.

—¿Qué? —Sands se sentía vacía.

—Se trata de tu padre. Sabe lo que pasó.

—¿Cómo? —Sands levantó la vista rápidamente.

—De la misma manera que te enteraste de que estaba enfermo. Es tu único pariente vivo. Puede que esté encerrado, pero sigue teniendo sus derechos. Por no hablar de un equipo de abogados vigilando como halcones para asegurarse de que los disfruta al máximo. Lo siento.

—No me importa —dijo al tiempo que se encogía de hombros.

—Ha hecho otra petición formal para que vayas a verle.

—De ninguna manera.

—Erica, no lo estoy sugiriendo. Pero me pediste que sirviera de enlace en este asunto, así que tengo que transmitir estos mensajes.

—Considéralo transmitido. La respuesta es no.

—Sus abogados también han presentado un recurso contra la última prohibición de que se ponga en contacto contigo. Argumentan que si no escribe más de una vez al año, no puede considerarse acoso. Un juez va a estudiarlo. Creo que se lo concederán.

Sands no respondió.

—Pase lo que pase, no tendrá la dirección de tu casa y cualquier correspondencia se comprobará previamente por vía policial.

Ella lo miró.

—Sabe dónde vivo. Tengo docenas de sus cartas. Y sabe adónde van todas: directamente a la papelera.

Una ligera sonrisa apareció en los labios de Yorke.

—Bueno, siento que pasara todo esto. —Consultó su reloj—. Y siento no poder quedarme más tiempo pero... esta pandemia. Es una verdadera locura ahí fuera. Solo quería que lo supieras en persona. —Jugueteó con su sombrero, como si estuviera a punto de ponérselo de nuevo, pero luego cambió de idea al acordarse de la máscara que llevaba —. Olvídate de todo esto, al menos por ahora. Concéntrate en recuperarte, Erica, y nosotros encontraremos la forma de solucionarlo. Puede que nos lleve un poco de tiempo.

—Sí, jefe —asintió Sands—. Muchas gracias, jefe.

CAPÍTULO TREINTA Y SIETE

POCO DESPUÉS DE la visita de Yorke, Sands telefoneó a Lindham para comprobar cómo avanzaba el caso y, en particular, para preguntar si estaban haciendo un seguimiento de determinados aspectos, sobre todo de los exámenes forenses del dormitorio de la niña y de la habitación de Sopley en el refugio. Aunque Lindham le facilitó, a regañadientes, un resumen, también le dijo que Yorke le había pedido que le informara directamente de cualquier contacto de Sands relacionado con la investigación. Prometió desobedecer las órdenes en esta ocasión, pero dejó bien claro que no volvería a hacerlo.

Al día siguiente, se cerró el hospital. Debido a la escasez nacional de equipos de protección, se prohibieron las visitas y se ordenó a los pacientes que permanecieran en sus camas en todo momento. El personal de primera línea del hospital, las personas que trataban con las víctimas del covid, ya lo estaban pasando mal. Empezaban a enfermar y también comenzaron a morir algunos. En el caso de Sands no había mucha diferencia: nadie iba a visitarla y, de todas formas, no podía moverse, pero la magnitud de lo que estaba ocurriendo se hizo evidente de repente.

Sands vio cómo el país, y la mayor parte del mundo, se sumían en la locura propia de una película de catástrofes. Se cerraron tiendas y oficinas y se vaciaron las calles, mientras se pedía a millones de personas que permanecieran en sus casas. Las noticias estaban llenas de nerviosos presentadores que discutían con expertos en virología sobre cuántos millones de personas podrían morir.

Aun así, algunos aspectos de la vida siguieron su curso. La oficina del forense terminó su informe sobre la muerte de Emily Slaughter, concluyendo que lo más probable era que fuera asesinada por Michael Sopley tras irrumpir en su casa y secuestrarla. Sopley también figuraba como responsable oficial de las muertes de los agentes Mike Roper y Dean Jones. No pudo haber cargos por parte de la fiscalía ya que Sopley estaba muerto y la investigación policial quedó oficialmente cerrada. Aún no había fecha para la investigación de los sucesos de la granja.

Sands no tuvo más remedio que seguir el consejo de Yorke y centrarse en su rehabilitación. Aunque pronto quedó claro que su recuperación iba a parecer más un maratón que un sprint, al menos hizo progresos. Se le permitió acceder a una sala de tratamiento de agua, y como la pandemia había paralizado la mayoría de los tratamientos no urgentes, la sala apenas se utilizaba. Iba allí todos los días, mucho más del tiempo recomendado por los médicos. Se fijó metas: caminar erguida hasta la mitad de la piscina, cruzar la piscina entera, caminar ida y vuelta, y las superó rápidamente, aunque el ejercicio le doliera más de lo que dejaba ver.

Tras siete semanas en el hospital, se dio el alta voluntaria. En parte fue por altruismo: quería liberar su cama y al personal que la atendía para que pudieran dedicarse a la pandemia que empeoraba rápidamente. Pero tenía razones egoístas también. Parecía evidente que cuanto más tiempo pasara en el hospital, más posibilidades tenía de pillar el virus.

Volvió a la intimidad de su piso. Las semanas que siguieron al tiroteo se convirtieron en meses, y a medida que la pandemia avanzaba, se encontró sola y, por primera vez en su vida (sin contar las cuatro horas de rehabilitación, el doble de lo que le habían recomendado los médicos), sin absolutamente nada que hacer.

* * *

La primera idea que tuvo para resolver este problema fue centrarse en investigar los casos penales abiertos.

Sabía que de los aproximadamente 1.000 asesinatos cometidos cada año en Inglaterra y Gales, alrededor del cuarenta por ciento nunca se resolvían. En algunos casos, la policía sabía perfectamente quién había cometido el crimen, pero no había sido capaz de reunir pruebas suficientes para convencer a la fiscalía de que presentara cargos. Los casos de asesinato generaban un montón de papeleo: mapas, fotografías e informes forenses de la escena del crimen, declaraciones de testigos, grabaciones de cámaras de seguridad... y una eterna lista. Era probable que la mayoría de los casos sin resolver contuvieran, en algún lugar de estos tesoros de información, una prueba que hasta entonces se había pasado por alto y que podría permitir que el caso avanzara si se identificaba adecuadamente. Desde ese punto de vista, su lesión y rehabilitación representaban una oportunidad única para revisar a fondo algunos de esos casos.

¿Cuál era el problema? Como la habían suspendido del servicio, no podía acceder a ninguno de ellos. Hizo todo lo posible por conseguir que el inspector jefe Yorke hiciera una excepción en su caso, alegando que su suspensión era mucho más larga de lo normal debido a la pandemia del covid. Cuando le denegaron oficialmente la petición, llamó a Yorke a su casa para discutir el asunto, pero el jefe no cedió.

Este fracaso no la sorprendió mucho, así que cambió de rumbo. En lugar de estudiar los casos sin resolver, decidió estudiar los asesinatos resueltos. Mientras que los expedientes policiales no estaban a disposición del público ni de los agentes suspendidos, las transcripciones de los juicios penales eran de dominio público, al igual que todos los documentos e información introducidos en los registros judiciales. Cada par de días descargaba e imprimía más de 600 páginas de actas judiciales de todos los juicios por asesinato que encontraba. Se sentaba y los leía enteros, de principio a fin, y cuando terminaba volvía al principio y empezaba de nuevo, esta vez con un rotulador amarillo en las manos para seleccionar cualquier aspecto que le pareciera importante.

En la tercera lectura, Sands tomaba copiosas notas en un archivo aparte, reduciendo drásticamente el caso a sus partes constituyentes, que introducía en una base de datos informática. Quería poder comparar rápidamente los casos, calificar y cuantificar qué factores habían sido importantes tanto para identificar a los sospechosos como para demostrar su implicación. Fue un proceso muy laborioso, y pronto su salón empezó a parecerse a una sala de incidentes, aunque bastante caótica. La cocina y el dormitorio no tardaron en cubrirse de papeles a medida que los casos se extendían por las mesas y el suelo. Pero era una forma entretenida y útil de pasar las horas. Al menos, así lo veía Sands.

Así fue como, un cálido día de primavera, se sentó frente al puerto a leer las transcripciones del juicio de un hombre llamado Joshua Jones. Era un hombre negro de veintinueve años del sur de Londres que había sido acusado del asesinato de una anciana, Elisabeth Peters. La señora Peters había sido violada y asesinada en su casa de Wimbledon. Como vivía sola y recibía muy pocas visitas, habían pasado varios días antes de que se encontrara su cadáver, por lo que los patólogos ni siquiera habían podido dar una fecha exacta de la muerte. De casi todos los datos de la científica recogidos en la casa parecía desprenderse que su asesino había sido cuidadoso: no se encontraron huellas dactilares ni ADN en el lugar del crimen. Pero en el fregadero se encontró un único vaso con una pequeña cantidad de agua, como si el asesino hubiera tenido sed después de realizar su trabajo y se hubiera olvidado momentáneamente de sus precauciones. Se descubrió que contenía un juego completo de huellas dactilares y restos de ADN de saliva en el borde. Se encontró una coincidencia en la base de datos nacional de ADN de inteligencia criminal del Reino Unido. ¿El nombre? Joshua Jones. Todo lo demás había encajado rápidamente. Jones vivía a pocas calles de distancia de la víctima y tenía antecedentes de violencia sexual contra mujeres de edad avanzada, ya que había sido sorprendido abusando de residentes de una residencia en la que había trabajado durante varios años. Las pruebas fueron suficientes para convencer al jurado, y fue condenado a quince años de prisión, a pesar de sus continuas protestas de inocencia. Fue un trabajo policial sencillo pero eficaz, que le valió una mención de honor al investigador principal. Sin embargo, había algo que preocupaba a Sands. Aún no sabía qué.

CAPÍTULO TREINTA Y OCHO

SANDS ESTABA OCUPADA con su subrayador cuando su teléfono empezó a sonar.

Molesta por la interrupción, se planteó no contestar. Hacía mucho tiempo que no recibía una llamada que no fuera de alguien que intentaba vender algo o estafarla, pero las viejas costumbres son difíciles de perder, y fue incapaz de no responder.

—¿Sí?

—¿Erica Sands? —La voz era incorrecta para una llamada de ventas, sonaba mucho más ansiosa.

—Sí.

—¿Inspectora Erica Sands?

—Sí. —Frunció el ceño—. ¿Quién habla, por favor?

—Erm... —Era la voz de una mujer—. Me enteré... me dio su nombre... bueno, originalmente uno de los agentes en Dorchester, pero entonces alguien en el MID me pasó a otra persona, y dejé un mensaje pero nadie me respondió y esperé una eternidad, así que no sabía qué hacer y...

—¿De qué se trata?

Hubo una pausa. Sands oyó la respiración acelerada de la mujer al otro lado de la línea.

—Respire hondo y dígame por qué me llama.

—OK... OK. Se trata de Rodney Slaughter. Creo que fue él quien mató a su hija, no el otro tipo.

Durante un segundo, la mente de Sands viajó a la deriva. En un instante se puso al día.

—¿Rodney Slaughter? ¿El padre de Emily Slaughter?

—Sí.

Sintió que retrocedía hasta su último caso. Para su sorpresa, fue capaz de imaginarse a Rodney y recordó su fría reacción al enterarse de la muerte de su hija.

—¿Quién le dio mi nombre?

—Erm. No estoy... no estoy segura de que deba decirlo.

—¿Dijo que fue un agente en Dorchester? ¿Fue una mujer? La agente Rose, ¿quizá?

—Sí, eso es...

—¿Y usted quién es?

—Bueno…

—Tiene que identificarse, por favor.

Se hizo una pausa. Parecía que estaba llorando.

—Mire, no me conoce. Me llamo Christine Harvey. —Sonó un medio sollozo—. Me he mudado al lado de Rodney Slaughter, y le he estado observando, y creo... Bueno, creo que se cometió un error. Creo que fue él quien asesinó a su hija.

Sands parpadeó sorprendida. Durante unos segundos no supo qué decir.

—¿Qué error? —preguntó por fin.

—Vivo al lado de Rodney Slaughter —repitió Christine —. Tengo una hija de la misma edad que Emily, se llama Molly. Y tengo miedo. Miedo de que él le haga algo a ella. A Molly. —Ahora estaba llorando a mares, los sollozos se oían con claridad en la línea telefónica.

—¿Por qué tiene miedo? —preguntó Sands—. El hombre que mató a Emily Slaughter está muerto.

—Sé que piensan eso. Pero ¿y si se equivocan?

El cerebro de Sands, aún repleto de fechas y datos de pruebas, tardaba más de lo habitual en responder y la mujer acabó respondiendo a su propia pregunta.

—Porque la mira raro y...

—No nos hemos...

—...Asesinó a un gato.

Sands, que había estado a punto de añadir la palabra «equivocado» se calló de repente.

—Y se levanta por la noche y hace cosas raras —continuó Christine.

—Eso no es un delito. —Una parte del cerebro de Sands proporcionó la frase antes de estar segura de si era realmente lo que quería decir.

—Lo sé, pero la policía no escucha. Dicen que fue ese vagabundo, pero ¿y si no fue él? ¿Y si la policía se equivocó y no fue él, sino Rodney Slaughter? ¿Y ahora estoy viviendo al lado de él?

Sands empezó a pensar. La mujer era claramente una chiflada. En circunstancias normales la habría pasado a un agente junior. Pero estaba suspendida. No podía hacerlo. Al menos, no de manera fácil.

—Si tiene alguna duda sobre el caso debe acudir a la policía —dijo por fin—. Llame a su comisaría.

—Ya lo hice —respondió Christine—. Fui a la policía y no me ayudaron. Pero una de las agentes, la agente Rose, me dio su número. Me dijo que usted era diferente. Que usted me ayudaría. Por favor. Estoy desesperada.

Sands escuchaba, con los ojos fijos en las transcripciones del tribunal que rodeaban su silla. Crímenes graves. Seres humanos apuñalados y estrangulados en explosiones de emoción o como resultado de planes sádicos y horribles de almas oscuras y peligrosas. Crímenes que ella estaba predestinada a pasar su vida intentando resolver. Se dio cuenta de lo mucho que ansiaba volver a ello, no quería ocuparse de una mujer con un gato muerto. Y sin embargo, combinado con la extraña reacción de Slaughter a la muerte de su hija, fue suficiente para mantenerla en la línea.

—¿Dice que mató a un gato? ¿Qué quiere decir? ¿Cómo lo mató?

—No... no lo sé. Tenía el cuello flácido y se le salían las entrañas.

—¿Flácido? ¿Como extendido? —Eso podría indicar que había sido estrangulado.

—Yo no... —La mujer volvió a sollozar—. No lo sé.

—¿Cómo se le salían las entrañas?

—No lo sé, parecía como si lo hubieran cortado por la tripa.

Sands se sentía ahora más alerta.

—¿Era definitivamente un corte, o podría haber sido el resultado del ataque de un animal, o del atropello de un vehículo?

—No... no lo sé. Los basureros se llevaron el cuerpo antes de que la policía pudiera verlo.

Sands suspiró, momentáneamente decepcionada. Lo que describía aquella mujer no tenía absolutamente nada que ver con el asesinato de Emily Slaughter.

—Encontré sangre, y el cuerpo estaba en el contenedor de basura de los Slaughter, pero lo vaciaron antes de que la policía pudiera...

—Lo siento, señora Harvey —interrumpió Sands—. Pero sea lo que sea, no puedo involucrarme. Si tiene algún problema, acuda a su comisaría. Adiós.

Terminó la llamada. Entonces Sands se quedó en el silencio de su cocina y trató de recordar lo que había estado haciendo antes.

CAPÍTULO TREINTA Y NUEVE

EL MISMO NÚMERO volvió a sonar unos instantes después, pero Sands no contestó. Puso el aparato en silencio y bebió un vaso de agua del grifo. Al dejar el vaso, se imaginó a Joshua Jones haciendo exactamente lo mismo.

¿Por qué se quitó los guantes?

Ese detalle la molestaba. El informe de la científica indicó que el asesino había sido extremadamente cuidadoso durante todo el asesinato y, sin embargo, cuando tuvo sed, no solo no lavó el vaso que había utilizado, sino que se quitó el guante para agarrarlo. ¿Por qué? Volvió a los papeles del juicio, buscando algo que pudiera explicar, o al menos mencionar, que se trataba de un comportamiento extraño. Pero no había nada. ¿Y qué había de la incoherencia más notable: por qué, si había huellas en el cristal, no las había en el grifo? De nuevo, Sands no encontró ninguna referencia a lo que le parecía un misterio intrigante.

Mientras reflexionaba sobre ello y sobre cómo archivarlo en su base de datos, su mente divagó más que nunca. Podía imaginarse la casa vecina de los Slaughter, un gran edificio tradicional que, supuso, se utilizaba para alquileres vacacionales. Sus colegas la habrían visitado en los días posteriores al asesinato. Habrían entrevistado a la señora Harvey... no. La mujer no había dicho que vivía al lado, sino que se mudó al lado. ¿Así que la casa debió haber salido al mercado? No me sorprende. ¿Quién querría pasar sus vacaciones junto a una casa asociada con un crimen tan horrible? ¿Quizás salió al mercado barata? ¿O tal vez la mujer la compró a precio de saldo, sin saber por qué era tan asequible?

Sí, eso podría explicar su sensación de inquietud. La mujer había acercado demasiado a su familia a la tragedia para sentirse cómoda. Y ahora se arrepentía. Rodney Slaughter no tuvo nada que ver con la muerte de la niña. No podía tenerlo: para eso tenían a Michael Sopley, y eso era una certeza. O, al menos, toda la certeza que puede haber cuando se investiga un crimen de ese tipo.

No era la primera vez que lamentaba no haber podido entrevistar a Sopley. Habría sido una oportunidad única de conocer de primera mano los gestos y las características de un asesino, en lugar de limitarse a leer informes de segunda mano. Se preguntó si habría podido conseguir que confesara. Las pruebas contra él eran abrumadoras, y el trabajo de seguimiento no hizo más que aumentar los hechos en su contra. ¿Habría sabido que no había ninguna posibilidad, que sus esfuerzos por ocultar sus actos habían fracasado? ¿O habría sido como Joshua Jones, quien negó la realidad, incluso ante abrumadoras pruebas? Pensó en los gritos que había intercambiado con Sopley por el altavoz a través de la granja. ¿No había estado a punto de confesar?

Se detuvo, repentinamente desconcertada por dos cuestiones. En primer lugar, por qué había estado a punto de recordar erróneamente sus palabras como una confesión, cuando no habían sido nada de eso. Y en segundo lugar, ¿por qué no había confesado? Si sabía que iba a morir acribillado, ¿por qué no admitir lo que había hecho? ¿No era extraño? ¿Es que acaso prefería morir sin admitir su culpa?

No lo sabía, pero sentía que había una pieza de rompecabezas que no encajaba. Sacudió la cabeza. Había pasado demasiado tiempo en aquel maldito piso, leyendo sobre asesinatos y los miles de pequeños rompecabezas que los acompañaban.

Volvió al caso Jones, pero algo había cambiado. La evaluación sistemática de las pruebas, los motivos y las declaraciones de cada crimen le parecía ahora inútil. Incluso estúpida. Intentó calmar sus pensamientos, respirar hondo y concentrarse, pero no pudo. No dejaba de mirar el móvil, quizá con la esperanza de que se encendiera, y cuando no lo hizo se encontró comprobando el volumen por si lo había puesto en silencio sin darse cuenta. Al final se rindió y se embarcó en las dos horas de ejercicios de rehabilitación que le quedaban ese día. Después se duchó. Se preparó un bocadillo y, mientras lo comía, observó el muelle bajo su ventana. Y entonces, unas seis horas después de que Christine Harvey la llamara por primera vez, Sands cedió a lo inevitable. Volvió a llamarla.

—Dígamelo otra vez. ¿Por qué cree que Rodney Slaughter tuvo algo que ver con el asesinato? —Escuchó como Christine enumeraba sus preocupaciones, y casi inmediatamente se arrepintió de su decisión. Todas eran descabelladas, carentes de pruebas, casi irrisorias. Lo único que la mantuvo en la línea fue que la mujer estaba claramente muy alterada.

—¿Y bien? —preguntó Christine en medio de un silencio creciente—. ¿Me pueden ayudar? Por favor.

Sands reflexionó. Técnicamente seguía suspendida de sus funciones, por lo que no podía tener nada que ver con el caso. Debería redactar un informe (breve) y pasárselo a John Lindham, confiando en que él la mantendría al día si lo consideraba pertinente. Aunque, técnicamente, no había caso, al menos no abierto. No podían juzgar a Sopley. Además, y quizás menos lógico, esta mujer no tenía nada que ver. Ni siquiera vivía allí cuando ocurrió el crimen. Por lo tanto, se podría argumentar que en realidad no había conflicto con que Sands investigara. Sería una interpretación generosa, pero Sands decidió que estaba de un humor generoso.

—¿Cuándo se mudó? —preguntó Sands.

—Hace un mes.

—Es la casa grande, ¿no? ¿La de las tejas rojas?

—Sí. No. Nos hemos mudado... —Christine Harvey pareció comprender el error—. Los Slaughter tuvieron que dividir su casa en dos. Compré la otra mitad.

La imagen que Sands tenía en su mente de una casa grande y tradicional junto al edificio ultramoderno de los Slaughter se hizo añicos al recordar el cascarón vacío frente a las habitaciones en las que habían estado viviendo los Slaughter.

—Ya veo.

—Mi marido murió. De este virus. Era médico. No sé, pensé que sería bueno para los niños mudarme aquí. No tenía ni idea de a dónde los llevaba...

—¿Por qué no nos reunimos? —sugirió Sands de repente —. Así podrá contármelo todo. Iré a verla.

* * *

Sands se puso un traje que hacía tiempo que no necesitaba. Notó que le quedaba diferente. Había adelgazado, aunque no era peso que necesitaba perder. Metió un cuaderno y un bolígrafo en una bolsa y salió cojeando hacia el coche.

Había hecho tan poco en los seis meses transcurridos

desde el tiroteo que la dirección de Lulworth seguía figurando en la lista de destinos recientes del GPS del vehículo. Mientras conducía por la carretera de la costa, recordó sus emociones la última vez que había hecho ese viaje. Horror ante la muerte de una niña, pero también emoción. El confuso cúmulo de culpa, alivio, miedo o lo que fuera que sentía por la enfermedad de su padre. Todo aquello parecía muy lejano, el mundo de hoy había cambiado por completo.

Cuando llegó al pueblo, lo encontró mucho más concurrido que en invierno. El enorme aparcamiento de la ladera de la colina estaba casi lleno: el confinamiento de principios de año había terminado y la gente estaba recuperando el tiempo perdido. El camino que llevaba a la cala estaba repleto de familias con cubos, palas y cestas de picnic. Se tomó un momento para aparcar y seguirlos hasta el borde de la cala. Nada parecía igual. El agua era acogedora en lugar de fría y gris pizarra. El verde de los acantilados era vibrante, sus laderas de tiza blanca brillaban bajo el sol de finales de verano. Giró a la derecha y vio el bloque modernista de la casa de los Slaughter en lo alto del acantilado. Hoy parecía aún más fuera de lugar que antes.

Al volver al coche, se cruzó con algunas personas. La miraban de la forma incómoda a la que se había acostumbrado, con curiosidad por su cojera, pero sin saber si debían sonreír con simpatía o fingir que no se habían dado cuenta. Ella les devolvió la mirada. Una mirada de «no te metas en lo que no te importa» que les hacía recapacitar enseguida.

Volvió a subir al Alfa y recorrió los últimos cientos de metros para visitar a Christine Harvey.

CAPÍTULO CUARENTA

HABÍA sitio para aparcar delante de la casa de los Slaughter, ya se lo había dicho Christine. Pero decidió no hacerlo por si los Slaughter recordaban qué coche tenía. En su lugar, giró a la derecha en lo alto de la colina, lejos de la casa de los Slaughter, y aparcó el coche en la cuneta donde no pudiera ser visto. Luego regresó y vio dos coches en la entrada, un Audi 4x4 blanco y un Fiat familiar rojo. Recordó que el Audi pertenecía a los Slaughter.

Christine le había explicado que ahora ocupaba el lado derecho de la casa y Sands vio que se había añadido una segunda puerta desde la última vez que estuvo allí. Se acercó a ella y observó una cámara de vigilancia situada sobre la puerta principal, que presumiblemente seguía perteneciendo a los Slaughter. Llamó al timbre y retrocedió para volver a mirar la cámara. No se había movido. Entonces se abrió la puerta y una mujer le hizo señas para que entrara. Era más joven de lo que Sands esperaba. No mucho mayor que ella.

—¿Inspectora Sands? Entre rápido, por favor.

Técnicamente, Sands no trabajaba como inspectora en ese preciso momento, pero prefirió no mencionarlo.

Las reformas en el interior estaban bien hechas. La casa se había dividido por la mitad, por el centro de su forma de U, de modo que el patio interior formaba ahora dos pequeñas zonas ajardinadas, separadas por un muro bajo y algunos arbustos, aún no bien establecidos. Christine la condujo hacia la derecha y, al igual que antes, el pasillo se abrió a una gran sala de estar diáfana, cuya pared frontal daba al océano. Aunque su piso tenía vistas al mar, el efecto aquí era mucho más espectacular.

—¿Perdón? —De repente se dio cuenta de que Christine le había estado hablando.

—¿Querías té? ¿Café?

—Té, por favor. —Sands sonrió. Volvió a la cocina y observó a la mujer mientras se movía. Decidió que había una cierta tristeza en ella. Se movía por la habitación como si estuviera derrotada—. He venido porque quería explicar el caso contra Michael Sopley —continuó Sands mientras Harvey preparaba el té.

—No puede vernos —dijo Christine de repente—. Nos veían cuando llegamos aquí, pero por fin he instalado las persianas, gracias a Dios. Llegaron esta semana. Las mantengo cerradas todo el tiempo.

Sands recorrió la sala con la mirada, tomándose un momento para comprender de qué estaba hablando. El salón tenía grandes ventanas laterales que habrían dado al patio y a la otra mitad de la casa de los Slaughter, de no haber estado cerradas con persianas blancas. Sands sospechaba que era una exageración, pero asintió y esperó a que Christine indicara dónde sentarse, en una mesa pequeña que parecía un poco barata para una habitación tan bonita. Rechazó la leche y colocó el té delante de ella.

—Debe darse cuenta de que no cabe ninguna duda de que Sopley fue responsable del asesinato de Emily Slaughter. Como ya expliqué por teléfono, llevé el caso hasta el momento en que falleció.

Christine asintió y bebió un sorbo de su propia bebida. Pero era evidente que no lo estaba asimilando. Sands continuó.

—En primer lugar, tenía antecedentes por delitos similares. Fue detenido varias veces por allanamiento de morada y una vez fue sorprendido dentro del dormitorio de una niña, colocando sus muñecas. —Sands mantuvo la mirada fija en Christine, frunciendo el ceño ante la falta de atención de esta—. Cuando Sopley irrumpió en la casa de al lado —hizo una pausa para mirar hacia las persianas—, no solo se llevó a Emily Slaughter, también se llevó su muñeca. No sabemos exactamente por qué, pero colocó la muñeca en su cuerpo. —Mientras hablaba, recordó la imagen de la muñeca en la cavidad del pecho de la niña, con los pies asomando. Dejó que el pensamiento perdurara un momento, como si quisiera examinarlo de nuevo, pero luego lo apartó—. No sabemos exactamente por qué, pero para él era una parte importante del crimen.

Christine bebió otro sorbo y Sands decidió sobresaltarla un poco, para ver si así se involucraba más en la conversación.

—La descuartizó, le abrió un agujero en el torso para poder colocar allí la muñeca. —Iba a continuar diciendo que, aunque nadie sabía por qué lo había hecho, era parte de una fantasía que tenía en la cabeza mientras cometía el asesinato.

Pero Christine la sorprendió de repente diciendo—: Igual que con el gato.

—¿Cómo?

Christine resopló.

—Lo del gato. Ya te lo conté, tenía las entrañas esparcidas por todas partes.

Sands hizo una pausa.

—No... Estoy hablando de Michael Sopley, Christine. Fue Sopley quien lo hizo.

—Eso es lo que tú dices. Pero ¿y si te equivocas? —No lo dijo de forma desafiante, sino en un tono completamente llano nada amenazador.

Sands lo intentó de nuevo y decidió tutearla.

—Hay otras pruebas. Muchas pruebas. ¿Te gustaría oírlas?

Los hombros de Christine se crisparon en lo que parecía un leve gesto de aceptación.

—Los dormitorios de esta casa están abajo ¿verdad? Tienen puertas correderas, aseguradas con cerraduras Bullion de tres puntos. —Sacó su teléfono y lo levantó para que Christine viera la fotografía. De nuevo, ella se encogió de hombros y asintió con la cabeza—. Son cerraduras muy seguras. Pero Sopley había trabajado como cerrajero, así que sabía exactamente cómo forzarlas. Fue una de las razones por la que eligió a los Slaughter. Eligió a Emy porque sabía que sería capaz de entrar en su habitación.

Christine no respondió. Al cabo de un rato, Sands apagó el teléfono y lo dejó sobre la mesa.

—Encontramos pruebas de ADN en el cuerpo de la chica que vinculan a Sopley con el crimen. Las posibilidades de que el material que encontramos en la pequeña provenga de otra persona son de cientos de millones contra uno, Christine. Es lo más cercano que podemos a estar seguros por completo.

Sands observó a Christine e intuyó que el poder de la lógica no era tan convincente para Christine como para ella.

—Estaba viendo a un especialista, un hombre que trabaja con pedófilos. Sopley le dijo que iba a probar una terapia para aliviar sus impulsos. Se basaba en nadar, meterse en agua fría todos los días. Por eso Sopley se mudó aquí, al refugio. Para estar cerca del océano y tratar de curarse. El problema es que todo eso no está basado en ciencia de verdad. No hay pruebas de que funcione, pero si Sopley creía que lo haría y por eso dejó de tomar la medicación que en realidad estaba amortiguando sus impulsos, quizás aquello permitió que se acumularan hasta que fueran demasiado fuertes para resistirlos. —Se detuvo. Estaba claro que esto no estaba funcionando. No entraba nada. Era como si la mujer hubiera levantado un muro a su alrededor, una defensa contra cualquier hecho que se opusiera a sus creencias. Entonces Christine empezó a llorar. Lágrimas gruesas y brillantes. No hizo ningún esfuerzo por secárselas.

Sands la observó, pero no hizo nada para consolarla.

—No me crees —dijo Christine tras haber llorado durante varios minutos. Finalmente, se secó la cara y miró a los ojos a Erica, casi desafiante.

—No es que no te crea —replicó Sands—. Es solo que estás equivocada. No estás aceptando la verdad, lo que muestran las pruebas.

—Las pruebas podrían estar equivocadas. —Christine levantó la vista de repente, sus ojos momentáneamente claros—. Están mal. Tienen que estar mal.

—No. Las pruebas son las pruebas —explicó Sands mientras negaba con la cabeza.

La mujer cerró los ojos, lo que hizo que saltaran las últimas lágrimas. Cuando volvió a abrirlos, tenía una mirada atormentada.

—Entonces, ¿no vas a ayudarme? —Era mitad pregunta, mitad afirmación, y Sands estuvo a punto de estar de acuerdo con ella, pero algo en la mujer que tenía delante le generaba cierto grado de compasión. Respiró hondo.

—Probablemente haya una explicación sencilla para todo esto... —empezó, y luego se dio cuenta de que no sabía cuál era tal explicación. Así que volvió a callarse.

—¿Tienes hijos, inspectora? —preguntó Christine de repente.

—No.

—Yo tengo una hija —continuó, con los ojos enrojecidos

e hinchados. Levantó la vista hacia una fotografía de una niña que colgaba de la pared—. Ahora tiene nueve años. La misma edad que habría tenido Emy si no la hubieran matado.

Sands tardó un rato, pero miró la fotografía y asintió.

—Supongo que eso es lo que te preocupa. Te has mudado a la casa de al lado de donde secuestraron y asesinaron a una niña de la misma edad que tu hija. Supongo que no lo sabías de antemano. ¿No sabías nada cuando compraste la casa?

Christine negó con la cabeza.

—Eso es lamentable. Deberían haberte informado.

Christine asintió esta vez.

—Supongo que es bastante normal que te preocupes —dijo Sands con rigidez. Dio un sorbo a su té—. Pero eso no cambia las pruebas. No ha habido ningún error.

Christine volvía a llorar y Sands la observó resoplar unos instantes antes de apartar la vista para mirar el mar por la amplia ventana delantera. La vista de hoy era muy diferente a la que había tenido antes en el edificio. Las nubes flotaban sobre el agua, proyectando sombras que interrumpían el resplandor blanquiazul.

—¿Y si habéis cometido un error? —insistió Christine.

Sands no dijo nada mientras miraba a su alrededor y observaba la imagen espectacular de la sala de los Slaughter.

—Podrías mudarte —sugirió en voz baja—. No es que sea una obligación, pero escapar de estas circunstancias igual te ayuda.

Christine negó con la cabeza.

—Un lugar como este se vendería muy bien...

—No puedo.

—¿Por qué no?

Christine respiró hondo y, en apariencia, parecía más centrada, más racional.

—He trasladado a los niños una vez. Parecen asentados. No quiero moverlos otra vez. —Sands esperó, entreviendo la verdad a través de la excusa de la madre.

—Pagaste demasiado por la casa. Un estudio que leí decía que los edificios asociados con asesinatos se valoran un promedio de diecisiete por ciento menos que propiedades similares, con una reducción aún mayor para los casos de alto perfil. Como no sabías nada del asesinato, pagaste de más. —Sands se encogió de hombros—. Acéptalo. Asume la pérdida y sigue adelante. Tu bienestar es más importante.

Christine pareció sorprendida y enfadada por un momento, pero luego asintió.

—Pagué un millón y medio. No sé lo que valdrá en realidad.

Sands pensó «no tanto».

Las siguientes palabras de Christine la sorprendieron.

—Además. Si vendemos la casa él lo sabrá. Sabrá que lo sé.

Aunque no entendía muy bien por qué, un escalofrío recorrió la espalda de Sands al oír a Christine decir aquello.

—No lo sabrá, Christine. No lo sabrá porque él no mató a su hija, así que no hay nada que saber. En el peor de los casos, igual llega a creer que sospechas de él, y eso podría dificultar las relaciones hasta que se haga la mudanza. Pero no hará nada, porque no es un asesino.

Hubo un largo silencio mientras Christine parecía considerar sus palabras. Pero para cuando volvió a hablar, estaba de nuevo a la deriva de sus temores.

—¿Y la gata? Si no es un asesino, ¿por qué mató a la gata de la vecina?

Sands no tenía respuesta para eso. Al menos, todavía no. Pero se le ocurrió una idea que podía cambiar eso.

* * *

Era un gran paso atrás con respecto a su último caso, pero, por otro lado, era un gran paso adelante con respecto a lo que estaba haciendo ahora: revisar casos antiguos y polvorientos que ya se habían resuelto. Y puesto que aún no se sabía nada de la investigación sobre su conducta, ni siquiera una fecha para la vista, ¿cuánto daño podía hacer ayudando a disipar los temores de esa mujer?

—Quizás pueda investigar qué le pasó a la gata. ¿Alguien más lo vio? ¿Hay alguien con quien pueda hablar?

—No. Ya había desaparecido cuando llegó la policía, los basureros habían vaciado los contenedores.

Sands asintió con la cabeza.

—Bueno, tal vez podría hablar con los hombres que vaciaron los contenedores. Es probable que se dieran cuenta si hubieran tirado un animal muerto de esa manera.

Vio cómo Christine se lo pensaba.

—No, la policía ya preguntó. Dijeron que no vieron nada.

—¿Pensaste en hacer alguna fotografía?

Christine negó con la cabeza.

—¿Así que nadie lo vio? ¿Solo tú?

La mujer asintió. Sands reflexionó.

—Christine, ¿notaste mi cojera cuando entré aquí?

Christine levantó la vista, sorprendida, pero volvió a asentir.

—Antes de que mataran a Sopley, él me disparó. En el fuego cruzado. Puedo caminar, pero por el momento no puedo correr o moverme rápido. Pero tengo sueños. Sueños en los que corro, feliz y libre. Y parecen tan reales. A veces me despierto y no me puedo creer que no fuera real, que todavía no pueda moverme bien. Y a veces Christine, a veces esos sueños ocurren de día. Pero cada vez que intento moverme rápido, ¿sabes lo que pasa?

Christine negó con la cabeza.

—Mis piernas me devuelven a la realidad. Eso es lo que

pasa. —Sands hizo una pausa—. Tú no tienes eso, Christine. No tienes ese vínculo con la realidad, que te trae de vuelta.

Christine se limitó a mirar, con el pecho subiendo y bajando rápidamente.

—Pero eso no es culpa tuya. Has estado bajo una tremenda presión. Todos lo hemos estado, con esta pandemia. Ha sido el año más horrible de la historia. Además de eso, tu marido murió. Te has mudado. Todos estos eventos te han puesto bajo mucha presión... No hay nada de malo en admitir que te está afectando.

Christine se quedó mirando.

—¿Estás segura, cien por cien segura, de que había una gata en el contenedor? ¿Una gata que nadie más vio?

—¿Crees que me lo he imaginado? —Christine se quedó con la boca abierta.

Sands suspiró.

—No lo sé. Pero como investigadora, es una posibilidad que tengo que considerar. Porque sé que la gente bajo presión imagina cosas.

—Pero y la sangre donde la mató. También vi la sangre.

—¿Puedes enseñármelo?

—No. Ya no está. Se la llevó la lluvia… —Miró por la ventana hacia el mar. Cuando miró hacia atrás, le temblaba el labio—. Tengo que recoger a mi hija de la escuela.

—Vale —asintió Sands. No había ninguna ayuda que pudiera ofrecer aquí, nada que investigar, pero tal vez había hecho algo bueno de todos modos. De cualquier manera, este era el momento de salir de allí, con delicadeza y decisión.

—¿Qué hay de su coartada? —interrumpió Christine.

Aquello desconcertó a Sands.

—¿La coartada de quién?

—El tipo ese Michael Sopley, el vagabundo del que sigues hablando. Tenía una coartada.

Por un segundo, la mente de Sands dio vueltas,

buscando en lo que había podido reconstruir del archivo, referenciado y ordenado en su mente, pero se quedó en blanco.

—¿Qué coartada? ¿De qué estás hablando?

—¡Su coartada! —La cara de Christine se torció de fastidio. Se levantó de golpe y empezó a levantar sobres y libros infantiles para colorear, hasta que por fin encontró un iPad—. Aquí está. —Se concentró en la pantalla durante un rato, deslizando y pulsando—. Mira.

Le entregó el aparato y Sands leyó el texto en la pantalla. Por primera vez se preguntó si no se habría equivocado.

CAPÍTULO CUARENTA Y UNO

—¿QUÉ es esto? ¿El periódico local?

Le había mostrado la sección de comentarios de una noticia y se desplazó hacia arriba por la página, intentando llegar a la parte superior y averiguar qué estaba mirando.

—¡No! Está en los comentarios. Lee los comentarios. —Christine cogió de nuevo el iPad y volvió a desplazarse hacia abajo, mirando fijamente la pantalla hasta que encontró el mismo lugar. Había cientos de comentarios.

Creo que ese tal Slaughter es culpable.
¿Cómo puede alguien dejar que entren en su casa y se lleven a su hija? ¿Cómo de terrible tienes que ser como padre para hacer eso?
Rodney Slaughter es más culpable que todas las cosas.
Espero que se pudra en el infierno.

—Christine, esto es… no deberías leer este tipo de cosas.

—No toda la gente está loca. Lee lo de la coartada.

Sands volvió a coger el iPad y miró la pantalla con más atención.

—Tengo que ir a buscar a mi hija —volvió a decir

Christine. Sands levantó la vista y vio que tenía un juego de llaves del coche en la mano—. No te vayas a ninguna parte. Solo tardaré media hora.

—¿Qué? No, no puedo quedarme...

—No seas tonta. Lee el artículo. Tardaré unos treinta minutos.

—Christine, no puedo quedarme en tu casa mientras no estás aquí.

—Léelo. Por favor. —Christine mostró una extraña y desesperada sonrisa—. Tengo que irme o llegaré tarde a recoger a Molly. —Entonces, antes de que Sands pudiera negarse de nuevo, Christine se puso en marcha a un ritmo más rápido de lo que ella podía igualar con su lesión.

Se levantó y dio un paso adelante, con una mueca de dolor en el costado. Después de estar sentada un rato, los músculos dañados de sus caderas se tensaban. Oyó abrirse y cerrarse la puerta principal. Al final, se sentó, suspiró con cierta pesadez y empezó a leer.

Retrocedió hasta la parte superior del periódico para ver los comentarios relacionados con un artículo del *South-West Star* escrito pocos días después de que se descubriera el cadáver de Emily. El artículo era preciso en su mayor parte, centrándose en el tiroteo de Sopley, las muertes de los agentes Roper y Jones, y su propia implicación. Pero era evidente que los comentarios a continuación abrían la veda para los lunáticos. La página no estaba moderada; había una cláusula de exención de responsabilidad al respecto, en la que se indicaba que las opiniones publicadas en el forum no eran de los periodistas ni del periódico al que representaban. Obviamente, eran mentiras y tonterías. Pero mientras leía, Sands llegó a la parte que le interesaba a Christine.

TruBrit_Truegrit: Michael Sopley es una escoria malvada. El infierno es demasiado bueno para él. ¡¡¡Se acabó!!!

LindaBear87: eso no es verdad. Michael Sopley fue asesinado por la policía para encubrir sus falsas acusaciones de haber matado a esa chica. Él no lo hizo.
TruBrit_Truegrit: ¿Ah sí? ¿Y sabes más que la policía? *gilipollas*
LindaBear87: Sí. Da la casualidad de que yo sé más que la policía.
TruBrit_Truegrit: ¿Por qué?

A continuación, el mismo contribuyente había respondido a su propio comentario.

TruBrit_Truegrit: ¿Te has quedado callado? Sabía que estabas lleno de eso. #pedófilobasura.
LindaBear87: Lo sé porque era mi novio y estuvo conmigo toda la noche. Tenía una coartada. Así que no pudo haberlo hecho ¿no? Puto genio.

En ese momento ya habían intervenido otros usuarios, aunque sus comentarios y respuestas no parecían relevantes. Sands buscó en el resto de la sección de comentarios, pero no pudo encontrar más mensajes del usuario LindaBear87.

Pensó en lo que eso significaba. Nada de esto tendría peso en una investigación real, pero, al mismo tiempo, le hizo plantearse una pregunta. Antes de que pudiera contenerse, cogió su móvil y marcó el número de John Lindham. No habían hablado desde que la advirtiera de que no podría hablar con ella del caso.

—Jefa —su voz sonaba cautelosa.

—Tengo una pregunta sobre el caso Sopley.

Hubo una pausa seguido de un sonoro suspiro.

—Sabes que no puedo...

—¿Todavía tienes el expediente? Sé que está cerrado.

Otra pausa, y cuando volvió a hablar, sonaba frustrado.

—No. Está todo resuelto. No hay caso...

—¿Encontraste algo sobre una coartada de Sopley?

Lindham se detuvo.

—¿Una coartada?

—Sí.

Una pausa.

—Jefa, estaba muerto. ¿Cómo iba a darnos una coartada?

Sands se mordió el labio, irritada.

—¿Entonces no mirasteis nada? ¿No preguntasteis por ahí a ver si alguien afirmaba haber estado con él cuando se llevaron a la hija de los Slaughter?

Casi podía oír su confusión a través de la línea telefónica.

—¿Por qué haríamos eso?

—¿Por qué haríais eso? —repitió ella, sin poder evitar la sorpresa y la irritación en su voz—. ¿Por qué narices no lo haríais?

—No era necesario. El informe de la científica lo situó en la escena del crimen, sus antecedentes coincidían perfectamente con el *modus operandi* y su huida confirmó su culpabilidad...

—Si tenía coartada él no lo hizo.

—No tenía coartada.

—¿Cómo lo sabes, si ni siquiera miraste?

Hubo otra pausa mientras Lindham asimilaba la lógica. Cuando respondió, su voz sonaba enfadada.

—Mira jefa, fuiste tú quien dio con Sopley. Yo solo me puse a cargo del caso después de que todo se fuera a la mierda en aquella granja. Así que si tienes un problema ahora, quizás deberías tener esta conversación con el jefe.

Sands no respondió. Sabía que eso no iba a ocurrir. Lindham continuó, esta vez más conciliador.

—Lo siento, jefa, pero ya sabes cómo son las cosas. Dos

hombres murieron, buenos agentes. Y hay quien dice que eso solo ocurrió por la forma en que entraste a la carga. No sé si eso es cierto, yo no estaba allí. Pero estoy seguro de que ir por ahí cuestionando si Sopley es nuestro hombre no va a ayudar a nadie. Es mejor dejar las cosas estar, mucho mejor.

—Creo que es mejor que descubramos la verdad —replicó Sands con frialdad—. ¿No es ese nuestro trabajo?

—Es mi trabajo, pero no creo que sea el tuyo. Al menos mientras estés suspendida. Así que sea lo que sea lo que estás haciendo, no deberías estar haciéndolo. Y si sigues con ello, voy a tener que denunciarte.

Sands respiró hondo. Durante unos segundos visualizó lo que ocurría en el MID sin su influencia. No le gustó nada la idea.

—Vale, solo te pido que me digas una cosa. ¿Sopley tenía novia? ¿Alguien con quien pudiera haber pasado la noche, alguien se topó con una tal Linda?

Lindham tardó en contestar. Cuando lo hizo, su enfado se había transformado en resignación.

—No lo sé, jefa. Que yo sepa nadie lo ha comprobado.

CAPÍTULO CUARENTA Y DOS

SANDS SE SEPARÓ el teléfono de la oreja con lentitud mientras contemplaba su respuesta. Lindham tenía razón, por supuesto. No debería estar investigando y si él cumplía su amenaza de denunciarlo se metería en un buen lío. Pero, al mismo tiempo, sus palabras la inquietaban.

Se levantó y se estiró, masajeándose los músculos, antes de acercarse a la ventana y levantar un poco las persianas. Al otro lado del patio se veía la casa de los Slaughter. Era media tarde y, al cabo de unos instantes, pudo comprobar que no había nadie. Levantó un poco más las persianas para ver mejor. La sala no parecía muy diferente a la última vez que había estado allí, cuando tuvo que informar a la pareja de la muerte de su hija. Conservaba el mismo aspecto minimalista con la misma mesa de comedor gigante de cristal verde.

Bajó las persianas y reflexionó. Se le ocurrió que la acción de Christine de cubrir las ventanas era un poco excesiva. Era cierto que las casas daban la una a la otra pero ¿era acaso peor que el hecho de que los vecinos de Sands pudieran ver ciertas habitaciones de su piso?

Volvió a la mesa de la cocina para examinar con

detenimiento los papeles y sobres que habían dejado allí. Había facturas de la luz, del agua, una carta de un banco acusando recibo de un cambio de dirección. Nada fuera de lo común. Echó un vistazo a los dibujos que presumiblemente había hecho la niña: figuras femeninas con alas que supuso que eran hadas. Giró el papel para identificar un animal dibujado en un lateral: ¿una jirafa, tal vez? No parecía muy feliz, fuera lo que fuese. Abrió los cajones de la cocina y vio cubiertos, salvamanteles y servilletas, nada revelador. Chasqueó la lengua. Christine y su familia acababan de mudarse, no habían tenido tiempo suficiente para dejar su impronta en el lugar.

Recordó cómo la casa de los Slaughter estaba dispuesta al revés. Rodney tenía un pequeño despacho en casa. Tal vez Christine había hecho lo mismo. No buscaba nada en particular, solo quería conocer a aquella mujer que había sacado a la luz una duda razonable. Y aunque no tenía derecho a registrar la casa, la habían invitado a entrar, así que no había ningún obstáculo legal. Consultó su reloj. Aún le quedaban diez minutos antes de que volviera Christine. Dudaba que llegara pronto: ya sabría la rutina de recoger a su hija y cuánto tardaría. Así que Sands bajó las escaleras y se dirigió al pasillo inferior, idéntico pero opuesto al que había visto en casa de los Slaughter.

La primera habitación era un dormitorio infantil, extrañamente parecido al de Emily Slaughter. Las paredes tenían el mismo color rosa claro, por lo que Sands supuso que los Slaughter lo habían pintado ellos mismos, una vez que supieron que una familia con una hija iba a comprar la casa. Las mismas puertas francesas correderas, con la misma marca de cerradura, aunque aquí la manilla había sido atada burdamente con una cuerda para que no pudiera abrirse. Sands miró rápidamente a su alrededor, no vio nada fuera de lo común y retrocedió para continuar por el pasillo.

La puerta de la habitación contigua estaba cerrada.

Sands vaciló un poco. Pensó en ponerse un par de guantes forenses para no dejar huellas, pero descartó la idea. En su lugar, se cubrió la mano con la manga, utilizando el material como barrera entre su piel y el picaporte. Empujó la puerta y vio la que debía de ser la habitación de Christine. Aún no había terminado la mudanza. Había cajas en el suelo y bolsas de plástico negro llenas de ropa y perchas que estiraban el fino material de las bolsas y en algunos sitios hacían agujeros.

La decoración aquí era neutra, un lienzo en blanco con el que Christine aún no había hecho nada. Sands se echó atrás y pasó a la siguiente puerta. Esta habitación también estaba llena de cajas de cartón. Una cama desnuda sugería que era una habitación de invitados inacabada. Eso significaba que la última habitación del pasillo pertenecía al hijo de Christine, el adolescente, lo que a su vez significaba que no había despacho en casa donde husmear. Un poco decepcionada, Sands se dirigió a la última puerta para ver si su razonamiento era correcto.

Lo era. Parecía que el chico había pasado tiempo decorando la habitación a su gusto. Había dos pósteres en las paredes: uno de un grupo de música de aspecto gótico que Sands no reconoció y otro que mostraba una joven modelo en ropa interior. La habitación en sí estaba limpia y ordenada. Había un ordenador portátil y una pila de papeles en un escritorio junto a la ventana. Le llamó la atención algo que colgaba de una estantería, pero antes de que pudiera identificar lo que era, se dio cuenta de que el portátil estaba encendido y su pantalla se reflejaba en la ventana. Segundos después, oyó la cisterna de un inodoro procedente de lo que debía de ser un cuarto de baño privado. Se vieron de inmediato y ambos se detuvieron, atónitos. Sands tenía un pie en el dormitorio del chico y el otro en el pasillo.

—¿Quién eres? —Estaba claramente asustado. Vio cómo

sus ojos se deslizaban por el suelo y se posaban en un bate de críquet que asomaba de una bolsa. Lo miró como si fuera a necesitarlo para defenderse. Sands sintió que el corazón le latía con fuerza.

—No pasa nada. Soy amiga de tu madre —respondió al tiempo que levantaba las manos en un gesto tranquilizador.

—Mi madre ha salido —dijo el chico, nervioso—, se ha ido a buscar a Molly.

—Ya lo sé. Yo estaba... Solo estoy esperándola. Estaba buscando el baño.

Era evidente que el chico no la creía y Sands se dio cuenta de que tendría que decirle algo más.

—Hay un baño arriba, al lado del pasillo —explicó el chico aún con ojos en el bate.

Sands asintió y sonrió, sobre todo al recordar que había estado a punto de ponerse los guantes de forense. Eso sí que lo habría asustado.

—Lo siento, tienes razón. —Se detuvo—. En realidad, no estoy siendo del todo sincera contigo. —Sands hizo una pausa y trató de sonreír con complicidad. Pero el miedo en el rostro del chaval solo se transformó un poco en confusión.

Sands por su parte seguía sonriendo.

—Tu madre salió a buscar a Molly, pero aún no me ha enseñado la casa. Y me puse... bueno, a cotillear un poco. —Arrugó la nariz—. Es una casa tan bonita. Tenía curiosidad.

El chico se miraba ahora los pies.

—Tú debes de ser Ryan ¿no? —continuó Sands—. Yo me llamo Erica.

—Solo estaba haciendo los deberes —dijo el chico con cierta falta de convicción. Cuando sus palabras incitaron a Sands a mirar hacia su portátil, el pobre chaval enrojeció de repente. Sands no veía la pantalla directamente, pero se dio cuenta de que podía ver lo esencial reflejado en la ventana. Mostraba a otra joven modelo, esta vez sin ropa interior y con las piernas bastante más abiertas de lo que Sands era capaz de conseguir en su estado.

El chico cruzó rápidamente la habitación y bajó la tapa para cerrar el portátil. Ella volvió a sonreír y retrocedió un poco más fuera de la habitación.

—Bueno, te dejo que sigas con lo tuyo. Siento haberte molestado. —Lo miró, esperando que su rostro enrojeciera aún más. En su lugar, se encontró con que la miraba con interés.

—¿Qué te ha pasado? —preguntó.

—¿A qué te refieres?

—A tu cojera.

Sands reflexionó unos instantes.

—Tuve un accidente de coche, un conductor borracho.

El chico se lo pensó antes de preguntar—: ¿De qué conoces a mi madre?

Sands abrió la boca para contestar, pero le salvó el sonido de la llave en la puerta principal.

—Venga, te dejo —repitió, y subió cojeando las escaleras.

—¿Lo has leído? ¿Has visto lo de la coartada? —preguntó Christine una vez que hubo instalado a Molly frente al televisor de su dormitorio.

—Sí. —Sands había decidido lo que quería decir—. Es interesante, pero solo porque alguien publique algo en Internet no quiere decir que sea una prueba de verdad. —Esperaba que esto fuera suficiente para zanjar el asunto, pero Christine enunció la misma cuestión que preocupaba a Sands.

—¿Alguien lo comprobó entonces? ¿Buscaron a la tal «Lindabear» para averiguar a qué se refería?

Sands vaciló lo suficiente para que Christine intuyera la respuesta.

—Ah —dijo sin más—. Bueno, deberían haberlo hecho ¿no? Quiero decir, ¿no es lo menos que deberían hacer? ¿No probaría... que Rodney pudo haberlo hecho, después de todo?

Sands negó con la cabeza antes de responder—: Seguramente no sea cierto. Es solo una persona anónima en Internet.

Christine respiró hondo y bajó la cabeza. Parecía que quería creer, desesperadamente, pero no lo conseguía.

—Quizá pueda hacer algo —dijo Sands. Esta vez, los ojos de Christine se llenaron de esperanza—. Esta LindaBear... casi seguro que es alguien que se inventa tonterías para dar cuerda a la gente en Internet o parecer más importante de lo que en realidad es. Pero podría comprobarlo.

—¿De verdad? ¿Lo harás?

Sands se sintió un poco incómoda ante la mirada desesperada de la mujer y asintió mientras se levantaba para irse.

—No prometo nada. Es una posibilidad remota, pero lo intentaré.

CAPÍTULO CUARENTA Y TRES

SEGÚN SE ALEJABA de la casa, Sands se negó a considerar si lo que iba a hacer era una buena idea, y pensó en cambio en Christine y sus dos hijos, que vivían tan cerca de donde habían secuestrado a Emily Slaughter. No era de extrañar que necesitaran ayuda.

Tomó la misma carretera de Wareham por la que había conducido aquellos meses atrás. Ni siquiera sabía si el centro St Austells seguía abierto. Podía haber cerrado por razones del covid, o tal vez porque uno de sus residentes había resultado ser un asesino. Pero cuando atravesó la entrada de ladrillo rojo, todo parecía exactamente igual. El microbús con la inscripción St Austells en el lateral estaba aparcado en el mismo sitio, el coche sin ruedas seguía sobre los ladrillos, aunque la maleza que crecía a su alrededor parecía mucho más alta.

La puerta principal estaba abierta, igual que antes. Estaba a punto de entrar a empujones cuando se detuvo, recordando que, debido a su suspensión, debía ir con cuidado. Llamó a la puerta y esperó a que le abriera la misma mujer que la última vez.

—Hola. Eres Wendy, ¿verdad?

La mujer le devolvió la mirada.

—Me acuerdo de ti. Eres la agente a la que dispararon.

—Así es —asintió Sands—. ¿Está tu jefe? Necesito hacerle un par de preguntas. —Sintió que su mano buscaba automáticamente la placa que no encontraría en su bolsillo y se detuvo con una breve sonrisa. Esperaba que la mujer no pidiera verla.

—Creía que ya habíais cerrado el caso.

—Casi —respondió Sands, intentando ofrecer una sonrisa un poco más sincera—. Solo tengo un par de cabos sueltos que aclarar.

Wendy no le pidió ver su placa de identidad. En su lugar, la condujo por el pasillo hasta el despacho donde Golding y ella habían conocido a Julian Pink seis meses antes. El lugar seguía oliendo mal, pero menos. Wendy llamó a la puerta, la abrió sin esperar respuesta y se inclinó hacia ella, susurrando para que Sands no pudiera oír lo que decía. Después dio un paso atrás.

—El señor Pink la recibirá ahora —anunció y vio cómo Sands entraba cojeando en la oficina.

Julian Pink siguió tecleando algo en su ordenador durante un rato antes de levantar la vista.

—Estoy seguro de que he contestado a todas las preguntas al menos cinco veces. El centro no puede ser responsable de las acciones de un hombre...

Sands se apresuró a interrumpirle.

—Siento molestarle de nuevo, señor Pink. —Intentó esbozar una sonrisa tranquilizadora, pero no era una expresión que le saliera de manera muy natural—. Estoy segura de que todo este asunto ha sido un gran trastorno.

Él la miró con el ceño fruncido, estaba claro que no se esperaba ese cambio de actitud.

—¿Dónde está el otro?

—¿Perdón?

—La última vez que estuvo aquí había otro agente con usted. Y los que han venido después siempre lo han hecho de dos en dos.

—Estoy trabajando independientemente del subinspector Golding, si a eso se refiere. Solo estoy siguiendo unos pequeños puntos.

—Pensé que estaba todo hecho. A Sopley nunca se le debería haber permitido venir aquí. Fue todo culpa vuestra.

Sands volvió a sonreír para demostrar que no lo dudaba. Al cabo de un rato, Pink suspiró.

—Adelante entonces. —Le tendió la mano invitándola a sentarse—. ¿Qué pasa esta vez?

Sands tomó asiento antes de hablar.

—Tengo entendido que Michael Sopley tuvo una novia mientras estuvo aquí en St Austells. Una mujer llamada Linda.

Pink se rascó la cabeza un segundo y luego se encogió de hombros.

—No lo sé. Puede que sí.

Sands recordó el nombre de usuario de la mujer, y concretamente la fecha.

—Probablemente tendría treinta y pocos años, creo. Su fecha de nacimiento es 1987. Estoy intentando localizarla, tengo algunas preguntas que hacerle.

Pink seguía con la mirada perdida.

—No lo sé. Nunca lo vi con nadie. —Su fastidio parecía haberse transformado en aburrimiento.

—¿No tiene a nadie aquí alojado que se ajuste a esa descripción? ¿O lo tuvo cuando Sopley era residente?

—No. —No parecía tener nada que añadir.

—Bueno, ¿quizás es posible que Arthur recuerde algo? Arthur Josephs, el hombre con el que hablamos en la silla de ruedas.

—Lo dudo, inspectora. —Pink le dedicó una sonrisa de

suficiencia y satisfacción—. Arthur ha muerto. Se lo llevó la gangrena, como ya se veía venir.

Sands maldijo para sus adentros. Había temido que así fuera.

—¿Alguno de los demás residentes era amigo de Sopley? ¿Queda alguien aquí que podría saber si tenía novia?

Pink tardó un rato en decidir si iba a contestar o no. Al final optó por lo segundo, su expresión no dejaba lugar a dudas de que estaba encantado de no ser de ninguna ayuda. Sands se quedó callada un momento, deseando haber estado trabajando oficialmente para poder obligarle a tomarse esto más en serio. Pero al final decidió que no serviría para nada.

—Bueno, eso es todo. Gracias por su tiempo —dijo mientras se levantaba.

—Para nada. —Le sonrió y también se puso de pie—. Encantado de ayudar.

Al atravesar de nuevo la entrada del centro, Sands sintió que la cara se le calentaba un poco. En parte se debía a que la reunión había sido un tanto humillante, pero tenía más que ver con la irritación por no haber encontrado la información que buscaba. La otra forma de conseguirla era ir a la redacción del periódico y convencerles de que revelaran los datos de contacto de quienquiera que hubiera publicado bajo el nombre de LindaBear. En circunstancias normales, tendrían derecho a negárselos, y ahora podría desembocar en su suspensión.

Pero al llegar a la puerta principal se encontró con Wendy de pie, bloqueando la puerta, con indecisión en el rostro. Sands se detuvo, era incapaz de continuar sin apartarla físicamente.

—Ya me iba —explicó. La mujer apenas reaccionó—. ¿Wendy? ¿Querías algo?

Wendy miró detrás de Sands, como si temiera ver a

Julian Pink asomándose tras ella, pero el pasillo estaba vacío.

—No debería haber estado escuchando —dijo por fin—. Pero lo hice. Y sé quién es Linda. O mejor dicho, sé quién era.

CAPÍTULO CUARENTA Y CUATRO

SALIERON A LA ENTRADA, para que si Julian Pink salía de su despacho no pudiera verlas.

—¿Quién? —preguntó Sands.

—Nunca se quedó aquí. Pero a veces hacemos comidas para no residentes. Gente que necesita comida y no puede conseguirla en ningún otro sitio. Linda vino algunas veces. Creo que ahí conoció a Sopley.

—¿Dijiste que sabías quién era? ¿En pasado?

Una pausa. Los ojos de Wendy temblaron.

—Se suicidó.

Sands asintió con lentitud antes de preguntar—: ¿Cuándo?

—Unas semanas después de lo de Sopley. Supongo que no pudo soportarlo. Todo el odio que estaba recibiendo, después de lo que pasó.

Sands buscó un cuaderno en su bolso.

—¿Tienes su apellido?

Wendy negó con la cabeza.

—No estoy segura, era Cole o Collins o algo así. Pero conozco a alguien que la conocía mejor. Ella lo sabrá.

Sands levantó la vista, esperando.

—Una chica del pueblo que se llama Kelly O'Reilly. Compartían casa en Poole.

—¿Sabes la dirección?

—La saqué del ordenador mientras hablabas con Julian.

Los labios de Sands se curvaron en una sonrisa mientras lo anotaba.

—Gracias.

* * *

Introdujo la calle en el GPS del coche y llegó en veinte minutos. O'Reilly vivía en una pequeña casa adosada en un feo barrio a las afueras de Poole. Estaba a años luz de la belleza de postal que rodeaba el refugio de St Austells. Sands salió del coche y cerró con llave. Cuando miró a la casa, oscura por dentro, incluso con la noche acercándose rápidamente, no parecía que hubiera nadie. De todos modos, llamó a la puerta para asegurarse y, para su sorpresa, oyó ruidos y luego gritos de enfado. Volvió a llamar.

La puerta se abrió y una mujer extremadamente delgada y pálida, con el pelo negro y sucio la miró con desparpajo.

—¿Qué pasa?

Sands se dio cuenta de que tenía un pendiente en la lengua. Detrás de ella, el lúgubre pasillo estaba iluminado por una única vela que parpadeaba y que casi se apaga con la brisa de la puerta.

—¿Kelly O'Reilly?

La mujer miró a Sands de arriba abajo, con el rostro torcido en una mueca de desprecio.

—Depende de quién pregunte y de por qué estás armando tanto jaleo. —Tenía el cuerpo tenso, los dedos flexionados en el borde de la puerta, las uñas mordidas y agrietadas. Parecía a punto de cerrarla de un portazo. Sands abandonó sus planes de preguntar por Sopley.

—¿Por qué está a oscuras? —preguntó en su lugar.

—¿Qué? —La ira cambió a confusión en el rostro de la mujer—. ¿Quién eres?

—¿Le han cortado la luz?

—¿Y a ti qué te importa?

—¿Cuándo lo hicieron?

—No lo sé. —Parecía perpleja—. La semana pasada, no me acuerdo. ¿Quién cojones eres?

—¿Le han dicho cuando restablecerán la conexión?

La mujer se quedó mirándola un momento antes de contestar—: No.

—Porque tienen que hacerlo, es la ley. Si sus ingresos son inferiores al sesenta por ciento de la media nacional y sufre una discapacidad reconocida, como una drogadicción por ejemplo, es ilegal dejarle sin luz ni agua. Puedo ayudar a redactar una carta. Si la envía, estarán obligados a hacer la reconexión en cuarenta y ocho horas. También le compensarán económicamente por el tiempo que ha estado sin suministro. Será una cantidad importante, varios cientos de libras por día.

En el rostro de la mujer parecían fluir una gama de emociones, primero furia, presumiblemente por la acusación de que fuera drogadicta, pero luego una mirada más pragmática. Después de todo, era una gran consumidora de heroína.

—¿Eso es verdad? —preguntó—. ¿Lo de la ley y todo eso?

—Sí.

—¿Cómo lo sabes? ¿Quién eres?

—Soy inspectora de policía. Es mi trabajo saber estas cosas.

La mueca de desprecio volvió al rostro de la mujer.

—¿Policía?

—Así es.

—Lo sabía.

Sands no dijo nada y al cabo de un rato la mujer se encogió de hombros.

—¿Y has venido aquí para preguntarme sobre mi conexión de electricidad?

—No —dijo Sands mientras negaba con la cabeza—. Estoy aquí porque estoy investigando las circunstancias que rodearon la muerte de Michael Sopley. He venido a verla porque creo que puede que lo conociera, o que conociera a alguien que lo conocía. Una mujer llamada Linda. Linda Cole, o Collins.

Durante unos segundos la mujer no contestó.

—Kline. Estás hablando de Linda Kline. Y supongo que nadie va a investigar su muerte, ¿a qué no?

—No lo sé. ¿Deberían?

Kelly la miró y luego apartó la vista, con el asco escrito en el rostro.

—¿Tiene hambre? —preguntó Sands de repente—. ¿Puedo traer algo de comer?

—¿Cómo dices?

—Yo tengo hambre y parece que usted también. ¿Quiere comer algo? Pago yo.

—¿Lo dices en serio?

Le costó un poco convencerla, pero Sands consiguió que saliera de casa y subiera al coche. Luego condujo unos kilómetros hasta un barrio más acomodado de la ciudad a un restaurante italiano que conocía. Sands la llevó a una mesa al fondo, donde nadie se quedaría mirando a Kelly y donde tampoco pudieran seguir su conversación.

—Este pueblo se está yendo al carajo —dijo Kelly después de mirar el menú—. Todo lleno de platos veganos y humus de mierda. —Cuando se acercó la camarera, pidió una lasaña con patatas fritas. Sands pidió lo mismo.

—Y dos ensaladas también —añadió Sands como si se le acabara de ocurrir—. Seguramente debería comer algo verde —dijo a modo de explicación.

—Tú come lo que quieras. Yo no pienso tocar la lechuga —respondió Kelly.

Mientras esperaban, Sands sacó una página de su cuaderno y escribió un párrafo en el que citaba la normativa relativa al suministro eléctrico doméstico. Cuando terminó, lo arrancó.

—Cópielo en un folio de papel limpio y añada las fechas en que le cortaron el suministro. Tendrán que compensarla.

Kelly lo leyó y miró a Sands.

—¿Sabes todo eso, sin tener que buscarlo?

—Sí.

Kelly dobló el papel y se lo metió en el bolsillo de los vaqueros.

—Sé quién eres —dijo un momento después—. Por tu cojera. Tú eres a quien dispararon. Cuando mataron a Mike.

—Así es —asintió Sands.

—¿Qué es lo que quieres?

—Estoy siguiendo cabos sueltos. Sobre Mike y Linda.

Kelly resopló.

—Cabos sueltos. ¿Eso es lo que Linda es para vosotros?

—Aún no lo sé. Espero que pueda aclarármelo.

Kelly negó con la cabeza. Hizo una pausa cuando la camarera volvió con la comida y ambas guardaron silencio mientras les ponían los platos delante. Sands esperó hasta que la camarera se hubo marchado y Kelly hubo comido un poco.

—Linda dejó un mensaje en un foro de un periódico. Dijo que estuvo con Sopley la noche que se llevaron a la chica.

Kelly masticó y tragó.

—¿Ah sí?

—Sí. ¿Sabe algo al respecto?

—¿Sobre Linda publicando en algún sitio de internet? No.

—¿Y sobre que estaba con Michael Sopley la noche de la

muerte de Emily Slaughter?

Kelly cortó otra esquina de la lasaña y se la metió en la boca.

—Más vale tarde que nunca, ¿eh? —dijo cuando hubo tragado de nuevo—. Cabrones, teníais tanta prisa por arrestar a Mike que se os olvidó comprobar si podía haber sido él.

Sands inhaló con lentitud, recordando aquel día e incluso considerando que había cierta validez en lo que decía aquella mujer. Pero lo habrían comprobado. Una vez que hubieran arrestado a Sopley, lo habrían comprobado. Al menos, lo habrían hecho si ella hubiera estado al mando.

—¿Se lo contó ella?

—Apenas importa, ¿no? Lo que yo diga no va a cambiar nada ahora que ambos están muertos.

Sands tomó un bocado de su propia comida y masticó mientras reflexionaba.

—No sé si cambiará algo —dijo cuando terminó de masticar—. Hasta que no me diga lo que sabe es imposible saberlo. —Dio otro mordisco.

Kelly apartó la mirada, pero cuando volvió a mirarla le brillaban los ojos.

—Así que quieres oírlo por fin. De repente a alguien le importa una mierda.

Sands masticó y esperó.

Kelly tardó unos instantes en serenarse antes de continuar.

—Linda murió de una sobredosis. —Ladeó la cabeza—. La encontré muerta en su cama, con vómito por todas las sábanas. —Su cara volvió a estremecerse y se secó lágrimas que no estaban allí.

—¿Heroína?

Kelly asintió y Sands la observó.

—¿Accidente o deliberado?

—No sé. Normalmente nos metíamos juntas, ¿entiendes?

—Miró a Sands, como si de verdad fuera a entenderla. Sands le sostuvo la mirada hasta que Kelly apartó la vista—. Pero tal vez quería estar sola. Después de lo de Mike. O tal vez quería... escapar de todo. —Kelly miró hacia otro lado y luego hacia atrás—. No lo sé. No me lo dijo, y era mi amiga, ¿sabes?

—¿Le contó lo que pasó la noche en que Sopley murió? —preguntó Sands después de un rato. Ambas habían dejado de comer.

Kelly dudó, pero luego contestó.

—Sí, me lo dijo. Y le dije que fuera a veros, pero no quiso. Estaba tan... confundida por todo.

—¿Confundida?

—Así es.

Sands frunció el ceño.

—No lo entiendo, Kelly. ¿Por qué estaba confundida? ¿Puede decirme qué le dijo?

De nuevo, Kelly apartó la mirada unos instantes antes de volverla a mirar.

—Estaban juntos. En su habitación del refugio. Ella no debía estar allí, pero era fácil escabullirse. Su habitación estaba justo al final del pasillo, y puedes colarte por la escalera de incendios. Ahí es donde ella lo vio. Donde ella estaba esa noche.

—¿La noche que Emily Slaughter fue secuestrada?

Kelly asintió.

—¿Dijo a qué hora llegó? Es importante, Kelly.

—No sé. Por la tarde en algún momento. Sobre las cuatro, creo.

No hizo falta que Sands recordara la cronología. Los Slaughter acostaron a su hija sobre las siete de la tarde y el informe patológico concluyó que la habían matado entre las diez y las tres de la madrugada.

—¿Y a qué hora se fue?

—A la mañana siguiente. Sobre las ocho.

—¿Podría haberse ido? ¿Escaparse en algún momento de la noche?

—Eso es lo que le pregunté. Porque no creía que la policía pudiera equivocarse tanto, pero ella juró a ciegas que él estuvo allí todo el tiempo. Y ella... —Kelly apartó la mirada.

—¿Qué?

El desafío y la desesperación eran evidentes en el rostro de Kelly.

—¿Qué pasa, Kelly?

—Mira, no es que quiera darle una coartada a Mike, ¿entiendes? —soltó de repente—. Era un hijo de puta y no lamento que esté muerto. Y no pienso ir a juicio ni nada de eso.

—Es poco probable que esto llegue a los tribunales —respondió Sands de inmediato—. Con Sopley muerto, puede que tenga que declarar bajo juramento. Pero eso será lo máximo que tendría que hacer.

De repente, Kelly apartó el plato. Se bebió el resto de la Coca-Cola y se quedó sentada, respirando con dificultad por el esfuerzo. De qué, Sands no entendía muy bien.

—¿Qué pasa, Kelly? —dijo Sands, viendo que los nudillos de la mano de Kelly se volvían blancos donde sostenía el vaso—. Ella estaba con él, ¿qué es lo que no quiere contarme?

Por fin, Kelly dejó el vaso y se volvió de nuevo hacia Sands.

—¿Quieres saber por qué Linda no sabía qué leches hacer después de que dispararan a Mike? ¿Y cómo sabía al cien por cien que él no había matado a esa niña? De acuerdo, aquí lo tienes. Linda dijo que no pegó ojo esa noche. Pero Mike sí. Durmió como un puto bebé. Justo después de violarla.

Kelly se volvió hacia Sands y su desafiante rostro se quebró mientras una lágrima rodaba por su mejilla.

CAPÍTULO CUARENTA Y CINCO

LAS PALABRAS PROVOCARON una oleada de conmoción en la mente de Sands, pero se recuperó rápidamente y se concentró en observar a la mujer que tenía enfrente. La estudió con atención, en busca de los signos más comunes de estar mintiendo: manos que se cubrían la cara o partes vulnerables del cuerpo, como la garganta o el pecho; miró los pies de Kelly para ver si los movía con inquietud. Y, lo más importante, esperó, dando a la mujer todas las oportunidades de añadir detalles innecesarios a la historia. No vio ninguno de los indicios habituales. En su lugar, Kelly se sonó la nariz de manera ruidosa, dirigió su mirada a la lasaña y empezó a comer de nuevo.

Sands consideró lo que había oído. Si Kelly no mentía, eso podría explicar por qué Sopley había huido la mañana del asesinato. Tal vez se sintiera culpable o asustado por lo que había hecho y temiera que se descubriera la violación cuando la policía fuera a hacer preguntas al refugio. Una vez que se enteró de la muerte de una niña, sabía que la policía vendría, dado su historial de allanamiento de morada, su interés en menores y sus antecedentes en el registro de delincuentes sexuales. Sabía que tendría que contar con Linda como coartada. En esas circunstancias, si era cierto, no era de extrañar que Sopley entrara en pánico. Pero a su vez, si era cierto que Michael Sopley no había matado a Emily Slaughter, entonces alguien lo había hecho... La cabeza de Sands daba vueltas. ¿Era posible que Christine tuviera razón? Todo lo que creía saber sobre el caso de pronto le pareció incierto. Extendió la mano para beber un sorbo de agua, sintió que le temblaba todo el brazo y volvió a dejarlo en la mesa, maldiciendo el daño en los nervios de su extremidad.

—Necesito estar muy segura de todo esto —dijo, un momento después—. ¿No podría estar cometiendo un error sobre el día en que esto sucedió, o a qué hora Linda le dijo que llegó y se fue?

La mandíbula de Kelly sobresalió en respuesta.

—La cosa es que no es tan difícil de recordar, teniendo en cuenta que lo matasteis al día siguiente. —Luego su rostro se suavizó y negó con la cabeza—. Pero no, no estoy cometiendo ningún error.

Sentía como si un enorme agujero se hubiera abierto en la mente de Sands.

—¿Cuándo se lo contó?

Kelly se encogió de hombros.

—Un par de semanas después. Se encerró en su habitación durante una semana. Al final conseguí que saliera. Fue entonces cuando me lo contó todo.

—¿Por qué no fue a la policía? Debía saber que eso significaba que Sopley no podía haber matado a Emily Slaughter.

Volvió a encogerse de hombros.

—No sé. Supongo que pensé que vendríais a vernos. Pero nunca lo hicisteis, ¿no?

Sands se quedó mirándola.

—Y luego fue demasiado tarde, porque unas semanas después Lynda se suicidó.

* * *

Kelly terminó su comida mientras Sands asumía que había perdido el apetito. Pagó la cuenta y llevó a Kelly de vuelta a su casa. Cuando pararon en la puerta, Sands se fijó en las paredes cubiertas de grafiti que bordeaban un callejón justo enfrente, y paró el motor.

—Envíe esa carta, Kelly, haz que le conecten la electricidad de nuevo.

Kelly asintió.

—¿Qué pasa ahora? ¿Con Mike?

Sands intentaba dar sentido a esa pregunta, tratando de unir las pruebas contradictorias, y cada vez se quedaba en blanco.

—Escriba esa carta.

Vio cómo Kelly desaparecía en el oscuro interior de su casa y se quedó sentada un rato, dejando que su mente siguiera divagando. Si no la hubieran suspendido, podría haber solicitado la reapertura del caso. Tendría que convencer a sus superiores de que habían aparecido nuevas pruebas en un caso ya resuelto que terminó con la muerte de dos agentes. Sonrió irónicamente al pensar en lo mal que caería aquello, y pensó en cómo podría presentar esas pruebas: una drogadicta ya fallecida le había dicho a otra drogadicta que había estado con Sopley la noche del asesinato. Podrían conseguir una vista, pero se plantearían objeciones importantes.

El primer problema eran las pruebas. Podrían conseguir que Kelly declarara dejando constancia de lo que Linda le había contado, pero sería un testimonio de segunda mano. Si entonces conseguían detener a alguien que no fuera Sopley por el asesinato, la debilidad de la declaración de Kelly sería un gran problema para la acusación. Cualquier abogado defensor decente lo utilizaría para socavar su caso, mostrando cómo la policía había considerado culpable a Sopley hasta que apareció la coartada de segunda mano y de oídas. Con un elemento de duda tan enorme, sería extremadamente difícil construir un caso convincente.

En segundo lugar, y mucho más importante, Kelly o Linda podían estar mintiendo. Es cierto que no había señales evidentes de que Kelly hubiera mentido en ese momento, pero el lenguaje corporal solo daba una indicación aproximada. Algunas personas eran tan malas mentirosas que era fácil detectar las señales; otras mentían tan a menudo que dominaban la habilidad de ocultarlo. En el caso de Kelly, lo más probable era que creyera que estaba diciendo la verdad, pero eso no significaba que fuera cierto.

Sin embargo, todo esto era discutible porque Sands estaba suspendida. No debería estar fisgando en ese caso, lo que dejaba sus opciones muy limitadas.

Llegó a dos posibles conclusiones. Podía volver a casa y esperar los resultados de la investigación sobre su conducta, con la esperanza de que se considerara que había actuado con profesionalidad y se la readmitiera. En ese momento podría solicitar la reapertura del caso. Mientras tanto, podría seguir trabajando en su recuperación física y en su estudio de expedientes judiciales de casos de asesinato resueltos. O...

Recordó el miedo en los ojos de Christine. Si Sopley no había matado a Emily, algún otro lo había hecho. Esa persona seguía en libertad. Y lo que era aún más aterrador para Christine: según las estadísticas publicadas de asesinatos de niños, la explicación más probable era que viviera en la casa de al lado.

Pensó en Rodney, con su espesa melena negra, su reacción ante la noticia de la muerte de su hija, en los huecos en la línea temporal en los que podría haberla llevado a la playa y haberla matado.

Sands salió del barrio donde vivía Kelly y condujo de vuelta hacia la carretera principal. Llegó a una rotonda. Una salida la llevaría de vuelta hacia las colinas de Purbeck y el pueblo de Lulworth, la otra la conduciría de vuelta a su piso. Como no había nadie detrás, volvió a dar otra vuelta.

Al final, puso el intermitente hacia la derecha y dirigió el coche hacia la carretera de vuelta a Lulworth.

CAPÍTULO CUARENTA Y SEIS

EL AUDI blanco seguía en la calzada cuando volvió a las dos casas del acantilado. Una vez más, aparcó el coche un poco más adelante para que no se viera y se acercó a pie. Estaba oscureciendo y un foco proyectaba un pequeño haz de luz LED blanca sobre el umbral.

Christine abrió la puerta, miró nerviosa a su alrededor y se fijó en el coche de los Slaughter.

—Entra. Rápido.

Sands entró.

—¿Dónde están los niños?

—Molly está dormida, Ryan en su habitación. ¿La encontraste? ¿Has hablado con LindaBear?

Sands asintió.

—En cierto modo.

Christine abrió paso a la sala principal. La cocina mostraba los restos de cocinar la cena y había platos apilados sobre la encimera. Christine malinterpretó su mirada.

—He guardado algo de cena, por si quieres comer algo.

—No. Gracias.

Sands se sentó y esperó a que Christine hiciera lo mismo.

—¿Así que la has encontrado? —preguntó con evidente nerviosismo.

Sands explicó lo que había averiguado y enfatizó los problemas: que la información era de segunda mano y que la mujer había fallecido. No mencionó la supuesta violación.

Cuando terminó, Christine preguntó—: ¿Y bien? ¿Qué significa todo esto?

Sands sacó su cuaderno y lo abrió en una nueva página.

—Cuéntamelo todo. Cada razón que tengas para sospechar que Rodney mató a su hija.

Escuchó cómo Christine se desahogaba, le daba información a cuentagotas y le revelaba lo enmarañada y fragmentada que era su forma de pensar. Fue un reto conectar los diferentes hilos, pero anotando los detalles en varios epígrafes, Sands acabó por hacerse una idea más completa. Volvió a oír hablar del cadáver del gato, aunque esta vez se enteró de que otro adulto había visto la sangre antes de que la lluvia la arrastrara. Eso era algo que podía comprobar, aunque dudaba de que fuera capaz de determinar si la sangre procedía de un gato o de otro animal. Escuchó cómo, en opinión de Christine, Rodney miraba a su hija de un modo extraño o inquietante. Oyó que Christine sospechaba que tenía una aventura con una ayudante de la escuela primaria, una mujer que ahora estaba en la clase de Molly, pero que también había enseñado a su propia hija. Sands tenía sus dudas al respecto, pero cuando Christine le dijo que le había visto en casa de la profesora y que él se lo había ocultado a su mujer, aceptó que parecía una conclusión justa. Y se enteró de que Slaughter se paseaba desnudo por la casa en mitad de la noche y participaba en algún tipo de práctica de artes marciales. Mientras escuchaba y escribía, se devanaba los sesos en busca de cualquier cosa que pudiera ayudar a unir las dos pruebas aparentemente seguras pero incompatibles: la casi certeza de que Michael Sopley había cometido el asesinato y, sin embargo, la imposibilidad de que estuviera allí para hacerlo.

—¿Y bien? —dijo Christine cuando terminó—. ¿Qué pasa ahora?

Sands respiró hondo. Esperaba encontrar algo que pudiera investigar o que indicara que se había cometido un error, pero si lo había, no lo veía.

Comenzó a negar con la cabeza.

—Podríamos abrir una investigación de Rodney Slaughter. Pero siendo realistas, es muy poco probable que haya algo que encontrar.

—¿Por qué no?

—Porque si estuvo involucrado —se detuvo tratando de subrayar que por lo que Christine le había dicho, esto no era en absoluto seguro—, y enfatizo, si lo estuvo, han pasado seis meses. No encontramos nada en el cuerpo de Emily que indicara que su padre hubiera participado en su asesinato. —Pensó de nuevo, repasando varios puntos en su cabeza antes de decirlos en voz alta—. Tenía una coartada para la noche en que desapareció y aunque exista un hueco para llevar a cabo el asesinato, es un poco justo.

Christine escuchaba en silencio, con la cara blanca.

—Las otras acusaciones que has hecho contra él: la posibilidad de que esté teniendo una aventura, la extraña forma en que dices que mira a tu hija, sus actividades nocturnas. Ninguna de ellas es prueba de asesinato. O de cualquier otro crimen.

Christine se mordió el labio.

—No me crees, ¿verdad? ¿No crees que lo haya hecho?

—Creo que tengo el deber de mantener la mente abierta

hasta que las pruebas sean claras, en un sentido o en otro. Yo pensaba que así era, ahora no estoy tan segura.

Christine la miró a los ojos, respirando con dificultad.

—Quédate esta noche —propuso de repente. Su mano salió disparada y agarró el brazo de Sands—. Es viernes por la noche. Siempre lo hace los viernes. Las cosas raras por la noche. Quédate aquí y compruébalo tú misma. Entonces me creerás.

Sands no contestó.

—Por favor. Puedes dormir en el sofá o en la habitación de abajo. Esperaré despierta y cuando empiece, te aviso. Puedes verlo por ti misma, verás la forma en que mira la habitación de Molly. La extraña mirada en sus ojos.

La idea era ridícula. A Sands se le ocurrió que la mirada de Christine era de absoluta desesperación. Pero fue suficiente para hacerla dudar. Respiró hondo para tener tiempo de pensar. No sería habitual, ni siquiera en circunstancias normales, vigilar a un sospechoso durante la noche, a menos que hubiera una necesidad muy concreta de hacerlo. En este caso no parecía haber ninguna, pero tampoco eran circunstancias normales. Ella no estaba trabajando oficialmente en este caso. De hecho, si se descubrían sus acciones, su carrera correría peligro. Pero lo cierto era que ya estaba pendiendo de un hilo.

Se quedó mirando la ventana enrejada, pensando en la casa de los Slaughter, justo al otro lado. Y captó algo, una sensación de que aquí había algo. Algo que, de alguna extraña manera, le resultaba familiar.

Aunque no pensara ni por un momento que ver los ejercicios nocturnos de Rodney la ayudaría a entender qué pasaba, al menos le haría ganar tiempo. Tiempo que sería capaz de utilizar.

—Por favor, inspectora Sands. Por favor, no me dejes aquí junto a él. Tienes que creerme.

Sands se quedó mirando a Christine. Parecía una mujer

que suplicaba por su misma vida. Una mujer que intentaba escapar de un asesino violento y despiadado. Y le vino un recuerdo, de ella misma, cuando era niña, exactamente en esa misma situación.

—Me quedaré esta noche.

CAPÍTULO CUARENTA Y SIETE

—TENEMOS que decidir qué les diremos a tus hijos —dijo Sands al cabo de un rato—. Es mejor que no sepan lo de tus sospechas.

—Diré que eres una amiga del colegio. Que tienes problemas en casa, problemas con tu novio. Ryan sabrá que no debe indagar y en realidad no creo que le importe.

—Ya conocí a tu hijo. Cuando fuiste a recoger a Molly.

—Ah —Christine apenas pareció darse cuenta—. Muy bien. Y Molly estará encantada de tenerte aquí. Creo que le caes bien.

Sands se acercó a la ventana que daba a la casa de los Slaughter y levantó una de las tablillas. Vio a Janet trabajando en la cocina. Rodney no aparecía por ninguna parte.

—¿Te importa no hacer eso? —preguntó Christine detrás de ella—. Es que van a ver la luz. Yo solo miro con las luces apagadas.

Sands dejó que la tablilla volviera a su sitio.

* * *

Sands le pidió a Christine que le trajera una manta y la pusiera en el sofá. No es que tuviera intención de dormir, pero quería que la excusa de Christine fuera creíble si los niños la encontraban allí. Volvió a su coche para recoger un par de prismáticos. Entonces, a las once en punto, Christine apagó las luces del salón y levantó las persianas unos centímetros, lo que creó un hueco en la parte inferior desde el que podían observar a los Slaughter sin que se dieran cuenta. Sands ajustó el enfoque de los prismáticos, haciendo que los detalles de la casa de los Slaughter se vieran con nitidez, y pasó cinco minutos escudriñando atentamente la casa. Tanto Janet como Rodney estaban en la sala principal, él sentado, aparentemente leyendo, ella limpiando la cocina después de la cena. En un momento dado, Rodney pareció llamarla; ella dejó de hacer lo que estaba haciendo y abrió un armario, sacó una botella de whisky y vertió un poco en un vaso antes de acercárselo. El no pareció darse cuenta, pero cuando su mujer volvió a limpiar en la zona de la cocina, bebió un sorbo con mucho cuidado. Cuando hubo terminado en la cocina, Janet también se sentó y cogió un libro. Sands no conseguía ver los títulos de ninguno de los dos libros, pero el de Janet parecía ser una novela de tapa blanda, mientras que Rodney sostenía uno de tapa dura. Ninguno de los dos prestó atención a la casa de enfrente.

A las 11:25 Janet se levantó del sofá, le dijo algo a Rodney y esperó; cuando él pareció ignorarla de nuevo, salió de la habitación. Unos segundos después, se encendieron dos luces en las habitaciones de abajo, una en la antigua habitación de Emily, la otra en lo que parecía ser el dormitorio de los Slaughter. Ambas habitaciones tenían las cortinas echadas. Inmediatamente después se apagó la luz de la habitación de la difunta niña. Cinco minutos después, el otro dormitorio se quedó a oscuras. Rodney no se movió.

Sands mantuvo sus gafas clavadas en el rostro de

Rodney. Su sensación de antes había vuelto y era cada vez más fuerte. Había algo que no encajaba. Pero aún no sabía qué era lo que la preocupaba tanto.

—¿Puedo echar un vistazo? —La voz de Christine la sorprendió, ya que había estado callada durante mucho tiempo. Sands se mordió el labio mientras observaba a Christine escudriñando la habitación de enfrente.

Justo antes de la medianoche, Rodney colocó un marcapáginas en su libro y lo dejó a un lado, se levantó de la silla y cruzó la habitación. Apagó las luces de la habitación principal, dejándola a oscuras. Esta vez, solo se encendió una luz en la planta baja, en la que parecía ser la habitación que la pareja utilizaba como dormitorio. Al cabo de unos minutos, esa luz también se apagó y la casa quedó a oscuras.

—Voy a ver cómo está Molly —susurró Christine poco después, antes de salir del salón y bajar las escaleras. Al quedarse sola, Sands siguió pensando. Repitió toda la conversación con Kelly O'Reilly, tratando de probar la certeza de la coartada que había proporcionado para Michael Sopley, que sin duda era el más probable asesino de la pequeña. Pero al cabo de un rato, sus pensamientos cambiaron, sin que su consciente se lo pidiera. Se trasladaron a sus propios recuerdos. Su padre, el hogar de su infancia y su madre, que ya no estaba.

Dio un pequeño respingo cuando Christine regresó de repente y avanzó con sigilo hacia la ventana. Aún no había nada que ver.

—Suele volver entre las dos y las tres de la madrugada —susurró Christine. Sands asintió y permanecieron en silencio durante varios minutos. Al final, Sands se levantó y volvió al sofá.

—Será mejor que esperemos aquí. Veremos si vuelve a encender la luz.

Christine se unió a ella y permanecieron sentadas un rato en silencio. Después, se volvió de nuevo hacia Sands.

—Gracias, por cierto —comenzó—. Por quedarte conmigo. Es la primera vez que no estoy sola desde que Evan murió.

Sands siguió sin contestar, pero se volvió hacia Christine y la observó en la penumbra de la habitación.

—Leí que estuviste en el hospital, después del asunto con Sopley. Debió de ser horrible —dijo Christine—, en plena pandemia.

—No estuvo tan mal.

—¿Sigues lesionada? La forma en que te mueves...

—Estoy mejorando.

Al cabo de unos instantes Sands rompió el silencio. Sintió que se esperaba de ella que correspondiera al sentimiento.

—Sobre la pérdida de tu marido... —la voz de Sands era rígida—, lo siento.

—Gracias. —Christine la miró agradecida. Estaba claro que quería hablar de ello—. Trabajaba en la UCI, la unidad de cuidados intensivos, donde internaban a los pacientes con la enfermedad. Se contagió antes de que supieran lo peligrosa que era. Ni siquiera debería haber estado allí. No era ese tipo de médico, pero se ofreció voluntario. Solo quería ayudar a la gente. Así era él.

Christine sonrió a Sands en la penumbra, con las ventanas delanteras aún abiertas a la noche y al resquicio de luna.

—Sabes, supongo que si no hubiera muerto, nada de esto habría pasado. Bueno, lo de mudarnos aquí, quiero decir. Todavía estaríamos en Londres. No tendrías que estar aquí. —Le dio a Sands otra leve sonrisa triste.

—Sin embargo, Rodney seguiría ahí —respondió Sands.

El rostro de Christine se puso rígido y sus ojos se desviaron hacia la ventana lateral, hacia la casa de los

Slaughter al otro lado. La oscuridad seguía reinando más allá del cristal.

—Sí, supongo que sí.

Sands duró más que Christine, que echó varias cabezadas en el sofá y acabó profundamente dormida. Con sus prismáticos, Sands pudo ver el nombre del libro que Rodney Slaughter había estado leyendo, una obra literaria que había sido finalista del Premio Booker. Lo descargó en su teléfono y leyó el primer capítulo, pero no le impresionó. Pensó en posibles escenarios que permitieran encontrar el ADN de Sopley en el cuerpo de Emily sin que él estuviera presente para secuestrarla o asesinarla. Las únicas que se le ocurrieron eran tan complicadas que seguramente resultaran imposibles. Se dio por vencida y reflexionó un rato sobre su propio caso, hasta que se le ocurrió una hipótesis que no se había planteado antes. ¿Sería posible que todo esto, el hecho de que estuviera aquí, rompiendo las reglas, no fuera más que una distracción ante la aterradora posibilidad de que la declararan culpable? Si ese era el resultado, dado que dos agentes y el sospechoso habían muerto en el incidente, las sanciones serían severas. Perdería su trabajo, sin duda, y tal vez incluso se expondría a una demanda civil por parte de las familias de los agentes fallecidos. Intentó descartar esta posibilidad pero no lo consiguió: cada vez había más casos de este tipo. Y su esperanza inicial de que las cámaras corporales de los agentes del grupo de operaciones especiales probaran su caso, se había esfumado.

Se encendió una luz en la casa de los Slaughter. Sands se incorporó de inmediato y vio a Rodney cruzando la habitación. Sacudió la figura dormida de Christine a su lado hasta que se despertó. Luego se acercó a la ventana. Slaughter seguía caminando decidido, con el pecho desnudo, pero el resto de su cuerpo oculto tras los armarios de la cocina. Christine, que aún no se había despertado del todo, murmuraba algo, así que Sands regresó y volvió a despertarla. Luego ambas mujeres volvieron a la ventana y se quedaron mirando.

Slaughter estaba completamente desnudo, de pie junto a un armario en la pared del fondo, con el trasero apuntando hacia ellas. Abrió el armario y sacó unos pantalones. Se agachó y se los puso, dándose la vuelta. Pareció echar un vistazo a la casa de Christine, pero si era consciente de que lo observaban, no dio ninguna señal de ello. Volvió a girarse, esta vez para sacar una esterilla del armario. La sacudió y la colocó en el suelo frente al ventanal que daba al mar. Sands observó a través de los prismáticos cómo volvía al armario por tercera vez y sacaba un objeto de aspecto extraño. Era largo y delgado, y parecía tan incongruente que Sands tardó unos instantes en aceptar que era lo que Christine le había advertido que sería: una espada curva en una vaina. Mientras lo observaba, Rodney sacó la espada con cuidado y dejó la vaina sobre la mesa. Luego la sostuvo con ambas manos y estudió la hoja.

—¿Esto es lo que me contaste que hacía? —preguntó Sands, tratando de mantener su creciente sensación de ansiedad fuera de su voz. Una cosa era que te lo contaran y otra verlo de primera mano. Ahora entendía por qué Christine se había asustado.

Oyó la respuesta de Christine a su lado, un sí jadeante, y se volvió para ver el brillo de algo en sus ojos, tal vez la esperanza de que por fin la creyeran.

Rodney volvió a la esterilla y se colocó en uno de los extremos, agarrando con ambas manos la empuñadura de la espada que tenía delante. Entonces empezó a moverse con lentitud, haciendo un programa de movimientos que parecían coreografiados, bloqueando y esquivando a un enemigo invisible. A medida que entraba en calor, sus movimientos se volvían más ofensivos: estocadas y golpes. Sands y Christine observaban en silencio.

Era evidente que Slaughter era hábil. Pasaba rápidamente de un movimiento a otro, y a veces la hoja de la espada destellaba con brillante rapidez en el aire frente a él, pero siempre parecía estar bajo su control. Sin embargo, al mismo tiempo, algo en su forma de moverse parecía frustrarle. Como si esperase algo mejor de sí mismo.

—¿Qué está haciendo? —preguntó Christine.

—Es una espada de samurái —respondió Sands, pero sin tener ni idea de su relevancia.

—A veces se pasa así casi una hora —añadió Christine. En esta ocasión se equivocó, ya que Rodney se detuvo de repente. Parecía que hubiera tropezado o perdido el control de la espada por un segundo, lo que rompió su equilibrio y concentración. Se llevó una mano a la cadera y Sands vio cómo su pecho subía y bajaba con rapidez por el esfuerzo de lo que había estado haciendo. Luego se volvió de repente, dejó caer la espada descuidadamente sobre la mesa y se dirigió a la cocina. Abrió de un tirón la nevera, sacó una botella de cristal de agua mineral y bebió directamente de ella. Luego se acercó a la ventana que daba a la casa de Christine.

Tanto Sands como Christine retrocedieron instintivamente, aunque no había forma de que pudiera verlas con la luz encendida en su casa y apagada en la de Christine. Pero él seguía mirando fijamente, en la oscuridad, y entonces Sands creyó ver que su mirada se dirigía al dormitorio de Molly.

—Esto es lo que hace. Se queda mirando su habitación. —La voz de Christine estaba de nuevo justo en su oído y Sands se apartó una fracción. Cogió los prismáticos y enfocó de nuevo la cara de Slaughter. Solo había encendido una tenue luz lateral, por lo que era difícil ver exactamente hacia dónde miraba. Pero sus ojos eran claros. Tenía el rostro sombrío. De repente, se volvió hacia otra parte del patio, hacia el mar. En un movimiento repentino, cambió la botella de agua por la espada y salió de la habitación. Ocurrió tan deprisa que Sands no estaba segura de lo que acababa de ver. Pero estaba claro que la espada había desaparecido.

Sands esperó un segundo y susurró a Christine—: ¿Ya está? ¿Ha terminado?

Antes de que Christine pudiera responder, una nueva luz brilló desde la parte baja de la casa. Esta vez no se trataba de una luz interior, sino de una forma rectangular iluminada que solo podía proceder de la abertura de una puerta exterior. Durante un segundo, la silueta de Rodney se recortó contra ella antes de que se cerrara tras él.

Era más difícil seguirle en el exterior dada la oscuridad de la noche, pero podían ver su forma sombría. Parecía estar esperando algo o tratando de mantenerse oculto. Entonces apuntó con una pequeña linterna hacia unos arbustos que habían plantado como límite entre las dos propiedades. No pareció ver nada, así que apagó la luz, pero no antes de que Sands notara que seguía sosteniendo la espada frente a él.

Después se arrastró hacia atrás a lo largo del seto y, en un punto donde los arbustos estaban bajos, pasó a la mitad del patio que pertenecía a Christine. Sands oyó a esta inhalar con sorpresa. Sintió que Rodney no había hecho esto antes, que las cosas estaban empeorando. Instintivamente, puso la mano en el brazo de Christine y sintió lo tensos que estaban sus músculos.

—¿Qué está haciendo? —murmuró, más para sí misma que para Christine.

Un segundo después estaba fuera de la vista, debajo de la parte superior de la casa de Christine, que, al igual que la casa de los Slaughter situada enfrente, sobresalía por encima de la parte inferior. Sands se movió de inmediato, pero Christine fue más rápida. Ambas se dirigieron a las escaleras.

—No hagas ruido ni enciendas ninguna luz —Sands siseó la orden ya que no quería que los hijos de Christine se despertaran. Sus lesiones la hacían más lenta, pero Christine hizo lo que le pidió y la esperó al pie de la escalera. Cuando Sands la alcanzó, cogió a Christine del brazo y, moviéndose al unísono, llegaron a la habitación de Molly.

Christine había dejado la puerta de la habitación abierta y las cortinas corridas contra las puertas francesas, tal como le gustaba a Molly. Se acercó a la cama para ver cómo estaba su hija y le indicó a Sands que estaba bien, seguía dormida. Sands se acercó a la puerta exterior de cristal. Moviendo la mano muy despacio, estiró el brazo y agarró una esquina de la cortina que cubría la puerta, apartándola en un abrupto movimiento para ver el exterior.

Y en el momento exacto en que lo hizo se encontró mirando a los ojos de Rodney Slaughter, que estaba a solo unos centímetros de distancia, de pie al otro lado del cristal.

CAPÍTULO CUARENTA Y OCHO

RODNEY ECHÓ A CORRER JUSTO cuando Sands soltó un jadeo involuntario, casi cayendo de espaldas en la habitación.

—¿Qué pasa? —preguntó Christine, aterrorizada, y demasiado alto. Molly se removió pero no se despertó. Sands corrió las cortinas, respirando con dificultad, sin saber qué decir.

—¿Qué estaba haciendo?

—Estaba... —Sands no sabía si hablar o no—. Estaba justo ahí. —Luchó por calmarse.

Un grito ahogado de pánico se escapó de los labios de Christine, pero rápidamente encontró la presencia de ánimo para hablar.

—¿Sigue ahí? —Su voz era pura miseria.

—No. Se ha ido. —Sands alargó de nuevo la mano y apartó una esquina de la cortina, justo a tiempo de ver la luz de la puerta de enfrente y a Rodney desapareciendo en el interior de su casa.

—Ha vuelto a casa.

—¿Qué estaba haciendo? Intentaba entrar aquí, ¿no? —

El tono de voz de Christine subía rápidamente—. Estaba tratando de llegar a Molly.

—Cálmate. No vayas a despertar a tus hijos.

—Dios mío. Era él…

Sands no contestó. Pero estaba agitada. Comprobó, lo más silenciosa y discretamente que pudo dónde había encajado y atado Christine la puerta, asegurándose de que, aunque forzaran la cerradura desde fuera, no pudiera abrirse, y luego volvió a subir las escaleras. Fue directa a la ventana y miró a través del patio hacia la casa de los Slaughter. Pero todas las luces estaban apagadas, de modo que el interior estaba a oscuras y era invisible.

—¿Qué pasa ahora? ¿Puedes hacer algo? ¿Ahora que lo has visto?

Sands no respondió.

—¿Puedes llamar a la policía? ¿A tus colegas? ¿Para que hagan algo?

—Creo que me vio —dijo Sands en su lugar, hablando más para sí misma que para Christine—. Mi cara, quiero decir, creo que me ha reconocido.

* * *

Christine se quedó unos minutos más, haciendo las mismas preguntas una y otra vez, exigiendo que se hiciera algo, pero cuando Sands no quiso o no pudo contestarle, volvió abajo para estar con Molly. Sands agradeció el espacio para pensar.

¿Qué había estado haciendo Slaughter? ¿De verdad había intentado entrar en la casa para atacar a Molly? La idea parecía inconcebible. Para empezar, ¿cómo creía que se saldría con la suya? Desde luego, ya no se podía culpar a Sopley. Sentía el conflicto sin resolver en su mente: todas las pruebas apuntaban a Sopley, excepto que su coartada hacía imposible su culpabilidad. Frustrada, Sands trató de empezar de nuevo.

Él la había visto. Estaba segura, pero no sabía si la había reconocido. Solo se habían visto una vez, cuando Golding y ella habían acudido a la casa para decirles que habían encontrado a su hija asesinada. ¿Habría quedado grabada para siempre la cara de la inspectora en su mente, o habría estado tan distraído y angustiado que su memoria se habría visto afectada? Sands no lo sabía. Tenía una edad y una estatura similares a las de Christine. Era posible, quizá incluso probable, que creyera haber visto a Christine en la ventana. ¿Qué significaba eso? No lo sabía. Miró el reloj, ya eran las tres de la madrugada y, aunque se sentía totalmente despierta por la adrenalina que aún fluía por su cuerpo, también notaba que el cansancio la obligaba a pensar con lentitud. A su vez, sentía con más fuerza que nunca que algo ocurría, algo que no terminaba de comprender.

Intentó concentrarse en qué hacer en ese momento. Sin duda, Slaughter había visto a alguien lo cual significaba que si había estado planeando irrumpir en el dormitorio de Molly, por la razón que fuera, al menos habría dejado esos planes en suspenso por ahora. Podía dormir. Necesitaba dormir si quería entender lo que estaba ocurriendo. Cogió la manta y se tumbó en el sofá, cerró los ojos y esperó con firme obstinación hasta que por fin llegó el sueño.

CAPÍTULO CUARENTA Y NUEVE

LA SALA de la casa de Christine estaba en penumbra ya que la parte de la casa que ocupaban los Slaughter bloqueaba el sol, que salía por la parte trasera de la casa. Estaba claro que los vecinos se habían asegurado de conservar la mejor parte.

Quizás Sands tardó en despertarse debido a la tardía salida del sol, o quizás las actividades de la noche anterior la habían dejado cansada. En cualquier caso, cuando abrió los ojos, tardó unos segundos en caer en dónde se encontraba. Unos segundos más antes de darse cuenta de que no estaba sola.

—Hola.

La niña, Molly, iba vestida con un pijama rosa que tenía un unicornio sutilmente delineado en el pecho. Estaba de pie en medio del salón mirando insegura a Sands, que estaba tumbada bajo la manta en el sofá.

Sands hizo un gesto de dolor mientras se levantaba. Sus lesiones todavía le causaban molestias a primera hora de la mañana.

—Hola, Molly.

—¿Por qué sigues aquí? —preguntó inclinando la cabeza hacia un lado. No sonreía al hacer la pregunta.

Sands consiguió incorporarse y parpadeó.

—¿No te lo ha contado mamá?

—No.

—Ah. —Sands se sintió molesta. No quería mentir—. Bueno, me quedé hasta tarde anoche. Tenía que hablar con mamá. —Se preguntó si Molly se habría despertado en algún momento, o percibido los eventos de la noche anterior en su habitación, pero parecía que no.

—¿Hicisteis una fiesta de pijamas? —Molly inclinó la cabeza hacia el otro lado ahora.

—Supongo que sí.

—Mamá no me deja dormir fuera de casa.

—¿No? —Sands miró su reloj. Eran más de las siete. Había tenido la intención de levantarse más temprano y salir antes de que los hijos de Christine se levantaran.

—Quiero quedarme a dormir con Daisy. Tiene un caballo.

Sands se volvió para mirar a la niña. Por primera vez se dio cuenta de algo muy claro que no había visto antes. Molly tenía un aspecto muy parecido al de la niña de los Slaughter. La misma altura y el mismo color de pelo.

—Es una yegua, marrón y blanca. ¿Sabes cómo se llama?

—¿El qué?

—Un caballo marrón y blanco, se llama pinto. Aunque ese no es su nombre, se llama Holly.

—Tengo que irme —dijo Sands al levantarse del sofá, pero habló en voz baja y la chica no pareció oírla.

—¿Te gustan los caballos? —Molly volvió a inclinar la cabeza hacia un lado, como si se tratara de un asunto de gran importancia para ella. Sands hizo una pausa.

—A mi madre le gustaban. Yo tenía uno cuando era pequeña.

Los ojos de la chica se abrieron de par en par.

—¿De verdad? ¿Y lo montabas? Daisy dice que monta en

el suyo, pero mamá dice que es demasiado peligroso para mí.

—A veces. Durante un tiempo.

—¿Por qué solo durante un tiempo? ¿Se murió?

La pregunta sorprendió a Sands. De hecho, toda la conversación la sorprendía.

—No —respondió—. Mi madre sí, así que tuve que mudarme.

—Ah. Entonces es un poco como yo —respondió Molly—. Excepto que fue mi padre quien murió. Por eso nos mudamos aquí. —De repente parecía seria, como si sintiera que estaba compartiendo algo importante con esta extraña.

—Sí, tu... mamá me lo dijo. Me puse muy triste al oírlo.

—Bueno —continuó la chica, encogiéndose de hombros—. Supongo que ahora que hemos venido a vivir aquí a lo mejor puedo tener un caballo.

La conversación fue interrumpida en ese momento por Christine, que llegó sin aliento a la habitación. Vio a Molly, dio un pequeño grito ahogado y corrió hacia ella.

—Molly, estás aquí. —Envolvió a su hija en un fuerte abrazo—. Estaba preocupada por ti.

—Estaba hablando con tu amiga.

—Ya lo veo. —Christine puso una voz alegre poco convincente y no miró a Sands—. Sí. Decidió quedarse a dormir anoche.

—Ya lo sé —respondió Molly con facilidad—. ¿Cómo te llamas?

Por un segundo, Christine vaciló y Sands se dio cuenta de que estaba a punto de inventarse algo. Consideró brevemente la posibilidad de dejarla, pero decidió que no quería decir una mentira completa.

—Erica.

Molly le tendió la mano y le ofreció una hermosa sonrisa.

—Encantada de conocerte, Erica.

—Tengo que irme —dijo Sands después de estrechar la mano de la chica, pero Christine la interrumpió.

—Quédate a desayunar. —Sonrió. Todo en sus ademanes era falso, ocultaba una angustia que se negaba a mostrar delante de su hija, y aquello convenció a Sands. Christine encargó a Molly recoger los cuencos y varios paquetes de cereales de la alacena, y al cabo de un rato Sands empezó a ayudar también.

Al poco se encontró sentada a la mesa del desayuno mientras Molly hablaba de caballos y de lo que le gustaba desayunar. Entonces Ryan entró tropezando, bostezando, con el pelo revuelto de haber estado durmiendo sobre él.

Se detuvo al ver a Sands.

—Ryan, esta es mi amiga Erica —volvió a explicar Christine rápidamente—. Solía trabajar conmigo, pero está... —exageró la tristeza en su voz— está pasando por un momento un poco difícil en casa, y se quedó aquí anoche.

Ryan seguía sin moverse hasta que Christine le susurró —: Problemas de pareja. No preguntes. —Después se sentó en la mesa, en el extremo opuesto al de Sands, y fingió que no la miraba furtivamente cada vez que creía que nadie lo veía.

—Voy a jugar con Daisy —le dijo Molly a su hermano cuando Christine se hubo sentado también—. Te dije que Daisy tiene un caballo. Creo que me dejarán montarlo.

—¿Ah sí? —Ryan siguió untando mantequilla a su tostada, desinteresado.

—No lo creo —interrumpió Christine—. Te dije que es demasiado peligroso.

Molly pareció decepcionada, pero no insistió.

—¿Y tú Ryan? —Christine parecía disfrutar interpretando a la familia feliz—. ¿Qué vas a hacer hoy? —Miró a Sands como indicando que eran así todo el tiempo. Pero Ryan no cooperó.

—¿Qué quieres decir? —Levantó la vista, con una mirada furiosa e insegura—. ¿Te has olvidado?

—¿Olvidar el qué?

—Voy a casa de Simon. Dijiste que me llevarías y que podía conducir.

La cara de Christine cambió de inmediato.

—Ah, sí. Lo había olvidado. Por supuesto. —Volvió a sonreír rápidamente y le explicó a Sands—. Ryan se va a examinar del carné de conducir la semana que viene. Es muy difícil conseguir clases, por la pandemia, así que estoy haciendo todo lo posible por enseñarle yo misma.

Cuando terminaron, Molly y Ryan bajaron a vestirse. Sands ayudó a Christine a meter las cosas en el lavavajillas.

—Gracias —Christine habló en voz baja para que no hubiera posibilidad de que los niños oyeran—, por seguirme la corriente.

—No hay de qué.

—Tengo que irme con Ryan. Me llevo a Molly también. Pero por favor no te vayas. Necesitamos hablar cuando vuelva.

Sands asintió.

Al quedarse de nuevo sola en la casa, Sands aceptó la oferta de ducharse en la habitación de invitados. La habitación se utilizaba más bien como almacén y estaba llena de cajas alineadas contra la pared. Abrió una de ellas y descubrió unos zapatos de hombre de la talla 45. Varias de las otras cajas estaban llenas de papel de seda, lo que la confundió al principio. Pero cuando escarbó un poco más, descubrió que protegían unas figuritas de metal, soldados vestidos de uniforme de batalla con mosquetes y espadas, pintados con todo lujo de detalles que hasta llevaban medallas en el pecho. Los estudió durante un rato, adivinando que eran

obra de Evan Harvey antes de su prematura muerte. Los
volvió a envolver y entró en el cuarto de baño.

Después volvió a subir y se preparó otra taza de café.
Mientras lo bebía, levantó las persianas que cubrían la
ventana que daba a la casa de los Slaughter. Rodney estaba
de pie junto a su cafetera. Por un segundo sus miradas se
cruzaron y Sands tuvo claro que sabía que había sido a ella
a quien había visto la noche anterior. Dejó el café, salió de la
casa y llamó a la puerta de los Slaughter.

CAPÍTULO CINCUENTA

—¿QUÉ haces aquí? —Rodney abrió la puerta.

—¿Te acuerdas de mí entonces?

—Por supuesto que te recuerdo. ¿Qué estás haciendo en mi propiedad?

—No es tu propiedad. Se la vendiste a Christine Harvey, y he venido a preguntar qué hacías anoche, ¿en su propiedad?

Rodney vaciló y Sands se limitó a mirarle. Al cabo de un rato, miró de izquierda a derecha.

—¿Quizás deberíamos tener esta conversación dentro?

—Si te sirve de ayuda para contarme qué pasa…

Slaughter se hizo a un lado para dejarla entrar en la casa y la condujo a la cocina. Sands observó que Janet no estaba por ninguna parte. Sobre la mesa de cristal había un ordenador portátil, un Apple Macbook Pro, pero en lugar de utilizar el ratón incorporado, Slaughter había acoplado un puntero complicado y de aspecto caro. Sobre la mesa había desplegados planos de un edificio.

—¿Y bien? —Sands se apartó de la mesa para mirar a Slaughter, que estaba apoyado en la encimera, con el pecho subiendo y bajando con lentitud.

—¿Te hirieron cuando mataron a Michael Sopley? —preguntó por fin. Levantó una mano para alisarse el pelo engominado; ella notó que le temblaba ligeramente el pulso.

—Así es.

No le ofreció ninguna frase de simpatía, ella tampoco lo esperaba.

—¿Está tu esposa?

—No. Ha salido. —Sus ojos miraron un reloj en la pared—. Sale a correr por las mañanas.

Sands notó el movimiento de sus ojos, como si estuviera calculando su ruta y dónde se encontraría en ese momento.

—¿Puedo preguntar qué estás haciendo aquí? —preguntó Slaughter, interrumpiendo sus pensamientos.

—No. Pero deberías decirme qué hacías anoche, en el jardín de Christine.

Sands se volvió hacia la máquina de café.

—¿Quieres un café, inspectora Sands?

—De acuerdo. —Se encogió de hombros.

Rodney cogió dos tazas negras de un armario, molió los granos y sirvió dos expresos espesos y oscuros, todo el procedimiento parecía una representación montada para su beneficio. Tal vez para demostrarle lo tranquilo que estaba. Pero si era así, Sands estaba más que dispuesta a verlo. Había algo interesante en la forma en que sus manos seguían temblando, solo un poco, mientras trabajaba.

Le entregó una taza a Sands.

—No entiendo qué está pasando aquí. ¿Nos están vigilando?

—¿Deberíamos?

Slaughter apartó la mirada, frustrado. Pero luego volvió a mirar.

—No, no deberías. Y me gustaría saber por qué lo haces.

—Y como te dije yo, me gustaría saber qué hacías anoche cuando te vi frente a la ventana de la habitación de una niña de nueve años.

Slaughter apartó la mirada, parecía herido. Cuando se volvió, intentó claramente adoptar un tono razonable.

—Mira, inspectora Sands, yo... —Dejó caer la mano temblorosa bajo el tablero de la mesa, donde ella no pudiera verla—. Si insistes en saberlo, me pareció oír un ruido.

—¿Qué tipo de ruido?

—Un ruido perfectamente normal, supongo. —Su voz se encendió brevemente con ira—. Los ruidos normales de la noche. ¿Un zorro quizás? Podría haber sido cualquier cosa. Podría no haber sido nada.

—¿Y qué tiene eso que ver con la hija de Christine Harvey?

Al cabo de unos segundos, cuando Slaughter por fin la miró, su rostro estaba sombrío.

—Porque tenía miedo, inspectora. Estaba despierto, porque no puedo dormir, ya no, y me pareció oír un ruido, y pensé que estaba ocurriendo todo de nuevo. Pensé que Michael Sopley estaba afuera, intentando entrar en la habitación de la pequeña Molly. Le fallé a mi propia hija, no quería fallarle a otra niña.

Sands le observó durante unos segundos.

—Michael Sopley está muerto.

—Lo sé. Ya lo sé. Claro que lo sé... —Su rostro se retorció de dolor—. ¿Tienes hijos, inspectora?

Sands negó con la cabeza.

—Entonces tampoco has perdido nunca un hijo. No puedes saber lo que se siente.

Sands lo contempló. Estrictamente hablando era cierto, aunque también lo era que estaba familiarizada con la pérdida.

—¿Por qué viniste a su ventana?

—Para comprobar la puerta. Quería asegurarme de que estaba cerrada. —Bebió su café, con la mano aún temblorosa.

—Llevabas una espada.

Hizo un gesto con la mano como para descartarlo.

—Me pareció oír a alguien en el patio. Sopley, otro Sopley. La verdad es que los oigo todo el tiempo. Los veo por todas partes. —Apartó la mirada, frustrado.

Sands escuchó, tomando un sorbo del café negro azabache. Estaba muy fuerte.

—¿Tienes problemas para dormir? ¿Por eso te levantas por las noches?

El asentimiento de Slaughter fue tan leve que apenas lo registró.

—¿Y la espada?

La miró y luego apartó la vista.

—Es una afición que adquirí en Japón. Vivimos allí un tiempo.

—Se te da bien.

—Solía ser así, hasta que... —se detuvo de repente, y ella siguió sus ojos mientras se desviaban hacia la encimera de la cocina. Puede que los Slaughter hubieran intentado que su casa pareciera una sala de exposiciones, pero no todo estaba fuera de la vista. Se fijó en un frasco de medicamentos, memorizó el nombre y volvió a mirarle.

—Siento si la he asustado —continuó Slaughter—, a la chica, quiero decir.

—No lo hizo. Afortunadamente no se despertó. Aunque asustaste a Christine.

Slaughter se puso rígido.

—No le caigo bien. Yo no... —Miró hacia la ventana lateral y hacia la parte del edificio donde vivían los Harvey —. No he sido el más acogedor. Me doy cuenta, pero al mismo tiempo... —Su voz volvió a apagarse.

—¿Al mismo tiempo qué?

—Se necesitan dos, ¿no? Mi mujer hizo un verdadero esfuerzo por conocerla. Ambos lo hicimos. La invitamos a cenar y ella ha sido... Digamos que apenas ha correspondido. No hemos recibido ninguna invitación. Y por la forma en que me mira... supuse... —Se detuvo.

—¿Supusiste qué?

—No lo sé —suspiró y volvió a intentarlo—. Supuse que ella debía tener sus dudas sobre nosotros. Debe haber oído algunas de las tonterías que la gente dice de nosotros. Habrá leído la basura que hay en Internet.

—¿Qué dice la gente?

—¿Qué crees que dicen? Un hombre entró en nuestra casa y se llevó a nuestra hija delante de nuestras narices. Dicen que somos negligentes. Que fue culpa nuestra.

Sands se lo pensó un segundo. Pensó en contarle la coartada de Michael Sopley. Sería interesante ver su reacción, pero sabía que no podía hacerlo; él iría directamente a John Lindham y exigiría saber más. Tal como estaban las cosas, él se sentía culpable y era poco probable que le dijera a alguien que ella había estado allí.

—No has respondido a mi pregunta. —Rodney interrumpió sus pensamientos, pero estaba en la misma longitud de onda—. ¿Por qué estás aquí? ¿Es una visita oficial? Porque no lo parece.

Sands utilizó la misma excusa que Christine, pero la pronunció de forma que no fuera del todo una mentira.

—Conozco a Christine —dijo, sin especificar cuándo se habían conocido—. Ella no sabía nada del asesinato antes de comprar la casa. Cuando se enteró, se angustió. He venido a asegurarle que el hombre que mató a su hija está muerto. Que Molly no corre ningún peligro.

Pareció aceptar la explicación y ambos se observaron sin hablar. Sands intentó aprovechar el tiempo para pensar. ¿Era plausible su respuesta? ¿Se la creía? No había visto ninguno de los signos que indicaban que Slaughter estaba mintiendo. Pero tampoco esperaba que lo hiciera. Si de verdad había matado a su propia hija de una forma tan horrible, debía de ser un psicópata muy puro. Y ella sabía por experiencia propia lo convincentes que podían ser mintiendo. De hecho, sabía lo atractiva que sería la oportunidad de mentir, la oportunidad de interpretar el papel de víctima. Sands sabía lo suficiente como para no fiarse de una excusa que hubiera tenido tiempo de inventar. Reflexionó, buscando un ángulo para el que él no estuviera preparado. Podía preguntarle cómo había encontrado Christine el gato muerto en su contenedor de la basura. Podría preguntarle por la maestra, la señorita Juniper. Cualquiera podría cogerlo desprevenido. Pero dada su capacidad no oficial, Sands sabía que continuar con cualquiera de esas preguntas sería ir demasiado lejos. Al final, fue Rodney quien la cogió desprevenida.

—Me gustaría que te fueras. Mi mujer volverá muy pronto y preferiría que te fueras antes de que llegue.

Por un momento, Sands volvió a sentirse como una niña pequeña, superada por un padre más listo que ella y que entendía mejor las reglas del juego.

—No es bueno para ella que le recuerden lo que pasó — continuó Slaughter—. Le disgusta mucho.

Sands asintió. Inconscientemente, se llevó la mano al medallón que colgaba de su cuello, y sus dedos rodearon los lados, donde a lo largo de los años se había ido desgastando la plata. Al darse cuenta de lo que hacía, apartó la mano, como si le quemara el tacto. No miró a Slaughter a los ojos, sino que se puso en pie para salir.

CAPÍTULO CINCUENTA Y UNO

—DICE que le preocupaba que alguien intentara entrar en su habitación —explicó Sands media hora después. Christine había mandado a Molly a ver dibujos animados a su cuarto cuando volvió de dejar a Ryan y se habían sentado a hablar.

—Pero no le creerás ¿no? —exclamó Christine—. Viste lo que hizo. Viste que intentó llevarse a Molly.

Sands sacudió la cabeza.

—Lo vi acercarse a tu lado del patio. En realidad no intentó entrar.

—Solo porque tú lo detuviste. Se detuvo cuando te vio. De lo contrario, Dios sabe lo que habría pasado. Es un animal. Un monstruo.

—Eso no lo sabemos.

—Mató a su hija. La asesinó.

—Eso tampoco lo sabemos.

—Pero es posible. Tienes que admitir que es posible —le suplicó Christine.

—Es posible.

Christine parecía agradecida de que Sands al menos lo aceptara. Se quedó callada un momento.

—Entonces, ¿qué hacemos? ¿Puedes arrestarlo?

Christine tomó el silencio de Sands como respuesta suficiente. Se rio con amargura.

—Entonces, ¿qué? Tenemos que esperar a que entre y se lleve a Molly. ¿Es eso? ¿Es así como funciona esto?

Sands guardó silencio mientras la observaba. Estaba claro que Christine no lo iba a dejar estar.

—Esa mujer, la que conocía a la novia de Michael Sopley, lo que dijo ¿no prueba que no fue él? —La voz de Christine volvió a elevarse y Sands cerró la puerta.

—No lo sé. No tengo forma de saber si decía la verdad o no.

—Ayer dijiste que la creías.

—Te dije que creía que decía la verdad. Pero es posible que estuviera equivocada. Que mintiera o que se equivocara de alguna manera.

La cara de Christine se arrugó de confusión.

—No lo entiendo. Si no fue Sopley, debió de ser Rodney, y yo vivo al lado de él. Molly vive al lado de él. ¿No puedes interrogarlo? ¿Hacer que confiese? —Christine le suplicaba ayuda.

Sands permaneció en silencio durante algún tiempo, intentando decidir qué debía hacer. No había una respuesta fácil. Decidió sincerarse.

—Christine, no he explicado por completo mi actual situación y creo que deberías saberlo.

—¿Qué pasa? —Los ojos de Christine se fijaron en los de ella.

—Vine aquí porque sentí que merecías saber lo que pasó con Michael Sopley. Para que te sintieras segura viviendo aquí. No vine en calidad oficial, y... tampoco puedo hacerlo. —Hizo una mueca al hablar, todavía molesta por el significado de sus palabras—. Técnicamente, ahora mismo no estoy en activo. Estoy suspendida de servicio. —Esperó un momento para que Christine lo asimilara.

—No lo entiendo. ¿Qué significa eso?

—Cuando dispararon a Michael Sopley murieron dos agentes. Intenté intervenir para ayudarlos y ahí fue cuando me dispararon a mí. Cuando ocurre algo así tiene que haber una investigación oficial y, hasta que se lleve a cabo, estoy suspendida. Eso significa que no se me puede ver llevando ningún caso, y mucho menos este.

Christine volvió a guardar silencio. Sands continuó.

—Desgraciadamente hay más. Dado que el forense ha dictaminado que Sopley fue responsable del asesinato de Emily Slaughter, no hay caso. La investigación está cerrada. Lo que significa que, aunque no estuviera suspendida, seguiría sin poder investigarlo. Tendría que reabrirse primero. Y no hay suficientes pruebas para hacerlo. Lo único que tenemos es a Kelly O'Reilly afirmando que la novia de Sopley le dijo que estuvo con ella la noche del secuestro. Son rumores, testimonios de tercera mano. Ni siquiera podría entrevistar a Slaughter basado en ese testimonio, y mucho menos investigarlo.

Aunque Christine parecía estar asimilándolo, su respuesta sugería lo contrario.

—¿Así que no vas a hacer nada?

Sands suspiró, frustrada. La pura verdad era que nadie había examinado debidamente el caso contra Slaughter, tal vez porque Sopley había muerto, tal vez por la pandemia, tal vez por culpa de Lindham, pero una cosa estaba clara: en aquel momento había cero posibilidades de que se realizara una investigación oficial sobre Rodney Slaughter. Pero había una oportunidad para que ella investigara, dado su estatus de suspensión forzosa. Sí, su carrera corría peligro si alguien se enteraba, pero ya estaba amenazada. Y... volvió a mirar alrededor de la casa, sintiendo una vez más que algo, de alguna manera, no encajaba. La decisión estaba tomada.

—Hay un camino delicado que puedo tomar —comenzó Sands—. Tú no eres parte del caso. Ni siquiera estabas aquí cuando Emily fue asesinada, simplemente te has mudado a la casa de al lado después de los hechos. Así que, si seguimos con esta farsa, con que tan solo somos amigas, entonces técnicamente no me estoy involucrando en ningún caso. Solo estoy visitando a una amiga. Al menos tendré una posición ventajosa desde la que observar a Rodney y si hay algo que descubrir sobre él tal vez pueda reunir las pruebas que lo demuestren. —Hizo una pausa. Su plan parecía una locura, incluso para ella—. Y una vez que supere la vista, puede que sea capaz de argumentar que el caso Slaughter necesita que le echen otro vistazo.

Christine se quedó mirando. Asintió con la cabeza. Y entonces empezó a sollozar.

CAPÍTULO CINCUENTA Y DOS

CHRISTINE ESTABA ABSURDAMENTE AGRADECIDA. Cogió corriendo las cajas de la habitación de invitados y las apiló contra la pared de su dormitorio para que Sands no tuviera que pasar otra noche en el sofá. Luego le explicó a Molly que Sands se quedaría unos días más. Después de comer, Christine anunció que Molly y ella iban a recoger a Ryan para que él llevara el coche de vuelta a casa y así practicar para el examen. Sugirió que Sands las acompañara, en su papel de amiga de la familia. Sands aceptó.

Cuando recogieron a Ryan en Dorchester, este le echó una mirada enfadada a su madre. Ella le dio la misma explicación que Molly, adornando la historia con algunos problemas inventados que Sands tenía con un novio imaginario. A Sands casi le impresionó el nivel de detalle, pero notó que la enrevesada historia no hizo nada por mejorar la forma en que el chico la miraba. Estaba claro que su actitud podría ser un obstáculo para el plan que habían elaborado.

La situación empeoró por lo mala que era Christine como profesora de conducir. Antes incluso de que Ryan hubiera arrancado el motor, ella ya estaba ansiosa, señalándole peligros por todas partes y regañándole por no mirar por los retrovisores. Atravesaron la ciudad despacio, luego se adentraron en el campo y volvieron hacia Lulworth. Por el camino, Christine decidió que necesitaba un descanso y le dijo a Ryan que hiciera una parada. Sands salió del coche con Molly y observó cómo madre e hijo discutían en el interior. Finalmente, Christine bajó la ventanilla y anunció que estaban listos para reemprender la marcha. Cuando Ryan arrancó, pisó a fondo el acelerador, haciendo derrapar los neumáticos en la tierra.

CAPÍTULO CINCUENTA Y TRES

SANDS CENÓ con los Harvey y después Christine llevó a Molly a la cama. Cuando Ryan volvió a su habitación, Sands se quedó sola mientras la luz empezaba a desvanecerse sobre el océano. Observó el mar, pensativa. Una vez más sintió que había algo que no veía, que no acababa de comprender. Pero su confianza en que las piezas de este rompecabezas encajaran crecía, siempre y cuando se mantuviese observadora.

Cuando Christine regresó, abrió una botella de vino blanco y se sirvió una gran copa. Sands la observó con curiosidad y Christine malinterpretó la mirada.

—¿Querías un poco? Perdona que no te haya ofrecido, estaba distraída. —Sin esperar respuesta, sacó una segunda copa, pero solo la llenó hasta la mitad, como si la inspectora aún no tuviera edad para beber una copa entera. Sands sintió que aquel detalle era otra pieza del rompecabezas que representaba Christine y su familia, aunque aún no sabía dónde encajaba. El pensamiento era como una sombra, que se movía y bailaba a lo lejos.

—¿Qué vamos a hacer ahora? —Christine dio un gran trago a su vino—. ¿Quizás deberíamos quedarnos despiertas otra vez para ver si intenta entrar? Estaba pensando, mientras acostaba a Molly, ¿quizás podríamos grabarlo? Evan le compró a Ryan una cámara de vídeo y aún la tenemos en algún sitio. He pensado que podríamos ponerla apuntando a través de la ventana, así podríamos grabarlo y conseguir alguna prueba... —Su rostro adoptó una expresión suplicante. Sands se dio cuenta de que Christine necesitaba hacer algo, sin importar si ayudaba o no.

—De acuerdo.

Christine empezó a rebuscar en una caja de cartón.

—Si esperamos a que haya anochecido, podemos levantar un poco las persianas y apuntar la cámara hacia su casa; si enciende la luz, grabará lo que está haciendo.

Sands asintió y observó. Esta vez bebió un sorbo de su vino.

Christine montó la cámara en un pequeño trípode y apuntó hacia la ventana, insistiendo en esperar a que oscureciera del todo antes de levantar las persianas. Y así esperaron mientras Christine le contaba a Sands cómo había sido su vida en Londres con Evan y su lucha por concebir hasta que llegó Molly. Habló de los trabajos que había tenido y de que nunca había llegado a tener su propia carrera debido al apoyo financiero que había recibido de su marido. Por fin reinó la oscuridad en el piso de arriba de la casa de los Slaughter y Christine levantó las persianas. Sands pulsó el botón de grabación de la cámara y comprobó que funcionaba correctamente. La idea era estúpida, pero si iban a hacerlo, más valía hacerlo bien.

—¿Qué te estaba contando? —preguntó Christine cuando terminaron. Parecía ansiosa por continuar su historia, pero Sands ya había oído suficiente. Sentía como si la hubieran bombardeado con información y ahora necesitara espacio para procesarla... Necesitaba salir. Caminar.

—En realidad hay algo que tengo que hacer —la interrumpió Sands.

—¿Ah sí?

Sands habló despacio.

—La investigación identificó a Michael Sopley muy pronto y, después de que falleciera no hubo ninguna posibilidad de enjuiciamiento. Eso significaba que algunas preguntas muy básicas quedaron sin respuesta. Una de ellas era cuánto tiempo le habría llevado a Rodney, o a cualquier otra persona, llevar a Emily desde su habitación hasta el lugar del asesinato. Voy a averiguarlo ahora. Lo cronometraré para ver cuánto se tarda.

El miedo era evidente en la cara de Christine.

—¿Ahora? Está muy oscuro...

—A Emily la secuestraron en plena noche.

—No creo que pueda... No quiero dejar a Molly...

—No te lo estoy pidiendo —dijo Sands—. Tú quédate aquí con los niños.

Christine parecía aliviada. Asintió con la cabeza. Unos instantes después, sus ojos se iluminaron.

—¿Así que esto va a ser una especie de reconstrucción? ¿Como hacen en la tele?

Sands miró a Christine, sorprendida por su reacción. Su carácter era infantil. Parecía exageradamente feliz ante cualquier avance hacia la confirmación de su opinión sobre la culpabilidad de su vecino, pero se sumía en el miedo cada vez que ocurría lo contrario. Tal vez eso tuviera sentido, dadas las circunstancias, pero también puede que fuera algo extraño.

—Más o menos.

—Entiendo. —Christine miró de repente alrededor del salón—. Si al menos tuviéramos un maniquí o algo para llevar, para recrear el cargar con la chica. Ya sabes, como los que tienen en los escaparates. A veces los hay de tamaño infantil. —Christine se mordió el labio, pensando—. ¿Podría coger una bolsa de deporte? Hay un montón de piedras fuera, podríamos llenarla con ellas para que la lleves. No tendría la forma adecuada, pero podríamos darle el peso adecuado. Eso es importante, ¿verdad?

Sands echó un vistazo a la cámara de vídeo, que grababa en vano a su lado, y ahora esto. Pero esbozó una rápida sonrisa.

—Claro. Buena idea.

Diez minutos más tarde, Christine había sacado una bolsa de deporte amarilla y negra y le había dicho varias veces a Sands dónde podía encontrar una pila de ladrillos y piedras que habían sobrado de las obras. De alguna manera, Sands se vio involucrada en el ejercicio. Ambas mujeres salieron juntas a llenar la bolsa y Christine se preocupó de elegir las piedras adecuadas para que la bolsa fuera una representación exacta de una niña de ocho años. Miró varias veces a su alrededor, en la oscuridad, y por fin dijo lo que le rondaba la cabeza.

—¿Estás segura de que esto no es peligroso?

—Puede ser —asintió Sands, aprovechando la excusa—. Deberías entrar y ver cómo está Molly. Luego vete a la cama. Cogeré una llave y te veré por la mañana.

Incluso en la oscuridad podía ver la expresión en la cara de Christine.

—Voy a dormir en su habitación esta noche.

—Buena idea.

Fue como si el aire se hubiera despejado de repente. Sands se tomó unos instantes para aspirar bocanadas de fresco y húmedo aire y luego se puso manos a la obra. Primero puso en marcha un cronómetro en su teléfono antes de vaciar la pesada bolsa de piedras, arrojándolas a una zanja donde Christine no las viera. Era útil para comprobar la cronología, pero Sands se dio cuenta de que ella iría mucho más despacio de cualquier manera: no creía que el asesino hubiera sufrido un disparo seis meses antes, como ella.

Necesitaba dejar tiempo suficiente para entrar en la habitación de Emily y drogarla. La autopsia de la chica había revelado restos de cloroformo, que la habrían dejado inconsciente en cuestión de segundos. Esa parte de la ecuación era relativamente simple. Lo que era más complejo era calcular cuánto tiempo habría llevado forzar las cerraduras. En teoría, podría haber sido desde unos pocos segundos hasta media hora, dependiendo del nivel de habilidad. Pero si había sido Slaughter, podría haber forzado la cerradura de antemano para que pareciera que alguien ajeno a la casa se había llevado a Emily. Era un problema irresoluble por lo que Sands lo meditó tan solo durante un instante antes de darse por vencida y ponerse manos a la obra.

Tomó el camino del acantilado que bajaba desde las casas hacia la cala. Aunque la casa de los Slaughter era la última de las situadas en lo alto, había otras un poco más alejadas del borde. La forma en que caía el acantilado, ganando inclinación a medida que descendía hacia el mar, hacía que el camino que tomó Sands quedara por debajo de la línea de visión de sus ventanas. La noche del asesinato, quienquiera que tomara este camino habría estado oculto a la vista.

La caminata habría sido bastante fácil si no hubiera sido porque su cojera le molestaba. La luna aparecía y desaparecía entre las nubes antes de que el camino se adentrara en una pequeña zona boscosa. Aquí, la luz de la luna no podía penetrar entre las copas de los árboles y el camino se sumió en una oscuridad total. Sands no sentía miedo, pero consideró la posibilidad de dar un rodeo, ya que su herida le restaba agilidad. Sería fácil tropezar con una raíz expuesta y deshacer el progreso que ya llevaba con la rehabilitación. Pero el único camino alternativo la llevaría cerca de las otras casas, una ruta poco probable para el asesino. Siguió adelante.

En cuanto se metió bajo el dosel de ramas, la iluminación ambiental desapareció casi por completo. Avanzaba con pasos inseguros, con las manos extendidas hacia delante. La ligera brisa que susurraba entre los árboles sonaba como voces, y había otros ruidos, inquietantes y extraños, de animales que se movían a su alrededor. Poco a poco, sus ojos se fueron adaptando y pronto vio que la luz cambiaba y el bosque se iba abriendo. Entonces se oyó otro ruido, un repentino roce que provenía de muy cerca, detrás de ella. Se quedó inmóvil y se volvió para mirar en la oscuridad.

Probablemente era un animal. Habría zorros, tejones, tal vez incluso ciervos en el bosquecillo, pero también se le ocurrió un pensamiento incómodo e irracional. ¿Y si se hubieran equivocado con Rodney? ¿Y si, en lugar de acostarse temprano, había estado esperando en su casa, observándolas mientras instalaban la cámara de vídeo? ¿Y si la había visto salir y había decidido seguirla? Por primera vez, sintió un escalofrío de alarma.

Permaneció allí un rato, esperando oír los ruidos de la negra noche, pero el único sonido que percibió fue el susurro de las hojas de los árboles. Empezó a moverse de nuevo, con los sentidos más alerta esta vez, y no tardó en salir del bosque, de nuevo a la luz de la luna. De inmediato respiró hondo y descendió con cierta velocidad por una serie de senderos cortos e interconectados hasta llegar a la cala.

· · ·

Consultó su teléfono. Habían pasado menos de nueve minutos desde que se había puesto en marcha, teniendo en cuenta el tiempo empleado en secuestrar a la chica. En ningún momento había sido visible, y ahora se alejaba de la civilización hacia la parte desierta de la playa. Se guardó el teléfono y se puso en marcha a lo largo de la curva de la orilla, el sonido de las olas contra los guijarros de la playa susurraba de fondo. Aquí el camino era más fácil y miró hacia delante, intentando determinar dónde se había producido el asesinato. Entonces oyó otro ruido, parecido a un estornudo. Se giró de inmediato. No había nadie detrás de ella. No había dónde esconderse. Al menos, no en la playa. Pero el acantilado de tiza se elevaba en escalones, y en la cima del primero, unos diez metros por encima de ella, había un segundo camino. ¿Acaso el sonido procedía de allí? Sands pensó en la potente linterna que guardaba en el coche y maldijo su estupidez por no haberla traído. Podía usar la luz de su teléfono, pero no llegaría tan lejos y solo serviría para revelar su posición.

Entrecerró los ojos en la oscuridad, tratando de distinguir la ruta del sendero sobre ella, dándose cuenta ahora de la ventaja que ofrecía sobre el camino en el que ahora se encontraba. Cualquiera que tomara esa ruta podría agacharse fácilmente y perderse de vista, protegido por el borde del pequeño acantilado. ¿La habría seguido Rodney? Y si era así, ¿por qué?

El ruido volvió a llegar desde la orilla. Y cuando miró, vio una ola un poco más grande que rompía sobre los guijarros de la playa, moviéndolos con un silbido. Volvió a girarse y estudió el acantilado, pero todo estaba en calma. Deseosa de acabar de una vez, se apresuró a avanzar lo mejor que pudo; se dio cuenta de que su cojera empeoraba. Sintió que un nudo de ansiedad crecía en su interior.

Pensó en la bolsa que aún llevaba. Había vaciado las piedras, pero lo cierto era que había caminado una distancia considerable, y habría sido muy difícil llevar a una niña inconsciente tan lejos. Inesperadamente, su mente volvió a la visión que había tenido seis meses antes de la ancha y fuerte espalda de Rodney mientras bajaban las escaleras de su casa para comprobar la habitación de su hija. Si la chica había sido secuestrada por un delincuente solitario, tendría que ser como Slaughter. Entonces otro pensamiento lo sustituyó, otra opción. Sabían que el asesino había usado cloroformo, pero no cuándo lo había usado. Si Rodney era el asesino, entonces Emily habría confiado en él lo suficiente como para caminar voluntariamente hasta llegar al lugar del asesinato. Una emocionante aventura nocturna. Sands miró la cala, tratando de imaginársela. Era un lugar tan pintoresco que incluso de noche resultaba atractivo. Los acantilados se alzaban en la penumbra y media docena de veleros estaban anclados en el agua cristalina, sus luces encendidas brillaban en la noche. No habría sido así en febrero, por supuesto. Habría hecho más frío y estaría más vacío. Era difícil imaginar a la pequeña abandonando de buen grado su cálida cama.

Sands casi había llegado al lugar donde habían encontrado el cadáver de Emily. Dejó la bolsa en el suelo y pensó cuánto tiempo habría tardado el asesino en completar su macabra obra. No era difícil recordar el aspecto que tenía el cuerpo de la niña, con el pecho abierto a hachazos y la muñeca metida en la cavidad. Volvió a pensar en la falta de linterna y se dio cuenta de que el asesino debía de haber tenido algún tipo de iluminación. Sands recordó que se había olvidado de comprobar cuánta luz habría esa noche. Hizo una nota mental para corregirlo y volvió a sacar el teléfono para comprobar la hora. Esperaría diez minutos, tiempo suficiente para que se produjera el asesinato, y luego regresaría. La brillante luz de la pantalla del móvil le cortó de repente la visión nocturna.

Esta vez, estaba segura. No un estornudo, sino una tos, y

cerca. A cinco o diez metros. Bloqueó el teléfono y miró a su alrededor, con todos sus sentidos en alerta. El teléfono la habría delatado. Se movió hacia un lado de la playa, pero su pie se enganchó en algo y, un segundo después, el aire se cortó con un horrible grito justo delante de ella. Oyó voces de pánico y entonces se encendió una luz que la apuntaba directamente a los ojos. Sands se quedó ciega y el corazón casi se le sale del pecho.

Quien fuera que sostenía la antorcha la desvió hacia el agua de la cala.

—Lo siento. Solo estamos acampando. —Era la voz de un niño. Sonaba joven y absolutamente aterrorizado—. Si no está permitido, lo siento.

El cerebro de Sands gritaba para comprender lo que estaba ocurriendo. Con el corazón latiéndole con fuerza, había esperado tener que luchar contra Rodney, pero a la luz de la linterna distinguió la forma de una tienda delante de ella; su pie se había enganchado en la cuerda que la sujetaba. El chico que sostenía la linterna la hizo girar y vio que había una chica con él, con los ojos muy abiertos y blancos de miedo.

—Nuestros padres están en ese barco, seguro que nos están viendo —continuó el chico. Le temblaba la voz al hablar, pero intentaba dar a entender algo. Sands empezó a comprender, pero por un momento siguió sin encontrar las palabras para explicar su repentina interrupción.

—Solo sois unos chavales —dijo al fin—. ¿Estáis acampando en la orilla para pasar la noche?

—Sí.

Sands sintió que se le ralentizaba el pulso. Respiró un par de veces más para tranquilizarse. Unos niños aterrados no le servían de nada. Y si Slaughter estaba aquí, asustado por el ruido... Se inventó algo rápido.

—Soy de la oficina del alcalde. Será mejor que le digáis a

vuestros padres que vengan a buscaros. Aquí no se puede acampar.

—Vale, lo sentimos. —El chico se apresuró a asentir y Sands vio la luz de su teléfono móvil mientras marcaba con rapidez el número de sus padres. Unos segundos después se encendieron las luces del interior de uno de los veleros de la bahía.

Sands se alejó, hacia la oscuridad, pero sabía que era inútil. Si Slaughter había estado allí, habría tenido muchas oportunidades de escabullirse. Pero si había estado allí, ¿por qué? ¿Lo había cabreado tanto que quería atacarla?

—Vienen ahora a recogernos. Lo sentimos mucho. Creíamos que estaba permitido acampar aquí. —Sands se volvió de nuevo para ver una nueva luz en el barco y entonces el silencio de la bahía se rompió con el zumbido de un pequeño motor fueraborda.

Sands esperó con los niños hasta que el bote de los padres llegó a tierra y se alejó. No ganaría nada enfrentándose a los adultos. En lugar de eso, regresó cojeando rápidamente por la playa, mirando a su alrededor todo el tiempo en busca de alguna pista de que Rodney la estuviera siguiendo. Si lo había hecho, se las arreglaba muy bien para perderse de vista.

Por fin llegó a las casas y entró en la de Christine antes de desplomarse contra la puerta principal y expirar.

El cronómetro de su teléfono móvil marcaba cincuenta y dos minutos.

Pensó en la cronología que Rodney y Janet Slaughter habían dado para la noche del secuestro. Janet había acostado a la niña unos minutos después de las siete. Los Wade habían llegado poco antes de las ocho y habían estado allí toda la noche, hasta casi medianoche. En ese momento Janet se había acostado, mientras que Rodney había pasado entre cuarenta minutos y una hora limpiando antes de reunirse con ella. Janet se había despertado cuando él llegó a la cama, recordando que la hora era poco después de la una de la madrugada.

Era un poco justo, pero Rodney tuvo tiempo de matar a su hija, suponiendo que hubiera conseguido forzar la cerradura increíblemente rápido, o que la hubiera forzado de anticipado.

Sands se detuvo, examinando ese pensamiento con más detenimiento. Y de repente se sorprendió, y también se molestó, de que hubiera tardado tanto en considerar algo tan obvio. La cerradura de la habitación de Emily había sido forzada. El cerrajero forense lo había dicho en su informe preliminar. Aquel detalle había dirigido toda la atención hacia Michael Sopley, el antiguo cerrajero. Pero si Rodney era culpable, el forzado de la cerradura adquiría un nuevo significado. Quizá la forzó antes de la noche del asesinato, cuando su mujer y su hija estaban fuera y podía trabajar sin ser observado. Pero aun así, tendría que haber sido capaz de hacerlo en algún momento. Un recuerdo se disparó: los medicamentos de la encimera de la cocina de Rodney y el ratón especial que había conectado a su ordenador. De repente se dio cuenta de que el forzado de la cerradura era la clave de este crimen.

Y ahora, necesitaba ayuda.

CAPÍTULO CINCUENTA Y CUATRO

SANDS PROGRAMÓ una alarma para las seis de la mañana. Subió las escaleras, quitó la cámara de vídeo y el trípode de la ventana que daba a la casa de los Slaughter y bajó las persianas. Preparó café y bajó la taza. Más valía ver el vídeo hasta el final.

No había televisor en la habitación de invitados, así que tuvo que verlo en la pequeña pantalla conectada a la cámara de vídeo. Había estado funcionando toda la noche, pero como había grabado oscuridad la mayor parte del tiempo, pudo avanzar rápidamente y esperar a que apareciera algo de luz en la pantalla. Sorbió su café poco a poco, observando la oscuridad difusa, y luego lo dejó en la encimera para poder hacer sus ejercicios. Finalmente, la pantalla empezó a aclararse, no porque hubieran encendido una luz, sino porque la cámara había grabado el comienzo del amanecer. La apagó, bostezó y miró la hora. Las ocho de la mañana. Cogió el móvil.

Hubo un momento, cuando la línea se conectó, en que se preguntó si la ayudaría o si amenazaría con denunciarla, como había hecho Lindham. Pero se imaginó al joven subinspector que la había seguido aquel primer día y que había aparecido en el hospital tras el tiroteo. Esperaba que la ayudara.

* * *

—Hola jefa. —Luke Golding sonaba sin aliento—. ¿Cómo te encuentras?

—Bien. ¿Estás en la oficina?

—Um... Todavía no, no. Estoy de camino.

Sands volvió a mirar la hora, pero no hizo ningún comentario.

—Cuando llegues, necesito el informe forense sobre la cerradura de los Slaughter. Pero no puedes dejar que Lindham sepa lo que estás haciendo. —Oyó el claxon de un coche de fondo.

—¿Por qué no? ¿Y por qué lo necesitas? — Hubo otro sonido, el siseo de unos frenos y luego Golding hablando con otra persona.

—Hay cabos sueltos. ¿Dónde estás?

—Estoy en un autobús. ¿Qué cabos sueltos? ¿Y qué pasa con tu audiencia? Creía que seguías suspendida.

—Lo estoy, pero... ¿Por qué estás en un autobús? ¿Dónde está tu coche?

—Lo dejé aparcado anoche. ¿Para qué necesitas el expediente, el caso está cerrado? —Por un momento Sands se distrajo imaginando a Luke y sus colegas del departamento de copas. Luke decidió no conducir a casa y acabó... ¿dónde exactamente? A un viaje en autobús del trabajo. Se quitó el pensamiento de la cabeza de inmediato. Ni siquiera sabía dónde vivía. Y no había razón para que le importara.

—Sé que está cerrado. ¿Puedes traérmelo?

—Yo... tendría que hacer una petición. Y Lindham tendría que autorizarlo, así que...

Sands chasqueó la lengua.

—Eso no me va a servir. ¿Lo has leído? ¿Recuerdas lo que decía?

—Eché un vistazo. —Golding hizo una pausa, como si pensara—. Confirmó que la cerradura de la habitación de la chica estaba forzada.

—Eso ya lo sé. ¿Qué más decía?

—No lo sé. La cerradura había sido forzada y Sopley era un antiguo cerrajero...

Sands lo interrumpió.

—Necesito reunirme con el cerrajero forense que examinó esas cerraduras. Vas a tener que organizarlo tú y no puedes decírselo a Lindham. —Se lo pensó un momento y luego añadió—: Tú también deberías venir.

Golding se esforzó por pronunciar la primera palabra de su respuesta.

—Claro... Vale, puedo hacerlo. Ayudaría un poco si me dijeras de qué se trata.

—Lo entiendo, pero son solo unos posibles cabos sueltos.

—¿No puedes ser más específica?

Sands vaciló.

—Yo tampoco estoy muy segura todavía. Te informaré cuando nos veamos. Hoy mismo, si puedes.

—De acuerdo. Me pondré en contacto contigo.

—Muy bien. —Sands terminó la llamada. Recordó añadir la palabra «gracias», pero para entonces la línea ya estaba cortada.

CAPÍTULO CINCUENTA Y CINCO

SANDS SUBIÓ A REUNIRSE con los Harvey. Era día lectivo, así que el tranquilo desayuno del día de antes fue sustituido por un ambiente más apresurado. Sands se mantuvo al margen y se alegró cuando Golding le envió un mensaje para decirle que había concertado una cita para más tarde ese mismo día. Se marchó en cuanto Christine llevó a Molly al colegio.

Pero con tiempo de sobra, pasó primero por su piso, encontró una carta interesante y se la llevó arriba para abrirla en la cocina. Después de esperar meses a que el tribunal disciplinario resolviera sus protocolos de distanciamiento social, ahora querían acabar con el trabajo atrasado. Su audiencia sería dentro de dos semanas. La segunda parte de la carta resumía la situación, algo innecesario en su caso. Le recordaba la gravedad de la acusación y le advertía de que su suspensión sería definitiva si la declaraban culpable de mala conducta. La idea le dejó un amargo sabor en la boca.

Guardó la carta y miró a su alrededor. Solo había estado fuera dos noches, pero le pareció más tiempo, y vio el desorden de su piso con ojos nuevos. Todas las superficies estaban cubiertas de montones de transcripciones judiciales cubiertas de manchas de café y rotulador amarillo. Su ordenador portátil estaba donde lo había dejado, una especie de epicentro del desorden. Cuando encendió la pantalla, su base de datos seguía abierta.

Aún le quedaba una hora hasta encontrarse con Golding, así que se puso manos a la obra, tratando de poner un poco de orden, pero en realidad no había tiempo suficiente. Buscó algo de comer en la nevera y cuando no encontró nada, volvió a coger las llaves y se puso en marcha.

* * *

Llegó a un polígono industrial de las afueras de Southampton. Cuando localizó la unidad correspondiente, vio a Golding esperándola, apoyado en su anodino Vauxhall. Bajó la ventanilla.

—Jefa —asintió, con una sonrisa en la cara mientras se inclinaba hacia ella—. Supongo que no me vas a dar una explicación de todo esto, ¿no?

Sands subió la ventanilla, pero antes de que se cerrara del todo dijo—: Después.

El laboratorio de cerrajería forense era deliberadamente discreto. Un sistema de timbre te conducía a una pequeña sala de espera, con ejemplares de la revista «El cerrajero profesional» y un dispensador de agua en un rincón. No había recepcionista. En su lugar, se presentó el hombre que había contestado por el interfono.

—¿Subinspector Golding? Soy el doctor Bland. —Era un hombre bajo, con algo de sobrepeso y una espesa barba negra salpicada de canas.

—Encantado. —Mientras Bland comprobaba la

identificación policial de Golding, su antiguo colega la presentó—. Esta es la Inspectora Sands. Dirigió la investigación de Sopley. —Bland no pareció darse cuenta de que Sands no ofreció ninguna identificación.

—Creía que ese caso estaba cerrado —dijo Bland en su lugar mientras se limpiaba cuidadosamente las manos en un trapo—. ¿Hay algún problema?

Sands sonrió enérgicamente mientras tomaba el relevo.

—No hay ningún problema, no. Solo tenemos que comprobar un par de cosas.

—De acuerdo. ¿Qué cosas?

—¿Todavía tiene el candado original que se recuperó de la casa donde Emily Slaughter fue secuestrada? ¿O solo guarda fotografías?

—Ambos.

—Bien. ¿Podemos verlos?

—¿Por qué? Escribí un informe completo, no verás nada que no esté ahí.

Sands sonrió con cierta torpeza.

—A veces ayuda ver las cosas en persona.

Bland respiró hondo, pero luego se encogió de hombros.

—Bien. Si eso es lo que quieres. Adelante.

Les condujo a una sala más grande, en parte metalúrgica, en parte laboratorio informático y en parte almacén. Tenía los techos altos típicos de almacén y varias filas de estanterías industriales, la mayoría apiladas con cajas de plástico opaco. Otra parte de la sala estaba amueblada con escritorios, grandes máquinas y un microscopio. Bland hizo rodar una escalera de tijera hasta la mitad de uno de los pasillos, fijó la base en su sitio y subió a buscar una caja etiquetada con el nombre y el número del caso. Dentro, las cerraduras estaban guardadas en las bolsas de plástico transparente de alta resistencia que se utilizaban para conservar pruebas.

—Aquí tenéis. Las cerraduras de la casa de los Slaughter. La de arriba es la de la habitación de la chica. ¿Qué es lo que querías ver?

Ahora que estaba aquí, Sands no estaba del todo segura. Se lo pensó un momento y luego respondió.

—¿Quizás pueda resumir lo que ponía el informe?

El hombre no parecía contento.

—Estaba bastante claro. ¿Qué es exactamente lo que no entendiste?

—Asuma que es todo —dijo Sands—. Nos dio un informe preliminar diciendo que la cerradura de la puerta del dormitorio de Emily Slaughter había sido forzada. ¿Cómo lo sabía?

Bland los miró a ambos, pero luego se encogió de hombros.

—Cuando la quité de la puerta pude ver las marcas.

—¿Qué quiere decir?

—Marcas del pico que se usó.

—Explíquese. Imagine que no sé nada sobre forzar cerraduras. Pero necesito entender exactamente qué pasó aquí.

Bland frunció el ceño, pero pareció contento con la pregunta. No era frecuente que la policía se interesara tanto por su trabajo.

—De acuerdo —dijo al dejar el trapo—. Para forzar una cerradura se necesitan dos herramientas: una herramienta de tensión, que aplica tensión a la cerradura, y una ganzúa, que coloca los componentes de la cerradura para poder abrirla. Y como estas herramientas tienen que caber por una entrada muy pequeña, el ojo de la cerradura en la mayoría de los casos, tienen que ser muy finas. Por lo tanto, también tienen que estar hechas de un material extremadamente resistente. ¿Me sigues?

Sands asintió y miró a Golding. Sus cejas se alzaron un poco.

—Cuando se utiliza una ganzúa, se requiere un cierto grado de fuerza para mover los componentes internos de la cerradura contra los muelles. Más aún en una cerradura como esta, que asegura la puerta en tres puntos. Como resultado, la herramienta de ganzúa más fuerte suele dejar algún tipo de marca en el latón, que es más blando, o en el níquel-plata del mecanismo.

—Vale, ¿y eso es lo que vio cuando desmontó la cerradura de los Slaughter?

—Así es. Encontré pruebas de que la cerradura había sido forzada.

Sands volvió a mirar en la caja.

—¿Podría enseñármela?

—No con esto. Tendría que ponerme el traje protector y colocarla bajo el microscopio electrónico. Pero puedo enseñaros las fotos. —Abrió una carpeta del interior de la caja y les mostró una docena de grandes fotografías en color de lo que parecía un rodamiento metálico de bolas en primerísimo plano.

—Estas de aquí son las cabezas de alfiler.

Sands se inclinó, pero luego sacudió la cabeza.

—¿Y qué muestran?

—Mira aquí. —Señaló una serie de líneas poco profundas arañadas en la superficie del metal—. Se ve donde la punta del pico raspó contra la superficie cuando lo empujaron a su posición.

Sands le quitó la fotografía de las manos y la estudió con más detenimiento.

—¿Eso de ahí? ¿No podría haber sido hecha por la llave?

—La llave no toca aquí.

Sands frunció el ceño.

—¿Y estas marcas están siempre presentes si se fuerza una cerradura?

—Así es. —Bland parecía disfrutar de su explicación—. Forma parte del juego. Lo que sucede cuando pones una herramienta de pico duro contra componentes más blandos.

—¿Y si fuera alguien realmente hábil? ¿Podría forzar una cerradura sin dejar esas marcas?

Bland negó con la cabeza.

—Alguien realmente bueno, que aplique una tensión extremadamente ligera y con una mano muy firme podría pasar inadvertido por los inspectores *in situ*. Pero una vez aquí, bajo el microscopio electrónico, siempre se detecta.

—¿Siempre hay marcas?

—Herramientas de ganzúa duras contra el metal blando de la cerradura. Forma parte del juego —repitió.

Sands se quedó mirando las fotos un rato.

—Así que, lo que está diciendo es que puede hacer un juicio sobre el... nivel de habilidad del atacante a partir de lo profundos que son los arañazos.

—Así es.

Sands se quedó pensativo un rato.

—¿Podría mostrarme cómo sería una cerradura forzada por un aficionado?

—Claro. —Bland se volvió hacia un terminal de ordenador cercano. Tras unos clics, apareció una imagen en la pantalla. Otra imagen de un rodamiento de bolas. Sands y Golding se acercaron para ver.

—Estas son imágenes ampliadas 250 veces del mismo tipo de alfiler. Podéis ver aquí... —señaló en la pantalla una serie de arañazos significativamente más profundos en el metal—, la persona que hizo esto era mucho menos hábil.

Sands levantó la fotografía de la cerradura de los Slaughter para comparar.

—¿Cómo aprendería alguien a hacer esto? ¿Tendría que ser un profesional? ¿Y cómo aprenden los cerrajeros de verdad?

Bland se encogió de hombros.

—Cualquiera podría aprender de verdad. Hay muchos aficionados en el mundillo.

—¿El mundillo?

—En internet, en los foros. —Bland se rascó la barba distraídamente—. Es una comunidad interesante. Cada vez que un fabricante anuncia un nuevo modelo de cerradura, hay una carrera de profesionales y aficionados para ver quién puede ser el primero en romperlo. El primero en hacerlo publica la prueba.

—¿Qué prueba?

—El vídeo donde se muestra cómo forzó la cerradura, cómo se hizo.

—¿Y eso existe para esta cerradura? ¿Hay pruebas publicadas que muestren cómo abrirla?

—¿Para la cerradura Bullion de tres puntos? Por supuesto. Mirad. —Apartó la fotografía de la pantalla y abrió un navegador web. Band escribió «Bullion tres puntos» en el cuadro de búsqueda de un foro de ganzúas. Aparecieron unos cincuenta mensajes. Bland pinchó en uno que contenía instrucciones paso a paso, con fotografías, sobre cómo forzar la cerradura.

—¿Así que yo podría aprender a forzar esta cerradura? ¿Cualquiera podría aprender?

Bland se rio.

—Bueno, cualquiera no... —pero luego vio la cara de Sands y asintió—. Pero sí, cualquiera que esté dispuesto a dedicar tiempo a aprender lo básico.

—Y esta cerradura —Sands volvió a mostrar la fotografía—, ¿es básica? ¿O es una cerradura particularmente difícil de abrir?

El cerrajero frunció el ceño, como si no le gustara que le presionaran para ser demasiado específico.

—Dependería del nivel de habilidad. Un aficionado no sería capaz de romper la Bullion. Pero alguien como yo podría hacerlo con bastante facilidad.

—¿Cuánto tardaría? —preguntó Golding.

—¿Para llegar a ese nivel? —preguntó Bland—. Depende de cuánto tiempo y con qué frecuencia hayan practicado.

—No, me refiero a abrirla en el momento —corrigió Golding—. ¿Cuánto tardarías?

—Ah vale. ¿Diez? ¿Quince?

—¿Minutos? —comprobó Golding.

—Segundos. —La cara del cerrajero era inexpresiva.

Sands volvió a centrar la conversación en lo que ella quería. Golpeó con el dedo la fotografía de la cerradura de los Slaughter.

—¿Puede decir cuántas veces ha sido forzada esta cerradura?

—Una o quizás dos veces. No más.

—¿Cómo lo sabe?

—Por el número de arañazos. Cada vez que empujas el pasador con el pico dejas una marca. Aquí hay dos, lo que indica que se hizo dos veces como mucho, pero es más probable que se necesitaran dos intentos para abrirlo. Eso también sugiere un nivel decente de habilidad. No era un profesional, pero sabía lo que hacía.

—¿Examinó las otras cerraduras de las puertas de los Slaughter?

—Sí.

—¿Las forzaron?

—No.

—Gracias, doctor Bland. —Sands le devolvió la fotografía—. Ah, y una cosa más, ¿ha mencionado la necesidad de una mano firme? ¿Cómo de importante es ese detalle?

Bland echó una gran sonrisa antes de contestar.

—Eso es lo más importante. —Se rio entre dientes—. Buena suerte si intentas hacerlo cuando lleves un par de copas de más.

CAPÍTULO CINCUENTA Y SEIS

—¿SABES una cosa? Estoy deseando oír de qué va todo esto —dijo Luke cuando estuvieron de nuevo fuera. Sands apenas había hablado desde la última respuesta de Bland y le había tocado a Golding dar las gracias al cerrajero forense mientras se marchaban.

—¿Tienes hambre? —respondió Sands en su lugar—. No he almorzado. —No había nada prometedor en el polígono industrial, solo una furgoneta de hamburguesas que ella ignoró—. Sígueme. Te invito a comer.

Sands iba delante. Pasó por varios restaurantes y cafeterías abiertas, pero se incorporó a la autopista en dirección a Poole, donde por fin se detuvo frente a un pequeño restaurante japonés llamado Oshiki. Metió el Alfa en la única plaza de aparcamiento que había fuera, por lo que Golding tuvo que dar un par de vueltas hasta encontrar un sitio. Cuando llegó, la vio sentada en el restaurante, estudiando el menú y bebiendo un vaso de agua con gas.

—¿Y? ¿Me lo vas a contar ahora?

Sands lo miró por encima del menú.

—¿Qué te gusta? El Yaki Udon está muy bueno aquí. O el Mimigaa.

Golding suspiró. Cogió su menú, pero ella no le dio tiempo a leerlo, sino que levantó la mano y chasqueó los dedos. La camarera, una japonesa de mediana edad que había estado observando atentamente a Sands, se acercó y sonrió con amabilidad.

—Tomaremos Korokke y Harumaki para empezar, luego yo tomaré el Wagyu. —Sands miró expectante a Golding. Este echó un vistazo a su menú, pero se rindió enseguida.

—Tenéis... —Se volvió hacia Sands—. ¿Qué fue lo segundo que dijiste?

—Mimigaa.

—Sí, tomaré eso. Gracias. —Sonrió a la camarera, que asintió y se alejó a toda prisa.

—¿Qué acabo de pedir? —Golding la vio marcharse.

—Es una comida tradicional de Okinawa. Orejas de cerdo hervidas.

—Puaj, genial. —Se pasó una mano por la cara—. Me encantan las orejas de cerdo. Entonces, ¿me lo vas a decir?

—He estado investigando el caso de Michael Sopley.

—Me lo imaginaba. Me preguntaba por qué.

—Hay cabos sueltos, como ya dije. Una nueva prueba podría haber salido a la luz.

—¿Qué prueba?

Pero Sands no contestó, pues la comida no tardó en llegar. Los Korokee resultaron ser pequeños rollitos empanados, fritos y rellenos de verduras, carne y cangrejo. Los Harumaki eran más familiares, rollitos de primavera japoneses servidos sobre una ensalada verde. Sands comió con apetito, levantando con pericia la comida con los palillos mientras Golding utilizaba sin reparos un tenedor.

—¿Qué prueba? —insistió Golding, disfrutando claramente de los sabores de su plato—. ¿Y cómo es que la tienes, cuando se supone que estás suspendida?

—Espero que pronto no lo esté. Mi audiencia es en dos semanas.

Sus cejas se alzaron un poco.

—Bueno, algo es algo. Es una mierda el tiempo que te han dejado colgada.

—Sí. —Reprimió un aleteo de ansiedad.

—Entonces, ¿cuál es la nueva prueba?

—¿Sabías que los Slaughter dividieron su casa en dos? ¿Después del asesinato? ¿Que vendieron la mitad?

Golding volvió a fruncir el ceño.

—No. Ni siquiera había mirado el caso hasta que llamaste. No es que no hayamos estado ocupados, con la pandemia. ¿Y qué sentido tiene si no habrá juicio?

Casi tan pronto como se acabaron los entrantes, la camarera volvió con los platos principales. El filete de Wagyu tenía dos centímetros de grosor y estaba cocinado a la perfección. Incluso las orejas de cerdo tenían mejor pinta de lo que parecían.

—Hace unos días —continuó Sands mientras cortaba su filete— recibí una llamada de una mujer llamada Christine Harvey. Se ha mudado con sus hijos a la otra mitad de la casa de los Slaughter. Le preocupa que haya habido un error, que Rodney sea el responsable de la muerte de Emily y que ahora pueda suponer un peligro para su propia hija Molly, que tiene casi la misma edad que tenía Emily cuando murió.

—De acuerdo —dijo Golding, masticando cautelosamente una oreja de cerdo—. Rodney me pareció un bastardo sin corazón, pero no mató a la chica. Tenemos el ADN de Michael Sopley en el cuerpo.

Sands continuó, ignorando su aportación.

—Christine Harvey me enseñó un fórum en Internet bajo un artículo de periódico de alguien que dijo estar con Sopley la noche del secuestro.

—¿Con él? —Fue el turno de Golding para dudar—. ¿Una coartada?

—Sí. Una coartada que cubre todo el período de tiempo

en que el asesinato pudo tener lugar.

Golding abrió la boca para protestar, pero luego cambió de opinión. Se quedó pensativo unos instantes.

—¿Has dicho un foro en un artículo de periódico?

—Sí. —Sands lo miró. Por un momento se sintió incómoda ante la evidente duda en sus ojos, pero reprimió el sentimiento—. Yo tampoco me lo creía, pero lo investigué y era su novia. Ahora está muerta, pero hablé con su amiga y dice...

—Espera, espera. —Golding tenía las manos en alto—. Ve más despacio. ¿De verdad estás investigando en serio?

—Sí. —En su rostro apareció una expresión entre confusa e irritada.

—Pero no puedes hacer eso. Estás suspendida. Si alguien descubre que estás investigando un caso, especialmente este caso... te despedirán. —Miró a su alrededor, temeroso de que los oyeran.

—Lo sé, pero no estoy dispuesta a ser responsable de un grave error judicial, sobre todo si eso significa que un peligroso asesino sigue suelto. —Se lo pensó un segundo —. Es por lo que estoy hablando contigo. Necesito a alguien que pueda continuar la investigación en mi nombre. Que haga algunas comprobaciones que yo no puedo hacer mientras estoy suspendida. —Sands levantó una mano para atraer la atención de la camarera y pidió algo llamado Agairi, explicándole a Golding que era un tipo de té japonés. La camarera se marchó y Sands se recompuso.

Golding cerró la boca, que se le había quedado abierta. Se rascó la nuca, apartándose el cuello de la camisa como si de repente le apretara demasiado.

—¿Sabes que podrían despedirme a mí también si te ayudo?

Sands no respondió.

—Dijiste que estaba muerta —continuó Golding un

momento después—. ¿La mujer era la novia de Sopley? ¿Cómo murió?

—De una sobredosis. Era heroinómana. Puede o no ser sospechoso, esa es una de las cosas que quiero que compruebes. Pero antes de morir, le dijo a su amiga que Sopley la había violado la noche del asesinato, lo que podría explicar por qué huyó cuando vio a tanta policía aquella mañana.

El té llegó en tazas de porcelana blanca. Golding guardó silencio mientras la camarera se lo servía. Luego continuó.

—Puede ser. Pero podría ser porque asesinó a Emily Slaughter. Encontramos su ADN en el cuerpo, ¿recuerdas? ¿Cómo se explica eso?

—No puedo explicarlo. Al menos, no del todo. Pero la mujer con la que hablé, no sé, la creí. No creo que estuviera mintiendo. —Sands se quedó callada un momento, dándole tiempo para asimilar las cosas.

—¿Qué estás diciendo? —preguntó Golding al final.

—Es simple. Si Sopley tenía una coartada, entonces no pudo haber secuestrado y asesinado a Emily Slaughter. Lo que significa que alguien más lo hizo. Y en ese caso, podrían haber intentado inculpar a Sopley usando su ADN. —Sands esperó una respuesta.

—Y... ¿no me dijiste aquel día que cuando matan a chicas jóvenes, normalmente es el padre el que lo hace? ¿Algo así como en el setenta por ciento de las veces?

—El sesenta y seis por ciento.

—¿Crees que podría haber sido Rodney después de todo?

Sands no contestó de manera directa.

—La nueva vecina sin duda lo cree. Me dijo que a menudo se despierta en mitad de la noche y se queda mirando su casa. Me quedé a dormir y lo vi acercarse al dormitorio de la chica sobre las tres de la madrugada. Llevaba una espada.

—¿Una espada? Hostia puta. ¿Qué demonios estaba haciendo?

—Estaba practicando *Kenjutsu*. Por supuesto, podría haber sido un accidente que se llevara la espada con él, algo que hizo sin pensar.

Golding sacudió la cabeza y parpadeó.

—¿Kenjut... qué?

—La esgrima japonesa. Los Slaughter vivieron un tiempo en Japón, es un pasatiempo popular allí. No es poco común.

—¿Hablas en serio? ¿Una espada de verdad?

Sands volvió a levantar la mano y la camarera se acercó a ellos, con una mirada interrogante.

—¿Es popular el *Kenjutsu* en Japón? —le preguntó Sands. La mujer frunció el ceño, claramente sorprendida por la pregunta. Pero cuando Sands mantuvo los ojos fijos en su rostro y esperó, ella acabó respondiendo.

—Mucha gente... Mucha gente disfruta con esto. En todo Japón.

—¿Y se usa una espada para practicar?

—Sí... hay muchas espadas. *Tachi*, *Katana*, *Wakizahi*, muchas espadas diferentes.

—Gracias —asintió Sands y se volvió hacia Golding, como despidiéndola. La camarera dudó un momento y luego se retiró, la confusión grabada en su rostro.

—Vale. Ahora entiendo por qué me has traído a un restaurante japonés. Pero incluso sí allí es normal tener espadas en casa, aquí es un poco raro. ¿Y qué pasó de todas formas? —preguntó Golding.

—No estoy segura. Me vio y luego se fue.

—¿Intentó entrar por la fuerza?

—No, pero podría haber estado a punto de hacerlo. Entiendo por qué Christine está preocupada.

Golding lo consideró de nuevo.

—Así que, dado que tú estás suspendida, ¿quieres que hable yo con él?

—Ya he hablado con él. Me dijo que le preocupaba que pudiera volver a ocurrir lo mismo. Que alguien pudiera intentar entrar y secuestrar a la hija de Christine. Dijo que creía haber oído algo, pero que sabía que en realidad eran solo ruidos en su cabeza.

Golding sopesó la información.

—Tal vez. Pero si es el tipo de hombre capaz de matar a su propia hija, sin duda sería capaz de mentir al respecto.

—Eso es lo que pensé yo —continuó Sands, pero en seguida cambió de tema—. Después de mi accidente, ¿hubo un ejercicio de exploración, un esfuerzo por encontrar algún otro asesinato del que Sopley pudiera haber sido responsable?

—Sí —respondió Golding, pensativo—. Aunque podría haber sido más exhaustivo. Todo se volvió un poco loco cuando llegó la pandemia.

—¿Por qué?

—¿Por qué? Porque todo el país prácticamente se paralizó con el virus...

—No. Me refiero a por qué hubo un ejercicio de exploración.

Golding la miró como si estuviera loca.

—Siempre lo hay. Es un procedimiento rutinario. Cuando encontramos la identidad de un asesino debemos comprobar si pudiera haber cometido algún crimen similar sin resolver.

—Pero ese no es el caso en todos los asesinatos. Si es evidente que es un primer asesinato no se hace nada más ¿no?

—Obviamente no.

—Entonces, ¿se juzgó probable, o al menos plausible, que no fuera un primer asesinato? ¿Que Sopley podría haber matado antes?

—Sí. Lindham era de esa opinión —asintió Golding.

—Ya. ¿Encontrasteis algo?

—No.

—¿Dónde mirasteis?

—En los sitios habituales: primero en los casos sin resolver de la zona, luego en todo el país.

—¿Mirasteis los casos resueltos? ¿Los que tenían otros asesinos convictos?

—No. ¿Por qué íbamos a hacerlo? —Golding hizo una mueca.

Sands apretó los dedos y se quedó pensativa. Al cabo de unos instantes volvió a hablar.

—La mayoría de los asesinatos que hay son sencillos. Pero de vez en cuando aparece uno que no lo es. ¿Y si el asesinato de Emily fuera uno de esos? ¿Y ahí es donde nos hemos equivocado?

Golding frunció el ceño, con profundas arrugas en la cara.

—Lo siento, jefa. No estoy seguro de entender a dónde quieres llegar.

Sands apartó la mirada, pensando en la mejor manera de aclararlo. Luego se volvió.

—La prueba más contundente contra Michael Sopley era que uno de sus pelos púbicos, con un folículo convenientemente intacto, se encontró en el cadáver de la chica, lo que le vinculaba directamente con el crimen. ¿Correcto?

—Supongo que sí.

—Y no había forma de que no encontráramos ese pelo. Lo que es más, una que lo encontráramos y lo procesáramos, acabaríamos dando con Sopley. Estaba en el registro de delincuentes sexuales. No había duda de que daríamos con él.

Golding asintió.

—Entonces, si Sopley no lo hizo, ¿cómo llegó el pelo hasta ahí?

Golding desistió de intentar responder.

—La única respuesta posible es que alguien lo puso allí. Si no fue Sopley, entonces tiene que haber sido alguien que quisiera incriminar a Sopley plantando una pieza muy específica de su ADN en el cuerpo.

Golding se encorvó en ese momento.

—Bueno, ¿cómo se hace eso? Es algo personal.

Sands rechazó la pregunta.

—La verdad es que no. Podría ser una pareja sexual, podría ser un compañero de piso que lo encontró en sus sábanas o en la colada. Podría haberse hecho en el laboratorio, cambiando un pelo por otro, falsificando los resultados...

—Es bastante inverosímil...

—Eso no importa. Lo que importa es que se podría haber hecho. Y si se hizo una vez, podría haberse hecho antes. Muchas veces tal vez, con diferentes personas incriminadas cada vez. Lo que significa que no encontraríamos nada mirando casos sin resolver, porque los casos relevantes no estarían sin resolver. Estarían resueltos.

Golding se lo pensó un momento.

—Vale. Déjame adivinar, ¿eso es lo segundo que quieres que haga, buscar en casos resueltos a ver si Rodney Slaughter aparece por algún lado?

Sands negó con la cabeza.

—No. Slaughter no.

—Pero pensé que habías dicho...

—Dije que Christine Harvey cree que lo hizo él. Pero se equivoca.

—Vale... ¿Y por qué?

—Por lo que dijo el cerrajero. Se necesita una mano firme para forzar una cerradura Bullion de tres puntos. —Sands chasqueó los dedos y luego se los frotó para pedirle a la camarera que trajera la cuenta.

—Ya. Entonces, ¿sabes quién lo hizo?

—No. Pero creo que podría saber dónde buscar para averiguarlo. Por cierto, ¿dónde has dejado el coche?

—En el aparcamiento subterráneo del centro.

—Está bien, puedes dejarlo ahí, iremos en el mío. —Sands pagó la cuenta con su tarjeta de crédito.

—¿Adónde vamos?

—A mi casa. —Se volvió con una sonrisa.

CAPÍTULO CINCUENTA Y SIETE

SANDS ABRIÓ el Alfa y subió. Golding echó un vistazo al aparcamiento de varias plantas cercano, donde estaba aparcado su vehículo, pero hizo lo mismo. Cuando se hubo abrochado el cinturón de seguridad, Sands encendió el motor.

—Mientras estaba recuperándome he estado leyendo transcripciones de juicios de casos de asesinato resueltos. He leído la mayoría en los que la fiscalía logró una condena.

—¿Transcripciones de juicios? —Golding no pudo evitar fruncir el ceño.

—Sí. Yorke denegó mi petición de revisar los casos sin resolver para ver si se había pasado algo por alto. Pero las transcripciones de los juicios son de dominio público, junto con cualquier documento presentado como prueba, así que pude descargarlas y revisarlas.

—¿Para qué?

—Quería determinar qué factores eran los más importantes para conseguir condenas, estadísticamente hablando. Así que intenté reducir cada caso a sus elementos clave: lugar, causa de la muerte, edad de la víctima, color del pelo... cosas así. Y luego construí una base de datos para

GREGG DUNNETT

contrastar todos esos factores. —Hizo una pausa—. Pensé
que sería interesante.

Las cejas de Golding subieron por su frente.

—¿Y todo esto lo hiciste mientras te recuperabas del
disparo?

—Bueno, había una pandemia. No me dejaban salir. —
Sands parecía confusa.

—¿Cuántos casos has descargado?

—Todos. De los últimos diez años.

—¿Todos ellos? ¿Cuántos son?

—Unos ochocientos.

—¿Ochocientos casos?

—Sí. Pero eso es solo en Inglaterra y Gales. Aún no he
llegado a Escocia.

—De acuerdo. —Golding parecía un poco mareado—.
¿Encontraste algo?

—Al principio no lo creía. Es decir, no había terminado y
había encontrado varios casos interesantes, pero entonces
me interrumpió la llamada de Christine Harvey. Y solo
entonces me di cuenta de que había ciertos casos que tenían
una similitud superficial con el de Sopley: se basaban en
una sola prueba real y todo lo demás era puramente
circunstancial.

Se detuvieron frente al edificio de apartamentos de
Sands. Ella cojeó un poco al entrar en el vestíbulo e,
ignorando el ascensor, subió tres tramos de escaleras hasta
el último piso. Su apartamento seguía siendo un completo
desastre, con papeles amontonados en todas las superficies.

—¿Aquí es donde vives? —preguntó Golding. Sands lo
ignoró, tratando de encontrar su ordenador—. Es bonito. O
podría serlo si lo recogieras un poco. —Miró por la ventana
hacia el puerto.

Sands siguió ignorándolo y señaló la pantalla de su
ordenador.

—Esta es la base de datos. No he tenido tiempo de

terminarla antes de la reunión, pero creo que podré hacer una búsqueda de los casos que necesitamos. —Se sentó y empezó a teclear, hojeando páginas de datos y pidiéndole de vez en cuando a Golding que le pasara uno de los documentos esparcidos por el escritorio.

De repente se levantó, pensativa, y se acercó a una pila de papeles que había junto al asiento de la ventana. Los hojeó rápidamente y acabó sacando uno.

—Este. —Leyó mientras hablaba, de modo que su voz era distante y vaga—. Involucra a un tipo llamado Joshua Jones. Fue condenado por el asesinato de una anciana en el sur de Londres. —Pasó la página, recorriendo rápidamente las líneas con el dedo—. Ahora está en la cárcel. Quince años de condena, pero siempre negó cualquier implicación. Recordé que tenía un terapeuta. Hice un campo de contactos médicos en la base de datos. No pensé que tuviera mucha importancia en ese momento, pero...

Se detuvo. Miró, parpadeando, el papel que tenía delante. Luego se volvió hacia Golding.

—¿Recuerdas el nombre de la mujer que vive al lado de Rodney y Janet Slaughter?

Golding tuvo que rebuscar en su memoria, pero lo consiguió.

—Christine algo. ¿Christine Harvey?

Sands le entregó el papel y él lo leyó durante unos instantes antes de llegar a la parte relevante.

—Ay joder —dijo Golding—. ¿Esto... significa lo que creo que significa?

PARTE 4

CAPÍTULO CINCUENTA Y OCHO

CHRISTINE HARVEY

CHRISTINE ESTABA SENTADA con un plato en el regazo viendo la televisión. Los concursos y los dramas que llenaban la programación diurna eran para ella como viejos amigos. Durante muchos años la habían ayudado a olvidar los problemas de su vida. Ahora mismo, los pensamientos que la ayudaban a desplazar eran por qué la policía no detenía a su vecino y por qué Erica Sands, que había prometido ayudar e incluso se había mudado temporalmente con ellos, no parecía estar haciendo nada. Y hablando de eso, ¿dónde narices se había metido? Después de decir que los protegería de Slaughter había desaparecido, no se la veía desde hacía casi quince días. Y cuando Christine la llamó por teléfono, en repetidas ocasiones, solo dijo que estaba siguiendo pistas. La procesión de pensamientos que se perseguían sin cesar por su mente se interrumpió de repente. Al principio pensó que era un nuevo efecto de sonido del programa de televisión que estaba viendo. Luego se dio cuenta de que era el timbre de la puerta.

—¿Quién es? —gritó mientras salía al pasillo, donde

GREGG DUNNETT

miró a través de la mirilla instalada en la puerta principal. Inmediatamente, el corazón le dio un vuelco. Era un grupo de personas, una de las cuales era Erica Sands, con el rostro serio distorsionado por la curvatura del cristal. A su lado había un hombre mayor y detrás otro hombre y una mujer. ¿Qué quería toda aquella gente? Durante uno o dos gloriosos segundos llenos de esperanza, se preguntó si habrían venido a ayudarla, a detener a Rodney Slaughter, a dejarla vivir su vida en paz.

—¿Sí? — preguntó Christine al tiempo que abría la puerta principal.

—Christine Harvey —empezó Sands. Hizo una breve pausa, lo suficiente para ofrecer a Christine una mirada de respeto, una inclinación de cabeza, pero continuó despacio —. Este es el inspector jefe Yorke. —Señaló al hombre mayor que estaba a su lado y se apartó para mostrar a los demás—. Este es el subinspector Luke Golding y esta es Helen Emmerson. Helen trabaja para el servicio de protección de menores aquí en Dorset. —Se adelantó de nuevo mientras los otros agentes asentían con severidad—. ¿Podemos entrar, Christine?

Christine los miró con intensidad, insegura de si esto era real o solo un sueño.

—¿Por qué? ¿Para qué?

—Por favor. —Christine sintió los ojos de Sands fijos en los suyos—. Será mejor que hagamos esto dentro.

Christine quería negarse. Quería volver a su mundo, por horrible que fuera, donde podía distraerse lo suficiente con la Ruleta de la Fortuna como para mantener todo lo demás oculto. Pero estaba claro que no podía echarlos. Ella había empezado esto y ahora sentía que, después de tantos años, por fin estaba llegando a su fin.

—De acuerdo —dijo con un ronco susurro.

Sands los condujo al salón principal. Sin preguntar, abrió las persianas para que entrara algo de luz y apagó la

378

televisión. Entre ella y su colega Golding limpiaron la mesa del comedor y apilaron los platos sucios en el fregadero. Christine se quedó mirando hasta que terminaron. Entonces Sands pidió que se sentaran. Los demás también lo hicieron.

—¿Qué es todo esto? —preguntó Christine—. ¿Han venido a arrestar a Rodney Slaughter?

Se hizo el silencio.

—No, Christine, no estamos aquí por eso —empezó Sands. Christine miró a la mujer: la agente de protección de menores. Ese era el título que más la asustaba, mucho más que los inspectores. Christine se arriesgó a echar un vistazo al rostro de la mujer. Impasible, en la superficie amable, pero ¿qué se escondía debajo?

—¿Están tus hijos aquí? —preguntó Sands—. ¿Está Molly?

Christine sintió un repentino ardor en el pecho ante la mención de su hija, como si su corazón se hubiera detenido de repente y sus pulmones se hubieran colapsado. ¿Estaban aquí por Molly? Respiró entrecortadamente. Consiguió ahogar una palabra.

—¿Por qué?

—Por favor, responde a la pregunta.

Christine intentó recomponerse.

—No. Había quedado para jugar en casa de una amiga, está con Daisy... Y Ryan ha salido con unos amigos. ¡Aprobó su examen de conducir! —Por un momento volvió a vivir la mentira de que esa mujer era amiga suya. Una amiga de la familia. Pero entonces el pensamiento se desvaneció—. Volverá pronto. —Intentó esbozar una sonrisa, pero se convirtió en algo feo—. Por favor, ¿de qué se trata?

—¿Daisy Reynolds?

—Sí.

Sands se volvió hacia la agente de protección de menores y habló en voz baja.

—Es una amiga del colegio. A ver si puede conseguir

una dirección y la recogemos después. —La mujer se dirigió al otro extremo de la habitación y sacó el móvil.

¿Recogerla? ¿Después de qué?

—Erica, ¿qué está pasando? ¿Por favor?

—Christine, mírame —dijo Sands, con un tono áspero en su voz—. Esta es una situación muy inusual, pero estamos aquí porque también es muy grave. Necesitamos hablar contigo y es importante que seas sincera. Más honesta de lo que has sido hasta ahora. Espero que estés lista, Christine. ¿Estás dispuesta a decir la verdad?

Christine miró fijamente a Sands mientras hablaba y luego se giró para observar asombrada a los dos hombres. Pensó que la miraban como si fuera una delincuente. Sintió que le daba vueltas la cabeza, que el conocido mecanismo de supervivencia empezaba a agitarse, revolviendo la olla a presión de las viejas excusas. Pero la forma en que Sands la miraba, la forma en que los otros dos inspectores la miraban, la hizo asentir.

—Por supuesto.

—Bien. Gracias, Christine —respondió Sands. Su voz era tranquila, casi triste—. Entonces, me pediste que viniera porque pensabas que habíamos cometido un error y que fue tu vecino Rodney quien mató a Emily.

La esperanza volvió a brotar en el interior de Christine, pero Sands no le dio la oportunidad de afianzarse.

—Venimos a explicarte que te equivocas.

Christine comenzó inmediatamente a sacudir la cabeza de nuevo, ansiando la luz de la esperanza, necesitando la llamarada de la posibilidad.

—No. No, tenéis que creerme. Has visto cómo mira a Molly... Lo viste con tus propios ojos, se acercó a su ventana. Intentó entrar por la fuerza.

—No intentó entrar, Christine —Sands sonaba firme ahora—. Vi a Rodney Slaughter fuera de la ventana de la habitación de Molly. Cuando le pregunté por qué estaba allí, me dijo que había oído un ruido y había salido a investigar. Dice que vive con miedo de que lo que le pasó a su hija le pase a otros niños, incluida Molly. Creo que es una excusa razonable dadas las circunstancias.

Christine hizo un ruido que sugería que aquello era cualquier cosa menos razonable.

—Es un mentiroso —espetó—. Ya lo sabes. Es un asesino y un mentiroso. No puedes fiarte de él.

—No es cuestión de confianza, Christine. Hemos examinado las pruebas y no apoyan la teoría de que Rodney pudiera haberlo hecho.

Christine seguía respirando profundamente, sin escuchar lo que decía Sands.

—Cuando examinaron la cerradura de la puerta de la habitación de Emily, mostraba claros signos de haber sido forzada desde el exterior. Eso indica que Emily fue secuestrada por alguien que irrumpió en la casa, no alguien que ya estaba dentro. ¿Por qué iba a forzar Rodney la cerradura, Christine? ¿Por qué haría eso?

Christine casi se rio en voz alta.

—¿Eso es todo? ¿Es todo lo que tienes? ¿No está claro? —Por un momento no pudo creer la estupidez de la inspectora que tenía delante. Su propia estupidez al confiar en ella—. Quería que pareciera que alguien de fuera se la había llevado. Por Dios, Erica. Por eso lo hizo. Forzó la cerradura, para que pareciera que había un intruso. Nunca lo hubo, fue él todo el tiempo. —Se volvió hacia los otros inspectores, el mayor y el joven guapo. Asintió frenéticamente, deseando que vieran la verdad. Pero no respondieron.

—Yo también pensé que eso podría ser una posibilidad —respondió Sands. Su voz parecía atraer a Christine hacia ella como un imán—. Pero cuando se fuerza una cerradura, podemos evaluar la habilidad del autor. Quienquiera que forzara la cerradura de la puerta de Emily hizo un buen trabajo. Y lo que es más importante, la abrió alguien con mano firme.

Christine intentó escuchar, pero las palabras no tenían sentido.

—No lo entiendo. ¿Qué estás diciendo?

—Christine, he hablado con Rodney sobre esto y me ha dado permiso para contártelo, aunque me ha pedido que no lo repitas, por razones obvias.

—¿Qué? ¿Repetir el qué?

—Has pasado tiempo observando a tu vecino a través de esta ventana. Has visto sus hábitos, lo has visto trabajar con su ordenador. Has visto el ratón que utiliza. —Sands hizo una pausa y Christine se quedó desconcertada.

—¿Y?

—También has dicho que has presenciado arrebatos de ira. Una vez, cuando practicaba kitesurf y otra cuando practicaba con su espada. Estos arrebatos provienen de su propia frustración por su declive físico.

—¿Qué? —De repente aquello era demasiado—. ¿Practicando con su espada? ¿Qué clase de persona practica con una espada en primer lugar? En medio de la noche.

Sands la ignoró y siguió hablando, con una voz enloquecedoramente tranquila.

—Christine, Rodney Slaughter padece la enfermedad de Parkinson. Por eso le tiembla la mano. Por eso tiene un ratón especial en el ordenador. Es una de las razones por las que está enfadado. He hablado con su médico y con otros especialistas. Todos confirman que no hay forma de que haya sido el responsable de abrir la cerradura de la puerta de la habitación de su hija. Él no fue.

—Pero... No. —Los hechos se reorganizaron rápidamente en la mente de Christine. Aparecieron diferentes estrategias, completamente formadas—.

¿Parkinson? Está fingiendo. Finge tener esa enfermedad. ¿O tal vez aparece y desaparece? O qué tal si hizo que alguien abriera la cerradura por él. Cuando se llevó a la pobre Emily. Debe de ser algo así. Porque él lo hizo. Sé que lo hizo.

Nadie habló durante un rato, así que Christine intentó otra táctica.

—Y la lucha con espadas. ¿Qué hay de la lucha con espadas? Ya lo viste, en mitad de la noche. —El hombre mayor, el comisario jefe o lo que fuera, se removió incómodo en su asiento.

—No significa nada, Christine —la voz de Sands mantuvo la calma—. Es una afición inusual aquí, pero es común en Japón, donde Rodney la aprendió. Vivió allí varios años. —Hizo una pausa—. También está afligido y traumatizado por el asesinato de su única hija. Quizá en esas circunstancias sea comprensible que quiera tener un arma en casa y practicar con ella cuando no puede dormir.

Christine sintió que vislumbraba el vacío, pero aún no estaba preparada para enfrentarse a él.

—Entonces, te equivocas con la cerradura. A lo mejor la forzó, o no le hizo falta, ¿por qué iba a forzarla? Tenía la llave. Ya estaba dentro. Así que se la llevó, y fingió forzar la cerradura, o te equivocas con lo de que estaba forzada. —Christine tardó unos segundos en darse cuenta de lo mucho que estaba sacudiendo la cabeza. Se obligó a quedarse quieta.

Sands guardó silencio, pero Christine se sintió observada por todos ellos.

—No. ¡No! Esto es una locura. No puedes creerle. Es un mentiroso. No está enfermo. Parkinson, já, —Christine quería escupir la palabra—. ¿Y a quién estaría protegiendo? A sí mismo, ¡mira su tamaño! O te refieres a su mujer, porque seguro que no quiere protegerla. Probablemente va a matarla... —Christine se giró para mirar a uno de los hombres, Yorke se llamaba el mayor, seguro que la escucharía—. Tiene una aventura. Rodney Slaughter tiene una aventura. —Hubo un breve silencio—. ¿Te lo ha confesado? ¿Te dijo que lo vi, escabulléndose con la maestra de Molly, la maestra de su propia hija? Asquerosos, los dos. Ni siquiera trataban de ocultarlo.

Sands respondió.

—Tener una aventura no es un asunto policial, Christine. Aunque puede ser un asunto disciplinario para la profesora asistente. Pero eso es cosa de la escuela.

Christine abrió la boca y volvió a cerrarla.

—¿Así que lo admite? Que tiene una aventura.

—Parece una explicación plausible para lo que ha descrito, pero no tiene ninguna relación posible con lo que le ocurrió a Emily Slaughter.

—¿Así que no... no importa?

—No tiene relación con este caso.

—No importa. Aun así se llevó a su hija... —murmuró, deseando que fuera verdad.

—No, Christine, no lo hizo —respondió Sands con suavidad—. Alguien más irrumpió esa noche. Alguien más secuestró y asesinó a Emily. —Hizo una pausa y cuando volvió a hablar sus palabras llevaban el peso del mundo en ellas—. Y creo que tú lo sabes.

Christine miró hacia abajo. Vio cómo el miedo con el que vivía se hinchaba de repente en su interior. Una negrura que empezó a girar y a marearla. Los pensamientos la absorbían, las mentiras se escapaban y las tapaderas comenzaban a abrirse.

—Espera, ¿qué? ¿Todavía crees que fue Sopley? —Christine se rio, consciente de que sonaba como una lunática, pero sin poder parar—. Te hablé de su coartada. Hablaste con esa mujer... —Consiguió estabilizar la cabeza para mirar a Yorke a los ojos. El miedo se atenuó un poco, ¿podría controlarlo? ¿Podría forzarlo a volver al lado oscuro de su mente donde casi siempre se escondía?—. ¿Te lo ha contado? Que no podía ser Sopley porque estaba con otra persona esa noche.

—Sí —respondió Yorke, pero con tanta calma que Christine no lo oyó bien y siguió despotricando.

—Tiene que ser Rodney. Simplemente tiene que ser él.

—Christine, ¿cómo llegaste a comprar esta casa?

—¿Qué?

—Esta casa. ¿Cómo la encontraste?

—¿Qué? —Sentía la trampa en la pregunta, pero no llegaba a ver dónde estaba—. Yo... la vi en internet. Me pareció muy bonita. No sabía que había un monstruo viviendo al lado...

—¿Y esta zona? ¿Cómo llegó a conocer esta zona? —intervino Yorke.

—Solíamos... —Christine se detuvo. De repente, su cuello se crispó con brusquedad, tirando de su cabeza hacia un lado. Luego volvió a relajarse. Pero estaba bien. Los inspectores no lo habían notado—. Solíamos venir aquí de vacaciones. Hace años.

Sands respondió cogiendo la tableta que había sobre la mesa.

—¿Me permites?

Christine sintió frío y Sands tuvo que repetirlo.

—¿Para qué? —espetó Christine, de repente respirando con dificultad—. ¿Para qué la quieres?

—Por favor, Christine, es hora de la verdad. —Sands tendió la tableta para que Christine la desbloqueara. No había otra opción.

Sands encontró la cuenta de Facebook de Christine y se desplazó hacia atrás en el tiempo.

—Ahora ya no escribes mucho, pero cuando tu marido vivía lo hacías más a menudo. ¿Es cierto?

—Supongo que sí.

—Y no fue hace años cuando viniste aquí de vacaciones,

fue más reciente que eso. En realidad, fue este año, en febrero. ¿No es así?

Christine no se atrevió a mirar hacia la pantalla. Sabía que el miedo había vuelto. Unas nubes negras en su mente lo ocultaban todo. Se preguntaba si sería lo bastante fuerte para apartarlas de nuevo. Era tan agotador hacerlo.

—¿No es cierto, Christine?

—Tal vez. No me acuerdo.

—¿La misma semana que Emily Slaughter fue asesinada?

Christine respiró con dificultad. Pero no bajó la mirada.

—¿Y qué?

Sands levantó la tableta y mostró una fotografía de su familia. Su hermosa y maravillosa familia, antes de que le arrebataran a su querido Evan. En ella aparecían los cuatro, Christine con los brazos alrededor de Molly en un abrazo protector, Evan y Ryan uno al lado del otro. Evan había colocado el móvil en una roca y había activado el temporizador para tomar la fotografía. Al fondo se veía el promontorio que dominaba la cala.

—Publicaste esto dos días antes del asesinato.

—¿Y qué si lo hice?

Sands la ignoró. En su lugar, hojeó unas cuantas imágenes de la página de Facebook de Christine y encontró una en la que aparecía Evan solo, pintando uno de sus modelos de soldados.

—Vi esto abajo. —Sands sonrió de nuevo, con cierta tristeza—. Un trabajo tan intrincado, tan bellamente detallado.

—¿Y? ¿Qué estás diciendo?

El miedo rugía ahora. Como un enorme remolino oscuro que intentaba arrastrarla. Y casi lo consiguió.

—No te entiendo.

—Estabas aquí, Christine. Estabas aquí cuando se llevaron a Emily Slaughter. Y no solo tú.

—No. Te equivocas. Lo que sea que estés diciendo, estás equivocada. Fue Rodney. Fue el vagabundo, Sopley... —Sus palabras eran como salvavidas, apenas la mantenían a flote.

—¿Dónde os alojasteis, Christine?

—Justo en el pueblo. Evan encontró un lugar en Airbnb, pero...

Sus dedos se agarraron al borde de la mesa. Vio un cuchillo de cocina sobre la encimera, al alcance de la mano. Si se lanzaba a por él... Pero justo entonces el joven subinspector, dio un paso adelante y lo apartó con delicadeza. Se oyó a sí misma gemir.

—El subinspector Golding ha estado investigando el trabajo de su marido —dijo Sands—. Me dijo que murió trabajando en las salas del covid, pero ese no era su lugar habitual de trabajo, ¿a que no?

Christine respiraba con dificultad, tratando de concentrarse.

—No.

—Era médico especialista en psiquiatría. Cuando estalló la pandemia se ofreció voluntario para trabajar en primera línea, ayudando a pacientes en estado crítico. ¿Es eso cierto?

Christine asintió.

—Una decisión inusual.

—Era un hombre fuera de lo común. Brillante. Valiente.

Sands respiró hondo y soltó el aire con lentitud.

—En su trabajo habitual, antes del covid, trataba a pacientes con diversos problemas, incluidos pedófilos convictos y similares. ¿Es cierto?

—No lo sé. No hablaba de su trabajo. No estaba permitido.

—¿Nunca supo nada de su trabajo? —Yorke hizo esta pregunta. Parecía sorprendido.

—Sé que trabajaba con gente difícil.

—Christine —Sands tomó el relevo de nuevo—, ¿sabías que Michael Sopley fue paciente de tu marido?

Christine se quedó paralizada. Lo único que se movía eran sus ojos, que miraban intermitentemente por la habitación, como si no estuviera segura de dónde podía descansar.

—¿Sopley? ¿El vagabundo?

—Sí. Tuvo varias sesiones de terapia con tu marido. Fue un requisito de una orden judicial contra Sopley tras su condena por robo. Porque Sopley no era un ladrón típico. Irrumpía en las casas para colocar los juguetes de los niños en sus dormitorios. Le interesaban especialmente las muñecas. Sopley estaba obligado por ley a hablar de ello con tu marido. Tu marido también sabía que Sopley había trabajado muchos años como cerrajero. En resumen, tenía toda la información que necesitaba para inculpar a Michael Sopley de este crimen.

—Pero por qué iba a... —Christine tenía la mano en el pecho. De repente se sintió extrañamente tranquila—. Y Evan está muerto, inspectora. Evan murió hace cinco meses.

—Lo sé Christine. Y sé que elegiste mudarte aquí después de eso. Al lado de donde Emily Slaughter fue secuestrada y asesinada. Y creo que a todos nos gustaría saber por qué tomaste esa decisión.

Se hizo el silencio en la sala, todos esperaban la respuesta de Christine. Pero no la hubo. Al final, una expresión, casi de satisfacción, apareció en su rostro.

—El subinspector Golding también ha investigado a otros antiguos pacientes de su marido, Christine. Un número sorprendente de ellos han sido condenados por asesinato.

—Te lo dije, trabajaba con gente difícil.

Sands metió la mano en la bolsa que llevaba y sacó un expediente.

—Este es el informe del juicio de Joshua Jones, otro de los antiguos pacientes de su marido. Fue condenado por el asesinato de Elizabeth Peters. Actualmente cumple cadena perpetua en prisión. El crimen se ajusta con mucha precisión a la historia de Jones, los problemas que debía discutir con su marido. Peters era una anciana y Jones había abusado de pacientes ancianos en una residencia. Las huellas dactilares en un vaso situaron a Jones en la escena del crimen. Es muy posible que bebiera de ese vaso mientras estaba en terapia con su marido. Evan pudo haberlo guardado y plantado en la escena del crimen.

Christine negó con la cabeza y Sands apartó el expediente para mostrar otro.

—Y este es el informe del juicio de William Harris, otro antiguo paciente de su marido. Fue condenado por estrangular a un hombre llamado Daniel Cox. En el piso de Cox se encontró un único pañuelo de papel que situaba a Harris en el lugar de los hechos, aunque él negó haber estado allí o siquiera haber conocido a Cox.

Christine la miró a los ojos.

—Harris podría haber usado ese pañuelo durante una de sus sesiones de terapia y su marido podría haberlo plantado en la escena. También tenía toda la información que necesitaba para elegir una víctima que fuera un objetivo típico para Harris.

En respuesta, Christine se cubrió la cara con las manos. El miedo había llenado su mente por completo ahora. La absorbía. Pero a diferencia del torrente embravecido que siempre le había parecido, estar sumergida en él la llenaba de una profunda calma. Se encontraba casi en paz consigo misma.

—¿Qué estás diciendo? Mi marido se sacrificó para trabajar con esta gente. No era popular, pero alguien tenía que hacerlo.

—No creo que tu marido se sacrificara en absoluto, Christine. Creo que se aprovechó de esta gente. Creo que les tendió una trampa para cubrir los asesinatos que él mismo cometió.

De repente, Christine se echó a reír.

—Eso es absurdo. Es lo más ridículo que he oído nunca. Es mucho más probable que estos... —Volvió a apartar la mirada y su cuello se movió hacia la izquierda—. Estas personas lo hicieran ellos mismos. Sabandijas. —Murmuró la última palabra casi en voz baja.

—¿Gente como Michael Sopley? —preguntó Sands en voz baja.

—Sí —exclamó Christine—. Exactamente como Sopley. Si Rodney no mató a su hija, entonces debe de haber sido Sopley después de todo.

—Pero tú misma dijiste que no pudo haber sido Sopley, porque tenía una coartada.

Una parte de Christine ansiaba rendirse, ahora que había sido absorbida por el agujero negro que se había extendido bajo su mente durante tanto tiempo. Alguien le dio un vaso de agua y ella bebió un sorbo tembloroso.

—No ha habido tiempo para realizar una investigación detallada —dijo Sands—. Pero hemos investigado cuántos pacientes del covid murieron mientras tu marido trabajaba en la sala, y es superior a la media. Significativamente más alto. Sospechamos que tu marido eligió trabajar allí para tener la oportunidad de matar a esos pacientes.

Christine soltó una carcajada. El agua se derramó del vaso y fluyó sobre la mesa.

—Creemos que hay más, Christine. Creemos que encontraremos otras personas que Evan trató que han sido condenadas por asesinato. Asesinatos que tu marido cometió. Creemos que sabes que esa es la verdad y ahora queremos que nos ayudes. Que nos cuentes lo que sabes.

Durante un largo rato, Christine mantuvo los ojos fijos en el agua derramada. Luego, lentamente, volvió la cabeza para mirar a Sands. Tenía los ojos enrojecidos, muy abiertos y temblorosos por la fina película de agua que los cubría.

—Creía que habías venido a ayudarme.

Sands apartó la vista y volvió a mirar a Yorke. Este se hizo cargo del interrogatorio, con voz suave y mesurada.

—Creemos que le ayudará, Christine. ¿Por qué compró esta casa? No puede haber sido una coincidencia. ¿Fue por sentimiento de culpa? ¿Quería intentar mejorar las cosas, quizá en algún nivel subconsciente?

—Pensé que venir al campo ayudaría. Todo el mundo se moría en Londres. Desde el covid...

—¿Pero por qué esta casa? ¿Por qué al lado de donde vivía Emily?

—Y los animales. Estaban empezando a aparecer de nuevo, y yo no podía hacer frente a todo eso otra vez, así que pensé que si nos mudábamos... No sé... —Christine levantó la vista, llorando, su cara serena por primera vez—. Y de todos modos, yo no encontré la casa, fue Ryan. Al principio ni siquiera le apetecía mudarse, pero luego encontró esta casa en internet y, de repente, le gustó la idea.

Se oyó un ruido, el chirrido de la goma de un zapato sobre el duro suelo, e instantes después el sonido de la puerta de entrada al cerrarse.

Christine levantó la cabeza al oírlo.

—Probablemente sea Ryan. Le dije que podía coger el coche para recoger a Molly. ¿Te dije que aprobó el examen de conducir? Lo hizo muy bien. —Miró a Sands, pero la inspectora tenía un aspecto muy distinto, el cuerpo congelado y la cara repentinamente blanca.

—¿Era su hijo el que se ha marchado? —preguntó Yorke —. Nos dijo que había salido, que estaba con amigos.

—¿Ah sí? —Christine lanzó una mirada de disculpa. — Debe de haber estado abajo. Ya se sabe cómo son los adolescentes. Nunca sabes lo que están haciendo todo el día.

Los dos inspectores se miraron, parecían preocupados, pero Christine estaba más interesada en Sands. Seguía blanca y sus ojos se habían abierto de par en par. Lentamente se puso en pie.

—Ay, joder —dijo. Sus colegas la miraron interrogantes. Igual que Christine—. Los animales. El gato. El maldito gato en el contenedor. Con toda la locura por Evan Harvey, nos olvidamos del puñetero gato.

CAPÍTULO CINCUENTA Y NUEVE

ERICA SANDS

SANDS CORRIÓ hacia la puerta principal, sus lesiones punzando en las caderas, pero las señales no le llegaban al cerebro. Comprobó que la habían cerrado y echado doble llave, seguramente desde fuera, ya que la llave no estaba donde Christine solía dejarla colgada junto a la puerta. Tardó un frustrante rato en volver al salón, coger el segundo juego de llaves de la encimera de la cocina y regresar al pasillo. Cuando por fin consiguió abrir la puerta, el coche de Christine no aparecía por ninguna parte. Respiró con dificultad.

—Joder. —Se giró y vio a Golding y a Yorke detrás de ella, mirándola inquisitivamente—. El gato. Christine dijo que los animales empezaron de nuevo, en Londres. —Esperó un momento, pero todavía no entendían de que estaba hablando—. Christine encontró un gato asesinado hace unas semanas. Aquí. A menos que regresara de entre los muertos, Evan Harvey no mató al gato.

La inacción la paralizó, pero solo por un segundo. Volvió corriendo al interior, donde Christine la esperaba con Emmerson, la agente de protección de menores.

—¿Tienes la dirección de Daisy Reynolds, donde Molly está con la amiga?

—Acabo de conseguirla.

—Bien. Vamos.

Sands giró para ver a Golding detrás de ella.

—Tú también. Tienes que llegar a Molly antes que él.

—¿Qué está pasando? —preguntó Yorke desde detrás de ella—. ¿De qué va esto? ¿Estás sugiriendo que todo lo que hemos averiguado está mal?

Sands se dio la vuelta, sacudiendo la cabeza.

—No está mal, está incompleto. No contabilizamos bien al niño. Ryan es igual que su padre. O se está volviendo así. Y si estaba en casa todo este tiempo, puede haber oído lo que dijimos. —Sands se sintió enferma mientras hablaba.

Ni Emmerson ni Golding se movieron y Sands les gritó de repente a ambos.

—¡Moveos! Vamos. Id a por la chica. —Los llevó a toda prisa a la zona de aparcamiento. Habían llegado en dos coches, su Alfa rojo y el Mercedes plateado del inspector jefe Yorke, que le impedía el paso. Se volvió hacia Yorke—. Dale tus llaves, será más rápido.

Si a Yorke le molestaba que alguien de rango inferior le diera órdenes, no hizo nada por demostrarlo. En su lugar, le dio las llaves a Golding y vio cómo él y Emmerson corrían rápidamente hacia su Mercedes plateado.

—Llámame cuando la tengas —gritó Sands. Golding asintió antes de cerrar la puerta del coche.

Los neumáticos levantaron gravilla al agarrarse a la carretera y el coche desapareció colina abajo. Mientras tanto, Christine hacía un ruido, un ruido silencioso que a Sands le recordó a Janet Slaughter cuando se enteró de la muerte de su hija. Tenía la misma nota de desesperanza y terror.

—Vamos a esperar dentro —sugirió Yorke; era evidente que él también oía los gemidos. Pero Sands no estaba prestando atención sino que miraba el neumático delantero de su coche, el único que quedaba en el aparcamiento.

—Ay mierda. Lo sabe.

CAPÍTULO SESENTA

—¿CÓMO lo sabes? —preguntó Yorke, antes de darse cuenta de que el neumático estaba completamente deshinchado. Algo sobresalía del flanco, un corto eje de aluminio, en cuyo extremo expuesto se veían las aspas estabilizadoras de un dardo de ballesta.

—¿Qué es eso?

—Creo que es una saeta de ballesta —respondió Sands con el estómago retorcido.

Los gemidos de Christine se hicieron más fuertes.

—¿Ryan tiene una ballesta? —preguntó Sands, pero estaba claro que la madre no iba a responder.

—Tenemos que advertir a Golding —dijo Yorke y Sands asintió. Pero entonces esta tuvo una idea.

—Creo que sé dónde puede haber ido.

Yorke estaba callado, esperando.

—A la cala, donde ocurrió el asesinato. —Sands se giró para mirar hacia el camino al final del cual la cala brillaba bajo el sol de la tarde. Parecía inocente, atractiva incluso desde esa distancia. Se volvió de nuevo hacia Yorke—. Lleva a Christine dentro. —Apenas oyó su respuesta mientras empezaba a correr, lo mejor que podía con el dolor en el costado, colina abajo hacia la pequeña playa.

Cuando llegó al final de la calle, en lo alto de la playa, no le sorprendió en absoluto encontrar allí el coche de Christine, aparcado ilegalmente, con la puerta del pasajero abierta. Lo comprobó rápidamente, pero Ryan no parecía estar por ninguna parte. Sacó el teléfono para llamar a Yorke, pero sonó antes de que pudiera marcar.

—Golding, dime que tienes a Molly.

—Negativo. Ryan llegó justo antes que nosotros. No hay señales de ninguno de ellos.

—Estoy con el coche de Christine ahora. Están en el lugar del asesinato. Ven aquí y trae refuerzos.

Corrió por la playa lo mejor que pudo. Era un día laborable y lo bastante tarde como para que solo quedaran algunos turistas, que ya se dirigían a sus coches aparcados en el pueblo, detrás de ella. Los pies se hundían en la arena suelta y los guijarros, y las caderas le dolían por el esfuerzo de seguir corriendo. Finalmente, las rocas del otro extremo de la playa se acercaron lo suficiente como para divisarlas. Pero allí no había nadie. No había nada que ver. Sands aminoró la marcha, ya sin aliento, y empezó a dudar, esperando estar equivocada. Pero no por mucho tiempo. Oyó un ruido extraño, o más bien una sensación de ruido, como si un pajarillo hubiera pasado volando junto a su oído. Se detuvo en seco.

—Sera mejor que no te acerques más. —Ryan salió de detrás de la roca donde se había escondido. En sus manos sostenía una ballesta, pintada de camuflaje en tonos marrones y verdes, con la cuerda enrollada y otra saeta ya colocada. La levantó para mostrársela—. La primera ha sido una advertencia. Se me da bastante bien. He estado practicando con la fauna local. Y con un par de gatos. —Sonrió. Luego, cuando Sands dio un paso adelante, su rostro se volvió serio—. La próxima vez no voy a fallar.

—¿Dónde está Molly? —preguntó Sands. Se sentía completamente expuesta, atrapada a medio camino entre la orilla del mar y la parte superior de la playa. No había donde agacharse para cubrirse si él disparaba de nuevo.

—Está aquí, durmiendo. Se suponía que tenía que recogerla y llevarla a casa, pero os oí hablar con mamá y decidí traerla aquí. Le dije que tenía una sorpresa especial para ella. —Volvió a sonreír.

—¿Qué quieres decir con que está durmiendo?

—Quiero decir que la golpeé con una piedra. Pero está bien, solo un poco noqueada. Por ahora.

—¿Qué estás haciendo? ¿De qué va todo esto?

—Parece que lo sabes. Tú eres la que tiene todas las respuestas. —Ryan apuntó despreocupadamente la ballesta a su cara. Estaba lo bastante cerca como para que ella pudiera ver el astil de la flecha. Hizo el gesto de disparar el artefacto, simulando que el retroceso le subía por el brazo—. ¡Pum! —gritó riéndose—. Sabes, todavía no he disparado a una persona de verdad con esto, tengo un poco de curiosidad...

—Se acabó Ryan. Sabemos todo sobre tu padre. Sabemos lo que hizo.

Ryan puso los ojos en blanco.

—No seas estúpida. No sabéis una mierda. Papá os tenía totalmente engañados. Pensabais que era Sopley.

—Cometimos un error. Pero ahora sabemos la verdad.

—Sí, tal vez. —Volvió a ponerse serio de repente, estabilizando la ballesta—. O tal vez no.

Sands dio un paso adelante.

—¡Alto! —Su voz sonó con repentina autoridad—. ¿Quieres que te dispare?

—Quiero saber dónde está Molly. Necesito comprobar que está bien.

—Venga, vamos. Te he dicho que está bien. ¿Quieres verla? Ven a echar un vistazo.

Sands se adelantó y Ryan sonrió con maldad.

—¡Despacio!

Ella hizo lo que le pidió, avanzando poco a poco, sintiendo su creciente vulnerabilidad ante la ballesta. Cuando estuvo a menos de cinco metros de él, la escena que había creado apareció detrás de unas rocas más altas.

—Oh Ryan.

Molly estaba tumbada boca abajo sobre las piedras, con una mancha de sangre enredada en su pelo rubio.

—Está bien. Te dije que no te estresaras. Estaba gritando así que tuve que callarla. —Lo dijo en un tono muy despectivo, como si fuera patético que su hermana se hubiera asustado tanto. Luego le puso el pie bajo el estómago y lo utilizó para darle la vuelta. Mientras su cuerpo rodaba, Sands notó que movía el brazo para protegerse. Estaba mareada, pero viva.

—¿Ves? Y lo mejor es que ahora que estás aquí, puedes verla morir.

—Está herida. Déjame que le eche un vistazo.

—Que te jodan. —Ryan se enfureció de repente. Apuntó con el arma a Sands—. ¿Quizá debería dispararte a ti primero, por joderlo todo?

De repente gritó, como el rugido de un animal herido, y sus ojos se volvieron desorbitados. Por un segundo, Sands pensó que de verdad la había disparado. Casi pudo sentir la saeta penetrando en su pecho. Se rio histéricamente.

—Se acabó, Ryan — Sands se recuperó con rapidez—. Vienen refuerzos de camino. Nadie tiene que morir aquí.

—No se ha terminado nada. —Volvía a estar completamente tranquilo—. Hasta que yo lo diga, no se acaba nada. Y si quiero que alguien muera, entonces morirá. —De repente giró la ballesta de nuevo hacia su hermana y estabilizó el brazo, como preparándose para disparar.

—¡No! —Sands se puso a pensar con desesperación—. Vamos Ryan. Es tu hermana. ¿Qué te ha hecho? ¿Es que acaso se merece esto?

Ryan hizo una pausa, luego se rio y volvió a mirar a los ojos a Sands.

—Oh, ha hecho mucho. —Su brazo se relajó un poco, aunque la saeta seguía apuntando a Molly—. Desde que nació ha sido todo Molly, Molly, Molly. —Entornó la cara en una mueca—. Incluso antes de que naciera. Antes de que fuera concebida. A mamá nunca le importé una mierda.

—Eso no es verdad.

—Ah, ¿no lo crees? Ya has visto cómo es mi madre.

Sands no tenía una respuesta adecuada para esto e inmediatamente se arrepintió de sus siguientes palabras.

—¿Pero tu padre sí se preocupó por ti?

Se hizo un largo silencio. Al final, Ryan sonrió.

—Sí, supongo que sí. Pero ¿acaso crees que eso ayuda? Mi padre me quería a muerte. Mi padre, el asesino en serie. ¿Sabes cómo es eso? ¿Tienes idea de cómo es tener un asesino en serie como padre? No es de extrañar que esté aquí con una ballesta, disparando a la puta mimada de mi hermana. —Lo que ocurrió a continuación pareció a cámara lenta, al menos para Sands. Ryan apretó con fuerza la ballesta, moviéndola por su cuerpo hasta que apuntó a su estómago antes de soltar la saeta. Se oyó un chasquido, un ruido sordo, y su pequeño cuerpo se sacudió.

Ryan rugió de nuevo, agresivo y victorioso, mientras Sands intentaba ahogar unas arcadas. Ambos sonidos eran animales, guturales. Ryan se acercó a su hermana e intentó darle la vuelta, pero estaba inmovilizada, con la punta de la flecha clavada en la arena.

—Guau, ¿te lo puedes creer? La ha atravesado por completo.

Sands se quedó atónita, sin habla. Sentía que se le iba la cabeza. Se preguntó si iba a desmayarse.

—Bueno, supongo que ahora me tomarás en serio.

El único signo de que Ryan estaba afectado por sus acciones era su respiración acelerada. Cogió otra saeta y la ajustó al arco, antes de tensar la cuerda. Sacudiendo la cabeza para liberarse del shock, Sands se obligó a concentrarse. Ryan la apuntó con la ballesta, pero se dio cuenta de que la flecha no tenía púas, sino una punta afilada. La saeta anterior había sido igual. Eso significaba que... si la flecha que había disparado a Molly no había alcanzado sus órganos principales, entonces aún podría sobrevivir. Si Sands pudiera llevarla a un hospital, rápido...

—No dudo de que vengan refuerzos en camino —Ryan interrumpió sus pensamientos—. Supe que esto se había acabado cuando te oí hablar con mamá. Por eso vine aquí. Mi última oportunidad. No voy a ir a la cárcel. Prefiero terminarlo con gloria, ¿me entiendes? —Sonrió y balanceó el arma de un lado a otro, como saboreando su equilibrio—. De paso, me cargaré a unos cuantos cerdos. —Se mordió el labio, disfrutando del insulto—¿Qué te parece? ¿Quieres probar, o le meto otra a mi hermanita?

—En realidad, sí lo sé —respondió Sands. Sus palabras cortaron la sonrisa de Ryan.

—¿El qué sabes?

—Sé lo que se siente.

—¿De qué estás hablando? —Ryan torció la cara, sin entender.

—Sé lo que es crecer con un asesino en serie como padre. De hecho, probablemente sea la única persona que conozcas que lo sepa.

—No lo entiendo. —La miró fijamente, más confuso ahora.

—Lo sé. —Forzándose a calmarse, continuó—: ¿Tienes el móvil aquí?

—Sí. —Dudó pero acabó respondiendo.

—Haz una búsqueda de Charles Sterling, el Asesino de las Matemáticas.

—Las matemáticas... ¿Qué coño? —Ryan rio de repente, una risa amarga y seca—. Esto es un truco, ¿no? Saco el móvil, te abalanzas sobre mí y agarras la ballesta. Te dan una puta medalla y yo... Buen intento, pero no va a funcionar...

—No es un truco. —La voz de Sands era aguda, cortante—. Me tumbaré en la arena. Sabes que estoy herida. No puedo moverme con tanta agilidad de todos modos. Y te prometo que esto te va a gustar.

Ryan vaciló de nuevo, pero Sands pudo ver que estaba intrigado. Al cabo de un rato, dijo—: De acuerdo. Túmbate. Pero hazlo despacio, muy despacio.

Mantuvo la ballesta apuntando a Sands mientras ella se arrodillaba, observándola todo el tiempo, mucho más desconfiado ahora. Al final se quedó tumbada boca abajo en la playa.

—Pon las manos detrás de ti.

Una vez más, hizo lo que le decían, torciendo el cuello hacia arriba para poder verlo al menos. Cuando estuvo seguro de que la inspectora no representaba ninguna amenaza, dejó que la ballesta colgara de su cinturón y sacó el teléfono del bolsillo de sus vaqueros.

—¿Cómo dijiste que se llamaba?

—Charles Sterling.

Vio cómo sus dedos golpeaban la pantalla. Por un segundo le preocupó que no hubiera señal, pero entonces empezó a leer.

—Charles Sterling, conocido como el Asesino de las

Matemáticas, fue detenido en 1999 por el asesinato de siete mujeres, entre ellas su esposa y su hija menor. —Dejó de leer en voz alta, pero continuó en voz baja—. ¿Y? —preguntó un momento después—. Así que era un perdedor que se dejó atrapar. ¿Qué tiene que ver contigo?

—Era mi padre.

—Una mierda.

—Es verdad. Yo tenía doce años cuando lo atraparon al día siguiente de matar a mi madre y a mi hermana. Pudo haberme matado, pero me dejó viva.

—No te creo. Solo lo dices para parecer como yo.

—No. Yo soy como tú. Sé lo que se siente.

La cabeza de Ryan giró de un lado a otro, como si buscara una salida a esta situación inesperada.

—Podrías simplemente saber de él. Podrías haber leído la misma página que yo. No significa que lo conozcas. —Ryan sacudió la cabeza, de nuevo más confiado—. No sé qué crees que estás haciendo, pero no va a funcionar. —Apartó el teléfono y volvió a rodear con la mano el mango de la ballesta. Sus ojos se entrecerraron con determinación, como si quisiera acabar con todo aquello cuanto antes. Apuntó a Sands con el arma y respiró hondo para intentar estabilizar las manos.

—Susan Barker —dijo Sands con más calma ahora—. Búscala. Fue asesinada por Charles Sterling en 1996. Hay una famosa foto que la policía usó cuando desapareció. Encuéntrala y mírala de cerca. Amplía la imagen y verás un colgante.

Ryan soltó la ballesta y volvió a sacar su teléfono.

—¿De verdad es esto lo último que quieres hacer antes de morir? ¿Inventarte una mierda sobre un tío al que ni siquiera conoces? —Pero hizo la búsqueda. Momentos después se encogió de hombros, levantando la vista de la pantalla—. Ya lo veo. ¿Y qué?

Sands comenzó a retorcerse.

—Qué estás haciendo… ¡Quieta ahí!

—Te voy a enseñar una cosa. —Sands sacó una cadena de plata de su cuello. En el extremo había un medallón—. Mira la foto. Barker tenía un colgante de una rana de oro, con una de sus patas rota. Lo llevaba cuando desapareció, pero no apareció cuando recuperaron su cuerpo. Compruébalo, ya verás.

Sus dedos pellizcaron la pantalla para ampliarla. Luego se acercó a ella con cuidado, mirándole los dedos apretados.

—Abre las manos. Y sin trucos. —La pantalla mostraba una fotografía granulada, una rana dorada colgando del cuello de una joven sonriente. Sands abrió los dedos para mostrarle el colgante.

—¿Qué cojones es eso? Es diferente —dijo Ryan. Estaba confuso y sospechaba de la inspectora.

—Está dentro. Déjame abrirlo. —Sands deslizó una uña entre las dos mitades del medallón y lo abrió con la facilidad que otorgaba la práctica. Dentro había una pequeña rana dorada, con una pata rota. Exactamente en el mismo lugar que la rana de la pantalla.

—Mi padre me lo regaló el día que cumplí once años. Me despertó en medio de la noche y me dijo que tenía que mantenerlo en secreto. Que ese colgante nos uniría de por vida.

Ryan se quedó mirando a la rana y luego a la pantalla.

—Cógelo. —Se lo tendió.

Sands intuyó una oportunidad, pero Ryan fue demasiado rápido, su mano salió disparada y agarró el colgante. Desde su posición en el suelo, habría sido imposible dominarlo de todos modos. Se vio obligada a ver cómo examinaba la rana en detalle, confirmando que era la misma que aparecía en la pantalla.

—Lo mantuve en secreto incluso después de que lo arrestaran. Lo llevo desde entonces.

—No me lo creo. ¿Estás diciendo la verdad?

Intentó asentir desde su posición en el suelo.

—Charles Sterling es mi padre. Asesinó a ocho mujeres entre 1985 y 1999. Las dos últimas fueron mi hermana y mi madre, mientras yo estaba durmiendo en casa de una amiga. Encontré los cuerpos a la mañana siguiente. Él seguía allí, preparando el desayuno.

Ryan no pudo evitar abrir los ojos con asombro. Se levantó, retrocedió unos pasos y empezó a dar zancadas por la playa.

—¡Joder! —dijo por fin—. ¡Joder!

—Así que dispárame si quieres, Ryan Harvey —la voz de Sands se alzó ahora, deteniéndole de nuevo—. Pero no me digas que no sé lo que se siente. No te atrevas a hacerlo.

Ryan se acercó de un salto y le devolvió la rana dorada. Casi con reverencia. Inmediatamente volvió a saltar hacia atrás, manteniéndose fuera de su alcance.

—¿Puedo sentarme? —preguntó Sands.

—Claro. —Ryan asintió con entusiasmo. Toda su actitud parecía haber cambiado—. ¡Esto es genial! —Ahora su cara mostraba una amplia sonrisa—. Todavía voy a matarte, lo entiendes, ¿verdad? Pero esto es jodidamente alucinante.

Sands asintió con la cabeza, se puso de lado y se sentó con las piernas cruzadas sobre la arena de grava.

—¿Cómo te enteraste de lo de tu padre? —preguntó.

—¿Cómo? Ah. —Ryan se agachó, como preparándose para una cómoda charla. Todavía movía la cabeza con asombro—. No sé. Yo solo... —Se detuvo—. Vale... —Se balanceó sobre sus talones—. Tendría unos ocho o nueve años, y supongo que lo había sospechado por un tiempo, pero no lo sabía en realidad, ¿me entiendes? Supongo que sí. —Sonrió de repente, como si no pudiera creer que estuviera teniendo esta conversación—. Era la noche de las hogueras. Papá había matado a un perro, lo hacía a veces. Solo que esta vez yo encontré el cuerpo. Lo había envuelto y escondido entre unas leñas que íbamos a quemar. Pero la cosa fue que escribí sobre ese incidente en mi diario. Y al día siguiente, papá lo encontró. Me sentó, y me sentí tan mal, como si yo hubiera hecho algo malo, al escribir sobre ello. Pero no estaba enfadado. Solo quería que supiera que él sabía que yo lo sabía. Y después de eso me fue dejando entrar en su mundo poco a poco. Construimos trampas, atrapamos ratones y ardillas, y al principio solo les hacíamos daño, ni siquiera los matábamos. Pero después me fue metiendo más y más. —Se rio de repente—. Fue una forma salvaje de crecer.

—¿Cuándo supiste que mataba a gente además de a animales?

—No sé. Me llevó un tiempo. ¿Tal vez cuando tenía doce, trece años?

—¿Y también lo viste? ¿Te involucró?

—Sí. Ya me apetecía. —Volvió a sonreír.

—¿Y Emily Slaughter? —preguntó Sands—. ¿Estabas allí cuando la mató?

Hubo un largo silencio que Ryan rompió riendo ligeramente para sí mismo.

—Sabes, te has equivocado en muchas cosas. —Su cabeza se inclinó hacia un lado mientras la observaba, pero Sands no respondió. Finalmente continuó—: Él no la mató. —Su cara se abrió en una amplia sonrisa mientras esperaba a que Sands entendiera lo que acababa de decir.

—¿Y quién lo hizo? —mientras preguntaba, Sands ya sabía la respuesta.

—Yo. Ella fue mía. A ver, papá me ayudó y eso, pero fui yo quien le dio el toque final. —Sus labios se torcieron en una mueca jactanciosa—. La acuchillé una y otra vez hasta que se le salieron todas las tripas.

Sands apartó la mirada, no quería ver las imágenes que le venían a la mente.

—¿Cómo lo hiciste? ¿Cómo incriminaste a Sopley con el ADN?

Ryan siguió sonriendo un momento, pero no respondió a la pregunta.

—¿Cuánto tiempo tengo? ¿Antes de que lleguen tus refuerzos?

Sands se dio la vuelta para mirar hacia la playa, donde la carretera se unía con el agua y rodeaba la cala. Allí había un par de figuras, pero no eran policías, y estaba claro que estaban demasiado lejos para ver u oír lo que ocurría. No iban a ofrecer ninguna ayuda.

—Con las carreteras de por aquí, probablemente media hora por lo menos.

—Bueno, digamos que son quince minutos, ¿vale? —Le hizo una mueca de complicidad, pero parecía satisfecho—. ¿Qué querías saber?

—¿Cómo conseguiste el ADN de Sopley? Encontramos uno de sus vellos púbicos dentro de la ropa interior de Emily.

Ryan negó con la cabeza, disfrutando de la pregunta.

—Lo que no entiendes es que papá era un genio en lo que hacía. Un auténtico genio. Si no entiendes eso, no vas a entender nada de nada.... —Se separó de ella—. Íbamos a hacer tantas... tantas más, y nunca lo habrías atrapado. Y lo mejor, me lo iba a enseñar todo a mí.

—Continúa. Me interesa. —Había un interés genuino en su voz. Sabía que probablemente iba a morir allí, pero quería saber la verdad.

—A papá le pagaban para que diera terapia a esos perdedores. Eso es lo mejor de todo. Así es como los seleccionábamos. Papá averiguaba todos sus sucios secretos y les preparaba un blanco a su medida. Sopley fue solo uno más, el chivo expiatorio. Él nunca habría sido capaz de hacer lo que hicimos.

—Lo sé. Lo entiendo. Pero no veo cómo lo hiciste. El vello púbico...

Ryan sonrió. Hizo un gesto despectivo con la mano,

como si el detalle careciera de importancia. Pero lo explicó de todos modos.

—A Sopley le gustaban las niñas y las muñecas, ¿verdad? Así que papá le habló de la terapia de natación. Se suponía que controlaría lo jodido que estaba. Total, que tenía que ir dos veces por semana a una piscina local. Lo seguí hasta allí y entré en su taquilla. Encontré un pelo en sus calzoncillos sucios. Fue asqueroso, pero valió la pena. Lo guardamos en una bolsa hasta que matamos a la chica. Y vosotros, cabrones, asumisteis que no podía ser nadie más que Sopley. Justo como papá dijo que haríais.

Sands asintió. Tenía sentido. Y casi seguro que habría bastado para convencerla.

—Pero había otras formas que podrían haber funcionado. Podríamos haber entrado en su casa. Realmente no es difícil. —Se detuvo y sonrió—. Pero eso también lo sabes.

De repente, Sands notó un movimiento en el promontorio, detrás de Ryan, y fuera de su línea de visión. Fue lo bastante lista como para no seguirlo con la vista, pero a través de su visión periférica identificó al subinspector Golding deslizándose con sigilo por el sendero que llevaba hacia la playa.

—Eso es una solución muy inteligente. —Sands se esforzó por mantener el tono de voz. Mantuvo los ojos fijos en Ryan. Calculó. Golding podría acercarse a la playa sin ser descubierto, pero los últimos veinte metros que bajaban por el pequeño acantilado no eran un camino en realidad, y luego tendría que recorrer otros veinte metros de la playa sembrada de rocas. No había forma de llegar hasta Ryan antes de que el adolescente la disparara, o se diera la vuelta y lo disparara a él. Sands tenía que mantener a Ryan distraído y esperar que algo cambiara—. ¿De dónde sacaste la ballesta? Eres menor de edad.

—¡En serio! Después de todo lo que he hecho, de

cuántos asesinatos hemos cometido, ¿eso es lo que te preocupa? Hay miles de maneras de comprar una ballesta.

—¿Cuál escogiste entonces? Me interesa saberlo.

—Con la tarjeta de crédito de mi madre. Le dije que tenía que comprar un neopreno para hacer surf. —Soltó una carcajada—. De hecho, es todo legal. La ballesta está a su nombre.

Detrás de él se oyó otro ruido, esta vez procedente de Molly. Todavía no había recuperado del todo la conciencia, pero un gemido se había escapado de sus labios. Sands la miró. La sangre le empapaba la camisa alrededor del estómago, pero no salía. Su pecho seguía subiendo y bajando.

—Todavía está viva —dijo Sands—. Molly no está muerta. Esto no tiene por qué terminar así.

Ryan no dijo nada y Sands continuó, necesitaba distraerlo de Golding que avanzaba sigilosamente, abriéndose paso por la parte más empinada del sendero del acantilado donde se unía con la playa.

—Puedo decirles que fue tu padre quien mató a Emily Slaughter. Que te obligó a venir con él. Lo entenderán.

—No, no lo van a entender.

—Lo harán. Si yo se lo digo lo harán.

—¿Y qué pasa si no quiero que les digas eso? Yo maté a esa chica, ella es mía.

—Entonces, ¿qué quieres? —preguntó Sands—. ¿Para qué estamos aquí?

Se giró un poco para mostrarle mejor la ajustada bandolera que llevaba. Estaba llena de flechas.

—Para atravesar con una de estas el cráneo de mi hermana. Con otra, el tuyo. Y luego todavía me quedarán diez más. Así que creo que podré acabar con algunos de vosotros, cabrones, antes de que me derriben. Sé que me atraparán y eso no me importa. Volveré a estar con papá.

Miró de repente a su alrededor, al paisaje circundante. Golding lo vio, y se dejó caer detrás de un arbusto de tojo.

—Un lugar perfecto para un asedio, ¿no crees? —dijo Ryan, el tono sin cambios de su voz indicaba que no había visto a Golding.

Tomó aire y alzó la voz para que Golding pudiera oírla.

—¿Quieres que te mate la policía? ¿Ese es tu plan? —Sands renegó con la cabeza—. No tienes por qué hacerlo. No tienes que morir.

Ryan pareció perder la paciencia que le quedaba.

—¿Sabes qué? Que te jodan, inspectora Sands. Ni siquiera te quedaste con su nombre. Deberías llamarte Sterling. ¿Es que te avergüenzas de dónde vienes? ¿De lo que eres en realidad?

Detrás de Ryan, Golding empezó a avanzar una vez más. Sands no dejó que sus ojos se movieran de Ryan.

—No me avergüenzo. Estoy orgullosa de mi padre. No me habría cambiado el nombre —respondió de inmediato—. Tenía doce años. Me acogieron cuando lo detuvieron. Las autoridades querían protegerme.

—Podrías haberlo cambiado de nuevo. —Ryan se giró hacia ella, exasperado—. ¿Sabes qué? Cállate. Me estás aburriendo con tu triste historia. No nos parecemos. Crees que eres como yo, pero no lo eres. Tú no eres nadie. Tu padre puede haber sido alguien, pero tú no, así que cállate, joder.

Una vez hecho esto, se volvió hacia Molly, que estaba tumbada a unos metros de él. Esta vez apuntó con cuidado a la cara. Mantuvo el brazo firme durante unos instantes.

—Un disparo a la cabeza. Observa y aprende.

Golding aún estaba demasiado lejos para hacer nada y Sands sabía que tenía que actuar, de lo contrario dispararía a la chica y luego probablemente a ella, mucho antes de que Golding o cualquier otra persona pudiera detenerlo.

—Para, por favor.

—Que te jodan. Querías saber cómo terminaba esto. Ahora lo verás.

—¡No!

—Adiós hermanita. Ya no está mamá para salvarte.

Respiró hondo, concentrándose en su puntería. Vio que su dedo se tensaba.

—¡No! —gritó Sands—. Déjame hacerlo.

Ryan se quedó inmóvil. Durante un largo rato reinó el silencio, ninguno de los dos se movió. Luego volvió la cabeza hacia Sands.

—¿Dejarte? ¿Dejarte qué?

—Déjame matarla.

—¿Tú?

—Vas a matarnos a las dos de todos modos, así que déjame hacerlo. Siempre me lo he preguntado.

Un abanico de expresiones pasó por el rostro de Ryan. Sospecha. Incredulidad. Interés.

—¿Quieres matar a mi hermana?

—Sí.

—¡Guau! —Se rio a carcajadas—. Eso sí que no lo veía venir.

—Yo tampoco —Sands lo dijo en serio, pero ahora fue a por todas—. Tu padre te enseñó, te dio el don de matar. Pero yo tenía demasiado miedo. ¿Y sabes qué? Siempre me lo pregunté. Siempre. Desde que pasó pensé, ¿y si...? ¿Y si lo hubiera ayudado ese día en vez de gritar pidiendo ayuda? Y si me hubiera enseñado. Déjame averiguarlo. Déjame arreglarlo, antes de que me mates. Déjame saber qué se siente al asesinar a una persona. —Se quedó en silencio. Respiraba con dificultad y sacudió la cabeza—. Déjame, Ryan. Es mi derecho de nacimiento. Igual que el tuyo.

Ryan volvió a bajar la ballesta y se pasó los dedos por su espesa melena oscura. Parecía maravillado por cómo estaba saliendo todo aquello.

—Vaya, estás llena de sorpresas, ¿no? —Se rascó la

barbilla—. Cuando entraste en mi habitación... estaba viendo porno y entraste, y entonces pensé que no me importaría, ya sabes, hacerlo contigo. A ver, eres demasiado vieja y te mueves como una lisiada, pero... —Sacudió la cabeza—. ¿Y ahora quieres matar a Molly? —Aunque parecía a punto de estar de acuerdo, de repente dijo—: Ni hablar. No voy a caer en tu trampa.

Sacudió la cabeza por segunda vez, con más firmeza.

—No. Quieres hacerlo con la ballesta, ¿verdad? Entonces la usarás contra mí. ¿Te crees que soy tonto o qué?

—Puedes quedártela si quieres. —Sands se oyó hablar, aunque apenas controlaba lo que decía—. Apúntame con la ballesta todo el tiempo si quieres. Lo haré con una piedra. Le romperé los sesos. —Esta vez notó que Ryan estaba tentado—. ¿Tienes miedo? ¿Es eso? ¿Tienes miedo de que te domine?

Ryan no respondió y Sands vio que se había ofendido. Ella continuó—: Crees que soy más lista que tú. Tienes miedo de que tenga algún plan que aún no has descubierto. Y te ganaré porque tu padre era el listo y tú eres demasiado tonto para hacer esto. —Sonrió.

—¡Cállate! —Ryan se volvió hacia ella y apuntó de nuevo con la ballesta, con el brazo tembloroso.

—Vamos —dijo Sands, sin pensar en nada ahora. Ni siquiera le importaba—. Dispárame. Si eres tan valiente. Dispárame y luego acaba con Molly. —Se rio ahora, libre y fácilmente—. Y luego observa lo que pasa. Mentí sobre lo de los refuerzos. Aún pasarán veinticinco minutos antes de que nadie aparezca por aquí. ¿Crees que puedes esperar tanto para tu glorioso asedio? Apuesto a que estarás tan asustado que te apuntarás la ballesta a ti mismo. —Al decirlo, supo que tenía razón. O al menos que temía que la tuviera—. Probablemente ni siquiera tengas el valor de hacerlo. Quieres vivir en la infamia. Y lo harás. Te encontrarán aquí, llorando a mares. O tal vez ya te hayas meado encima. ¿Cómo te sientes Ryan? ¿Ahora mismo? ¿Tienes miedo?

Ryan no contestó.

—Así que déjame matar a Molly. ¿Qué crees que los de la científica sacarán de eso? Porque lo sabrán. Tendré su sangre, su materia cerebral bajo mis uñas, así que sabrán lo que pasó. ¡Y piensa lo que tu padre haría con eso! Piensa en lo que dirá mi padre, porque te aseguro que se enterará. —Hizo una pausa y una mirada extraña apareció de improviso en su rostro—. Los dos vamos a morir hoy, Ryan. Ya lo sabemos. Así que hagamos que cuente. Pongamos un marcador. Para la posteridad.

Ryan se quedó quieto durante un largo rato.

—Me quedo con la ballesta —dijo por fin. Retrocedió un par de pasos—. Arrástrate hacia ella. Despacio.

La apuntó con el arma mientras lo hacía. Mientras se arrastraba, eligió una piedra del tamaño de un puño. Se preguntó si podría lanzársela, pero desde su posición en el suelo no generaría la fuerza suficiente.

—Cuidado. Te estoy vigilando.

Agarró la roca con más fuerza y siguió arrastrándose.

Cuando llegó hasta Molly, comprobó rápidamente si daba señales de vida. Aún respiraba. De cerca, el astil de la flecha no era más que una estrecha barra de aluminio. No podía haber alcanzado ningún órgano vital. Pero una flecha en la cabeza o más arriba en el pecho sería letal.

—¿Qué estás haciendo?

—Me estoy asegurando de que sigue viva. —Sands movía las manos con cuidado sobre la chica, todo el tiempo deseando que Ryan se acercara para que pudiera girarse e intentar atacarle. Pero él se mantuvo a una distancia prudencial, observando con cautela. Ya no veía a Golding y eso significaba que no estaba cerca. No lo suficiente como para salvarla. Dudó.

—Está vivita y coleando —dijo Ryan—. Pero uno de

nosotros va a matarla. ¿Vas a ser tú? Porque si no lo haré yo. Así que será mejor que te pongas a ello.

Sands llevó sus manos a la cara de la chica y cerró sus ojos. Estaba inconsciente, pero aun así Sands no quería que viera esto. Levantó la roca por encima de la cabeza de la niña.

Entonces, con un movimiento rápido y antes de que Ryan pudiera decir otra palabra, la bajó con fuerza.

CAPÍTULO SESENTA Y UNO

EN EL ÚLTIMO MOMENTO, dejó caer su peso hacia un lado, de modo que la piedra no alcanzó la cabeza de Molly si no que se estrelló contra el suelo, a su lado. Sands siguió girando, volvió a levantar la piedra y la lanzó hacia Ryan. Él lanzó un grito y esquivó la roca que le pasó volando.

No hubo tiempo para que ninguno de los dos dijera nada, ya que Sands rodó sobre sus pies y se lanzó hacia él. Él levantó el brazo y soltó otra saeta de ballesta.

Pero Sands se anticipó y ya había cambiado su peso para cambiar de dirección, no yendo a por Ryan, sino lanzándose hacia un lado. No fue suficiente para que el proyectil fallara por completo, pero impactó en un lado de su pecho en lugar de en el centro. El impacto la hizo girar trescientos sesenta grados, de modo que volvió a estar frente a Ryan. No estaba claro quién de los dos estaba más sorprendido, pero Sands fue la más rápida en reaccionar. Volvió a cargar contra él.

Su cuerpo le arrancó el arma de las manos y ambos cayeron al suelo rocoso. Él, sin embargo, fue capaz de rodar, y entonces su ventaja empezó a dar frutos: era más grande y estaba ileso. Intentó agarrarla y consiguió ponerle las manos alrededor de la garganta. Ella se encontró de espaldas, con las afiladas rocas clavándose en su columna, mientras él se esforzaba por montarla, ejerciendo cada vez más presión sobre su garganta.

—Hija de la gran puta —gruñó, su aliento fuerte y agrio en su cara—. Sabía que era un truco.

Sands intentó meter las manos entre las de él para quitárselas de encima, pero él era fuerte, y su costado se encendió de dolor cuando su muslo sacudió el virote de ballesta clavado en ella.

—Ah, ¿te gusta esto? —Vio que le dolía y lo hizo de nuevo, más fuerte. Luego se inclinó hacia ella para estrangularla. Sands se dio cuenta de que sabía lo que hacía, sabía cómo cortar el suministro de aire y no dar a su víctima ninguna posibilidad de sobrevivir. Ryan aflojó lo justo, como si sintiera que ya estaba perdiendo el conocimiento y quisiera hacerla volver para que viera cuánto estaba disfrutando.

No había forma de aflojar su agarre. La estaba matando, de manera fría y calculada. Tuvo arcadas y se ahogaba, cada segundo era una agonía. Sabía que se estaba muriendo.

—Maldita put…

No terminó, ya que en ese momento la figura voladora del subinspector Golding golpeó con fuerza a Ryan por detrás y salieron ambos despedidos. Sands intentó prepararse para intervenir, para intentar incorporarse, pero lo único que pudo hacer fue echarse hacia un lado y obligar a sus pulmones a inflarse y desinflarse de oxígeno. Cuando por fin consiguió girar la cabeza, vio que no era necesario. Con el elemento sorpresa a su favor, Golding había sido más rápido en reaccionar. Ahora tenía el brazo de Ryan inmovilizado por detrás del pecho mientras lo esposaba. Golding hizo que el adolescente se arrodillara y entonces

Sands oyó su voz llena de adrenalina leyendo a Ryan sus derechos.

* * *

No había terminado, no del todo, se dio cuenta Sands unos minutos después. Seguía tumbada boca arriba, sin saber si podía moverse y torciendo el cuello para ver hasta dónde le había penetrado el virote de la ballesta. Golding y Ryan discutían, casi como niños.

—¿Te encuentras bien, jefa? —preguntó Golding. Había conseguido poner las esposas en las dos muñecas de Ryan, pero, sin nada a lo que sujetarlo, seguía aferrado a él—. No pude bajar más rápido.

—Ayuda a la chica. Estoy bien.

No era cierto, pero le daba igual. Se tumbó boca arriba, mirando al cielo. Intentó levantar la cabeza para ver si podía ayudar a Golding o incluso acercarse a donde estaba Molly, pero no pudo.

A lo lejos, un coche entró lentamente en la playa, un Land Rover, con una luz azul que parpadeaba en el techo. De algún modo lo habían conducido por encima de las rocas. Dejó caer la cabeza hacia atrás y miró hacia arriba, hacia el azul intenso del cielo, salpicado aquí y allá por ligeras pinceladas de nubes.

Era, pensó, un hermoso día para morir.

CAPÍTULO SESENTA Y DOS

PERO NO ERA SU DÍA. La dejaron en la playa con la chaqueta de Golding apretada contra la base de la flecha hasta que un helicóptero de rescate aterrizó a pocos metros. La cargaron en una camilla, la subieron a bordo y la trasladaron al hospital de Poole. Luego, bombeada con analgésicos, la invadió el turbio, lechoso y ya casi familiar descenso a la inconsciencia de la cirugía de emergencia.

* * *

—Hola. —La voz de Golding interrumpió los pensamientos de Sands mientras yacía recuperándose, casi veinticuatro horas después. Era el mismo edificio, el mismo pabellón, pero una habitación diferente a la de seis meses antes.

Ella torció la boca en una breve sonrisa y él lo tomó como una invitación a sentarse. Su habitual buen humor estaba ausente y parecía desinflado. No dijo nada durante un buen rato. De hecho, pasaron casi dos minutos antes de que ninguno de los dos hablara.

—¿Cómo te sientes?

—Como una mierda.

—Ya —asintió Golding mientras observaba las vendas que cubrían el lado derecho de Sands—. ¿Qué duele más? ¿Que te den un tiro con una escopeta o la saeta de una ballesta?

—Esto ha sido solo una herida superficial. No me ha tocado ningún órgano. Así que no se puede comparar.

Golding pareció considerarlo.

—Me parece justo. ¿Quizás me lo digas la próxima vez entonces?

El comienzo de una sonrisa se formó en su mente, pero no llegó a su cara.

—Realmente no recomiendo ninguno de los dos.

—La niña, Molly, acaba de salir de cirugía —dijo Golding—. Está bien. —Hizo una pausa—. Teniendo en cuenta todo lo que ha pasado, dicen que se pondrá bien. —Luego sacudió la cabeza—. Qué... —Se detuvo—. Quiero decir, ¿cómo se hace eso? ¿A una niña? ¿Cómo le haces eso a tu propia hermana?

Sands tuvo que apartar la mirada cuando le vino a la mente la imagen del cuerpo de Molly, que se sacudía hacia atrás al penetrarle la flecha. Pasaron unos instantes antes de que pudiera hablar.

—¿Está hablando?

—Ah, sí. El muy mierda no se ha callado la puta boca. Está realmente orgulloso de lo que ha hecho. ¿Te lo puedes creer? El muy hijo de puta.

Sands se lo creía pero no lo dijo.

—¿Qué está contando? —preguntó en su lugar.

—Es como si estuviera en una especie de curso de aprendiz para seguir la carrera de su padre, el discípulo perfecto. —Volvió a sacudir la cabeza—. No lo entiendo, de verdad que no lo entiendo. Tiene diecisiete años y va a pasar el resto de su vida en la cárcel. —Hizo una mueca—. Simplemente no lo entiendo.

Sands lo observó, parpadeaba con lentitud y no respondía.

Golding rompió el silencio.

—Escucha, jefa... —Se detuvo, inflando las mejillas—. Todo lo que le dijiste, en la playa. Sobre tu padre. Sobre cómo tú... No sé, estaba pensando que igual te preguntabas cuánto oí.

Apartó la mirada y se frotó la cara con la mano. No se había afeitado y el movimiento produjo un fuerte sonido áspero en la silenciosa habitación.

—Era un día tranquilo. Estabas lo suficientemente cerca. Supuse que lo oirías todo.

Golding se quedó quieto, luego asintió.

—No he dicho... no le he contado a nadie lo que dijiste. No creí que fuera relevante ni que fuera asunto de nadie... Quiero decir, ni siquiera sé si es verdad. Podrías haber estado diciendo... —Volvió a hacer una pausa y sus ojos buscaron los de ella casi con esperanza.

—¿Diciendo el qué?

—Sobre lo de tu padre. Quizá lo dijiste para distraerlo. —Esperó un momento, pero Sands no respondió. Tampoco apartó la mirada—. Quiero decir, joder, está claro que no querías decir lo último. No ibas a romperle la cabeza a esa pobre chiquilla con una piedra, pero él de verdad pensó que podrías... eso fue increíble. Salvaste la vida de Molly.

De nuevo se hizo el silencio.

—Pero ¿es verdad? ¿Todo lo demás? Quiero decir, si no te importa, si no quieres hablar de ello, eso es...

—Sí. —Sands le cortó—. Es verdad. Mi padre es Charles Sterling, el Asesino de las Matemáticas. Fue capturado cuando yo tenía doce años. Sus últimas víctimas fueron mi madre y mi hermana, pero yo no lo sabía. No tenía ni idea de lo que había hecho hasta que entré en casa esa mañana. Estaba haciendo el desayuno, mi madre yacía muerta en el suelo.

Golding la miró fijamente, con la boca entreabierta, y luego su expresión cambió.

—Se estaba muriendo. —Sus ojos se abrieron de par en par—. La noche que nos conocimos, en la galería, con mi hermana. ¿Tu padre estaba en el hospital? No quisiste visitarlo.

Su mirada se desvió hacia él, pero no dijo nada.

—Y luego se recuperó, así que ¿sigue vivo ahora?

Ella asintió ahora.

—Para empezar, nunca estuvo enfermo. Le gusta gastar bromas. Le gusta molestar a la gente.

—Dios. Lo siento.

Sands se dio cuenta de que no quería mirarle. En su lugar, fijó la mirada hacia delante.

—¿Y qué pasó? —continuó Golding—. ¿Cómo te escapaste?

—No me hizo falta. Me dejó vivir.

Golding no respondió. Lo oyó tragar saliva.

—Me dijo que no quería que muriera porque yo era como él. —Respiró hondo—. Llamé a la policía y me alejaron de él.

—¿Y después qué? ¿Después de que lo atraparan? ¿Tenías otros parientes o qué?

Sands tardó en responder.

—No tengo parientes. Fui a casas de acogida, pero... no funcionaron. Estuve enfadada, confundida, durante mucho tiempo. Con el tiempo tuve edad suficiente para vivir por mi cuenta y así lo hice. Siempre he tenido dinero. Mi padre tenía mucho dinero y cuando lo condenaron me lo cedieron todo.

Golding escuchó.

—Lo siento mucho —repitió—. ¿Alguien más lo sabe? ¿En la policía, quiero decir?

Sands negó con la cabeza.

—Solo Yorke. Tuve que informarle cuando me incorporé,

pero no quería que se supiera. Ahora él hace de intermediario. Todavía hay... cuestiones legales. Yorke me ayuda a resolverlas.

Golding se quedó pensativo unos instantes.

—¿Cuánto va a durar su condena?

—Es lo suficientemente larga. —Sands se volvió por fin hacia él—. No saldrá nunca.

—Y nadie más lo sabe. ¿En la comisaría?

—No lo sabían. Hasta ahora, no.

—No tienen por qué enterarse —se apresuró a responder—. Si quieres mantener esto en secreto, y entiendo por qué quieres hacerlo, todavía puedes. No se lo diré a nadie.

—No eres tú quien me preocupa. Ya has dicho que Ryan no es capaz de mantener la boca cerrada.

Golding abrió la boca para protestar.

—No hay pruebas. Nadie lo creerá.

Ella no contestó.

Golding pareció considerarlo durante unos instantes, luego sacó algo del bolsillo, levantándolo un par de veces, como si estuviera considerando qué hacer, y después abrió la mano para mostrárselo. Era el medallón que le había enseñado a Ryan.

—Lo recogí de la playa. Creo que eres tú quien debería decidir qué hacer con él.

Los ojos de Sands se abrieron de par en par al verlo y sintió el impulso de estirar la mano y cogerlo. No lo hizo y simplemente esbozó una pequeña sonrisa.

—Me lo regaló cuando cumplí once años. Entonces no sabía que procedía de una de sus víctimas. Lo averigüé más tarde, después de que lo atraparan. Debería habérselo devuelto a la familia, pero me lo quedé. Lo uso como recordatorio de lo que hizo. Para no olvidar por qué tengo que dedicar mi vida a atrapar a gente como él.

—Tómalo. Es la única prueba de que no te lo has inventado todo.

Sands se quedó mirando el medallón, viendo cómo el dibujo casi había sido borrado por sus dedos a lo largo de los años. Sintió un impulso casi imposible de quitárselo, de abrir el cierre y comprobar que la pequeña rana dorada estaba dentro, con la pata derecha arrancada. Y de volver a colgársela del cuello, donde había descansado la mayor parte de su vida. Pero entonces negó con la cabeza.

—No. Es una prueba. Ha sido una prueba durante mucho tiempo. Y si no se necesita, debería volver a la familia. —Tragó saliva—. Tendré que aceptar que la gente sepa un poco más de mí. —Levantó los ojos del medallón, esta vez con más firmeza—. Deberías guardarlo.

Golding la miró a los ojos unos instantes, pero acabó asintiendo y volvió a guardarse el medallón en el bolsillo.

—Joder. —Sacudió la cabeza por tercera vez—. Y todavía te queda tu audiencia por mala conducta.

El rostro de Sands estaba inexpresivo. Luego asintió muy levemente.

—Así es.

CAPÍTULO SESENTA Y TRES

EXACTAMENTE UN MES DESPUÉS, Sands pasó por delante del edificio que albergaba el MID buscando un lugar donde aparcar. El aparcamiento para el personal estaba vedado; aunque no lo estuviera, no habría estado segura de si podía dejar el coche allí. Por eso condujo por varias calles laterales antes de dirigirse al aparcamiento subterráneo y sacar allí un ticket.

Volvió a la comisaría, pero se detuvo en la entrada. Desde fuera no parecía gran cosa, nunca lo había sido, pero había sido su vida, al menos hasta los últimos seis meses y su suspensión. Hoy descubriría si volvería a ser su vida. Y si quería que continuara siéndolo. Al abrir la puerta, intentó aplacar sus nervios.

En el interior, la agente que tomó su nombre insistió en acompañarla al piso de arriba, donde se encontraban los oficiales de rango superior.

—No hace falta —le dijo a la agente, cuyo nombre desconocía—. Conozco el camino.

—Lo siento jefa, pero no tiene pase para el edificio así que estoy obligada a acompañarla.

Sands asintió en silencio y dejó que la agente la guiara hasta el banco de ascensores.

—Un momento, ¿te importaría si vamos por las escaleras? —preguntó de repente. Cualquier oportunidad de retrasar las cosas era bienvenida.

Subieron juntas la escalera, la agente resoplaba por el esfuerzo. Sands también lo notaba, aunque su cuerpo se estaba recuperando con rapidez. En la tercera planta llegaron a un tranquilo hueco donde una mujer de mediana edad estaba sentada detrás de un ordenador.

—Inspectora Sands. —Su boca sonaba seca mientras hablaba—. Estoy aquí para ver al inspector jefe Yorke. Me está esperando.

—Se lo haré saber. —La asistente personal de Yorke sonrió con amabilidad, pero no recibió respuesta cuando lo llamó por teléfono—. Creo que está ocupado. Lo intentaré de nuevo en un momento.

Sands asintió y se volvió hacia el ordenador.

—Creo que ya puedes irte —dijo. La agente parecía incómoda, pero acabó por irse. Sands se quedó fuera del despacho de Yorke.

Fue una llamada larga. Varias veces, la asistente volvió a intentarlo, pero sacudió la cabeza con tristeza. Mientras tanto, Sands intentaba no pensar demasiado. Hacía quince días que le habían dado el alta, pero como seguía suspendida, no había podido desempeñar ningún otro papel en la resolución del lío de los crímenes de los Harvey. Y entonces, la víspera de la vista, recibió un mensaje de Yorke en el que le preguntaba si se encontraba lo bastante bien como para ir a verlo. No había dicho si eran buenas o malas noticias. Seguramente lo habría dicho si eran buenas. Lo que significaba que eran malas.

La secretaria volvió a intentarlo y esta vez debió de conectar porque habló por la línea, luego escuchó y asintió.

—Ya puedes entrar.

Sands se levantó y cojeó hacia la puerta.

—Ah, Erica, gracias por venir.

—Jefe.

—Siéntate. —El papeleo se amontonaba a ambos lados del escritorio y cuando se hubo sentado, Yorke se quitó un par de gafas de lectura y dobló las patillas, colocándolas en su escritorio—. No debería quejarme, pero has creado una montaña de papeleo inmensa. Estamos intentando averiguar quién está en la cárcel que no debería estar.

Sands no respondió, pero él sonrió de todos modos.

—¿Cómo estás?

—Bien —mintió.

—Muy bien. —No parecía esperar una respuesta más efusiva. En su lugar, abrió un cajón detrás del escritorio y sacó un informe encuadernado en plástico—. Bueno, aquí lo tenemos. Recién salido del horno, como suele decirse. — Dejó el informe sobre la mesa y se lo acercó a ella.

—¿Qué es esto?

—El informe oficial de Asuntos Internos sobre tus acciones en la tarde del 11 de febrero.

Sands lo miró fijamente.

—¿Qué pasa con la audiencia?

—No va a haber ninguna. —Volvió a sonreír—. Está todo aquí. —De nuevo, no dio ninguna indicación de si eran buenas o malas noticias.

—¿Qué dice?

—Si lo lees, lo descubrirás.

Sands miró a Yorke, confusa, y cogió el documento. Lo hojeó, sin saber por dónde empezar.

—Puedes leerlo entero, por supuesto, pero la recomendación es probablemente lo que más te interese. Página tres.

Sands se volvió hacia él y empezó a leer.

—Venga, vamos, ¿dónde está tu sentido del drama? Léelo en voz alta. Segundo párrafo.

Sands así lo hizo.

«Aunque esta investigación considera una gran cantidad de pruebas, en esencia puede reducirse a una simple pregunta. En la tarde del 11 de febrero, cuando la inspectora Erica Sands intentó ayudar al comandante Michael Roper a poner a salvo al sargento de artillería Dean Jones, ¿precipitaron o provocaron sus acciones que Michael Sopley disparara contra los tres agentes? La conclusión de esta investigación, respaldada por las pruebas de vídeo de las cámaras corporales que llevaban varios de los agentes que estuvieron presentes, es que no fue así. De hecho, las pruebas muestran claramente que Sopley estaba a la vista y se disponía a disparar antes de que la inspectora Sands hiciera ningún movimiento para ayudar».

Sands aminoró la marcha, pero siguió leyendo.

«Por lo tanto, este informe concluye que la inspectora Sands no tuvo la culpa, y de hecho demostró una valentía considerable».

Se detuvo.

—No lo entiendo. ¿Qué pasa con la audiencia? Es mañana.

—Ya no. Lo han dejado. Te dije que no te preocuparas.

—¿Pero cómo? ¿Cómo han decidido abandonarlo?

Yorke se levantó de su asiento y se dirigió a un armario de la esquina. Sacó una botella de whisky y dos vasos de cristal.

—Sé que no eres una gran bebedora, Erica, pero yo voy a

tomarme uno. —Le sonrió mientras vertía una generosa cantidad en cada vaso. Luego le dio uno y volvió a sentarse —. ¿Recuerdas que te dije que el grupo de operaciones especiales había prestado declaraciones? ¿Que dijeron que te moviste antes que Sopley, lo que lo impulsó a disparar?

—Sí.

—Han optado por rescindirlas. No me gustaría especular indebidamente, pero supongo que se han dado cuenta de que están en el lado equivocado. Nos has dado a Evan Harvey. Si hubieran dejado que la audiencia siguiera adelante, les podría salir el tiro por la culata.

—¿Qué hay de las cámaras corporales? Dijiste que funcionaban mal, que no había grabaciones.

—Las dos cámaras que fallaron, que eran también las mejor situadas para captar lo sucedido, se han arreglado milagrosamente. Ambas mostraron claramente que tu versión de los hechos era correcta. —Inclinó su vaso hacia el informe—. Está todo ahí.

Sands no dijo nada.

—Pero que todo haya terminado es otra cuestión. Creo que hay pruebas claras de que el grupo intentó ponerte como chivo expiatorio. Puedes presentar una denuncia, yo te respaldaré.

Sands parpadeó. Varios momentos de su carrera pasaron por su mente. El rechazo que había recibido como mujer oficial. La red de viejos amigos que se protegían entre ellos y a la cual ella no pertenecía. La vergüenza que siempre había sentido por culpa de su padre. No sabía si tenía o no estómago para luchar en un nuevo frente.

—No quiero —dijo en voz baja.

Yorke tardó en responder.

—¿Estás segura? Esto podría haber arruinado tu carrera. Si hubiera ido por otro camino podrías haberte enfrentado a un caso civil. Podrías haberlo perdido todo.

—Estoy segura. Solo quiero volver al trabajo.

—Por supuesto —asintió Yorke—. Bueno, no puedo decir que no tengamos bastante que hacer. —Señaló la pila de papeles.

—¿Qué pasa con el caso Sopley? —preguntó Sands entonces—. ¿Me enfrentaré a alguna sanción por investigar mientras estaba suspendida?

El inspector jefe pareció sorprendido.

—El caso Sopley estaba cerrado. No entiendo cómo alguien pudo haber estado investigando un caso que ni siquiera estaba abierto. —Sus cejas se alzaron un poco y sonrió con complicidad—. El subinspector Golding me ha dicho que así lo justificaste tú también.

—Sí —afirmó Sands al tiempo que tragaba saliva.

—Bueno, puedo ver la lógica. —La sonrisa se hizo más profunda.

Yorke levantó su vaso y dio vueltas al líquido ámbar.

—Aquí no hay ganas de echarte la culpa, Erica. Tu suspensión ha terminado. Estás de vuelta. —Levantó el vaso en un brindis.

Sands chocó torpemente su vaso contra el de él. Luego volvió a dejarlo en la mesa.

—¿Cuándo puedo empezar?

Yorke se sentó en su silla.

—Pensé que querrías unos días más de descanso. Te han disparado por segunda vez en seis meses.

—No, estoy bien. Puedo volver a empezar ahora.

Yorke volvió a sonreír.

—¿Qué tal si llegamos a un acuerdo? Preferiría que te tomaras un par de semanas más, para que pueda tenerte de vuelta totalmente descansada y recuperada. Pero ¿qué te parece el próximo lunes?

—Estoy descansada. Estoy recuperada. Quiero volver ahora.

—El lunes, Erica.

Sands se quedó quieta un momento y luego asintió. Todavía le dolía un poco hacerlo.

Yorke abrió el cajón de su escritorio y sacó su tarjeta de identificación. La sostuvo un momento y luego la empujó hacia ella. Ella la cogió con cuidado y sus dedos trazaron las curvas del metal.

—Hay un par de cosas más que quería preguntarte. Ya que estás aquí. —Yorke volvió a posar su vaso.

Sands deslizó la tarjeta de la orden en su bolsillo.

—¿Sí, jefe?

—Es acerca del subinspector Golding. Como sabes, ha sido destinado al MID mientras has estado fuera. Ha pedido un traslado para trabajar aquí permanentemente. Es tu departamento. Pensé en dejarte decidir si lo quieres o no.

—Lo quiero. —Sands parpadeó—. Claro que lo quiero.

—Bien. Pensé que lo harías. —sonrió Yorke con fuerza. Dio otro sorbo a su whisky y tragó con cuidado—. He dicho un par de cosas, Erica. Y la segunda quizá no sea tan buena.

—Sí, jefe. —Sands sintió que se tensaba—. ¿Qué pasa?

—No quería molestarte con esto hoy, Erica... especialmente cuando te acaban de levantar la suspensión, pero... —Su voz se apagó—. Vas a necesitar saberlo.

—¿Saber el qué?

—Ryan Harvey ha resultado tener una bocaza muy grande. Ha hecho declaraciones sobre los asesinatos en los que estuvo implicado, pero también ha decidido hablar sobre lo que pasó en la playa. Sobre lo que le contaste de tu padre. Creo que quedó bastante impresionado.

Sands no dijo nada, mordiéndose el labio.

—Ya sabes que este lugar es peor que un patio de vecinas. La gente hace preguntas, lleva sus propias investigaciones. Era evidente que no había forma de mantenerlo en secreto. Así que no tuve más remedio que confirmarlo, al menos al MID. Así que lamento informarte que tu equipo sabe oficialmente que Charles Sterling es tu padre. Extraoficialmente, debes suponer que toda la Policía del Suroeste lo sabe.

Sands apartó la mirada. Se lo esperaba, pero le dolió que se lo confirmaran.

—No pasa nada. No me importa. —Su voz no le sonó convincente ni siquiera a ella.

—Puedes preocuparte, Erica. Está bien que te importe.

Sands asintió y miró a su alrededor. Se sentía hueca, no podía encontrarse con sus ojos.

—¿Eso es todo, jefe? ¿Puedo irme ya?

—Claro. —Yorke extendió la mano para mostrarle la puerta y luego la retiró—. ¿Estás segura de que no quieres tomarte unas semanas? ¿Para recuperarte del todo?

—No, jefe. Prefiero volver ahora.

—El lunes entonces. —Sonrió Yorke—. Haré que te vuelvan a autorizar el pase a las 10 de la mañana. No quiero que llegues a las seis de la mañana.

* * *

A las diez menos diez de la mañana del lunes, Sands esperaba fuera del MID en su Alfa. Veía pasar, minuto a minuto, los números rojos del reloj del coche. Los tres días anteriores, esperando en casa, habían sido difíciles. En primer lugar, no se estaba recuperando de sus heridas tan rápido como esperaba. Además, estaba impaciente por volver a investigar los otros crímenes de Evan y Ryan Harvey. Pero estaba acostumbrada a lidiar con este tipo de ansiedad. Aunque ahora sería algo más duro. Ahora todo el mundo sabía lo de su padre.

El fin de semana había consultado la página de Charles Sterling en Wikipedia. Tenía la costumbre de acceder a ella con cierta regularidad, para corregir las inexactitudes y mentiras que se colaban en ella, sembradas por fanáticos macabros que seguían admirando quién era y lo que había hecho. Pero mientras lo hacía, no podía evitar darse cuenta de que probablemente muchos de sus colegas también lo estarían leyendo, quizá dándose cuenta por fin de por qué su colega Sands era como era. Sintió que se le ruborizaban el pecho y la cara. Necesitaba moverse, acabar de una vez por todas. La hora marcaba las 09:56. Casi. Salió del coche y se dirigió a la entrada de personal, con la tarjeta en la mano. Al acercarla a la cerradura, se preguntó si Yorke realmente había retrasado su funcionamiento, pero cuando se acercó a la puerta, un agente uniformado la abrió.

—Buenos días —saludó el agente.

Lo mismo ocurrió en la puerta interior y pudo llegar hasta la suite MID sin problemas. Aquí había una tercera cerradura; a través de la puerta acristalada pudo ver a un par de inspectores subalternos trabajando, y a John Lindham cruzando la amplia sala. Ninguno de ellos la vio allí, esperando para entrar. Apretó la tarjeta contra el lector, el LED pasó de rojo a verde y la cerradura se abrió. Empujó la puerta.

El lugar no había cambiado en absoluto: una docena de agentes sentados ante los ordenadores, otros al teléfono y tres reunidos en torno a una pizarra, esbozando ideas. Su pequeño despacho de la esquina, sin puerta, no había cambiado. Sin saber muy bien qué esperar, empezó a cruzar la sala para llegar hasta allí cuando, de repente, todo el mundo se quedó en silencio. Sands también se detuvo. Durante un segundo, todos los agentes se quedaron mirándola. Pero entonces uno, John Lindham, se puso en pie. Instantes después, un segundo se levantó, luego un tercero. Y entonces lo hicieron todos y, de nuevo liderados por Lindham, empezaron a aplaudir. Ninguno dijo una palabra, solo se pusieron de pie, la miraron y aplaudieron. Cuando Sands se abrió paso entre todos ellos hasta su mesa y se sentó, seguían aplaudiendo y avanzando hacia ella, hablando todos a la vez, felicitándola y agolpándose en torno a su pequeño despacho. Llamó la atención de Luke Golding, pero este permaneció en un segundo plano.

—Me alegro de que estés de vuelta, jefa —dijo John Lindham. Asintió con respeto.

—Gracias John, gracias a todos. —Miró a su alrededor, encontrándose con los ojos de su equipo por primera vez en mucho tiempo. Tal vez, en algunos casos, por primera vez en su vida. Volvió a mirar a su alrededor, viendo realmente sus caras, respetuosas, serias. Radiaban confianza. Entonces se sintió segura de que las cosas iban a ir bien.

—Pero volvamos al trabajo ahora, ¿de acuerdo? Seguro que hay mucho que hacer.

Empezaron a regresar a sus puestos de trabajo hasta que solo quedó John. Cuando se quedaron solos, sacó un sobre del bolsillo de la chaqueta y se lo tendió.

—No quería decir nada con los demás aquí, pero esto llegó mientras no estabas. De alguna manera terminó en mi escritorio.

Esperó mientras ella examinaba el sobre. Su nombre y dirección estaban escritos con una letra elegante que ella reconoció enseguida. Estaba rodeado de varios sellos oficiales, uno de los cuales llevaba el nombre de la prisión de mayor seguridad del país. Otro confirmaba que la comunicación que contenía había sido examinada y había superado la inspección. Un tercero llevaba un número de prisión y el nombre del remitente: Charles Sterling.

—Era difícil no ver de quién venía —continuó Lindham mientras salía del despacho—. Te dejo tranquila para que la leas.

—No, no hace falta.

Sands le dio la vuelta y vio que la parte de atrás había sido sellada de nuevo con cinta de seguridad, lo que confirmaba que la habían abierto para una inspección.

Arrancó la cinta y sacó una sola hoja de papel. La desplegó y leyó el contenido por encima.

—¿Estás segura de que no quieres que me vaya, jefa? —La voz de Lindham la interrumpió.

Sands levantó la vista y esbozó una sonrisa.

—No. Pero puedes traerme un café, y luego quiero saber exactamente dónde estamos con el caso Harvey. Y todo lo demás que ha estado ocurriendo mientras estaba fuera. He hecho todo lo posible por ponerme al tanto, pero es mejor saberlo de primera mano. —Dobló la carta por los pliegues originales y la volvió a meter en el sobre. Luego la golpeó contra la palma de la mano, pensativa. Lindham parecía incapaz de apartar los ojos de la carta. Así que se la tendió.

Dejó que su colega la leyera mientras repasaba su contenido. No había nada que la preocupara en la florida letra que significara algo para ella. Nada en la falsa preocupación que había expresado por sus heridas, nada en las actualizaciones de sus esfuerzos legales. Hasta que su mente, demasiado tarde ya, registró un detalle en esta última carta muy diferente a todas las anteriores. Charles Sterling solía concluir sus cartas con la frase «Hablaremos pronto».

Pero esta era diferente. Esta decía algo nuevo. Tres palabras que Sands deseaba que jamás se hicieran realidad.

Nos vemos pronto,

Papá

FIN

La historia continúa en La Fuga, la segunda entrega de esta serie, a la venta el 9 de mayo del 2024. Reserva tu copia AQUÍ y sé de los primeros en averiguar qué trama el padre de Erica Sands.

Y si quieres descubrir un poco más acerca de mi, llevarte un libro totalmente GRATIS y enterarte antes que nadie de mis próximas publicaciones, apúntate a mi lista de correos: https://greggdunnett.co.uk/spain/

UN ASESINO EXCEPCIONAL. SU ENIGMÁTICA HIJA.
UNA PELIGROSA OBSESIÓN POR LA MUERTE.

LIBRO 2 INSPECTORA ERICA SANDS

GREGG DUNNETT

LA
FUGA

UN THRILLER FRENÉTICO CON UN FINAL IMPACTANTE

MUCHAS GRACIAS POR LEER
LA CALA

Si te ha gustado, te agradecería que escribieses una reseña en Amazon. Así ayudarás a otros lectores a descubrir esta novela.
Valora la novela en Amazon

Tu opinión es muy importante para mí.

También te invito a que te unas a mi grupo de lectores en Facebook, ¡te esperamos!

UN LIBRO GRATIS

Únete a mi lista de lectores para conocerme un poco mejor y recibir todas las novedades que lanzo. Además llévate Instinto Asesino totalmente GRATIS.

https://greggdunnett.co.uk/spain/

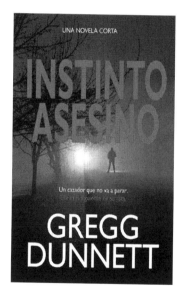

Un asesino está dejando notas en los bancos de varios parques en Londres, en las que confiesa los asesinatos que ha cometido a lo largo de su vida.

Una agente de policía tiene la oportunidad de resolver

los casos que sus compañeros no han sido capaces de resolver durante años.

Pero solo lo conseguirá si averigua quién es el asesino, antes de que el asesino la encuentre.

Porque en una historia en la cual nada es lo que parece, ni siquiera los asesinatos son tan claros.

Llévate este libro totalmente GRATIS.
https://greggdunnett.co.uk/spain/

OTRAS OBRAS DE GREGG DUNNETT

Serie Isla de Lornea

La isla de los ausentes

El club de detectives

Misterio en las cuevas

La playa de los dragones

Novelas

El secreto de las olas

La torre de sangre y cristal

Entre sombras

AGRADECIMIENTOS

Tengo la suerte de contar con un estupendo equipo de lectores cero que me ayuda a mejorar mis novelas y que pescan los errores que he cometido. Los que quedan son solo míos. En esta novela me han ayudado Carmen Losada de Madrid, Julio Turell de Uruguay, Claudia Vargas de Ciudad de México, Maite Martín de Asturias, Yolanda Castillo de Granada, Jimena Cernich de Argentina y José Lagartos de Gran Canaria.

¡Muchísimas gracias a todos!

Made in the USA
Middletown, DE
13 June 2024